LE NAGUEN

JEAN HOUGRON

Tu récolteras la tempête
Rage blanche
Soleil au ventre
Mort en fraude
Les Asiates
La terre du barbare
Je reviendrai à Kandara
Par qui le scandale
Les portes de l'aventure
Le signe du chien
Les humiliés
La gueule pleine de dents
L'homme de proie
Histoire de Georges Guersant
L'anti-jeu
Beauté chinoise
La chambre
Coup de soleil
Le Naguen

J'ai lu 4005/6

JEAN HOUGRON

LE NAGUEN

ÉDITIONS J'AI LU

Collection créée et dirigée
par Jacques Sadoul

« L'Affaire Dreik éclata au cours de la 32e année du conflit. Certains prétendirent que si la personnalité de Dreik avait été différente, les choses auraient tourné autrement, ce qui revient à se rallier à une certaine conception de l'Histoire. C'est poser une fois de plus l'éternelle question du Messie ou de l'homme prédestiné. A vrai dire, aujourd'hui encore, ni l'homme, ni les Grands Synthétiseurs n'ont su lui donner de réponse. »

ALQUER ETSELL (Discours d'ouverture du Congrès pour un inventaire restreint.)

Aux approches du Système Solaire, Dreik avait branché le pilote auxiliaire neutre. Etendu sur sa couchette, il surveillait l'écran que traversaient des lueurs fugitives. Dans une dizaine d'heures, il serait sur Terre. A Kuala-Hori, très précisément. Il n'avait jamais espéré revenir et là-bas, ils devaient le croire mort.

Il agrandit l'image qui venait de surgir, celle d'une flottille de croiseurs. Ils naviguaient parallèlement à faible vitesse, beaux requins disciplinés. Eux aussi devaient l'avoir vu mais il ne les intéressait pas. Sur l'écran géant des croiseurs de classe AD, l'image de son astronef apparaissait si nettement qu'ils pouvaient lire son numéro d'identification, 288 — USC/22.US. pour Unité de Surveillance, Classe 22, un moucheron, un concasseur d'astéroïdes comme ils le disaient dédaigneusement.

Ils disparurent peu à peu en direction de Delpha. Une courbe s'inscrivit sur l'écran en arc de cercle étincelant. Un Nivellateur qui avait fait brièvement surface comme une carpe hors d'un étang avant de replonger dans un canal du subespace, le temps de lâcher ses vingt tonnes de déchets. Ceux-là étaient des monstres, longs d'un kilomètre, hérissés d'antennes et de tourelles, les cuirassés de l'espace, deux mille hommes à bord, autant de Sterns, et un armement capable d'anéantir une planète de bonne taille en quelques secondes.

Dreik se souvenait de ces jours lointains où, jeune officier, il rêvait de commander un Nivellateur quand le train de pensée l'atteignit : « Qu'est-ce qu'un Nivellateur, dis-moi, face à une Structure vor ? Combien en ont-elles croqué ? Cent ? Cent cinquante ? Réponds, Navigateur. Cesse de rêver. Tu sais que les rêves sont mauvais pour toi. »

Dreik chercha le Dormeur des yeux. Il le découvrit, arrimé par ses huit pattes à la paroi verticale de la cabine. Il répondit à voix haute : « Bien plus de cent cinquante. »

Collé comme une moitié de ballon de rugby à la paroi métallique, ses défenses hermétiquement closes, le Dormeur ne bougeait pas. Il laissa le Navigateur lire dans son esprit. Dreik vit une crevasse rocheuse hérissée de crocs noirs. Il murmura : « Quel délice ! » Le Dormeur répondit : « Du minerai de manganèse presque pur. Sais-tu où est cette crevasse ? A quelques kilomètres d'Eréka. Du fer, il n'y avait que du fer et de l'acier sur cette planète vor. Et ces gypses farineux qu'ils m'offraient le matin comme une gâterie. » Il fit grincer sa carapace, ce qui était sa manière de rire, et il déplaça avec circonspection ses trois cents kilos, mi-métal, mi-minéral agglomérés en une texture si serrée que sa densité était voisine de 80.

Le Dormeur, de son vrai nom, Slur, atteignait le sol quand un signal clignota sur le tableau de bord. Dreik sauta à terre. Une voix ordonna :

— Arrêtez votre navire. Immédiatement. Donnez votre identité, ordre de mission, port d'origine, programme d'extension...

Avant que la machine eût fini de débiter ses exigences, Dreik avait introduit une carte dans le boîtier placé sous l'écran. Le Slur progressait laborieusement avec un cliquetis d'engrenage. Il gagna un angle de la cabine et s'installa devant un enchevêtrement de tiges de métal, qu'il entreprit de dévorer comme un lapin dévore des carottes. Les tiges disparaissaient une à une en craquant dans sa bouche tubulaire qui ressemblait à une petite trompette.

Dreik l'observait distraitement quand une voix, humaine cette fois, dit :

— Commandant, vous êtes porté disparu depuis cinq mois à la suite d'une patrouille dans Espace IV.

— C'est exact. J'ai été capturé par un Cylindre vor le 7 janvier, temps terrestre, emmené sur leur planète où je suis resté prisonnier. Ils m'ont relâché il y a trois jours dans le Système d'Erkane.

— Relâché ? Par les Vors ?

— Oui. J'ai un message pour le Coordinateur.

— Un message vor ?

La voix du fonctionnaire exprimait nettement son scepticisme. Dreik demanda :

— Qui est en réception ?

— Boilord, adjoint au Directeur de la Sécurité d'Espace I... Vous savez, j'imagine, que personne n'a jamais été relâché par les Vors, que cette hypothèse même a toujours été tenue pour inconcevable, et vous en connaissez les raisons. Je dois demander de nouvelles instructions. Veuillez vous écarter du poste de commande. Ne vous formalisez pas de ces précautions. Si vous êtes vraiment le commandant Dreik, nous serons rapidement fixés et nous aurons alors tout lieu de nous réjouir de votre retour parmi nous. Qui vous accompagne ?

— Un Slur, un Communicant des Cavernes de Letas. Identification 235 au registre des races parallèles.

— Est-ce que ce n'est pas un de ces télépathes qu'on appelle aussi « Tortue de Krox » ?

— Si vous voulez. Mais ce ne sont pas réellement des télépathes.

— Il s'agit d'un titulaire permanent ?

— Oui. Attaché au patrouilleur 288 depuis quatre ans.

— Il y aura un peu d'attente. Souhaitez-vous un contact ou une diffusion quelconque ? Dépersonnalisé, bien entendu.

— Pourquoi pas ? Le concerto pour créatures hybrides de Haken.

Dreik écouta le concerto et regretta une fois de plus que son oreille humaine fût aussi limitée et ne lui permît d'entendre qu'une partie de cette étonnante musique créée par les para-humains de Haken au temps où ils vivaient encore dans l'esclavage des Essurs.

Le Slur fit craquer ses plaques dorsales. Il écoutait lui aussi mais il entendait par ses disques auriculaires tout à fait autre chose que Dreik car il dit :

— J'ai horreur de ces cris de peur ou d'agonie. Que leur avait-on fait pour qu'ils gémissent ainsi ? Pourquoi ne pas avoir demandé une de ces bonnes petites musiques terriennes qui chatouillent les jointures et donnent envie de grimper aux murs ?

L'enregistrement s'interrompit.

— Dreik, nous aimerions obtenir quelques éclaircissements. J'espère que vous n'y voyez aucune objection...

Ils ne traînèrent pas et se relayèrent à cinq ou six pour le mitrailler de questions. Tout y passa, sa jeunesse, ses parents, son frère, ses années de formation à l'Institut Spatial, sa vie professionnelle. Ils cherchaient la faille, multipliaient les pièges, revenaient en arrière, mentaient sans vergogne, trichaient sur les dates, les événements, plongeaient sans aucun tact dans sa vie privée, ricanaient de l'émotion que trahissait sa voix, jouaient la surprise gênée, ou, soudain agressifs, rabattaient brutalement ses insolences. En dépit de sa volonté de calme, Dreik avait la sueur au front. A ses pieds, le Slur croquait mélancoliquement de petits clous et, de temps à autre, lui adressait une onde de compassion.

— ... Vous avez souvent protesté en public contre les décisions de la Distributrice Spatiale, Angela Torsian. On prétend que c'est à cause de son jeune âge, et que vous n'acceptiez pas de faire confiance à un enfant, même suractivé de Classe A ?

— Angela Torsian n'est pas un enfant mais un ordinateur. A cause d'elle, nous avons dû procéder à la conquête d'Ursa, alors que ses habitants ne demandaient qu'à entrer dans l'Union.

— Peut-être préférait-on une planète vaincue à une planète ralliée.

— C'est un non-sens. La suite l'a prouvé.

— Nous reconnaissons là votre tournure d'esprit, Dreik. Qu'est-ce que dix ou vingt années de rébellion au regard d'un contrat qui aurait permis à Ursa de nous quitter à tout moment, voire de pactiser avec les Vors ? Qui dit victoire, dit contrôle. Il y a des guerres indispensables, des guerres stratégiques, est-ce qu'on aurait oublié de vous l'apprendre pendant vos années d'études ?

— Je faisais confiance à la population d'Ursa.

— C'est bien ce que nous vous reprochons : faire confiance à un peuple, sans songer un seul instant que ce peuple n'est que ce qu'en font ses dirigeants. Posez vos mains, doigts écartés, sur la bande d'imprégnation. Oui, comme cela... 30 — 103 — 304. Je vois que vous êtes toujours aussi émotif et colérique, commandant. Pour moi, ces nombres valent un interrogatoire... 304 ! Vos capsules surrénales fonctionnent à plein rendement et je serais bien surpris que les Vors ne nous aient pas renvoyé le vrai Dreik. Quels sentiments avez-vous éprouvés quand l'« Emdowar » s'est écrasé l'an dernier sur Mars avec ses trois cents hommes d'équipage ?

— Une certaine satisfaction.

— Pourquoi ?

— Nous savions tous que ce type de navire n'était pas au point et qu'il fallait mettre à la casse les deux cents unités en activité. Je vois où vous voulez en venir, Boilord. Etiez-vous par hasard favorable à ces cercueils volants ?

Il y eut un bref silence, suivi de grommellements indistincts, comme si ses questionneurs étaient en désaccord, puis Boilord dit, la voix changée :

— Nous venons de recevoir une information en provenance de Mémoire 1... Nous sommes désolés de vous apprendre que votre mère a été tuée dans un accident d'hélio voici deux mois.

Dreik regardait l'écran, le souffle coupé. Il balbutia :

— Comment est-ce arrivé ?

— L'hélio a heurté un contrefort de la chaîne de Ghéra. Votre mère, qui revenait d'un contrôle de routine, a été grièvement blessée. Elle est décédée deux jours plus tard.

Dreik porta la main à son visage. Ainsi, il ne verrait plus jamais celle qu'ils appelaient tous « La Magicienne ».

— Nous sommes confus, Dreik, la nouvelle était fausse.

Dreik respira profondément. Ses traits se tordirent. Il hurla :

— Salauds ! Salauds ! et frappa l'écran de ses deux poings.

— Pour quelle raison votre première épouse a-t-elle refusé de renouveler son contrat de vie commune ?

Dreik gardait le silence. A ses pieds, le Dormeur émettait par son disque dorsal une faible lueur bleue qui noyait sa colère comme une fumée.

Boilord répéta la question :

— Nous sommes désolés, Dreik. Dominez-vous. L'enjeu est trop important.

Dreik dit mollement, la tête noyée de brume chaude :

— Ma première femme souhaitait un enfant de type cargyen.

— Expliquez-vous.

— Pourquoi expliquer ce que vous savez mieux que

moi? Vous avez mon dossier génétique, en conséquence, vous savez que je ne peux avoir qu'un enfant de type humain. Il fallait donc que ma femme eût cet enfant avec un Cargyen ou un collatéral, un Dryam par exemple.

— A quelle peine avez-vous été condamné?

— A cent péhas d'amende et à cinq jours de rééducation.

— Pourquoi?

— J'avais signé avec ma femme un contrat multiopen qui prévoit la liberté complète de chacune des parties.

Dreik ajouta avec ironie:

— Comment pouvais-je prévoir qu'Estrel aimerait vivre avec un Terrien et souhaiterait avoir un enfant de type différent?

— Simple droit à la diversité. Et puis vous connaissiez la loi: «Procréation n'est pas droit.»

— Qui ne la connaît? mais il y a aussi celle qui règle les unions: «Licence ne peut être dommage.»

Il entendit un des hommes étouffer un petit rire. Il demanda:

— Pour établir mon identité, un contrôle de facteurs ne serait-il pas plus efficace que ces questions d'ordre privé? Je vous rappelle que j'ai un message urgent des Vors pour le Coordinateur.

— Nous avons transmis votre demande d'audience.

— Les Vors ont insisté sur l'urgence d'une réponse.

— Qu'est-ce qui peut être urgent dans un conflit qui dure depuis trente-deux ans?

— Mettre fin justement à ce conflit.

— Ce n'est que votre point de vue, Dreik, celui d'un simple officier à petite responsabilité. Dites-nous plutôt à quels critères doit satisfaire un citoyen de la Confédération qui veut être mis en semi-retraite à 70 ans?

— Avoir trois enfants et que tous aient un emploi de classe C ou supérieure.

— Quel est votre statut personnel ?

— Retraite à 65 ans pour une durée limitée à 40 ans.

— Inexact. Pour services rendus à la Confédération vous bénéficierez d'une retraite illimitée.

Dreik hocha la tête. Il ignorait cette disposition de la loi et, du reste, s'en désintéressait, trop certain de ne jamais atteindre sa cent cinquième année comme le cas était fréquent parmi les sédentaires des planètes solaires.

Boilord poursuivit, de cette voix faussement paternelle qui hérissait Dreik :

— Allons, vous voyez que d'une manière ou d'une autre notre enseignement finit toujours par porter ses fruits. Et savez-vous pourquoi ? Parce que les principes en sont sains, équitables et conformes à la nature de l'homme et qu'il ne s'est jamais agi, comme certains le pensent, d'une doctrine de circonstance. Ainsi vous, Dreik, que vous l'ayez voulu ou non, docile ou insoumis, parce que nous vous avons bien formé, vous avez magnifiquement travaillé à vos quarante années de retraite, à ce temps qu'on appelle si justement « du plein épanouissement ».

Dreik se taisait.

— Vous ne dites rien. Nous vous retrouvons bien là : profitant d'un système mais refusant d'en reconnaître le bien-fondé, jouant sur deux tableaux. Ne craignez-vous pas que dans un mouvement d'humeur la commission au « Temps d'épanouissement » ne vous prive de quelques avantages, ou même ne vous renvoie au néant ?

Dreik n'avait pas bronché.

Boilord éclata de rire :

— Je plaisantais. Ce n'était qu'une façon de me confirmer dans mon opinion. Votre indifférence me rassure. Vous êtes Dreik et seulement Dreik... Revenons à notre affaire. Le 7 juillet de l'an dernier, vous avez eu un entretien avec le général Lobarchof, commandant en chef des Flottes d'Espace III. Quel en a été le sujet ?

— Le général souhaitait que dans mon secteur, celui de la Planète Géhart, nous passions de la guerre « brisée » à la guerre « brisante ».

— Et vous avez refusé ?

— La défense vor avait posté en sentinelle deux Structures annihilantes face à nos navires.

— Ce qui veut dire ?

— Ils pouvaient développer un champ qui aurait instantanément transformé la Planète Géhart en source d'énergie pure, c'est-à-dire en un émetteur calorifique de plusieurs millions de degrés, et cela sur une profondeur évaluée par nos physiciens à une unité Val.

— Est-ce que le général ne se proposait pas justement de provoquer une telle riposte en n'engageant que des navires à équipages de robots ? Géhart détruite, les Vors perdaient dans cette zone leur principale source d'énergie et la voie devenait libre.

— Croyez-vous les Vors si naïfs ? Je me bats contre eux depuis quatorze ans et nous ne les avons jamais pris en défaut, pas plus que nous n'avons jamais vu un seul d'entre eux. Ils usent d'une stratégie à double ou triple détente, et si nous ignorons à peu près tout du fonctionnement de leur esprit, ils semblent ne rien ignorer du nôtre.

— Cette admiration pour un adversaire qui a tué des millions des nôtres pourra être jugée déplacée.

— Puisque vous avez accès à mon dossier, vous devez savoir que je n'ai jamais tenu les Vors en dédain.

Il allait ajouter : « Comme ce bravache de Lobarchof et quelques autres », mais il se contint et dit :

— Dans le cas qui nous intéresse, nous savions par expérience que les Vors peuvent détecter la présence d'humains dans un astronef à une unité près. Nous perdions donc notre temps en envoyant des navires téléguidés.

— La Cour Militaire vous a privé de votre commandement et rétrogradé à votre présent rang de pilote d'U.S. 23 et le général Lobarchof a tenté l'opération prévue qui a réussi.

— Ne jouez pas sur les mots. On vous a aussi informé, j'imagine, que les Vors ont alors utilisé cinq Structures Volantes à relais qui ont canalisé le flot d'énergie non sur les navires équipés de robots mais droit sur notre flotte. Cent trente-huit navires ont été anéantis, dont trois Nivellateurs.

— L'apparition de ces Structures Volantes comme vous les appelez, et dont nous ignorions à ce moment-là la nature, était imprévisible.

— Rien n'est jamais prévisible avec les Vors. Nous avions décelé depuis longtemps ces Structures Volantes mais, en raison de leur aspect arachnéen, nous les tenions pour de simples antennes d'observation et de transmission, quelque chose comme des plaques sensibles de l'espace équipées de grilles de sélection analogues à nos filtres décrypteurs de Sagel. Tels sont les Vors, dangereux quand ils paraissent le plus inoffensifs. Il y a huit ans, ils ont jalonné de charges atomiques la chaîne d'astéroïdes de Capya. Nous avons décelé ces charges très tôt en raison de leur analogie avec les nôtres, et nous les avons neutralisées.

— Où voulez-vous en venir ?

— Deux ans plus tard, dans la zone de Myers en voie d'assimilation, nous avons de nouveau repéré ces charges, seulement elles n'étaient pas de nature atomique, et nos manœuvres pour les désamorcer étaient, point par point, la clé qui déverrouillait leur sécurité. Toute la population de Myers est morte aspergée par les ondes V-38, dites « ondes d'encagement ».

— Ne s'agit-il pas de ces ondes que nous employons pour immobiliser et congeler les bancs de poissons ?

— Oui, à cela près que les Vors les ont portées à la puissance sept. Elles ne congèlent pas seulement les chairs, elles les dissocient. Vous voyez donc que chez les Vors une manœuvre peut avoir la même signification que pour nous, mais qu'elle peut aussi être affectée d'un signe différent, voire contradictoire. La logique, du moins la nôtre, n'est pas leur fort. La guerre qu'ils mènent contre nous fourmille d'actes apparemment gratuits. Le plus souvent, ils dédaignent de nous attaquer. Ils préfèrent déclencher des processus au terme desquels nous sommes nos propres destructeurs. Combien de fois, pris à leurs pièges, avons-nous retourné nos armes contre nous ? Nous nous servons de la matière ou du mouvement, eux jonglent avec le vide, l'absence, ou certaines de nos faiblesses comme le désespoir, l'extrême méfiance. Jusqu'à notre courage et notre sentiment de l'honneur dont ils usent pour nous perdre.

— Cette opinion sur les Vors, vous l'aviez déjà ou vous l'avez retirée de votre séjour sur leur planète ?

— Après quatorze années de combats et cent défaites, par rage ou par lassitude, on finit par se poser quelques questions. Je ne parle pas seulement de moi.

— Savez-vous qu'en votre absence nous avons remporté de nombreux succès et qu'aujourd'hui il s'en faut de peu pour que nous soyons enfin vainqueurs ?

— Il s'en faut toujours de peu avec les Vors. Ils ont l'art de nous faire croire que la victoire est à notre portée, qu'il s'en faut d'un souffle. Ce leurre aussi fait partie de leur stratégie : ne jamais décourager tout à fait l'adversaire, que le jeu ou la guerre, on ne sait trop, soit de nouveau relancé. Car où finit le jeu pour les Vors, où commence la guerre ? Ou est-ce encore autre chose au-delà de notre compréhension, qui relèverait du sacré par exemple, de quelque rituel à l'échelle cosmique ? Vous parliez du général Lobarchof. Lui aussi voyait la victoire à sa main. Il a perdu. Comme les autres. Avec le bon sens de son côté, a-t-il prétendu. Qu'est-ce qu'un général peut extraire du banal bon sens contre un ennemi tel que les Vors ? Vous connaissez, je suppose, la règle de Theller qui veut qu'à certains postes, ce qu'il appelle « l'intelligence résolutive », suffisante pour le plus grand nombre, ne soit qu'une variante supérieure de l'imbécillité.

— Allons, Dreik, ne nous égarons pas. La règle de Theller ne s'est révélée applicable, et encore, de façon sommaire, que dans nos rapports avec les civilisations non humaines. Ce n'est jamais qu'une des nombreuses manières d'approche par déviation ou glissement conceptuel. Votre rancœur vous fait tenir des propos regrettables.

— Lobarchof a prétendu que les appareils d'investigation des navires avaient été déréglés par les mirages spatiaux provoqués par l'adversaire. En clair, la vague thermique née de l'explosion de Géhart devait passer très au nord de la flotte et se perdre en direction d'Armil.

— Qui pouvait après trente-deux années de guerre prévoir chez les Vors cette aptitude à créer des mirages spatiaux ?

— Dix précédents et d'abord notre récente aptitude à les créer. Les Vors n'ont jamais employé la totalité de leur puissance. N'oubliez pas qu'ils mènent une guerre strictement défensive. Prenons un avantage après mille efforts, d'une pichenette ils nous le reprennent, détruisant hommes, matériel, et nous nous épuisons pendant des mois pour reconstituer nos forces.

— En somme, vous les voyez invincibles ?

— Non, imprévisibles, je vous l'ai dit. Ils nous écartent plus qu'ils ne nous combattent. Nous ne les effrayons pas, nous les importunons.

— Nos maîtres, nos futurs vainqueurs, c'est cela ?

Dreik répondit avec colère :

— Qu'avons-nous conquis en trente-deux années ? Combien d'hommes avons-nous perdus ? Et je ne parle pas de l'appauvrissement des planètes habitées.

— Vous n'avez pas à en parler, en effet. Je dois vous dire, Dreik, ce qui est pour nous rassurant, que vous avez la tournure d'esprit du Dreik que nous connaissons : dogmatisme, sens social émoussé, courage de ses opinions, sentiment de son importance qui va aussi avec des vues un peu courtes.

— N'aurait-il pas été plus simple comme je vous l'ai proposé de me soumettre à un contrôle de facteurs ?

— Le contrôle de facteurs a ses limites lui aussi, et ses dangers, et le Conseil ne souhaite peut-être pas vous infliger des distorsions irréversibles. Reprenons. Comment sont morts les colons de Shimsar, Commandant ?

Dreik ne répondit pas. Il était figé, le corps crispé.

— Vous avez demandé et obtenu la destruction totale de la colonie. Or quand vous avez débarqué sur le satellite, il y avait encore sept cents personnes en vie. Je cite votre rapport : « Ces hommes étaient condamnés inéluctablement à mourir dans d'atroces souffrances, de même qu'étaient morts avant eux les vingt-huit mille colons de Shimsar. » Vous avez prononcé le mot d'euthanasie et le Conseil, suivant en cela vos suggestions, a voté la mort des survivants.

Dreik tremblait. Il voyait la plaine rouge, les corps écroulés, des centaines de corps, la chair qui s'en détachait par lambeaux, et ces créatures étranges, grosses comme des musaraignes, qui pointaient hors d'un ventre, d'une poitrine, leurs sifflements comme des cris aigus de triomphe.

Il cria :

— Ils souffraient pendant des jours et des nuits avant de mourir, dévorés par ces êtres nés de leur propre chair, une variété de bactérie, qui, en milieu humain, se transformait, atteinte de gigantisme...

Son corps était couvert de sueur. Après dix-huit années, il entendait encore les cris, ceux des hommes hurlant sous la torture, et ceux des êtres, des sortes de claquements aigres et humides, qui exprimaient il ne savait quelle horrible satisfaction.

— Pardonnez-nous, Dreik, mais nous accordons plus de créance à vos émotions qu'à votre mémoire. Nous savons qu'on peut fabriquer un double presque parfait d'un humain mais s'il est facile d'alimenter sa mémoire, c'est une autre affaire quand on veut modeler son affectivité et ses sentiments. A votre retour de Shimsar, vous avez adhéré à la Ligue dite du Grand Archipel. Pourquoi ?

— Etablir des colonies humaines ou para-humaines sur des territoires que nous ne connaissons qu'imparfaitement peut entraîner des catastrophes.

— A ce compte, il n'est nul progrès, nulle expansion de l'espèce.

— Je suis de ceux qui sont un peu las de l'expansion inconditionnelle de l'espèce. Et aujourd'hui bien plus qu'hier. En ce temps-là, nous réclamions seulement des examens plus approfondis. Ne le faites-vous pas pour le plus banal des médicaments ?

— Vous confondez expansion et guérison. Ôtez le risque et l'homme ne vaut rien. Et si les pertes étaient nécessaires, les morts indispensables, et les victoires faciles sans intérêt ? En bref, Dreik, s'il s'agissait moins de vaincre que d'éprouver ?

— Je connais la doctrine de Shellows, qu'on appelle aussi dans ma profession « la Ballade des Cadavres sanctifiés » mais il vous manque d'avoir vu les colons de Shimsar, et d'avoir entendu leurs cris.

— Ni moi ni personne ne les avons vus en effet. Je crois même qu'à votre retour, on vous a fait promettre de n'en jamais parler.

— Je n'ai jamais eu envie de le faire.

— C'est bien ce qu'indiquait notre capteur pendant que vous répondiez à nos questions. Il montre aussi que, dans cette affaire, vous n'êtes pas allé jusqu'au fond de la vérité. Etait-ce votre manière de lutter contre la folie ? Après tout, vous êtes resté plus d'un mois sur cette planète — et c'est vous-même qui avez abattu les sept cents survivants. A votre retour sur Terre, deux bactéries géantes ont été extraites de votre gorge, et nous avons dû traiter votre corps mais aussi votre esprit. Avez-vous jamais pensé, Dreik, que Shimsar pouvait être un avant-poste des Vors, qu'ils avaient ensemencé eux-mêmes le satellite de ces bactéries ?

— Rien ne le prouve.

— Vous ne haïssez pas les Vors, Dreik. Un bon citoyen doit haïr l'ennemi. Il s'agit d'efficacité, et d'hygiène, pas de morale. A propos de ces bactéries, votre rapport — dans le cadre de votre mission, vous avez disséqué et opéré des prélèvements sur quarante-deux cadavres de colons — nous a amenés à conclure que ces bactéries n'attaquaient presque jamais un organe essentiel du corps humain. Par contre, logées dans les intestins et les centres nerveux, elles provoquaient chez les victimes ces abominables douleurs dont vous avez voulu écarter jusqu'au souvenir. En bref, les victimes mouraient de douleur. Nous en avons déduit l'hypothèse que les Vors, si ce sont eux qui ont ensemencé la planète, voulaient d'abord faire souffrir les colons, ceci avant de les détruire, ce qui selon vos dires demandait plusieurs jours.

— J'imagine mal des bactéries à expansion spécialisée.

— Nous utilisons bien en médecine des produits qui ont une action locale, et nous les contrôlons si parfaitement que nous pouvons les programmer et multiplier ou restreindre leurs effets. Avez-vous été témoin sur Vor d'actes de cruauté ?

— Selon les normes humaines, oui.

— Les Vors connaissent-ils la douleur physique ?

— Je ne peux l'affirmer, mais c'est probable.

— Avez-vous été témoin de violences corporelles ?

— Parfois.

— Sur vous-même ?

— Oui.

— Vous en portez les traces ?

— Non.

— Il s'agissait donc de violences restreintes ?

— Si on veut. Je m'en expliquerai devant le Coordinateur, mais je puis déjà vous dire que la science vor, de notre point de vue, fait des miracles.

— Sur les Humains ?

— Entre autres.

— Ces violences vous ont-elles paru justifiées ?

— Aucune violence ne m'a jamais paru justifiée. Ce n'est pas à vous que j'apprendrai que, dans une civilisation, la hausse du taux de violence n'est que le signe de son désarroi, et de sa médiocre adaptation au niveau où elle s'est portée. De quelque manière qu'on la prenne, la violence est un anachronisme, une tentative de simplification pour se rassurer. C'est le coup de poing sur la table de l'interlocuteur à court d'arguments, l'aveu d'un dépassement.

— Nous sommes heureux d'entendre ces propos dans votre bouche, Dreik. Mais c'est là un terrible jugement que vous venez de porter contre les Vors.

— Apparemment, mais n'oubliez pas que les Vors ne sont pas humains. Tous les Duars font souffrir leur proie avant de la dévorer.

— Le Duar est un animal, et son nom est devenu synonyme de cruauté. Votre comparaison nous inquiète, Dreik, elle est malheureuse.

— Elle est maladroite en effet. Je voulais simplement dire que lorsqu'un Vor tranche d'un coup de mâchoire la tête d'un de ses semblables, on ne peut interpréter son acte d'un point de vue humain.

— Nous écoutons vos raisons.

Dreik hésita.

— J'ai parfois eu le sentiment que le meurtrier ne pouvait pas agir autrement.

— Un crime rituel ?

— Plutôt une manière de rétablir un équilibre ou d'assurer le respect d'une loi plus importante que la vie de l'individu.

— Justice d'Etat ?

Dreik hésita de nouveau.

— Cela se passait comme si l'espèce entière était cernée d'interdits, et que ces interdits mêmes étaient la condition de sa survie ou peut-être de son accession à un niveau différent.

— Soyez plus clair.

— Ces meurtres ne m'ont jamais semblé provoqués par l'intérêt, l'hostilité ou un des sentiments qui les expliquent chez les humains. Ils dépassaient à la fois la victime et le bourreau. Il m'a semblé aussi qu'ils relevaient plus de la forme que du fond. Ils ne suscitaient ni l'indignation ni la satisfaction des participants ou des spectateurs. Ils étaient en quelque sorte neutres, bien que nécessaires.

— Il ne s'agit donc pas de violence puisque celle-ci est une tentative pour s'arracher d'une situation qui paraît sans issue par changement de plan. Je mets de côté l'exploitation de la violence pour la violence qui relève du terrorisme. Revenons au cas le plus ordinaire, qui équivaut à prier le ciel pour que la récolte pousse. Nous sommes en plein univers prélogique, ce qui n'est guère compatible avec une technologie aussi avancée que celle des Vors. Il y a quelque chose qui sonne faux, Dreik, dans votre description, faux et contradictoire.

— Sauf s'ils avaient découvert le moyen de faire pousser la récolte par la prière par exemple, ou par imploration. Bien entendu, ce n'est qu'une hypothèse, mais ne sommes-nous pas aujourd'hui capables de guérir une blessure par simple modification du psychisme du blessé ?

— On sait comment cela fonctionne...

— Un homme du siècle précédent ne le saurait pas.

— Vous avez gagné, mais cela revient une fois de plus à nous dire que les connaissances vors dépassent les nôtres, et de loin.

— Que penseriez-vous d'un peuple où un groupe d'une dizaine d'individus a l'aptitude de faire surgir en quelques heures sur un terrain nu assez de plantes chargées de fruits pour les nourrir ?

— Je penserais qu'ils avaient des graines et qu'ils les ont fait germer.

— En quelques heures ? En formant simplement un cercle de cent pieds de diamètre et en restant immobiles ?

— Nous ne croyons pas plus que nos ancêtres à la génération spontanée. Il y a là quelque truquage par lequel on tentait de vous impressionner, et nous-mêmes à travers votre témoignage. Nous ne nions pas l'efficacité des forces psychiques. En laboratoire, certains sujets peuvent tuer à une distance de trois mètres de petits animaux par simple concentration.

— Tuer, oui. Les Hoshids tuent depuis longtemps leurs proies à distance. Mais bien qu'ils se nourrissent aussi de végétaux, ils n'ont jamais été capables de faire pousser un brin d'herbe à vitesse accélérée. Voilà pourtant trois millénaires qu'ils possèdent leur étrange faculté.

— Les Hoshids n'occupent pas un rang bien élevé dans l'échelle de Dachamp.

— Faire pousser en quelques heures une plante chargée de fruits sous-entend une belle connivence avec le monde qui vous entoure et qu'est-ce que la connaissance parfaite sinon l'entente, la connivence, voire la complicité ?

— Je vous concède que les Vors sont dans certains domaines en avance sur nous, de même qu'ils sont probablement en retard ailleurs.

Dreik ne répondit pas. Depuis quelques instants, il n'avançait les arguments que distraitement, banale rhétorique où il n'apportait aucune passion, tout occupé par le Dormeur qui avait laissé son esprit ouvert. Et dans ce défilé de signes intelligibles ou non, d'images, certaines si floues qu'elles se présentaient comme une mouvante fumée d'où surgissait parfois une séquence claire, il avait vu apparaître celle qu'il appelait « la jeune femme ». Elle était plutôt petite avec d'épais cheveux noirs et, contrastant avec le teint ocre de son visage, les yeux étaient si clairs qu'ils semblaient deux fentes obliques au fond desquelles scintillait un liquide très pâle. Et son expression de pitié et de tristesse était la même que lors des précédentes apparitions.

Dreik demanda :

— Qui est cette femme ?

Une fois de plus le Dormeur répondit :

— Je ne sais pas.

Le visage s'effaça et seuls les yeux argentés flottèrent un peu plus longtemps dans une brume tournoyante.

— Comment pourrais-tu te souvenir de ce que tu n'as jamais vu ? Ce n'est ni une Terrienne, ni une descendante des Anciens Territoires. Qui alors ? Jamais cette femme n'est apparue dans ton esprit avant que nous n'allions sur Vor.

— Cette image n'a pas d'importance, Dreik. Elle ne possède pour moi aucune charge émotionnelle, et je ne vois pas pourquoi elle t'intrigue. Ce n'est que l'image d'une femme moins belle que beaucoup de Terriennes. Moins belle et attristée. Peut-être vient-elle de ma jeunesse, du temps où ton peuple nous a découverts.

— La peau, et particulièrement les yeux, ne sont pas tout à fait humains.

— Il y a deux siècles, nous avons vu d'étranges races sur ma planète. Je vieillis, Dreik, et, avec l'âge, les souvenirs d'autrefois prennent le pas sur les autres.

— Tu n'es pas à mi-chemin de ta vie.

Boilord demanda :

— De quoi parlez-vous ?

— Le Slur a émis une image qui m'intrigue...

— Sur les Vors ?

— Non.

— A propos, votre tortue de Krox possède-t-elle un pouvoir de mémorisation ?

— Oui.

— Nous lui demanderons sa coopération. C'est une imprégnation normale, sans distorsion ?

— Oui.

— Quel est son niveau interprétatif ?

Le Slur, qui suivait la conversation dans l'esprit de Dreik, agita vivement ses pattes postérieures, ce qui était le signe de son mécontentement. Dreik répondit :

— N'importe quel Centre de Connaissance vous fournira une monographie sur les Slurs. A tout hasard, je vous indique que leur aptitude à saisir les rapports est voisine de la nôtre et qu'ils sont beaucoup moins rugueux que leur apparence ne le fait croire. On dit aussi que les Slurs qui vivent de trois à quatre siècles ont une mémoire fabuleuse et qu'ils ne pratiquent jamais le pardon des offenses.

Boilord riait.

— Transmettez-lui mes excuses si je l'ai offensé. A vrai dire, je n'ai jamais vu de Slur, et je crois savoir que ce peuple respectable ne compte aujourd'hui que quelques milliers d'individus, presque tous attachés à des astronefs.

— Vous connaissez leur rôle ?

— Tenir compagnie aux pilotes et, à l'occasion, combattre à leurs côtés. Ils peuvent, m'a-t-on dit, vivre dans le vide absolu et rester plusieurs mois sans s'alimenter. On prétend que ce sont des adversaires redoutables, capables de résister aux charges explosives et aux armes thermiques.

— Oui, entre autres choses. Mais ce sont d'abord d'excellents amis.

Quelqu'un rit près de Boilord. Le Slur émit : « Ces fonctionnaires terriens sont insolents et ignares. Ils nous feraient regretter de nous être laissé conquérir sans combattre. » Dreik dit en souriant :

— Qu'auriez-vous pu tenter contre nos croiseurs, nos Nivellateurs, toutes nos machines à détruire ?

— Rien, bien entendu.

Mécontent, il se tourna vers la paroi, l'escalada laborieusement, se fixa près de la grille de chauffage et ne bougea plus, son esprit hermétiquement clos.

Boilord dit :

— Avant de rompre le contact, je veux vous faire part de quelques nouvelles : ces Vors invincibles ont dû abandonner quatre planètes depuis votre capture. Nous avons détruit une trentaine de leurs unités, enfin, et cela explique peut-être le message dont ils vous ont chargé, nos Nivellateurs seront bientôt à portée de la ceinture de Dharéma, derrière laquelle ils se sont toujours retranchés. Dans quelque temps, nous vous rappellerons pour vous donner de nouvelles instructions.

— Pouvez-vous annoncer mon retour à mes parents et à ma femme ?

— Hélas non. Nous avons reçu des ordres contraires, et ce n'est qu'à titre personnel que je souhaite que certaines formalités soient réduites au mieux de votre intérêt.

Ce long interrogatoire avait épuisé Dreik. Il alla se reposer. Bien que son esprit, ainsi que celui des humains de son groupe, fût apte à fonctionner sur un plan-code de conscience atténuée pendant le sommeil physiologique, il restait si bien sur ses gardes qu'il demanda au Slur de se mettre en position de Repos Menacé. Le Slur n'accédait jamais à l'oubli parcouru de rêves des humains. Dans le meilleur des cas, il se réglait en veilleuse, déléguant ses perceptions sensorielles à un disque hérissé de tigelles rétractiles qu'il pouvait faire surgir à l'avant de sa carapace. Ces tigelles enregistreuses, orientées vers les écrans du bord, ne cesseraient pas d'osciller et pouvaient lancer un cri d'alarme dans l'esprit assoupi de Dreik dès qu'un danger apparaissait.

Quand il s'éveilla trois heures plus tard, reposé et débarrassé de ses toxines par les appareils sanitaires du bord, Dreik lut les enregistrements. Il ne découvrit que les habituels passages de navires civils et militaires mais il fut cependant surpris par l'importance du trafic, celui en particulier des « Tugs », ces camions lourds de l'espace qui traînaient à leur suite des ribambelles de containers bourrés de produits finis en provenance de la Terre. Celle-ci, en effet, depuis deux siècles, n'exportait presque aucune matière première et fabriquait le plus gros des produits industriels de l'Union. Des armes ? pensa Dreik, des munitions ? La guerre « brisante » s'étendait-elle maintenant à tous les secteurs, et les Vors étaient-ils au bord de la défaite comme le prétendait Boilord ?

Les yeux posés sur un convoi d'une centaine de wagons dont chacun portait en rouge le cercle à vingt-huit rayons de l'Union, symbole des 28 Planètes Associées, Dreik songea que le jour de sa libération, il n'y avait aucun signe d'agitation sur Vor. Ce jour-là, dans le ciel lilas de la planète, il n'avait vu qu'une dizaine de « roues-fantômes ». Ils les appelaient ainsi à cause de leur aptitude à se fondre dans l'espace quand elles voulaient rompre le contact. Elles naviguaient avec nonchalance, plates et silencieuses, leur ceinture extérieure tournant à faible vitesse, et il avait distinctement vu, dressées contre le ciel plus pâle, les lames de sabre de leur tourelle latérale lâchant des aigrettes d'étincelles blanches qui étaient autant de coups de sonde dans l'espace. Elles avaient lentement basculé, grands disques clairs maintenant, qui glissaient avec mollesse, parcourus de reflets liquides dans le soleil couchant.

Le Slur annonça : « Voici nos amis. » Huit croiseurs pour les escorter, dont un Drim, un fauve des espaces intermédiaires, énorme squale trapu aux parois aveugles dont chaque compartiment détachable, jusqu'à la nacelle centrale à peine plus grosse que l'U.S. 23, était une charge meurtrière qui pouvait transformer en piège mortel les canaux du subespace.

Dreik murmura : « Que d'honneurs ! » Le Slur fit écho : « Ils ont peur, peur de toi, Dreik. Fais bien attention. Nous sommes de très petits poissons et ils ressemblent beaucoup à des poêles à frire. »

L'émetteur annonça, et Dreik reconnut la douce voix courtoise d'un Amérindien : « Nous regrettons de vous avoir fait attendre. Hissez vos panneaux de remorquage. Nous allons vous escorter hors du système solaire. »

Il était décidément bien élevé et pratiquait la litote de politesse. Soumis aux puissants aimants des croiseurs, l'U.S. 23 en effet, plutôt qu'escorté, était traîné comme une vulgaire épave spatiale.

Le Drim tira l'U.S. 23 dans son sillage mais les sept autres navires ne restèrent pas à proximité. Ils menaient tout un petit ballet arrogant, virant avec souplesse, partant en chandelle, piquant de brusques accélérations, cela à grande distance, comme si par leur éloignement et leurs incessants entrechats, ils voulaient parer à on ne sait quelle agression.

Le Slur soupira : « Pauvres Terriens. Ils ne se sont pas arrangés pendant notre absence. Toujours aussi rongés par les névroses d'infiltration. "Chaque grain de l'espace est un œil qui vous guette", comme dit le slogan. Que craignent-ils ? Que l'U.S. 23 ait été transformé en piège exterminateur, que tu sois un Vor humanisé, et qu'on m'ait transformé moi en charge de Séor capable de faire sauter le système solaire ? Tu sais où ils nous emmènent ?

— Oui, dans la Zone Blanche, près du vieil astéroïde artificiel où on parquait autrefois les êtres en survie précaire.

— Ils ont dû monter cette nuit en toute hâte une plate-forme-laboratoire. A notre seule intention. Nous sommes importants, Dreik. Des hôtes de marque. Mais pour mon champ de manganèse et mes envies d'Erlianaux de Cassia, on peut faire tintin. Qu'est-ce que tu paries qu'on en a pour huit jours à se faire chatouiller, feuilleter et déplier molécule par molécule les couches dermiques et viscérales par toute leur quincaillerie médicale. Je parle pour toi, pauvre pilote. »

Le Slur descendit de la paroi avec des prudences tout apparentes de vieillard qui craint pour ses fémurs. Il cahota vers sa réserve de tubes d'acier, en croqua mélancoliquement un et demanda à Dreik qui observait avec écœurement les fringantes cabrioles des croiseurs :

— Tu ne manges pas ?

— Manger quoi ? Les boîtes de soupe des Vors ?

— Tu n'es pas optimiste. Et moi qui, depuis cinq mois, me nourris de basse ferraille ! Je suis tellement saturé d'éléments ferreux que j'ai les trois quarts de mes relais grippés et des rhumatismes dans toutes les pattes. Un mois de plus et je serai tellement rouillé qu'on me confondra avec une vieille tondeuse à gazon. Mange ta soupe, Dreik. Je te parie un kilo de cobalt contre un fromage au lait d'Uru que nous allons avoir besoin de toutes nos forces.

Dreik resta dix jours sur la plate-forme-laboratoire, sorte de vaste radeau flottant dans le ciel noir à grande distance de Jupiter, la plus proche planète.

Dès le premier instant, il fut séparé du Slur et commença de subir l'analyse intégrale, examen minutieux, contrôle géant avec ses prises de sang, ses radiographies, tomographies, encéphalogrammes, etc. et ses grappes de sondes, les « écarteurs de cellules » qui entraient avec lenteur dans n'importe quel organe, s'arrêtaient à la profondeur souhaitée pour braquer leur œil voyeur, prélever s'il le fallait un minuscule fragment, projetant leur moisson d'informations vers les batteries d'écrans d'une vaste salle où étaient assis une vingtaine de biologistes qui ne quittaient l'image des yeux que pour consulter les pupitres horizontaux placés devant leur siège où ils pouvaient faire apparaître, donnés par l'ordinateur central, tous les éléments des examens subis par Dreik au cours des cinquante dernières années.

Ils comparaient, lançaient un écarteur un peu plus profondément dans le foie, le thymus, donnaient l'ordre à l'étage inférieur de faire absorber à Dreik une nouvelle gélule téléguidée, qui examinait au niveau cellulaire ses parois digestives, les traversait parfois pour obtenir un supplément d'information, minuscule bloc enregistreur et émetteur si perfectionné qu'il en acquérait une autonomie quand, stimulé par une infime différence, un élément insolite, il entreprenait de lui-même un examen plus complet.

Sans cesse l'équipe de biologistes demandait de nouveaux renseignements, qui arrivaient par vagues, accompagnés du cliquettement des machines intégrées aux pupitres. On entendait parfois un ordre venu d'un homme ou d'une machine : « Agrandissez au dix-millionnième. Demandez à Mémoire 2 le facteur Sygma + de la mère, du père aussi pendant que vous y êtes... »

Vingt mètres plus bas, écartelé sur un coussin d'air à champ inclinable, nu, Dreik percevait parfois la plongée trop rapide d'une sonde, le coup de succion aigre d'une ponction infinitésimale, l'arrêt trop brusque d'un écarteur qui venait de choir après la trouée de l'os dans le semi-vide du canal. Il pensait : « Indolore ! prétendent-ils. Ah les salauds ! »

Quand on relâchait les faisceaux sifflants qui fixaient ses mains, ses jambes et sa gorge, il restait immobile. Il n'avait pas envie de bouger. Cent douleurs poussaient de petites vagues ou des pointes vives à travers son corps. Les infirmières, deux Africaines robustes au regard placide, l'aidaient à se relever. Il faisait un pas puis un autre, épuisé par ces cinq heures d'examen, buvait le verre de liquide rose qu'une des femmes lui tendait, et ce liquide, c'était exactement le contenu d'une des boîtes de soupe que les Vors lui avaient données avant qu'il ne quitte leur planète. « Surtout, pas de nourritures terriennes, avait exigé le professeur qui commandait l'équipe. Nous risquerions de perturber son état ou d'affaiblir les modifications apportées dans son organisme, et qui sait, son psychisme, par sa détention de cinq mois chez les Vors. »

— Combien preniez-vous de boîtes de cette soupe, Monsieur Dreik ?

— Trois par jour.

— Eh bien, nous vous en donnerons trois. Il nous en reste quarante, plus qu'il ne nous en faut pour vous examiner à fond. Et n'oubliez pas, Monsieur Dreik, que tout renseignement que vous nous apportez contribue à nous rapprocher du moment de la victoire sur les Vors.

Sa paupière se plissait d'une cautèle toute scientifique. « Nous avons déjà obtenu grâce à vous quelques petites précisions. » Il ne les donnait pas mais on voyait qu'il se frottait moralement les mains, insensible à l'œil morne de Dreik qui, dans son peignoir, tremblait encore d'épuisement, Dreik qui se tenait un peu voûté, jambes écartées, et le dominait cependant d'une tête mais qui avait l'air d'un boxeur groggy, Dreik qui plissait son masque large d'Asiate, saisi d'une nausée, et disait, sans arrogance, plutôt humblement même : « Et si vous me donniez un peu d'Ostium ? Je me sentirais tout de suite plus à l'aise. »

L'Ostium était un euphorisant et un reconstituant qu'on administrait aux convalescents. Enfant, quand il était malade et subissait les Six Maladies Nécessaires de la jeunesse, sa mère lui donnait une cuillerée d'Ostium. Il en avait la saveur vanillée dans sa bouche et voyait aujourd'hui encore la longue bouteille qui semblait faite d'éclats d'émaux juxtaposés, une bouteille transparente et lumineuse comme un vitrail traversé de soleil, ainsi créée, il l'avait compris plus tard, pour que les enfants prennent le remède avec plaisir.

— De l'Ostium ! Mais une goutte d'Ostium et tout serait modifié. Qu'est-ce qui vous dit que nous ne perdrions pas la révélation essentielle, l'infime indice qui nous mettra sur la piste du fait capital ? Non, non, pas d'Ostium. Allez prendre un peu de repos dans votre chambre, détendez-vous. N'oubliez pas qu'à 15 heures, vous devez répondre aux questions de mon distingué confrère, le docteur Barthalas.

Quatre heures de questions en forme d'interrogatoire de police, avec un arrêt de quinze minutes pour boire un autre verre de soupe vor, et prendre une douche assouplissante au Calène et une douche revigorante aux rayons secs.

Dreik regagnait sa chambre. Il restait longtemps les yeux clos, l'esprit à la dérive, passant de son séjour sur Vor à sa jeunesse à Kuala-Hori. Il finissait par appuyer sur les touches du sélecteur de films à la tête de son lit mais le choix volontairement anodin de pellicules mises à sa disposition l'ennuyait vite. Il prenait un livre. Là aussi on avait fait une sélection : romanesque et héroïsme, grandeur de l'homme et de l'Union. Il se laissait aller, relâchait d'une main les lacets d'air sous son corps et finissait par sombrer dans une somnolence fiévreuse entrecoupée de tressaillements et de brusques sursauts dont il s'éveillait, hagard, se demandant où il était.

A 15 heures, un soldat vêtu de la tenue jaune de l'armée solaire venait le chercher. Dreik le précédait dans son peignoir qui portait le triangle bleu à étoile triple des commandants spatiaux. Il suivait le couloir aux parois lumineuses et blondes comme un matin de printemps. Le soldat s'effaçait, saluait, une lueur froide dans son regard, et Dreik entrait chaque fois dans la salle d'examen en se demandant la raison de cette hostilité. Tous se levaient, y compris le professeur Larginef.

— Nous sommes heureux de vous accueillir, Commandant. Pouvons-nous avoir un petit entretien avec vous ? Si vous vous sentez las ou, pour une raison que nous comprendrons, peu sûr de vous-même, cet entretien sera remis à plus tard bien entendu.

Le professeur n'attendait pas la réponse. Il désignait le grand siège hérissé d'instruments, de cadrans et d'un casque mobile transparent qui, parfois, venait coiffer le crâne de Dreik, rasé et poncé chaque matin depuis le premier jour.

Ils attendaient tous les huit qu'il fût assis pour s'installer devant leurs bureaux. Dreik, ses yeux gris à demi masqués par ses paupières bridées, observait les psychologues l'un après l'autre et sur son cou un faisceau de tendons jaillissait tant ses mâchoires se contractaient.

— Détendez-vous, Commandant...

Le professeur Larginef était lui aussi un pince-sans-rire.

— Ah, disait-il, comme j'aimerais vous administrer une simple injection de Gayeul. Comme cela simplifierait nos rapports. Mais, interdit, interdit. Nous vous voulons comme Vor vous a remis entre nos mains, pur comme l'enfant qui vient de naître...

Eux, ce qui les intéressait, leur secteur très étroit,

c'était le fait brut, les sensations que Dreik avait éprouvées sur Vor, la vie qu'il y avait menée. Ils ne voulaient pas entendre parler du message délivré par les dirigeants de la planète. Ce n'est pas notre affaire, disaient-ils. Ils n'étaient que des hommes de science, ils le répétaient à tout propos. Le Conseil vous interrogera, disaient-ils.

— Mais reprenons. Pendant les premiers mois, les Vors vous ont nourri sur les réserves de votre vaisseau. Vous ont-ils questionné sur le contenu des boîtes de rations, le rôle des aliments comprimés ?

— Jamais.

— Et, chaque jour, ils vous remettaient la quantité de nourriture nécessaire ?

— Oui.

— Ni plus ni moins ? Soyez précis. Vous voyez l'importance de votre réponse car on peut en conclure que les Vors connaissent exactement les besoins d'un humain.

— Je l'ai pensé.

— Vous avez été isolé, dites-vous, dans une cellule de six mètres sur six et haute de cinq mètres. On vous avait laissé votre tenue spatiale ?

— Au début. A partir du troisième jour, on m'a remis une sorte de kimono en tissu synthétique.

— Neuf et fabriqué à vos mesures ?

— Oui.

— L'air dans cette chambre hermétiquement close n'était pas différent de celui respiré sur Terre ?

— Non.

— Quand vous sortiez, on vous demandait de revêtir une combinaison pressurisée à alimentation d'oxygène ?

— Oui.

— On pourrait en conclure que l'atmosphère sur Vor diffère de la nôtre ?

Un des biologistes intervint :

— Nous objectons. Il pouvait s'agir d'un faux-semblant pour que Dreik en vienne à cette conclusion.

— La gravité hors de votre chambre vous a-t-elle paru modifiée ?

— Non.

— Vous avez dit qu'à partir de la facilité de vos mouvements, vous la jugiez inférieure à celle de la Terre. Pourriez-vous en donner une évaluation ?

— Environ 0,8 g.

— Quelles sensations particulières avez-vous éprouvées sur Vor ?

— Dans la chambre où j'étais enfermé, un très grand silence qui me gênait, le silence de Vor, comparable à nul autre.

— Et sur la planète ?

— Encore le silence et une grande paix, mais ce que j'ai vu est restreint.

— Vos fonctions naturelles ont-elles été affectées, sommeil, excrétions, respiration, rythme cardiaque ?

— Parfois, mais rien de notable.

— Précisez.

— Je m'éveillais souvent en sueur ou angoissé.

— Angoissé ? Par quoi ?

— Je ne sais pas.

Le professeur regardait pensivement Dreik. Il reprit :

— Laissons cela de côté pour l'instant. Vous avez subi plusieurs interventions, chirurgicales ou autres, sur Vor. Avez-vous une idée de leur nature ?

— D'une seule, la première. Quand j'ai repris connaissance, j'avais le corps endolori et il m'a semblé avoir maigri et perdu des forces.

— Pas de trace d'incision ?

— Non, mais elles auraient pu disparaître avant que je ne reprenne conscience. J'ai eu l'impression que cet état d'inconscience avait duré plusieurs jours.

— Si c'est une simple intuition, nous ne pouvons pas en tenir compte.

— Deux jours avant l'intervention, les Vors m'avaient apporté le matin une boîte de Rubshok.

— Nous ne connaissons pas cet aliment.

— Il est composé de viande de bœuf et d'un produit que les navigateurs appellent « Flash rouge », et les instructions prévoient qu'en mission nous devons en prendre une boîte tous les vingt jours. Le produit adjoint provoque à certains moments de la journée une brève lueur rouge dans l'œil. Cette lueur persiste une dizaine de jours.

— Et après l'intervention, vous n'avez plus revu cette lueur ?

— Une seule fois, le jour qui a suivi mon réveil.

— Ce qui signifierait que l'intervention aurait duré huit jours. C'est long, mais il est probable que c'est pendant cette période que les Vors ont extrait l'essentiel de leurs informations de votre organisme ainsi que les connaissances que vous possédiez. Comment vous endormait-on ?

— Je ne sais pas.

— Ni masque ni injection ?

— Non.

— Essayez encore d'évoquer des sensations particulières.

Dreik réfléchit. Il secoua la tête.

— Je crois avoir tout dit.

— A quoi occupiez-vous vos journées ?

— Je pensais à la Terre, à mes années d'investigateur, je marchais dans ma cellule. J'essayais aussi de comprendre qui étaient les Vors.

— Sans résultat ?

— Sans résultat.

— Vous n'aviez ni chaise, ni meuble, ni instrument d'aucune sorte à votre disposition ?

— Non, sauf un puzzle tridimensionnel qui appartenait à l'équipement de l'U.S. 23. Je l'utilisais parfois.

— Ce sont les Vors qui vous l'avaient laissé ? Ils en connaissaient donc l'usage ?

— Je le pense. Certains me regardaient jouer.

— Ils n'ont jamais tenté d'utiliser ce jeu ?

— Jamais.

— Ces êtres vivants que vous avez vus au cours de vos rares sorties étaient-ils des animaux ?

— Je l'imagine. Ils ne se sont jamais approchés de moi, et on ne m'a jamais laissé les approcher. Il s'agissait de quadrupèdes de la taille d'un chien et d'un poulpe volant que les Vors abattaient à l'aide d'une arme à rayonnement.

— Ils les ramassaient ?

— Oui. Un jour, j'ai vu une vingtaine de ces poulpes qui grouillaient dans une membrane transparente à l'entrée du bâtiment où j'étais incarcéré.

— Les Vors n'ont jamais pénétré dans votre cellule ?

— Jamais en ma présence.

— Ils vous ont dit pourquoi ?

— Oui, dès le premier jour. Leurs corps émettaient, m'ont-ils expliqué, une substance corrosive pour la peau et les yeux des humains.

— Peut-être était-ce une simple affirmation, peut-être était-ce le contact humain qui était dangereux pour eux. Il ne vous est pas venu à l'esprit de percer votre combinaison pour vous assurer de leurs dires ?

— Je n'ai eu ni l'occasion ni les instruments indispensables pour cela.

— Je vous entends. Dès votre capture, les Vors se sont adressés à vous dans la langue unienne ? Ils connaissaient donc cette langue. Comment la parlaient-ils ?

— Parfaitement.

— Avez-vous noté des mots de création récente ?

— Non.

— Parler notre langue laisse imaginer une gorge, des cordes vocales semblables aux nôtres.

— Non. Ceux qui parlaient l'unien le faisaient à l'aide d'un appareil qu'ils portaient ajusté par des courroies sur leur poitrine.

— Les avez-vous entendus parler leur langue ?

— Deux fois.

— Qu'évoquait-elle pour vous ?

— Un sifflement aigu et continu.

— Sans modulations ?

— Peut-être, mais imperceptibles pour une oreille

humaine. Je pense aussi que la longue membrane vibratile qui s'étend d'une épaule à l'autre joue un rôle très important par ses altérations de forme, de tessiture et de couleur. Seules ces membranes sont actives quand deux Vors sont face à face. Ils n'émettent alors aucun son. En revanche, à grande distance, ils utilisent ces sons comme nous userions d'une radio. Il arrivait aussi que certains d'entre eux portent un casque très épais qui émettait des crêtes lumineuses, et j'ai pensé qu'il pouvait encore s'agir là d'un moyen de communication.

— Avez-vous vu les Vors se nourrir ?

— Jamais.

— Plaisanter, se quereller ou quelque chose de cet ordre ?

— Non, mais de façon générale leur attitude les uns envers les autres dénotait de l'entente, ce que j'appellerais cette sorte de camaraderie peu démonstrative qui peut exister entre gens habitués à travailler ensemble.

— J'aurais aimé plus de remarques de cet ordre, Monsieur Dreik, quelque imprécises qu'elles soient. Vous n'avez assisté à aucun incident significatif ?

— Vraiment non.

Ils revenaient en arrière, répétaient leurs questions, peu satisfaits de ses réponses, Dreik le voyait. Leur chef déclara :

— Tout cela est inestimable, Commandant. Nul doute que nos ordinateurs sauront en tirer le meilleur parti. Mais cherchez encore, contraignez votre mémoire.

Il cherchait, fouillait ses souvenirs. Le chef insistait :

— Un détail, un incident dépourvu pour vous de signification pourrait nous ouvrir de nouveaux horizons. Comment vous dire, Dreik, ces Vors décrits par votre bouche nous semblent un peu anonymes et, pour tout vous avouer, ternes, sans relief. Nous les imaginons mal et nous imaginons encore moins ce qu'ils veulent, pourquoi par exemple ils vous ont capturé puis relâché.

— Je vous l'ai dit : pour que je puisse transmettre leurs propositions.

— Et vous étudier, et tous les hommes par la même occasion, mais pourquoi vous garder cinq mois et user si peu de vous ? Ce qui nous frappe, c'est qu'ils n'ont jamais parlé librement avec vous, qu'ils vous ont dissimulé le plus possible de leur monde et de leur nature. Qu'est-ce qu'ils aiment ? De quoi est faite la substance de leur vie ? Nous n'en savons rien. Ont-ils des croyances ? Des rites ? Une idéologie ? De quoi se nourrissent-ils, sont-ils même sexués ? Reconnaissez, Commandant, que vous nous apportez peu de renseignements.

— Ils ne m'accordaient pas du tout l'importance que vous imaginez. Ils n'ont jamais montré de curiosité à mon égard, comme s'ils savaient à quoi s'en tenir, et j'avais le sentiment de n'être à leurs yeux que le spécimen d'un peuple dont ils connaissaient déjà à peu près tout et qu'ils jugeaient d'un niveau banal, quelque chose comme une étape qu'ils auraient depuis longtemps dépassée. Ainsi, ils ne m'ont posé que quelques questions sur la Confédération, sa politique, les mœurs de nos différents peuples, et encore moins de questions sur moi-même. Ils ont simplement insisté un jour sur ce que représentaient pour nous le courage et la mort violente.

— Vos réponses ont paru les surprendre ?

— Il m'a semblé, autant que je pouvais interpréter leurs mimiques, qu'ils étaient soucieux ou déçus. Du reste, je vous en ai déjà parlé. C'est le seul cas où j'ai perçu chez eux un certain intérêt.

Le chef soupira. Cette indifférence l'exaspérait. Qu'est-ce que c'était que cet ennemi qui portait une attention si distraite à l'adversaire ?

— Nous avons fait une analyse de vos rêves au cours de ces derniers jours...

Dreik ne le savait que trop. Chaque nuit il avait dû porter un casque.

— Ils ne nous ont rien révélé de particulier, sinon votre réticence connue à notre type de civilisation. Des images sans surprise que je qualifierais de professionnelles, puis celle de vos parents, et, ce qui serait plus intéressant peut-être, l'image d'une femme que nous n'avons pas pu identifier.

Dreik expliqua comment le Slur lui avait transmis cette image. Il demanda :

— Est-ce une Terrienne ?

— Oui, de type indien. Mais à partir du vêtement, de la pureté du type physique, il s'agirait d'une image en provenance d'un monde assez ancien, vieux de plusieurs siècles.

— Les indices permettent d'être aussi précis ?

— Oui, par exemple la chevelure, qui n'a jamais été traitée au pyard. Or quelle est la femme qui, depuis cent ans, n'a pas fait traiter sa chevelure au pyard, ne serait-ce que pour en conserver l'abondance dans sa vieillesse ? Le traitement au pyard est décelable à l'image, ne serait-ce que parce qu'il ovalise la section du cheveu et en double le diamètre. Pour en revenir à vos rêves, ils sont tumultueux et montrent une peur diffuse et des pointes de terreur qui ne sont jamais apparues dans les enregistrements de rêves annexés à votre dossier, si ce n'est une fois à propos de votre horrible découverte sur Shimsar, et cette terreur était très justifiée. Or rien n'explique cette terreur, nous avez-vous dit, pendant votre séjour sur Vor ?

— Non.

— Quant à votre planète d'incarcération, peu d'images mais en revanche, celle des Vors qui recoupe votre déposition. Image trop floue pour permettre une analyse poussée, comme si on l'avait voilée. Elle est cependant assez nette pour provoquer de la répulsion. Vos geôliers n'étaient guère plaisants. On distingue le corps bipède d'un jaune tirant sur le roux, les membres longs et forts et le tronc pourvu d'organes extérieurs mobiles peu distincts. Taille voisine de trois mètres, poids inévaluable.

— Très élevé, dit Dreik, à en juger par leur force.

— Quelques paysages sans intérêt. Vous étiez dans une cuvette sableuse environnée de montagnes. Des bâtiments fonctionnels et un curieux terrain quadrillé de fissures étroites. Des enfants vors en petit nombre, aussi peu gracieux que leurs parents. Tous ces gens ont en commun quelque chose de repoussant et de violent.

— Ils ne me donnaient pas cette sensation. Bien sûr, ils dégageaient, surtout à cause de leur masse, une impression de puissance, mais ils n'avaient rien de repoussant...

Dreik demanda, inquiet :

— Auraient-ils contrôlé leur propre image ?

— Peut-être.

— J'ai eu d'eux une vision claire.

— Nous la connaissons par vos réponses, mais une bonne image nous en aurait appris beaucoup plus. Tout cela, les Vors le savaient et ils ont agi en conséquence. Comment expliquer autrement que les images des bâtiments soient si nettes que nous en distinguons la matière, du métal, de l'acier, information sans utilité pour nous ? Par ailleurs, l'étude d'imprégnation de vos organes sensoriels ne nous a rien apporté sinon sur un point. A un moment, vous avez été assailli par une douleur vive et durable. Vos cellules nerveuses en gardent les stigmates. On a tenté d'effacer ces traces et certains neurones détruits ont même été remplacés. Nous imaginons que cela s'est passé pendant la plus longue des interventions, et nous avons retrouvé dans quelques cellules des particules anesthésiantes. Nous les étudions. Le produit ressemblerait à notre Enclyde mais il serait en outre doté d'un pouvoir réfrigérant. Nous aimerions savoir si vous gardez un souvenir de cette intervention.

— Je l'ai dit, et aussi que j'avais perdu du poids et me sentais épuisé. Croyez-vous que les Vors aient alors implanté dans ma mémoire des souvenirs artificiels ?

— Honnêtement non. S'ils connaissent notre science, ils savent aussi ce que nous pouvons détecter et ils se sont probablement gardés de nourrir votre mémoire de faux souvenirs, certains que nous décèlerions aussitôt leur manœuvre, tant cette pratique est banale.

Dreik ne fit pas de commentaires. Sur les 28 Planètes, c'est par cette méthode dite « d'échafaudage dirigé » qu'on refondait la personnalité des asociaux et des délinquants.

Le psychologue poursuivit :

— Les Vors se sont contentés d'oblitérer ou de rendre indistinct. On peut aussi penser que, dès le départ, ils ont introduit dans votre alimentation un de ces produits dits « déracinants » qui rendent la mémoire flottante et vite périssable. Cela expliquerait quelques altérations de votre personnalité.

— Lesquelles ?

— Le professeur Arjunaz vous en parlera au moment du bilan. Voyez-vous, Commandant, le plus remarquable, c'est l'attitude des Vors. Ils n'ont introduit au niveau de votre corps ou de votre esprit aucune donnée fausse, mais les indices qu'ils ont laissés ne nous mènent nulle part. Quand ils sont obscurs, c'est qu'ils l'ont voulu et quand ils sont clairs, ils débouchent sur le vide ou le banal, ce qu'ils avaient aussi voulu, j'imagine.

« Ils sont très habiles et leur transparence même est inquiétante. Je dois avouer, puisque les Vors sont nos ennemis, que j'aurais préféré une politique de tromperie ou d'esbroufe. Qui veut tromper ou impressionner reconnaît qu'implicitement il a peur ou qu'il n'est pas sûr de lui. Ici, rien de tel. Ils vous ont manipulé, sondé au maximum, et en échange, par votre intermédiaire, avec l'air de qui joue le jeu, ils ne nous ont rien donné, ou presque rien. Plus encore, il n'est pas impossible qu'à partir de ce qu'ils savent de nous, ils ne soient pas en train de nous intoxiquer, cela en infiltrant des informations afin d'orienter sournoisement notre jugement et ensuite nos décisions. Rien n'est pis que croire découvrir alors qu'on n'est que manœuvré.

— En somme, c'est un constat d'échec.

— Ne soyons pas pessimistes. Dans les semaines à venir, les synthétiseurs nous fourniront peut-être une information capitale. Les Vors sont au courant de nos découvertes mais le sont-ils entièrement ? Qui est leur informateur ? Car il y a un ou des informateurs, Dreik, voilà bien un point dont nous sommes maintenant assurés. Comment communiquent-ils avec ces informateurs, et ceux-là sont-ils même conscients de leur fournir des informations ? Et si oui, pourquoi ? Comment communiquent-ils ? Mais il serait étrange que les Vors sachent tout de nous et immédiatement. N'oubliez pas que notre civilisation est une dynamique permanente, qu'elle ne peut se permettre un seul temps d'arrêt. Un indice que les Vors jugent aujourd'hui sans valeur peut nous éclairer demain. Nous avons toujours surpris nos ennemis en étant un peu plus forts et en allant un peu plus vite qu'ils ne l'avaient calculé. Ainsi, je regrette que votre derme n'ait pas été équipé de cellules enregistreuses.

— Les Vors les auraient décelées.

— Rien n'est moins sûr puisque nous n'employons plus que des matériaux organiques. Vos collègues reçoivent tous depuis quatre mois ces implants. Ils permettent de réduire le matériel optique et auditif et puisent leur unique énergie dans les cellules nerveuses.

Le Chef vit le visage tiré de Dreik. Il dit :

— Nous avons encore abusé de vous. Allez vous reposer. A demain, et nous vous remercions encore.

Dreik fit un pas vers la porte.

— Commandant... Comment expliquez-vous ces traces de culpabilité que nous avons découvertes dans la trame de vos rêves et dans ce que j'appellerais en gros les réticences ou la circonspection de votre comportement avec nous ?

— Je ne sais pas.

— Il s'agit, nous vous l'avons dit, d'un climat diffus plus que d'un sentiment de culpabilité catégorique.

— Vous ne l'aviez jamais noté auparavant ?

— Si, particulièrement dans cette affaire qui vous a opposé voici huit ans à un distributeur terrien. Vous vous en souvenez ?

— Oui.

— Vous étiez effectivement coupable. Mensonge, mauvaise foi, l'analyse l'a révélé. Vous êtes bien d'accord aujourd'hui ?

— Oui.

— En dépit de votre rébellion contre le général Lobarchof dans cet incident de Géhart, les analyses faites l'an dernier n'ont révélé chez vous aucun sentiment de culpabilité. Donc ce sentiment est nouveau. Il est probablement lié à votre capture ou à votre séjour chez les Vors. Qu'en pensez-vous ?

— Il peut être également lié à un incident de ma vie personnelle.

— Lequel ?

— Je ne sais pas.

— Vous êtes toujours aussi affirmatif à propos de votre capture ? Vous continuez de prétendre que vous n'avez vu le Cylindre vor qu'à l'instant où il usait de ses armes paralysantes et que, plongé dans l'inconscience, vous n'êtes revenu à vous que sur Vor ?

— Tels sont mes souvenirs s'ils n'ont pas été manipulés.

— Les appareils de bord n'ont pas sonné l'alarme ?

— Non.

— Ni le Slur ?

— Non.

— N'est-ce pas étrange ?

— Je ne sais pas.

— Cette réponse revient souvent, Commandant. Pensez-y encore. Il nous faudra réexaminer ces minutes capitales.

— Je ferai de mon mieux.

— Pensez aussi qu'il y a bien des façons d'être coupable. Et encore qu'on peut éprouver à tort ou à raison un sentiment de culpabilité. C'est affaire d'éducation, de sensibilité. Nous vous connaissons assez bien après un demi-siècle d'examens et de contrôles mais nous ne prétendons pas vous connaître tout à fait. Pas plus du reste que nous ne prétendons vous juger... Vous pouvez aller et encore merci.

Le onzième jour, un garde mena Dreik dans le bureau du directeur de la plate-forme. Jens, le directeur, était un vieil homme aimable. Ils étaient tous aimables ici, aimables et sans pitié. Celui-là avait largement dépassé le siècle. Maigre et ridé, la peau rendue bleuâtre par ses veines saillantes, il paraissait ne s'être jamais soucié des soins esthétiques conseillés et de la règle de l'aspect optimum. Il dit à Dreik :

— J'ai le plaisir de vous annoncer que vous êtes en parfaite santé. A part les usures qui vont de soi à votre âge. Votre séjour sur Vor n'a affecté aucun de vos organes. Vous nous quitterez dans quelques heures, mais j'espère qu'auparavant vous voudrez bien partager notre repas.

— Vous n'avez rien noté de particulier ? Aucun changement ?

Le vieux visage de Jens se plissa plus encore et il passa ses doigts sur sa chevelure crépue de métis.

— A vrai dire, si. Nous avons fait deux observations.

Il n'avait pas l'air pressé de les donner. Il poussa vers Dreik une boîte ouverte :

— Prenez. C'est excellent pour le tonus et meilleur encore pour l'humeur. Délicieux de surcroît. Plus je vieillis, plus j'adore les gâteries. J'ai du reste préparé un petit cocktail revigorant à votre intention.

— Ces deux observations ?

— Allons. N'est-ce pas le grand principe du système de tout dire et, quand tout est sur la table, de s'arranger de son mieux de la vérité, quelque déplaisante qu'elle soit. D'abord vos sens sont plus aigus qu'autrefois, M. Dreik. Vingt pour cent d'amélioration en gros, acuité visuelle à 190 par exemple. Vous êtes dorénavant l'homme qui voit le mieux sur toute la planète, une vue d'épervier. L'ouïe et l'odorat vont de pair.

— Et la seconde observation ?

— Votre quotient intellectuel est tombé de 16%. N'en concluez pas que vous êtes moins intelligent qu'autrefois mais...

— Vous avez une explication ?

— Hélas non. Il semble même qu'au cours des dix derniers jours ce quotient ait de nouveau chuté. Oh, de peu, 1% environ.

— Rien d'autre ?

— Des broutilles. De menues perturbations au niveau du système nerveux et des glandes endocrines. C'est sans importance, probablement passager. Nous reverrons cela dans quelques semaines.

Jens se leva :

— A tout à l'heure.

Il tendit la boîte de pilules.

— Prenez-en encore une, c'est inoffensif. Gardez la boîte même. J'en suis moi-même grand consommateur. Il est vrai qu'à mon âge... Le Conseil Terrien vous entendra demain à onze heures.

— Et le Slur ?

— Sa santé est de fer, dirais-je.

— Et ses facultés ?

— Invariées.

— Ses organes sensoriels ?

— Dans la mesure où nous sommes équipés pour les tester, et je vous avouerai qu'elle est faible, je dirais que votre compagnon reste égal à lui-même. Il est du reste d'une humeur massacrante, a cassé trois écrans, écrasé le pied d'une assistante et fait sauter la porte de sa chambre sous prétexte qu'on le menait droit à la claustrophobie. Il veut aussi vous voir. Ramenez-le à plus de coopération. Depuis six jours que ses examens sont achevés, il n'ouvre son esprit que pour lâcher des torrents d'injures télépathiques sur ceux qui passent à sa portée. J'espère qu'il va revenir à de meilleurs sentiments car il doit être entendu lui aussi, et trois de ses semblables viendront d'Argès pour l'interroger.

A treize heures, Dreik déjeuna en compagnie des membres de l'équipe analytique. Le repas fut somptueux. Lui qui y avait cent fois rêvé toucha à peine aux plats. Tout juste si ces nourritures raffinées ne lui soulevaient pas le cœur, et il ne goûta qu'une bouchée de Thel, ce merveilleux pâté d'Orth qu'il aimait tant autrefois. Quant au Slur qui avait culbuté le mobilier de sa cellule, cassé de nouveau sa porte et terrorisé deux gardes accourus en s'agrippant aux chevilles de l'un d'eux de ses huit pattes, il était dans un tel état de rage qu'on avait dû l'enfermer dans un cylindre de propulsion qu'on avait obturé et soudé à ses deux extrémités. Il n'avait donné aucune explication de sa conduite, refusant simplement d'être examiné par des humains.

Dreik et le Slur furent amenés sur Terre par un navire militaire. Quand ils ne dormaient pas, ils jouaient au Lian, une sorte de jeu d'échecs à trois dimensions. S'ils parlaient peu, c'était moins par crainte des micro-enregistreurs qu'à cause d'une querelle qui avait éclaté le premier jour. Dreik avait retrouvé le Slur dans un vif état d'excitation. Son ami était si nerveux qu'il émettait à pleine puissance, rendant impossible toute conversation ou réflexion dans un rayon de dix mètres. Dès qu'il l'avait vu, sans se soucier des gardes, il avait crié :

— Nous ne pouvons rien faire, Dreik, rien. Ils ne cherchent pas des renseignements mais des arguments, et ils n'attendent de nous qu'une chose, que nous leur servions d'alibi. Alors, ne résiste pas, abonde dans leur sens.

Il était si troublé qu'il se dressait sur ses huit petites pattes et produisait par un glissement de ses plaques ventrales ce halètement puissant et sourd qui avait fait donner à ceux de sa race le surnom de « Vloomers » sur certaines planètes.

— Tu as fait tout un chahut, m'a-t-on dit. A quoi bon puisque tu es si sûr de notre impuissance ?

— J'avais de l'humeur en effet, mais ma soumission n'en sera que meilleure, plus appréciée. Je me prosternerai à leurs pieds. Je leur dirai qu'ils ont raison, qu'eux seuls peuvent avoir raison. Tu les as écoutés, Dreik, tu as reçu de plein fouet l'odeur puante de leurs convictions ?

Dreik objecta :

— Le Grand Conseil...

— Le Grand Conseil obéit à la fameuse Loi de l'Expansion Inéluctable. Voilà deux siècles qu'ils confondent sagesse et argumentation socio-technologique, et au point où ils en sont, la technologie appliquée à votre type de société n'est qu'un nouveau mot pour désigner le délire passionnel. Dans mon peuple, on appelle cela la Loi des Amendements Récessifs. Tu pars d'un principe excellent, l'égalité par exemple, tu veux bien entendu respecter l'inévitable Loi du Progrès et de l'Expansion Inéluctables, tu déduis, tu induis, tu protèges, tu émancipes, tu alignes et un jour tu découvres avec horreur que tu es en plein chaos et en pleine injustice. Et tu sais pourquoi ? Parce que les principes, c'est l'enfer...

Dreik riait. Le Slur dit :

— Oublies-tu l'étape suivante, celle qui mène droit au malheur, au désespoir ? « Vous êtes tous égaux, tous semblables mais comme ce n'est pas vrai, on va donc vous réformer, vous malaxer, vous contraindre pour que vous soyez conformes à la belle image. »

Le Dormeur fit craquer ses plaques. Il se concentra sur le jeu, fit glisser un pion sur un des fils verticaux de l'échiquier en se servant de ses tigelles dorsales. Il ajouta plus calmement :

— Tu as dû remarquer qu'ils confondent le bonheur avec n'importe quoi, avec le confort, la sécurité, l'abondance.

— Et les gens de ton peuple, comment ont-ils résolu le problème ?

— Un jour, nous avons compris que mieux vaut se retirer en soi-même que devenir pour les autres une charge explosive.

— C'est un programme plutôt stérile, non ?

— Et le vôtre ? Pendant des siècles, vous avez vécu dans l'euphorie des conquêtes et de vos cent libérations. Aujourd'hui, vous êtes devant un dilemme : ou réussir à modifier l'homme pour l'adapter au monde que vous avez créé, ou l'affronter tel qu'il est. Depuis un siècle que je vis parmi vous, j'entends parler de l'Homme Nouveau, mais cet Homme Nouveau, derrière ses flamboyants attributs, son efficacité, ses complexes en miettes, sa morale hygiénique, sa dynamique raciale et sociale et ses libertés théoriquement innombrables, je le trouve désespérément semblable à ce qu'il était. Vous avez changé de chaînes, rien de plus. Vous ne buvez plus la sève des Huyrs non parce qu'elle dérègle les sens et pousse au meurtre mais parce qu'il est interdit de consommer un produit qui altère la descendance. Non, rien n'est vraiment changé, et comme on dit sur Névag: «Il y a soixante plats sur la carte mais quoi que tu choisisses, tu manges toujours du Nourou.» Ils espèrent que Vor va les tirer d'affaire, relancer la partie. Quand une guerre dure si longtemps, et qu'on s'y installe, c'est qu'il s'agit de bien autre chose que de gagner. Vor est le tigre qui fait oublier les millions de moustiques qui vous harcèlent. Voilà pourquoi nous ne pouvons rien faire, ni toi ni moi. Ce qui est terrible, c'est que, même s'ils gagnent, ils n'obtiendront qu'un sursis. Voilà ce qu'ils jouent: un sursis contre leur destruction.

— Tu parles comme un vieillard. Parce que vous n'avez plus d'avenir, vous voulez que les autres n'en aient pas. Quand je pense qu'ils t'ont mis avec moi pour me soutenir le moral! L'homme n'est pas ce que tu imagines. Il est fait pour prendre des risques, et perdre l'équilibre, c'est sa façon d'avancer. Ce qui ne me plaît pas justement, c'est que nous soyons soutenus, guidés, protégés, rassurés, béquillés et orientés de cent façons de notre naissance à notre mort. De conseils en interdits, de suggestions en règlements nous en sommes venus à encadrer la quasi-totalité de l'activité humaine et par contrecoup notre jugement et notre système de pensée.

«Quand l'Etat grandit trop, quand il est présent derrière tous les gestes, toutes les opinions, alors il change de dimension, il accède au sacré et lui désobéir, c'est commettre le péché majeur. Dans ce sens, je suis d'accord avec toi quand tu dis que nous sommes passés d'un esclavage à un autre, plus subtil parce que intérieur. Un esclavage consenti et qui va de pair avec l'inertie qui nous a fait accepter trente-deux années d'une guerre contre un ennemi dont nous ne savons à peu près rien, sinon qu'il nous résiste.

« Quant au triomphe des Techniciens, je n'y crois pas. On dit que le Grand Conseil est sous leur contrôle et que le Synthétiseur Ultime seul décide. C'est faux. Ce n'est qu'une vision des choses à l'usage des gens crédules. Les Techniciens n'ont jamais rien mené, ni les synthétiseurs qui ne sont nourris que de ce qu'on veut bien leur donner.

« L'homme n'a jamais été honnête avec ses machines. Il s'est toujours arrangé pour leur faire dire ou faire ce qu'il voulait. Elles ne sont que les prêtres d'un Dieu à face humaine. Alimentées de rapports sincères, il y a longtemps qu'elles auraient décidé de l'arrêt de la guerre. Mais le Conseil veut la guerre, et peut-être le peuple adroitement conditionné la veut-il à sa suite. A chacun ses raisons, et la première tient à la nature humaine, inchangée en profondeur en effet. Crois-tu que la Doctrine de l'Expansion Inéluctable soit due au hasard ? Tu y vois une névrose alors qu'elle leur est aussi nécessaire que leurs yeux ou leurs mains. Tu la trouves sous une forme ou une autre à toutes les époques chez les Croisés du Premier Moyen Age comme chez les Fédérés Asiatiques du XXIe siècle.

— Tu es bien un prospecteur de l'espace, né pour la conquête. Mais cette fois, vos ennemis sont les Vors, et il ne s'agit plus de pacifier ou d'assimiler. Ce que j'ai cru percevoir de leur nature ne vous laisse pas beaucoup de chances. J'aime les hommes, Dreik. Nous avons été heureux parmi vous. Vous nous traitez en animaux supérieurs avec ce que cela implique de dédain, ce qui ne nous gêne pas, nous sommes sans vanité. Vous subvenez à nos besoins et, parce que nous sommes inoffensifs, votre attitude est bienveillante. Vous nous laissez aller à nos petites affaires, facilitant même les plaisirs de notre vie. Notre Paradis, c'est l'homme, et je pressens que nous allons perdre ce Paradis. Comprends-tu pourquoi ils m'ont mis hors de moi avec leurs sous-entendus belliqueux ?

— Je te connais, et je ne suis pas sûr que ce soit la seule raison. La colère chez toi n'est jamais sincère. Les gens de ton peuple n'y sont pas sujets. Elle sert toujours à dissimuler quelque chose : l'émotion, la peur, oui, surtout la peur. Qu'as-tu vraiment appris sur Vor qui t'effraie tant ?

— Je préfère pour l'instant ne pas en parler. Sais-tu que sur Vor, ils m'ont enfermé dans un local aux parois blindées mais qu'ils ne s'y sont décidés que le second jour ? Ils m'ont sondé, et sonder un Slur, c'est toujours dangereux pour le sondeur.

— Pourquoi ?

— Il s'établit un lien, un va-et-vient si tu préfères.

— Le sondeur sondé en somme. Qu'as-tu découvert ?

— Rien qui soit traduisible en termes humains. Imagine que tu fasses un discours devant un arbre, qu'est-ce que l'arbre connaîtra de toi ? C'est un peu ce qui s'est passé entre les Vors et moi. A cela près que je ne suis pas tout à fait un arbre. Je te parlerai bientôt peut-être de ce que j'ai cru entrevoir qui, pour le moment, n'a laissé dans mes cellules qu'un relent de peur et d'inquiétude, et aussi quelque chose de contradictoire, comme si pour ces êtres, par exemple, le blanc pouvait être noir ou le passé se confondre avec le présent, rien qui puisse t'éclairer, tu le vois. J'ai aussi perçu une férocité sans limites et, ce qui ne va pas avec, une infinie compassion, et plus loin encore l'indifférence de ceux qui n'ont pas d'avenir et pour qui l'essentiel de la vie est ailleurs. Mais ce qui m'a frappé, c'est que toi qui as vu les Vors, tu aies éprouvé un sentiment si différent du mien. Je te connais bien, Dreik, depuis dix ans que nous naviguons ensemble, et je vois là une anomalie. Et aussi le signe qu'il y a quelque part dans cette affaire un piège ou une gigantesque tromperie.

Le Conseil reçut Dreik sur l'île de Shallor, dans l'Atlantique Nord. Il ne s'agissait que d'un Conseil restreint de six membres, et Dreik y vit la preuve du petit intérêt qu'on portait à son incarcération sur Vor.

La plupart des Conseillers étaient jeunes et l'un d'eux, Gessler, un Activé A de 6e Génération, célèbre dans toute l'Union, avait moins de vingt ans. Parmi les femmes, il y avait deux Jumelles Hybrides de Gertha, des géantes aux bras épais, aux yeux verticaux et aux doigts longs et plats comme des couteaux.

Le Coordinateur, un Terrien aux yeux froids d'une soixantaine d'années, dit à Dreik :

— Nous avons pris connaissance des rapports. Nous nous limiterons donc à quelques questions. Tout d'abord, ce message des Vors.

— Ils désirent mettre fin à la guerre et proposent un armistice.

— Armistice ou Traité de paix ?

— Armistice. Ils cesseront les combats dans cinq jours, le onze septembre. Si nous poursuivons la guerre au-delà de cette date, ils y verront un rejet de leur proposition.

— Qu'offrent-ils ?

— L'abandon d'une zone de 350 Unités Val qui contient onze planètes, dont le système de Juwal.

Les Conseillers firent apparaître sur l'écran de leur pupitre ce secteur où la guerre se développait depuis quatre ans, et Dreik donna des précisions sur les territoires concédés par les Vors.

Le Coordinateur observa :

— Nous avons conquis trois planètes dans le système de Juwal au cours des dernières semaines. Ensuite ?

— Au-delà de Chambow s'étendrait une zone neutre de 700 Unités Val.

— Sous contrôle commun ?

— Non, démilitarisée et interdite aux humains comme aux Vors.

Ils étudièrent la zone neutre et échangèrent des commentaires tandis que Dreik, immobile devant le micro dans sa tenue bleu marine de commandant, regardait la devise de l'Union « Liberté et Expansion » sous la roue aux vingt-huit rayons.

— Qu'offrent-ils d'autre ?

— Les techniques de croissance accélérée animale et végétale.

— Nous sommes déjà équipés dans ce domaine. Aucune mutation de second niveau ?

— Ils n'en ont pas parlé. Ils proposent aussi une méthode de modification chromosomique à contrôle permanent.

— Nous avons la nôtre, qui nous suffit.

— Je le leur ai dit, mais ils peuvent par leur méthode assurer la survie dans l'espace d'un cosmonaute sans protection particulière.

— Suspension des fonctions organiques sans lésions. C'est intéressant.

— Résurrection des morts par accident si le délai n'excède pas deux jours. Le corps serait remis dans un état parfait. Et à partir du même principe, personnalité de synthèse pour les sujets dangereux.

— Nous pouvons obtenir les mêmes résultats par nos méthodes. C'est tout ?

— Oui. D'autres accords pourraient suivre.

— Que demandent-ils en échange ?

— Rien.

— Les Vors font de grosses concessions, territoriales en particulier, et nous devons admettre que cet accord nous serait favorable. Voyez-vous une raison à ce traitement privilégié ?

— Les Vors souhaitent mettre un terme à la guerre.

Gessler demanda :

— Personnellement, M. Dreik, seriez-vous favorable à cet accord ?

— Oui.

— Pourquoi ?

— Le conflit dure depuis trop longtemps, nos pertes sont importantes, et qu'avons-nous gagné en trente-deux années ?

— Pas d'autres raisons ?

Les yeux de Gessler, vastes et bruns, leurs globes bombés et irradiant comme des luminaires, ne quittaient pas Dreik, qui secoua la tête.

— Envisagez-vous notre victoire en cas de poursuite du conflit ?

— Je ne crois pas à une victoire dans le sens où on l'entend d'ordinaire, c'est-à-dire un écrasement de l'ennemi suivi d'une conquête de son territoire.

— Qui parle de conquête ? Nous ne voulons rien annexer. Les planètes vors deviendraient simplement de nouveaux Etats de l'Union après une période probatoire. Ensuite, le processus habituel d'intégration.

Les globes de ses yeux sombres et saillants dégageaient une chaude lumière huilée.

— Vous est-il arrivé de penser que les Vors nous tendaient un piège ?

— Cette idée m'est en effet venue.

— J'aime vous l'entendre dire.

Dreik rectifia vivement :

— Mais je me trompe sûrement. Les Vors n'ont montré aucune hostilité contre les Terriens, ils ont toujours pratiqué une guerre défensive et le marché qu'ils proposent aujourd'hui est équitable, dites-vous.

— Mieux qu'équitable. Et c'est bien ce qui est inquiétant. Ou pourrait l'être. Pourriez-vous vous entendre avec les Vors ?

— Nous nous sommes bien entendus avec les Shen, qui aux yeux des Terriens passaient pour horrifiants.

— Horrifiants comme pourrait l'être un Ushar par exemple, et de médiocre niveau intellectuel, ce qui fait toute la différence, faut-il vous le rappeler... Quand on lit votre rapport, la volonté de dissimulation des Vors est évidente. Que veulent-ils cacher, à votre avis ?

— On cache d'ordinaire sa force ou ses faiblesses.

— Les synthétiseurs penchent pour la force, bien que l'indice d'incertitude soit trop élevé pour se faire une opinion. Quelle est votre idée personnelle ?

— Je n'en ai pas ou, plus exactement, j'en ai eu de contradictoires. Ainsi, leurs armes sont plus puissantes que les nôtres. En revanche, je les crois peu nombreux, économes de leurs soldats.

— Pensez-vous que les Vors aient le même système de pensée que les Humains ou Assimilés ?

— Dans l'attaque ou la défense, ils ont toujours proportionné les moyens au but à atteindre. On peut donc les créditer de logique. Mais ils peuvent être doués d'autres capacités. Ainsi, leurs méthodes de combat sont souvent incohérentes et, dans certaines occasions, on devrait plutôt parler d'un jeu dont ils sont d'abord soucieux de respecter les règles, mettant au second plan l'efficacité.

Gessler dit avec ironie :

— Les fameux mystères vors ! Soyons sérieux. Estimez-vous, Dreik, à partir de leur comportement à votre égard, que les Vors souhaitaient éveiller chez vous certaines convictions qui ensuite auraient orienté votre conduite ou le rapport que vous nous feriez ?

— Quelles convictions ?

— Vous donner à croire, par exemple, qu'ils étaient moins dangereux qu'on ne pouvait le craindre. Vous semblez hésiter. Répondez.

— Ce n'est pas exclu.

— Que savez-vous de la situation militaire actuelle ?

— On m'a dit qu'en quelques semaines nous avions conquis plusieurs Unités Val sur les Vors dans Espace IV et pris pied sur trois planètes.

Une des Jumelles de Gertha intervint :

— Au cours des derniers jours, nous avons dû abandonner deux de ces planètes ainsi que six Unités Val sur les quatorze conquises. Nos pertes sont lourdes.

La femme de Gertha parut ignorer le geste de réprobation du Coordinateur.

— Beaucoup trop lourdes...

Elle allait ajouter autre chose mais le Coordinateur l'interrompit :

— Commandant, comment expliquez-vous le sentiment de culpabilité que les analystes ont décelé chez vous ?

— Je ne me l'explique pas.

— Vous voulez dire que vous n'avez commis aucune faute professionnelle ou autre ?

— Oui.

— Les sondeurs de rêves ne se trompent jamais. Le saviez-vous ? Vous avez reconnu que vous éprouviez ce sentiment.

Dreik fit un geste d'impuissance.

— Nous vous remercions, Commandant. Ah, j'oubliais ! Cette femme que vous aviez vue dans les projections mentales du Slur, a-t-elle réapparu ?

— Non.

— Pensez-vous que les Vors avaient déjà eu des contacts avec les humains ?

— J'en suis à peu près certain. Je n'ai jamais éveillé de curiosité chez eux à titre de Terrien.

— Vous pouvez vous retirer. Nous vous reverrons dans quelques instants.

Deux officiers accompagnèrent Dreik dans une salle qui prenait jour sur la mer. L'un d'eux lui montra en souriant la corbeille de fruits et les boissons posées sur une table. Dreik se servit un verre de Ginel qu'il but avec lenteur en regardant l'océan qui poussait d'épaisses vagues écumeuses contre la ceinture de métal qui enveloppait l'île. Il n'avait pas aimé l'animosité de Gessler. Il connaissait la réputation de cet Activé de Niveau A qui était le créateur du 8e Programme pour l'Expansion. Gessler, dont l'énergie était inlassable, avait rang de Conseiller Militaire et c'était lui qui, depuis trois ans, organisait l'aménagement des Territoires d'Espace III, où travaillait ce qu'on appelait pudiquement la Main-d'Œuvre Volontaire, en d'autres termes les trente ou quarante millions de perdants au Jeu du Centuple. A quinze ans,

Gessler avait écrit son ouvrage *Les Conditions de survie de l'espèce*, qui était au programme des scolarités informatives et des Cours d'Extension. Partant de la loi de l'Expansion Irréversible, il voulait une Union sans cesse plus vaste, plus peuplée, et affirmait que l'Homme et les Assimilés ayant choisi la technique ne pouvaient subsister et se développer que par un accroissement permanent de cette technique. C'est lui qui avait lancé le slogan qui flambait sur toutes les planètes: « Seule la Technique est le remède à la Technique. »

Dreik n'avait pas tort d'être pessimiste. Dans la salle du Conseil, l'entretien tournait à la dispute. Le Coordinateur disait:

— Nous ne pouvons pas retenir vos suggestions, Gessler. Refondre Dreik serait illégal. Illégal et plus encore maladroit. Je vous accorde qu'il n'a pas su tirer parti de son incarcération sur Vor. Il y a aussi cette curieuse culpabilité qu'il reconnaît éprouver. Mais nous devons tenir compte de son passé, du fait aussi qu'il a acquis une certaine popularité auprès du public depuis l'affaire de Delchor.

Dogger, un para-humain qui représentait les cinq planètes assimilées d'Orhusa, dressa sa tête aux puissantes mâchoires de saurien. Il demanda:

— De quelle affaire s'agit-il?

— Il y a une vingtaine d'années, alors que Dreik appartenait au Corps d'Investigation d'Espace III, il est arrivé en vue de la planète que nous appelons aujourd'hui Delchor. Il avait consommé à ce moment près de la moitié du carburant de son vaisseau. Cependant, il a préféré poursuivre sa route, aborder sur Delchor où il est resté deux années seul, recensant les richesses de la planète qui est aujourd'hui la 27e de l'Union. Son premier rapport était si remarquable que lorsque la mission de secours l'a découvert après ces deux années de solitude, nous avons pu immédiatement programmer le peuplement et l'exploitation de Delchor. Les Trid ont fait à l'époque beaucoup de bruit autour de cette aventure et, à son retour sur Terre, Dreik a été accueilli en héros.

Gessler dit :

— Cela ne justifie aucunement son manque de civisme actuel. J'ai étudié son dossier. Il a toujours travaillé en solitaire et vous savez ce que je pense de ces gens-là. Leur indulgence s'étend autant à eux-mêmes qu'aux autres. De toute manière, pourquoi, sans le refondre, ne pas le mettre à la retraite en lui assignant une aire de résidence ?

— Et ameuter contre nous la presse et les Trid. Soyez lucide, Gessler. Vous en faites une affaire personnelle. Je ne comprends pas vos raisons, ou plutôt je crains de trop bien les comprendre et je vous désapprouve. Pensez aussi que Dreik a tenu trois ans le Triangle de Wen, qu'il l'a habilement protégé et qu'après son remplacement par le général Shirun, nous avons perdu le Triangle et en même temps une trentaine de navires. Dreik est un excellent soldat.

Dogger objecta :

— On peut quand même regretter que les Vors aient capturé par hasard un officier que nous avons dégradé et que l'armée tient pour suspect.

Gessler demanda :

— Pensez-vous justement qu'il s'agisse d'un hasard ?

Le Coordinateur posa ses mains à plat sur la table.

— Tous les faits d'armes ou autres de Dreik ne pèseraient pas lourd en effet dans notre décision s'il n'y avait pas ce fait capital qui les balaye tous : Dreik est le seul humain ou assimilé qui soit allé sur Vor. Il est le seul qui ait eu des contacts avec l'ennemi, et refondre Dreik ou le mettre à une retraite en forme d'exil reviendrait à nous passer de ses services pour l'avenir.

— Quels services ? demanda Gessler. Nous avons extrait de Dreik tout ce que nous souhaitions puisque vous avez refusé d'employer contre lui l'Investigation Totale, qui seule serait peut-être parvenue à nous dire ce qu'il y a derrière ce bizarre sentiment de culpabilité.

— Dreik n'est pas un criminel. Le Code nous interdit formellement de recourir à cette méthode dans son cas. Rien ne prouve que les techniques de gommage vors soient durables. Dans les semaines à venir, Dreik peut se souvenir de faits significatifs. C'est pourquoi, Gessler, aucune sanction ne sera prise contre lui. Bien au contraire, nous allons le réintégrer à son ancien grade de général, nous lui donnerons une prime importante et nous lui accorderons le congé auquel il a droit.

— Exactement ce que nous aurions fait si Dreik était un officier dévoué à la Roue qui nous avait apporté d'inestimables renseignements. A-t-il pris une quelconque initiative sur Vor ? Non. Il a passivement subi sa captivité.

Une des Jumelles de Gertha intervint :

— A vos yeux, il n'y a de héros que mort, si je vous comprends bien, Gessler. Nombre d'Assimilés, dont nous sommes, souhaitent la fin de cette guerre. Elle est impopulaire sur nos trois planètes. Nous avons perdu beaucoup de Gerthiens et, en trente-deux années, vous avez épuisé une bonne part de nos ressources. N'atteignez pas le point critique, celui où nous nous dégagerons des liens de la Roue.

— Et serez absorbés par les Vors ?

— Si nous en croyons Dreik, Vor veut la paix. Nous nous en tiendrons là puisqu'il est notre seul lien avec eux.

Dogger projeta son mufle rugueux vers Gessler.

— Vous oubliez aussi les révoltes sur Di-Tiarh. Pour les réprimer, nous avons dû user de méthodes qui ne sont guère plaisantes. Je sais que les êtres de Di-Tiarh sont méprisés sur les autres planètes. Cela nous a beaucoup aidés, mais imaginons que la révolte éclate sur ma planète d'origine ?

— Ou sur Gertha...

Le Coordinateur trancha :

— Vous parlerez de ces affaires en chambre d'Alliance.

Il manipula les commandes du pupitre, examina les conclusions qui s'y inscrivaient.

— Les synthétiseurs ne réclament aucune sanction contre Dreik. Ils recommandent l'attente et de nouveaux examens dans quelque temps. Quant aux propositions vors, ils souhaitent un délai pour nous dire ce qu'ils en pensent. De nouveaux éléments devront leur être fournis.

Gessler dit :

— J'attends les informations du Commandement Spatial.

Il changea de ton, la voix incisive, pour demander :

— Ainsi, vous allez lâcher Dreik au milieu de la meute des journalistes et des Trid. Et s'il tient des propos défaitistes ?

— Vous voulez dire favorables à la paix ? demanda la Jumelle de Gertha.

— Si vous voulez. Des propos qui pourraient porter atteinte au moral de nos armées, et incliner le peuple et les assemblées à accepter des conditions de paix humiliantes pour nous.

Le Coordinateur trancha avec irritation :

— Nous connaissons tous vos dons de prévision, mais n'y mêlez pas vos obsessions. Du reste, nous recommanderons à Dreik d'être prudent dans ses rapports avec la presse et les Trid.

— Nous pouvons lui interdire ces rapports. Vous sous-estimez le rôle de Dreik. Ce n'est pas seulement un messager. Je sens qu'il s'est passé quelque chose que les analyses n'ont pas révélé. Dreik est dangereux. Fiez-vous à ce sens supplémentaire qui m'a été donné. Il m'a rarement trompé. Dreik doit être isolé ou reconstruit...

Le Coordinateur frappa son pupitre avec violence.

— Non, non. Encore une fois, une telle décision serait illégale. Laissons Dreik de côté. Son statut personnel est sans importance. Si nous jugeons qu'il ne se conduit pas en bon officier, s'il constituait par ses paroles une menace pour la communauté, alors rien ne nous interdi...

Il n'acheva pas et appela les gardes.

Enfin libéré, Dreik prit l'appareil qui partait le lendemain, un dériveur mixte du gouvernement, énorme cargo volant qui se traînait en première couche à moins de mille mètres d'altitude et faisait halte sur les îles artificielles d'élevage et d'exploitation minière maritime.

Le troisième jour, ils touchèrent la côte africaine et commença alors un paresseux voyage en crochets qui devait les mener à Omazar, la capitale administrative construite sur le terrain de l'ancienne Alexandrie.

Dreik se remettait mal de son séjour chez les Vors. Les médecins avaient beau lui assurer qu'il était en bonne santé, il était vite las et avait perdu le goût d'entreprendre ou plus simplement de se divertir. De mauvais rêves agitaient ses nuits. Il en gardait pendant le jour un sentiment de crainte diffuse mais aussi de faute, comme si, à un moment aujourd'hui oublié, il s'était mal conduit.

Il restait le plus souvent dans sa cabine, où il tombait dans de mornes songeries qui le menaient au bord du sommeil. Il devait alors se secouer, reprendre pied, mais ses réflexions le ramenaient inévitablement, par un constant magnétisme qu'il n'expliquait pas, à sa vie sur Vor. Et pourtant, pensait-il, que tirer de cette vie, qui dans son souvenir avait maintenant figure de fragment mort et silencieux où la durée même n'avait pas de consistance tant les jours si parfaitement semblables s'y étaient encastrés en une seule journée étirée à l'infini, plate et nue comme ces déserts où le regard ne découvre que d'insignifiantes aspérités ?

C'est ce vide qu'il en venait toujours à contempler. Parfois, quelque chose émouvait l'étendue morte, il croyait percevoir un faible clignotement. Ainsi ce jour, où il avait souffert d'une dent. Il l'avait dit aux murs de sa cellule, il l'avait crié plutôt, irrité par la violence du mal. Un Vor était venu. Il n'était pas entré. Du seuil, il lui avait tendu une tablette verte et molle, et tandis que Dreik la mâchait, que la souffrance s'évanouissait miraculeusement comme l'eau s'écoule d'un vase, les vastes yeux circulaires du Vor le contemplaient et il y avait fugitivement discerné ce qu'il avait envie d'appeler une bienveillance pensive.

Pour échapper à cette fascination morose, Dreik se levait, marchait dans sa cabine où il allait s'asseoir devant le viseur de grand champ qui faisait apparaître, proche à la toucher, la Terre qui défilait à quelques centaines de mètres au-dessous du cargo.

Il regardait les villes qui jalonnaient les anciens déserts africains. Elles étaient si nombreuses, si serrées parfois, qu'elles formaient sur le sol d'un beige rosé des arborescences longues de plusieurs dizaines de kilomètres. Pour une bonne part, elles étaient peuplées par les retraités des 28 Planètes.

Au cours des deux derniers siècles, la Terre était devenue un lieu de repos et de tourisme, et tout avait été organisé pour le bonheur de ces centaines de millions de citoyens qui avaient, selon l'expression administrative, « satisfait à leurs annuités actives ».

Ils habitaient par couples, ou plus fréquemment par communautés de cinq à vingt personnes, des chalets dispersés dans des parcs, et le confort du chalet, les agréments du parc étaient proportionnés à ces fameuses annuités.

Tous bénéficiaient des avantages dits « de fondation » : centres de divertissement, revitaliseurs mensuels, et les allocations en péhas, la monnaie mobile de la Roue, leur permettaient d'acheter les mêmes articles avec l'assurance de ne jamais voir leur argent se dévaluer puisque le péha par définition permettait toujours d'acheter la même quantité de marchandises. A ces avantages s'ajoutaient ceux que donnaient les « primes d'extension ».

Depuis deux siècles, les retraités étaient devenus l'un des piliers de la Roue. Certains disaient même qu'ils en étaient le pivot et Dreik pensait que c'était vrai. Est-ce que, pour la première fois dans l'Histoire, le pouvoir ne tirait pas sa force de la fraction âgée de la population ? Cette politique était si explicite que les jeunes ne pouvaient concevoir leur vie et la distribuer qu'à partir de cette vieillesse qui leur était promise et qui serait d'autant plus comblée que le citoyen en activité aurait montré plus d'ardeur au travail et de docilité aux programmes du gouvernement.

Tout était parti de deux faits nouveaux : la longévité accrue de l'espèce — l'homme vivait cent vingt ou cent trente années — et les progrès de la biologie et de la médecine qui gardaient à l'homme jusqu'à ses derniers jours la jeunesse du corps et de l'esprit, monde nouveau où l'hygiène, les remodelages, la chirurgie, les disciplines mentales et les cures de rajeunissement aidant, on ne pouvait distinguer qu'à grand-peine un adulte d'un vieillard près de sa mort naturelle. Maladies à peu près inconnues — sauf les deux grands fléaux, la Folie Dissociante et la Cellulo-Régression —, aspect presque parfait, clarté de l'esprit et robustesse jusqu'à l'ultime instant, l'homme avait accédé à l'Age d'Or.

Et la durée de sa vie doublée, on avait décidé qu'il ne travaillerait pas plus longtemps qu'autrefois. A soixante-dix ans, souvent plus tôt, il quittait son emploi et alors s'étendaient devant lui ces cinquante ou soixante années dont il n'avait cessé de rêver. Il accédait à tous les bonheurs, à tous les conforts, à tous les plaisirs de la Roue. Bien sûr, s'il le souhaitait il gardait sa fonction ou en prenait une autre à la hauteur de ses capacités, sa liberté était entière, et il ne retirait de sa nouvelle charge qu'un surcroît de privilèges.

Mais n'accédaient à ces merveilles que ceux dont la vie active avait donné satisfaction. C'est dire que depuis son plus jeune âge, l'être humain ne vivait et n'agissait qu'en fonction de ces années dites « d'épanouissement ».

A l'école, il acquérait déjà ses premiers points par

sa docilité, sa bonne humeur, sa réussite, son sens du groupe et du bien public. Venait ensuite le métier, souvent choisi à la mesure de l'utilité sociale qu'il représentait. Il y avait là tout un code, une subtile hiérarchie. Là encore, l'esprit civique était la règle mais aussi la réussite, la constance qui donnent de si belles notes. Et toujours la docilité, le respect des lois de la Roue, l'enthousiasme pour ses principes.

Chaque année, on vous faisait savoir le nombre de points que vous aviez gagnés — ou parfois perdus. Tout au bout, la récompense, le Paradis pour une fois sur Terre et pas dans un douteux au-delà, la Fabuleuse Retraite, d'autant mieux goûtée qu'on l'avait plus attendue et qu'elle venait après trente, quarante années d'épreuves, de tremblements, de privations, de souffrances même — qui ne connaissait l'enfer des Planètes du 2e Cercle, ses mines, ses greffes pulmonaires, ses remèdes anti-g ? — et de servitudes, sorte de Purgatoire avant l'accès à la Terre Promise où tout enfin vous serait offert.

Dreik n'avait jamais approuvé ce système. Il l'avait dit tout haut, ce qui lui avait fait perdre des dizaines de points. Alors il s'était tu. Mais il continuait de penser que c'était un chantage, une sournoise mainmise sur l'Homme. Après quarante années de crainte et de servilité, comment redeviendrait-on tout à fait libre ? Et n'étaient-ils pas en fait sous la coupe de ce milliard de vieillards robustes et vindicatifs qui, installés dans leur forteresse heureuse, les regardaient peiner et se battre ?

Des vieillards exigeants, insatiables, qui se moquaient de ceux qui trébuchaient ou tombaient en chemin car ils étaient innombrables, ceux qui allaient au bout d'eux-mêmes, prenant les risques insensés de la jeunesse pour s'assurer plus de mérites.

Les victimes se comptaient par millions dans cette société menée par la dynamique de l'Expansion Irréversible. Ils mouraient sur les planètes d'exploitation, sur les navires de guerre, dans les déserts d'Espace III, et il y en avait plus encore qui étaient mutilés ou sombraient dans ces folies de l'exil et de l'espace qu'aucune restructuration ne pouvait guérir. « Tel est le prix, disaient les retraités. Nous aussi nous l'avons payé. » Et Dreik, qui savait que seul un homme sur deux atteignait « les Portes de l'Epanouissement », se demandait quelle tortueuse politique, quels horribles critères de sélection présidaient à ces sacrifices.

Mais comment accuser de sélection un pouvoir qui disait bien haut que ne comptent pas les aptitudes mais la volonté de bien faire, d'être utile à la Roue, qu'il n'y a pas de citoyens mineurs ou minorisés et que seuls comptent l'effort et le sens civique ? Société égalitaire, répétait-on sans cesse, sur la Trid et ailleurs, où chacun, même le plus démuni, peut prétendre au statut des plus doués pourvu qu'il se donne entièrement à la Roue et à sa grandeur.

Dreik pensait aux grandes fêtes de l'espèce données chaque année en l'honneur de ceux qui avaient franchi « Les Trois Mille Points », la retraite majeure. Ces célébrations occupaient la Trid pendant trois jours. Lui n'aurait que la retraite banale des citoyens de 5ᵉ rang. Il est vrai qu'il avait choisi son métier de prospecteur par goût, qu'il n'avait pas eu d'enfants, qu'il n'avait pas conformé ses deux mariages aux conseils des psycho-généticiens, qu'il avait critiqué l'Expansion Irréversible et « la guerre socio-équilibrante », vrai aussi que dans un monde où le règlement et la morale se confondaient bizarrement, il ne s'était jamais senti à l'aise, pas malheureux, non, mais gêné. Monde sans péché qui se disait libre, où la faute n'était jamais punie qu'à proportion du dommage causé et était tenue simplement pour une erreur qui compromet l'avenir de qui l'a commise.

Dans une dizaine d'années, lui aussi pourrait faire valoir ses droits à la retraite, et cette perspective qui l'assombrissait quelques mois plus tôt, il l'envisageait aujourd'hui sans déplaisir. A ce signe, il mesura combien il avait changé.

Il regardait la nuit envahir l'Afrique. Les cités se

transformaient en grosses grappes scintillantes où éclataient les longues déchirures éblouissantes des routes. La Terre restait une des plus belles planètes de l'univers connu. Cependant, la vie s'y était peu à peu dégradée, à cause des guerres d'abord mais aussi de l'épuisement des ressources. Le sol était usé. Saturé par la chimie des siècles, il donnait des produits de plus en plus rares et de médiocre qualité.

La Terre importait ses matières premières et les transformait dans ses vastes usines de l'hémisphère Nord, des usines si perfectionnées qu'elles n'employaient que peu d'ouvriers, si bien que, pour l'essentiel, elle n'était peuplée que par ces retraités et les millions de touristes qui venaient en pèlerinage sur la planète-mère ou encore allaient passer leurs vacances dans ce qu'on appelait les stations-bonheur de l'Atlantique central et du Pacifique. Le Nord, ravagé par les guerres, et dont le climat s'était refroidi depuis une trentaine d'années, recevait peu de nostalgiques, sinon ceux qui venaient méditer sur les ruines où avaient vécu leurs lointains ancêtres avant Apocalypse I et II.

La nuit tombait quand ils atterrirent à Omazar. La ville, qui comptait un million d'habitants, était réservée aux fonctionnaires, et les Terriens n'y allaient que pour régler leur situation administrative, c'est-à-dire à peu près jamais tant les Arbitreurs Locaux, ordinateurs reliés à Mémoire II, étaient parfaitement équipés pour régler les problèmes individuels ou ceux des collectivités restreintes.

Des journalistes et une équipe de la Trid planétaire attendaient Dreik, qui s'était préparé à ces entrevues. Il avait revêtu sa tenue de commandant spatial et portait ses décorations ainsi que le voulait la loi.

Le représentant de la Trid, un jeune Africain aux cheveux teints en orange, lui annonça :

— Traitement n° 1. Comme pour les chefs d'Etat. Vous êtes une célébrité, M. Dreik. Vous passerez sur les 28 Planètes et sur les astronefs d'Espace I et II.

Nous avons sept minutes, juste après les informations militaires.

Pendant sept minutes, il surgirait à l'intérieur de plusieurs milliards de foyers. Son image en trois dimensions occuperait un demi-mètre cube d'espace et on traduirait si parfaitement ses propos en une vingtaine de langues, que le timbre de sa voix, ses intonations mêmes, seraient fidèlement reproduits.

— Parlez-nous de votre séjour sur Vor, Dreik.

Il raconta la planète, les Vors. Il en dit peut-être moins que ce qu'il avait vu, mais il donna cependant un reflet assez exact de son séjour.

Le présentateur dit au public :

— Les Vors... Pour nous qu'est-ce que c'est ? Une guerre interminable, quatre-vingts millions de morts, six planètes détruites...

Il se tourna vers Dreik :

— Et ces Vors, dites-vous, demandent la paix ?

— Ils la souhaitent.

Les caméras montrèrent son visage en gros plan.

— Vous les croyez sincères ?

— Nous pouvons partir de cette hypothèse.

Dreik regarda son image sur un écran témoin. Il pensa qu'il avait l'air d'un vieux soldat fatigué et désabusé. Il s'exhorta : « Montre plus d'enthousiasme. Fais-leur comprendre que tu leur apportes une bonne nouvelle, le premier espoir depuis trente-deux ans. » Il se redressa, tira sur sa courte veste, ce qui fit scintiller sa panoplie de médailles. Il dit :

— Je suis persuadé que les Vors veulent mettre fin à cette guerre. Ils en sont si las qu'ils m'ont donné des gages de leur bonne volonté...

Il les énuméra et autour de lui journalistes et techniciens écoutaient, immobiles. Le présentateur écarta largement les mains :

— Vous avez bien dit : résurrection pour les corps accidentés ? Hourra ! Voilà des millions de victimes qui chaque année seront sauvées. Combien des nôtres meurent encore dans les planètes d'exploitation ! Encore une question, Dreik. Vous qui avez vu les

Vors, croyez-vous que nous pourrons nous entendre avec eux, collaborer à une même tâche? Répondez par oui ou par non. Ne tergiversez pas, Dreik. Ce que nous attendons de vous, c'est l'opinion du seul homme qui connaisse le monde vor.

— Oui.

En fait, il ne savait pas. Comment aurait-il su? Il parlait en termes d'espoir, pas de vérité. Mais que pouvait-il faire d'autre? Sur Vor, il n'avait pas été un ambassadeur, ni même un visiteur, mais un prisonnier tenu à l'écart à qui on avait confié un message.

L'émission était terminée. Les journalistes l'entourèrent. Il répondit de son mieux à leurs questions, de cette manière lente et un peu laborieuse qui était la sienne maintenant, attitude nouvelle qui n'avait rien de commun avec la spontanéité, la passion d'autrefois, et qui, bizarrement, alors qu'il était si mal assuré dans ses convictions, donnait l'impression qu'il avait mûrement réfléchi et ne parlait qu'en toute certitude.

Un des reporters d'Intégral, un non-humain, petit personnage campé sur des pattes ligneuses, et qui faisait penser à un taureau furibond, lui demanda :

— Et si les Vors vous avaient dupé depuis le premier jour? Si leur science était assez avancée pour qu'ils aient pu se présenter à vous sous une fausse apparence? Si leur désir de paix ne venait que du besoin de regrouper leurs forces, de gagner du temps, donc, pour nous anéantir ou tirer parti de nous?

— On ne s'est pas fié à ma seule parole. J'ai subi des centaines d'examens.

— Nous le savons mais à science, science et demie. A vous entendre, il s'agit d'un combat entre adversaires à peu près égaux, non?

— La guerre dure depuis trente-deux ans. N'est-ce pas la preuve que les forces sont équilibrées?

— Un homme peut repousser les attaques d'un enfant et n'user pour cela que d'une infime partie de sa force. Ne m'avez-vous pas dit il y a un an que les Vors menaient une guerre défensive? Avez-vous pensé aussi qu'il peut arriver beaucoup de choses en trente-deux ans ? Chaque espèce a son rythme de progrès. Ainsi le nôtre, sur Seratella, est moins rapide que celui des Terriens.

Dreik répondit tant bien que mal. Ces questions n'étaient-elles pas celles qu'il s'était posées ? Le reporter d'Intégral insista :

— Etes-vous sûr qu'il ne s'agit pas d'un piège ?

Dreik répondit avec brusquerie :

— Qui pourrait en être sûr ?

— Monsieur Dreik, je vous ai interrogé voici un an, après la destruction de la flotte du général Lobarchof. Vous n'êtes plus le même homme. Que s'est-il passé ?

— Cinq mois d'incarcération n'améliorent personne.

Le Sératellien l'observait, ses yeux bleus bordés de cils raides plantés dans les siens. Une vapeur légère s'élevait de son corps recouvert d'une peau rude et fissurée comme celle d'un vieil arbre.

— Non ! Vous n'êtes plus le même homme, Dreik. Quelque chose se dégage de votre personne qui relève de la langueur, de je ne sais quel enchantement maladif. Fiez-vous à notre quatrième sens.

Ils appelaient ainsi leur étonnante capacité à sentir chez un être la présence de la maladie, l'approche de la mort ou encore ces déroutes organiques profondes qui accompagnent les perturbations de la personnalité.

Dreik dit :

— Vous avez peut-être raison, dans la mesure douteuse où, dans cette affaire, la raison a quelque chose à voir.

— Vous rendez-vous compte que ce que vous venez de dire est très inquiétant, Commandant ?

Avant de s'éloigner, le Sératellien dit :

— Prenez soin de vous, Dreik, prenez-en soin comme du cœur de la femme aimée.

Dreik connaissait les Sératelliens, ce n'était pas une formule de politesse, mais un avertissement, le souhait chaleureux qu'on faisait dans ce peuple à ceux qu'on savait menacés.

Dans sa chambre d'hôtel, Dreik reçut un appel :

— Un Slur viendra demain à treize heures. Il vous demande de l'attendre.

Dreik sourit.

— Dites-lui que je serai là, dites-lui aussi que personne ne sera plus heureux que moi de le revoir.

Il alla vers la baie vitrée et contempla la ville. Elle était calme et silencieuse sous l'immense coupole transparente haute de plusieurs kilomètres qui, disait-on, pouvait la protéger contre toute attaque.

Dreik poussa le bouton qui effaçait la baie. Il était las comme chaque jour à cette heure-ci. Il avait esquivé l'invitation à dîner de Rémalor, celui qu'on appelait le Seigneur d'Omazar. Rémalor, grand personnage dédaigneux, avait accueilli son refus avec des paroles polies, mais ses yeux observaient durement Dreik. Tant pis. Il n'avait plus envie de parler de Vor, même avec un des plus hauts dignitaires de l'Union.

Il débrancha le circuit qui le reliait à l'extérieur, fit tomber la température de quelques degrés et se coucha avec l'espoir que sa fatigue n'était que physique.

Les déclarations de Dreik eurent un grand retentissement. Elles montrèrent à quel point l'opinion était divisée. Pour les uns, il était un héros, il montrait la voie de la sagesse, pour les autres, il avait été trompé par les Vors, avec qui aucun accord n'était acceptable. Certains prononcèrent même à son propos le mot de trahison. Mais les partisans d'un traité étaient les plus nombreux. Il y eut de gigantesques défilés pour la paix sur les planètes de Cercle II qui étaient directement menacées par une offensive de l'ennemi, et l'une d'elles parla de faire sécession si on ne donnait pas suite aux offres de paix. Sur Gertha, une grève générale entraîna la fermeture des trois grands ports d'où partaient les Nivellateurs. Il y eut des affrontements jusque sur Terre, l'un d'eux sanglant entre les ouvriers de l'Heptagone Métallurgique Maritime d'Australasie et les forces de police de l'Union.

Dreik passait d'une chaîne trid à une autre. Il était surpris par l'ampleur des manifestations, par les messages aussi qu'on lui transmettait sans interruption. Il regardait les hommes et les femmes qui défilaient aux cris de « Vive Dreik, vive la Paix ». Il avait toujours été gêné par la popularité, même dans sa jeunesse. Ce qu'il avait fait, il l'avait fait par amour de son métier, pour lui-même donc, et il comprenait mal qu'on puisse l'en remercier. En bref, il voyait dans ce concert populaire un malentendu, et s'il était gêné, c'était dans la mesure où il craignait de décevoir demain ceux qui l'acclamaient aujourd'hui.

Mais dans ce qu'on appelait la Double Ellipse Asiatique il entendit un tout autre son. Dans ce vaste territoire, entièrement incendié lors d'Apocalypse I, des enfants défilaient par milliers, portant des banderoles où on lisait : « Vors, nos ennemis, demain nos maîtres ». C'est là, à l'intérieur des centaines de Maisons Familières, qu'étaient élevés et formés un tiers des enfants de la Terre et des 28 Planètes, ceux dont les parents n'avaient pas souhaité assumer l'éducation comme la loi leur en donnait le droit. C'est là aussi qu'on avait édifié les cinq grandes Ecoles d'Epanouissement des Activés Terriens issus de mariages orientés scientifiquement.

Dreik contemplait les colonnes de jeunes gens, garçons et filles, épaisses de huit rangs. Ils marchaient, le visage levé, les bras tendus obliquement, poings serrés l'un contre l'autre, la forme de salut des armées de l'Union, et Dreik mesura à quel point le gouvernement était hostile à un armistice avec les Vors. Ces enfants et ces jeunes gens seraient demain les techniciens, les fonctionnaires et les guerriers, mais aussi les chefs des 28 Planètes. Eux seuls recevaient l'enseignement de Niveau 3 des Fidèles Absolus. A la sortie de l'Ecole, ils devaient dix ans de leur vie à l'Union et prêtaient les Trois Serments, et parmi eux le plus important, celui de Défenseur de l'Expansion Irréversible. Dreik pensa : « Ils sont conditionnés comme des machines, mais eux seuls, parce qu'ils ont prêté les Trois Serments, reçoivent les connaissances qui leur donneront le pouvoir. Ils tiendront la puissance entre leurs mains : l'armée, l'administration et, ainsi que la loi le veut, le gouvernement des planètes sera choisi pour moitié dans leurs rangs. » Gessler était issu d'une de ces écoles, la plus célèbre, appelée « Génération 6 », qui ne recevait que les enfants de mariages sélectifs contrôlés, fruits de croisements orientés depuis au moins six générations, des êtres d'intelligence supérieure capables d'absorber en quelques jours ce qu'un homme normal mettait des années à apprendre et plus encore capables d'accéder à certains paliers de la connaissance inaccessibles pour le commun.

Dreik se rendit au Bureau des Officiers Disponibles. Il y reçut six mois de solde et une prime si élevée en péhas qu'il resta interdit devant la liasse de coupons que lui remit le fonctionnaire. Il y avait là plus d'une dizaine d'années de sa solde de commandant. Le fonctionnaire qui souriait à son visage surpris lui dit :

— Pour services rendus à l'Union. Et n'oubliez pas que vous êtes de nouveau général. Vous l'avez bien mérité, M. Dreik. Quand pensez-vous que nous allons signer cet armistice ? J'ai deux fils au combat en Espace III.

— Dans quelques jours, tout peut être fini.

— Puissiez-vous avoir raison. Cette nuit, les Vors ont cessé leurs attaques et nous avons cessé les nôtres.

— J'ai appris cela.

— Ce que vous ne savez peut-être pas, c'est que trois heures plus tôt nous avions lancé cinq cents navires contre Astiar-Han. Il n'en est revenu qu'une centaine et notre tentative de reconquête a échoué. Ces Vors sont plus forts qu'on ne le prétend.

Dreik connaissait Astiar-Han, un désert de roches enveloppé de vapeurs de méthane. Astiar-Han, six mois plus tôt, appartenait encore à la Terre et une vingtaine de centres miniers y exploitaient des gisements d'urtal, indispensable aux batteries d'accélération des nouveaux Nivellateurs. Et si on en était à reconquérir Astiar-Han, c'est qu'on avait aussi perdu Hurban, Seo 21 et probablement cette étonnante planète que les navigateurs avaient surnommée « Le Monde des Revenants » et qui servait quelques mois plus tôt de base de départ aux vaisseaux robots sacrifiés pour leurs attaques contre les Structures Volantes. Que s'était-il passé en si peu de semaines pour que les Armées Unies reculent de douze Unités Val ? Ici, ils ne pouvaient avoir qu'un point de vue de Terriens et, pour eux, reconquérir un fragment d'Espace IV compensait un recul dans la zone d'Astiar-Han. Lui, Dreik, qui parcourait ces mondes depuis trente années, savait ce que signifiaient certains replis. Il pensa : « Et cependant, ils veulent poursuivre cette guerre. De quelle arme nouvelle espèrent-ils la victoire ? Que savent-ils que je ne connais pas et qui les rend si arrogants ? »

Il regagna son hôtel, toujours escorté par les glisseurs de la police qui encadraient son appareil civil. Le glisseur de tête émettait le signal à quatre temps des forces gouvernementales qui ordonnait à la population de libérer l'espace devant eux, si bien que Dreik ne vit que les soldats immobiles au bord de la chaussée, leurs armes braquées vers les immeubles dont toutes les ouvertures devaient être opacifiées.

Dreik qui regardait pensa : « Quelle ridicule mise en scène. Ce n'est pas un honneur qu'ils me font là. J'y vois plutôt une manière de me montrer leur suspicion. Croient-ils les gens si naïfs ? »

Dans le hall de l'hôtel, il refusa de nouveau l'invitation à déjeuner du Conseiller Rémalor.

— Je finirai par croire que vous m'évitez, M. Dreik, ou que vous n'aimez pas répondre à certaines questions.

— J'ai répondu à beaucoup de questions et je n'ai aucune version personnelle à votre usage.

— Je n'en doute pas. Restent les conseils que j'aurais pu vous donner.

— Je ne reçois pas de conseils des membres du gouvernement. Je me contente d'obéir à leurs ordres.

— Cette nuit, avant la trêve, nous avons perdu quatre cents navires en donnant l'assaut à Astiar-Han. Les Vors ont usé contre nous d'une nouvelle arme. Pensez-vous que, nous offrant la paix, le moment était bien choisi pour nous infliger ces pertes ? Ne voyez-vous pas là l'ironie d'un adversaire insolent ?

— Ou une manière de nous convaincre que, face à lui, la paix est souhaitable.

— On prétend que vous avez vu bien peu de chose pour un investigateur de 1er rang. On m'a pourtant dit que, mieux que tout autre, vous saviez tirer parti du moindre signe.

Dreik ne répondit pas. Il s'éloigna de Rémalor et se dirigea vers le Slur, qui sommeillait au pied d'un siège. Il se baissa, posa sa main sur l'épaisse membrane dorsale, qui frémit. Le Slur déplia ses huit pattes et se redressa.

— Tu t'es endormi ?

— Je ne dors pas, Dreik. J'écoute, et ce que j'entends ne me plaît pas, et moins encore ce que je lis dans l'esprit du Conseiller et de ceux qui nous entourent.

Dreik, à qui le Conseil avait accordé un congé de trois mois, voulut louer un amphi civil, appareil à quatre places qui pouvait rouler sur le sol et voler en zone première mais, au Parc, on lui imposa un Triangle de combat, petit véhicule aérien remarquable par sa rapidité, sa vitesse ascensionnelle qui le portait en quelques dizaines de secondes à cent kilomètres d'altitude, et sa maniabilité, puissant faucon noir qu'on employait pour détruire les satellites artificiels et les épaves à l'aide de ses deux canons thermiques.

Le fonctionnaire expliqua :

— Vous connaissez ce type d'appareil, M. Dreik. Celui-ci, qui est très récent, reçoit directement les directives du Conseil. Il est possible en effet qu'on ait besoin de vous. Son récepteur est également branché en permanence sur Mémoire II. Un signal sonore est intégré au micro que vous devrez porter sur vous en permanence, même pendant votre sommeil.

Dreik maugréa. Tout cela ressemblait fort à une surveillance et puis il détestait ces Triangles où seuls le pilote et son équipement pouvaient prendre place. Faits pour la guerre, l'attaque-surprise, ils manquaient de confort et leur vacarme était si assourdissant qu'on leur avait interdit le survol des agglomérations.

Le Chef du Parc désigna le Dormeur qui escaladait laborieusement la coque :

— Vous l'emmenez ? Ce n'est pas prévu.

— Alors vous gardez votre casserole volante. Je suis en congé, pas en mission.

Le fonctionnaire dit vertueusement, répétant un des slogans favoris des Trid :

— Tant que les Vors sont à nos portes, nous sommes tous des guerriers. Mais puisque je n'ai pas reçu d'instructions à son sujet, vous pouvez garder votre mascotte. Du reste lui aussi, comme tout citoyen de l'Union, sait que son devoir est de participer à l'effort de guerre.

Le Slur chuchota :

— Et l'effort de paix, tu en as entendu parler, Terrien planqué ? Tu es bien gras pour un guerrier.

Quand le Dormeur ne voulait parler qu'à une seule personne, il orientait son esprit de veille sur l'interlocuteur choisi et inondait ceux qu'il voulait écarter d'un flot de rumeurs qui venaient de la part ordinairement en sommeil de son esprit.

Dreik ferma les volets et pressa la commande d'énergie. Un grondement rageur s'éleva tandis que toute la carcasse du vaisseau vibrait comme une perceuse électrique. Ecœuré, le corps secoué, Dreik vérifia les instruments de bord et dit au Slur qui tâtonnait de-ci de-là à la recherche d'une place pas trop inconfortable :

— On passe chez Esona, ensuite, droit sur Kuala-Hori.

Le Slur, dont la lourde structure minérale recevait les vibrations de plein fouet, grommela des propos confus. Dreik lâcha le Triangle qui bondit, presque à la verticale. Le rugissement fut alors remplacé par un sifflement aigu, mais les vibrations baissèrent d'intensité. A trente mille mètres, Dreik rétablit l'appareil, le mit en vitesse de croisière, son système anticollision en alerte et, à partir de cet instant, le Triangle glissa en silence.

La vitesse retomba de trois cents à cinquante kilomètres-minute. Dreik fit passer les cartes terrestres sur l'écran et programma Losta-Mère, où il voulait atterrir. Venu contre son flanc, le Dormeur s'était fixé sur le coffrage de l'émetteur. Dreik lança une question vers son esprit mais il ne rencontra que le vide.

La femme de Dreik vivait à Losta-Mère. Il désirait la voir avant son départ pour Kuala-Hori mais il n'attendait rien de cette entrevue, bien que l'un et l'autre eussent renouvelé à deux reprises leur contrat annuel de mariage. Esona était une Africaine métissée de Malaise à peau très sombre. A cause de ses longs gestes nonchalants, de ses silences rêveurs, il l'avait crue douce et conciliante. En fait, elle était agressive et dominatrice et ses silences ne recouvraient que de furieuses méditations qui éclataient en récriminations. Le Programmeur de Nuptialité, qu'ils avaient consulté ainsi que le voulait la loi, s'était montré catégorique : « Ne sont pas faits l'un pour l'autre. Enfants souhaitables génétiquement. » Le Programmeur, qui n'avait qu'un rôle de conseil, ne pouvait s'opposer à aucune union, d'abord parce que la liberté de mariage faisait partie des droits imprescriptibles, ensuite parce qu'on avait reconnu que la machine se trompait parfois, particulièrement quand il s'agissait de mariages dits de « cœurs tremblants », nom que l'on donnait depuis quatre siècles aux phénomènes amoureux pour les distinguer des mariages de « corps satisfaits », les plus nombreux, où seuls la raison et l'agrément sexuel entraient en jeu. Leur union, qui entrait dans la classe des « corps satisfaits », avait vite tourné court et il se demandait parfois pourquoi ils avaient renouvelé leur contrat annuel. Il se le demandait encore en ce moment même tandis qu'ils survolaient le désert de rocs, de pierres roulantes et de trous d'eau qui avait été autrefois l'Italie.

Le Dormeur bougea faiblement. Dreik lui demanda :

— Je voudrais bien savoir pourquoi j'ai renouvelé mon contrat avec Esona.

— C'est bien le genre de questions auxquelles un Slur ne pourra jamais répondre. Comment vos affaires de « cœurs tremblants » et de « corps satisfaits » pourraient-elles avoir un sens pour nous ? Tu sais bien que nous sommes à la fois mâle et femelle, que la procréation chez notre peuple n'est que le fruit d'une irradiation d'un type particulier et que nous y avons recours de plus en plus rarement depuis quelques millénaires. Quant à l'érotisme dont on m'a parlé, cette faim bizarre de son semblable, alors vraiment, je ne parviens pas à l'imaginer.

Ils survolèrent une haute chaîne de montagnes neigeuses, puis le Triangle piqua vers une plaine où s'inscrivaient les rectangles de plans de culture sous leurs vitrages qui renvoyaient la lumière. Le quadrilatère d'une usine apparut, suite interminable de bâtiments plats qui n'étaient, Dreik le savait, que des magasins de stockage. Les usines proprement dites étaient enfouies à deux cents mètres au-dessous du sol et il n'en apparaissait que ces magasins d'aspect fragile, surmontés de leur aire d'atterrissage, qui pouvaient être escamotés en quelques secondes sur leurs vérins coulissants si une attaque était annoncée.

Le Triangle descendit en direction d'un des disques de métal encastrés dans une des plates-formes d'atterrissage. Le disque s'enfonça aussitôt dans le sol. La descente au long des parois faiblement éclairées dura plusieurs minutes.

Dreik sauta à terre. Il attendit que le Slur le rejoignît et poussa une porte. La ville souterraine apparut à l'extrémité d'un tunnel, exactement semblable à celles qui étaient en surface, mais le soleil d'un jaune pâle était artificiel comme l'était aussi le ciel bleu que parcouraient des nuages blancs.

Deux hommes les accueillirent en souriant. Le plus âgé, un Blanc à petites moustaches blondes, lui dit :

— Nous sommes très honorés, M. Dreik. Votre femme est avertie de votre visite. Elle ne vous recevra pas à son domicile mais à son bureau.

Dreik regardait des enfants qui jouaient sous des palmiers. Ils criaient joyeusement dans le soleil chaud et deux chiens roux couraient d'un enfant à l'autre en aboyant.

— Nous allons vous accompagner.

Ils traversèrent la ville, quelques centaines de villas plutôt, chacune d'elles entourée d'arbres et de pelouses fleuries. Les rues qui suivaient des courbes capricieuses étaient paisibles et, plus qu'à un centre industriel, on pensait à ces agréables stations balnéaires que Dreik avait visitées au sud du continent africain. Tout concourait à cette ressemblance, la chaleur, le ciel lumineux, et la végétation abondante, presque tropicale, que transperçait le vol de centaines d'oiseaux criards.

Ils entrèrent dans une des villas. Esona les attendait dans une salle où se dressaient une dizaine de blocs blancs hauts d'environ un mètre. Chacun d'eux était coiffé d'un écran oblique. Dressé sur ses pattes, le Slur allait d'un bloc à l'autre et semblait les flairer.

Esona dit :

— Etait-ce bien utile de venir ? Bien entendu, je suis flattée de ta visite. Te voilà redevenu un personnage important.

Elle ironisait à sa manière habituelle. Dreik pensa qu'il en avait toujours été ainsi, que c'était une barrière qu'elle élevait entre elle et lui, mais qu'elle était toujours aussi belle, le corps long et plein tout à la fois dans la tunique rose qui n'en cachait rien. Dreik dit :

— J'aurais aimé te parler ailleurs.

— On a besoin de moi. Et puis, à quoi bon puisque tu sais que je ne renouvellerai pas notre contrat... Dis à ta bestiole de ne pas toucher aux capteurs. Son magnétisme pourrait les dérégler.

Dreik regarda le Slur qui s'était immobilisé.

— Il t'a entendue. Que devient Sourah ?

C'était le fils d'Esona, né d'un premier mariage. Il avait quinze ans et s'entendait bien avec Dreik.

— Il est resté à Madrid III. Je n'ai pas voulu qu'il quitte son école. A propos, le Centre Familial a suspendu ta contribution. Tu me dois 80 péhas.

Dreik tendit une liasse de coupons à sa femme. Elle la prit, en retira quelques-uns et lui rendit le reste.

— J'ai dit 80, pas 300.

— Tu lui feras un cadeau. Tu pourrais lui acheter un petit hélio. Il est en âge de conduire maintenant. A quinze ans...

— Je le lui offrirai en temps utile.

Dreik dut reprendre les billets qu'elle lui tendait, le regard inflexible. Elle ironisa de nouveau, la voix nerveuse :

— Tu es riche maintenant. Ils t'ont récompensé. On m'a même dit qu'ils t'avaient donné une nouvelle médaille. Croix de la Valeur Suprême, Officier du Cercle Blanc, Commandeur d'Espace III. Tu es un grand homme maintenant. Comment s'appelle la dernière ? On me l'a dit mais j'oublie vite ces choses-là.

Dreik dit calmement :

— Tu as bien fait de ne pas renouveler notre contrat.

— Le Programmeur avait raison. Il a toujours raison.

— C'est nous qui lui donnons raison. Ce n'est rien d'autre qu'une machine rabâcheuse. Tu me convenais mieux qu'aucune autre femme.

Elle haussa les épaules.

— Je ne peux pas en dire autant. Je t'ai vu au Trid. Tu as vieilli, tu n'as plus d'enthousiasme. Je ne sais quelle expérience t'a changé, peut-être les Vors. Je ne t'ai pas reconnu, toi qui étais autrefois si féru de progrès, toi qui croyais à l'Expansion, à tous les dogmes de l'Union.

— Je me suis toujours soumis à l'inéluctable.

— C'est vrai que la révolte n'a jamais été ton fort. Pourvu qu'on te laisse prospecter tes planètes... Mais c'est toi qui as choisi ton métier d'investigateur. Ça en dit long, un métier...

Elle reprit à sa manière moqueuse après avoir observé Dreik, qui restait silencieux :

— Ils sont venus me voir et ils m'ont parlé de toi. Tu les déçois, paraît-il. C'est vrai que tu n'aimes plus la guerre, les belles conquêtes ?

— Je ne les ai jamais aimées. C'est une idée qui t'arrange, pas plus. Et si tu essayais de sortir de ton rôle de sale négresse ?

Elle éclata de rire et ressembla soudain à la jeune fille qu'il avait épousée. Il sourit mais demanda cependant avec insistance :

— Qu'ont-ils exigé de toi ? Fais attention avant de répondre. Ils ont de terribles moyens de surveillance.

Elle s'approcha de lui à le toucher.

— Pourquoi crois-tu que j'aie voulu te recevoir ici plutôt qu'à la villa ? Tu me connais et tu sais que, pour te blesser, je n'aurais jamais eu recours à cette sorte d'arguments. Ici nous sommes tranquilles, les machines nous protègent.

Dreik se tourna vers le Slur. Il reçut le message : « Il y a un enregistreur mobile qui se déplace en ce moment au-dessus du bâtiment. »

Dreik fit un geste d'appel et le Slur vint. Il se tenait immobile maintenant entre Dreik et Esona. Elle regardait avec stupeur les tigelles qui s'érigeaient autour de la membrane dorsale. Le Slur les enveloppait d'une cage de résonance où les paroles se répercutaient en une kyrielle d'échos sans fin qui s'enchevêtraient et rendaient leurs propos indistincts.

— Tu peux parler maintenant. Que t'ont-ils demandé ?

— De t'accueillir et de reprendre la vie commune avec toi jusqu'à la fin de notre contrat. Ils m'auraient accordé un congé pour t'accompagner.

— Et tu leur aurais fait un rapport.

— Quelque chose comme ça. Ils ne comprennent pas pourquoi tu t'es laissé capturer par les Vors, pourquoi tu ne t'es pas suicidé, comme le prescrit le règlement. Ils n'ont pas tort. Autrefois, tu aurais donné ta vie pour la gloire de l'Union. Que s'est-il passé ?

— Les Vors ne m'ont pas laissé le choix.

— J'ai écouté ton interview. Aujourd'hui, c'est toi qui parles de paix. C'est moi qui en parlais hier, moi qui ai été condamnée pour avoir milité en faveur des Minorités Intégrées, et à ce moment-là tu m'as donné tort.

— Je t'ai dit alors que tu perdais ton temps.

— Cela revient au même. Dis-moi, Dreik, que t'est-il arrivé sur Vor ? Est-ce vrai qu'ils t'ont modifié, qu'ils ont fait de toi un traître comme certains le prétendent ?

— Non.

— Tu mens. Tu dis qu'ils ne t'ont pas laissé le temps de mourir mais je ne te crois pas. Je te connais trop bien. Tu es coriace, tous les moyens te sont bons pour arriver à tes fins, et tu t'es tiré dix fois de situations plus difficiles. Ils savent que rien ne peut t'arrêter.

— Tu ne sais rien, et eux ne savent rien non plus de la puissance vor.

— Tu les as combattus cent fois. Non, il y a autre chose que tu nous dissimules, à eux comme à moi. Nous avons vécu trop longtemps ensemble et j'ai appris que personne mieux que toi ne sait se dérober. Tu as l'air de te soumettre, de te résigner et puis... Ils ont raison de se méfier de toi.

— En somme, ils espéraient que tu m'arracherais je ne sais quel secret enfoui au fond de mon esprit ?

— Peut-être.

— Et tu as refusé ?

— Oui.

— Et ce sont eux qui t'ont mutée ici, eux qui t'ont séparée de Sourah.

Elle approuva d'un signe de tête. Un instant, elle parut lasse mais elle se reprit et dit avec rancune :

— Je ne t'aurais pas laissé revoir Sourah. Il n'avait que trop tendance à écouter tes histoires. Il t'admire comme tous ceux de son âge. Le beau navigateur, le Conquérant de l'espace. C'est cela ton image de marque. Voilà trente ans que tu la façonnes et tu y tiens plus qu'à toute autre chose. Un héros de feuilletons trid pour enfants et femmes romanesques, voilà ce que tu es, Dreik. Juste le genre d'homme que je déteste, aussi n'espère pas que je t'aiderai.

Dreik regardait pensivement sa femme. Elle avait raison de se tenir à l'écart. De toute manière, il ne l'aurait pas mêlée à une affaire dont il pressentait les inquiétants prolongements. Il ne fit rien pour modifier l'image qu'elle présentait de lui, et qui ne venait, se dit-il, que de sa déception. Il n'avait pas menti. S'il était revenu vers elle, c'est parce qu'il avait été heureux à ses côtés. Bien entendu, il était à peu près sûr qu'elle le repousserait mais il était cependant venu. Il pensa : « Tu espères à tort et à travers, autant dire que tu t'amollis. » Que lui avaient-ils fait sur Vor pour l'amoindrir ainsi ?

L'appel du Slur l'atteignit : « Parlez d'autre chose. Je ne peux plus contrôler le champ. » Dreik dit :

— Pourquoi me refuser de voir Sourah ?

— Tu attendras qu'il soit majeur. Dans onze mois. Et encore faudra-t-il qu'il en exprime le désir.

Il toucha la main d'Esona puis son front, ce qui était le signe qu'il lui gardait son affection, et il s'écarta d'elle. Elle dit :

— Emmène ton ami.

Le Slur trottait déjà avec application vers la porte. Elle dit encore, la voix violente :

— Ne te marie pas, Dreik, ne te remarie jamais. Tu n'aimes que l'espace et la solitude.

Dreik se détourna, mais elle était déjà revenue à ses écrans et il ne vit qu'une haute silhouette aux épaules étroites. Il pensa : « Corps Satisfaits, Cœurs Tremblants. » Les mots n'exprimaient jamais tout à fait la vérité. Il sentit le Slur aux aguets et ferma son esprit. Le Slur dit : « Cœurs tremblants ! C'est si bien que cela, "Cœurs tremblants" ? Vous, humains, vous êtes toujours à mi-chemin entre quelque chose qui n'est plus et autre chose que vous espérez et qui n'arrivera probablement jamais. Vous ne vivez pas au centre de vous-mêmes comme nous le faisons mais à vos frontières, en perpétuelle alerte. Certains disent que vous êtes l'espèce la plus névrosée de la galaxie. »

Dreik mit le cap sur l'Afrique. Aux approches de la Méditerranée, il faillit prendre la direction de Madrid III où il habitait autrefois avec Esona et Sourah. En deux années, il n'était venu que cinq ou six fois à la maison, et encore pour de brefs séjours, entre deux campagnes. Il hésita. S'il avait seulement pu voir Sourah. Mais Esona avait dû donner des ordres stricts et on lui interdirait l'entrée du campus.

Esona avait refusé d'avoir un enfant de lui et, quand elle avait été enceinte, elle lui avait dit : « Je ne le garderai pas. » Il avait protesté. Est-ce que l'un comme l'autre ne s'étaient pas mariés pour avoir cet enfant ? Enfin, c'était une des raisons. Ce jour-là, elle lui avait dit et c'était la première fois : « Tu n'aimes que les étoiles. Un jour, tu mourras pour elles.

« — Tu connaissais mon métier.

« — On croit savoir. On croit aussi qu'un enfant n'a besoin que de sa mère. Tu auras peut-être des enfants, Dreik, mais ce qui est sûr, c'est que tu ne les auras pas avec moi. »

Elle n'était pas revenue sur sa décision, et il avait fini par se dire que c'était peut-être mieux ainsi, qu'il serait aussi mauvais père que médiocre mari. Pendant trente années n'avait-il pas vécu que pour l'espace, ses mirages, ses étranges secrets ? Etait-il sur Terre depuis huit jours qu'il ne rêvait que d'un nouveau départ. Peu à peu, Esona s'était détachée, et aujourd'hui qu'il était las, qu'il avait besoin de s'appuyer, frappé d'une bizarre faiblesse…

Il se secoua. Le moment était mal choisi pour s'apitoyer sur soi-même. Il n'avait rien du héros imbécile imaginé par sa femme mais il n'avait aucun goût non plus pour les rôles de geignarde victime.

Il se pencha pour mieux voir les longues files de plates-formes marines qui se dirigeaient vers l'Asie. Elles glissaient à faible vitesse au-dessus des vagues, grosses baudruches blanches surmontées de leurs grandes ailettes solaires qui tournaient comme des pales d'hélicoptères.

Le trafic était intense dans cette partie de la planète et Dreik fit monter le Triangle à quatre-vingts kilomètres d'altitude, passant au-dessus des cars aériens de la police qui surveillaient les « Obsts », gigantesques appareils qu'on appelait « les cages à touristes », où s'entassaient les voyageurs des planètes fédérées qui, à cette saison, venaient par dizaines de millions prendre leurs vacances sur les plages de l'hémisphère Sud et visiter les ruines des civilisations disparues.

Au bord du Nil, les villas s'alignaient sur une centaine de kilomètres, petits blocs blancs, brillant de toutes leurs plaques solaires et cernés de leurs jardins verts. Dreik pensait aux millions d'humains et de para-humains venus prendre ici leur retraite, des citoyens des planètes du Premier et du Second Cercle pour la plupart. Ils avaient travaillé cinquante ou soixante années sur les Mondes Extérieurs, le plus souvent dans des conditions pénibles, les yeux fixés sur ces années de repos, et Dreik se demandait s'ils étaient aussi heureux qu'on le prétendait, et s'ils ne pensaient pas aujourd'hui avec nostalgie aux Planètes d'Enrichissement où ils avaient dépensé la belle ardeur de leur jeunesse. Est-ce qu'un jour proche, ils ne lui annonceraient pas à lui aussi que le moment était venu de se passer de ses services ? Quatorze années de combats et seize années de prospection constituaient des titres suffisants, il l'avait lu dans les regards du Coordinateur et de Gessler.

Ils avaient franchi le massif abyssin quand le Dormeur émergea de sa somnolence. Au-delà, commençait le Grand Désert Austral, le Jardin de l'Afrique, comme on l'appelait autrefois. Mais Apocalypse I était passée par là, ouvrant les champs de culture, les palmeraies, taillant jusqu'à l'assise rocheuse des crevasses profondes, arrachant le socle de basalte pour le soulever en falaises, en aiguilles, hautes parfois d'un millier de mètres; en contrebas, s'enchevêtraient des éclats minéraux et d'énormes dalles bleuâtres à demi recouverts par les coulées de lave figées en épais bourrelets luisant de reflets huileux.

Plus on allait vers le Sud, plus le paysage était rompu et désolé. C'est là qu'on emmenait parfois en pèlerinage les touristes de la Terre et des Planètes Unies, afin de leur montrer à quoi menaient les petits nationalismes imbéciles, et pendant que les « Obsts » survolaient le sol ouvert de précipices, de canyons vertigineux, pour les rendre plus pacifistes et leur montrer que l'époque où ils vivaient était bénie, on faisait passer sur un écran les magnifiques images de l'ancien paradis africain.

Dreik connaissait bien ce territoire. Quand il était jeune, son père l'amenait souvent ici dans leur hélio privé. En ce temps-là, la passion de son père était de partir en chasse parmi les ruines de l'Ere Première. Ils mettaient au jour de curieux objets dont ils cherchaient ensuite l'usage dans les archives de la province. Ils échouaient parfois et l'objet insolite restait pendant des mois dans l'appentis du jardin. A tour de rôle, ils venaient le manipuler, supputer, émettre des hypothèses et il arrivait qu'ils trouvent son usage. Mais le plus souvent, ils donnaient leur langue au chat, alors, à bout de suggestions, quand ils avaient une dizaine de péhas à gaspiller, ils rédigeaient une demande à Mémoire I, qui — ils l'avaient découvert avec surprise — répondait le plus souvent : « Objet inconnu provenant probablement d'une culture locale » ou encore : « Fragment en trop mauvais état pour permettre une identification. »

Plus tard, quand son père, après sa mise à la retraite anticipée, avait perdu le goût de cette chasse aux souvenirs, Dreik était souvent revenu à bord du petit hélio individuel que l'Institut Spatial lui avait offert quand il était sorti premier de sa promotion. Il ne cherchait plus les vestiges de l'Ere Première et cédait simplement au plaisir de piloter à pleine vitesse son minuscule appareil à travers un monde dévasté. A peu près personne ne venait là, si bien qu'il avait le sentiment d'avoir pour lui seul ces immenses espaces, qui ressemblaient, pensait-il, aux planètes inconnues qu'il irait bientôt surprendre.

Il lançait l'hélio à l'assaut des pics, l'engouffrait à dix kilomètres-minute dans les crevasses et à l'intérieur de ces grottes en chapelets que les déflagrations atomiques d'Apocalypse I avaient créées. Le moteur de l'hélio pétaradait dans les cavernes sonores où il éveillait mille échos, et levait des armées de chauves-souris, ou encore, dans les plus profondes, faisait s'éparpiller au sol ces bizarres créatures blanches qui ressemblaient à d'énormes rats gras et translucides. L'appareil filait en ronflant, à brusques crochets pour éviter automatiquement les rocs dressés. Il jaillissait enfin en plein air par une cheminée, et l'orifice de sortie était parfois si étroit qu'il bondissait à l'air libre dans un froissement de tôle.

Dreik suivait à moyenne altitude la ligne pâle du nouveau fleuve qui s'était frayé un chemin vers le Pacifique après Apocalypse I. Il regardait les îles qui semaient son parcours capricieux, seuls endroits où la végétation était revenue avec une certaine vigueur. Il descendait vers l'une d'elles où il s'arrêtait autrefois pour pique-niquer quand l'esprit du Slur entra en contact avec le sien. « Attention, Dreik. Qu'y a-t-il au-dessous de nous ?

— Un fleuve.

— Descends le plus bas possible. »

Ils étaient si habitués à naviguer ensemble que Dreik obéit aussitôt. Il demanda :

— Où est le danger ?

— Vers le nord. Un appareil encore lointain, beaucoup plus gros que celui-ci.

— Militaire ?

— Je ne sais pas... Ouvre le cockpit. »

Le Slur changea de position. Sur son dos, la large membrane sensible se gonfla, devint convexe, et les tigelles qui formaient autour d'elle une épaisse couronne s'allongèrent puis, étirées à l'extrême, restèrent immobiles et rigides. La faculté des Dormeurs qui leur permettait de déceler un danger à très longue distance était une des qualités qui les avaient fait choisir pour compagnons des Investigateurs et des commandants d'astronefs militaires. On savait peu de chose de ce sens particulier, que certains avaient rapproché à tort du flair et de la prescience de certains animaux sauvages. Il était lié à une aptitude qui leur permettait de sentir immédiatement l'hostilité, la malveillance ou certaines intentions cachées qui visaient à les tromper ou à leur causer un dommage. Cette dernière aptitude s'exerçait à l'encontre de n'importe quelle espèce, humaine ou non humaine, et on avait avancé l'hypothèse que les Slurs avaient peut-être la capacité dans les moments de péril de se projeter dans un avenir proche, que certains évaluaient à quelques secondes et d'autres à plusieurs minutes. L'hypothèse n'avait jamais reçu confirmation car les Slurs se montraient peu coopératifs en ce qui touchait leurs pouvoirs particuliers.

Dreik demanda :

— Il vient vers nous ?

— Oui, mais il reste dans les couches supérieures.

Il fit sortir les crosses réceptrices de l'habitacle. Elles balayèrent lentement le ciel. Il n'y avait pas d'appareil en vue et le ciel d'un bleu qui virait au blanc restait parfaitement vide.

Dreik, qui écoutait le sifflement sourd des crosses, se demanda quelle était leur portée sur le Triangle. Il régla l'image qu'elles lui transmettaient sur un lointain massif montagneux. La portée lui parut faible. Sur l'U.S. 23, elle atteignait 1/8e d'Unité Val, mais le Triangle était de toute évidence beaucoup moins puissamment équipé.

— Ils approchent.

Dreik vit soudain l'appareil qui surgissait entre deux pics. Son image se dilata brusquement sur l'écran. Il se déplaçait à une vitesse effarante, de l'ordre de 400 kilomètres-minute.

« Ils vont tirer. » Dreik vira. La rafale leva un geyser dans le fleuve qui bouillonna et lâcha un nuage de vapeur tourbillonnante.

Dreik fuyait au ras de l'eau. Il monta brusquement en chandelle et lança le Triangle vers un massif de roches étincelantes. A la dernière seconde, il redressa l'appareil qui effleura la roche. Au-dessous des pierres jaillirent en gerbes, arrachées par les projectiles.

Leur poursuivant allait surgir au sommet du massif. « Tire... tire. » Presque immobile sur le massif, Dreik répondit : « Toutes les munitions ont été retirées et, pour faire bon poids, on a aussi saboté la radio. »

Il avait vu surgir l'appareil et, pendant une fraction de seconde, il l'avait tenu dans la mire des canons thermiques. C'était un gros patrouilleur militaire long d'une vingtaine de mètres. Dreik distingua nettement l'homme aux commandes, un Blanc au visage étroit. Derrière lui se tenait une silhouette sombre.

« C'est un Escorteur. Deux canons thermiques de 8 et deux émetteurs à rayons durs à portée restreinte. »

Emporté par sa vitesse, l'Escorteur s'éloignait et on n'entendait que le sifflement de ses inverseurs. Dreik fit glisser le Triangle à l'abri du massif et observa la plaine au-dessous de lui, puis il revint vers le fleuve, poussant le Triangle à sa vitesse de pointe. Il enfila sans ralentir l'axe du fleuve. Le Slur l'avertit : « Ils reviennent. »

Dreik les avait vus. Il vira sèchement entre deux grosses excroissances rocheuses sur la rive et l'Escorteur, de nouveau emporté par sa masse, fila vers le Sud.

« Tu ne pourras pas leur échapper longtemps. Ils vont te tuer. » Il ne parlait pas de lui car il était à peu près assuré de survivre, quelle que fût la violence du choc. Ni les canons thermiques, ni les rayons durs n'entamaient ses défenses quand il se mettait en position close et seuls les briseurs de champ, descelleurs de molécules, pouvaient le détruire.

Le Triangle montait à l'assaut du ciel en une longue course si raide que le Slur, surpris, glissa sur le coffrage où il était installé. Il culbuta, se débattit maladroitement ventre en l'air pour se remettre sur ses huit pattes, y parvint et escalada le coffrage en grommelant des injures.

« Excuse-moi. Je crois toujours que tu es dans tes alvéoles comme sur l'U.S. 23. »

Ils étaient à plus de cent kilomètres d'altitude quand la rafale les encadra. L'Escorteur montait vite, presque aussi vite que le Triangle, mais son ascension devenait peu à peu laborieuse. Dreik, qui le surveillait sur l'écran, se demanda : « Quelle est sa limite ? » et immédiatement : « Quelle est la nôtre ? » Il poussa le Triangle, qui répondit vaillamment. A cent trente kilomètres, l'Escorteur, qui lançait rafale sur rafale, commença à lâcher prise. Le Triangle montait toujours et il ne donna des signes de fatigue qu'au-delà de deux cent quarante kilomètres.

Dreik regardait exploser les charges vingt kilomètres plus bas : « Une chance qu'ils ne soient pas équipés d'armes perforantes comme sur les planètes extérieures. »

Sur Terre, les appareils de l'armée et de la police n'avaient pas le droit d'user d'armes d'une portée supérieure à soixante kilomètres : « Et tu penses que c'est une raison suffisante pour te réjouir ? »

Dreik naviguait maintenant à petite vitesse. Il allait au hasard, veillant seulement à maintenir le Triangle à l'altitude de deux cent trente kilomètres. A une centaine de kilomètres au-dessous, l'Escorteur, qui ne gâchait plus ses munitions, suivait un chemin parallèle.

Dreik regardait le tableau de bord. Le Slur demanda, inquiet :

« Tu en es certain ?

— Oui. (Dreik venait de constater que le réservoir

d'énergie était presque vide. Il expliqua :) Ils ont probablement soustrait onze éléments sur douze.

— Qui ?

— Je ne sais pas. J'imagine qu'ils l'ont fait pendant que nous étions avec Esona.

— J'aurais dû veiller sur le Triangle pendant que tu parlais à ta femme. Un Slur ne doit jamais quitter son vaisseau quand sa protection n'est pas assurée. C'est ma faute.

— Ils auraient trouvé un autre moyen.

— De combien de temps disposons-nous ?

— Je ne connais pas cet appareil, mais sur ceux que j'ai pilotés de type voisin, un élément fournissait quatre heures de vol à vitesse de croisière.

— En somme, ils savent que tu finiras bien par descendre. Ils n'ont qu'à attendre.

— C'est ce qu'ils font. »

Il réduisit l'allure. Cent kilomètres plus bas, l'Escorteur fit de même. Dreik fit passer sur l'écran les cartes de la province qu'ils survolaient. Il les examina avec soin puis les abandonna et se rejeta en arrière. Il resta longtemps silencieux. Le Slur, tigelles dressées, suivait les méandres de la pensée de Dreik. Il connaissait les ressources de son ami, son sens du combat, mais, pour l'instant, il ne voyait défiler dans son esprit que des pics, de longues crevasses, des grottes aux parois boursouflées de concrétions, tout un paysage de mort et de désolation, en tout point semblable à celui qui défilait sous le Triangle.

Dreik posa ses mains sur l'axe de direction. Il regarda l'Escorteur cent kilomètres plus bas et constata — ce n'était pas la première fois — que, depuis son séjour sur Vor, sa vue était devenue si aiguë qu'il avait à peine besoin du viseur pour distinguer sa masse épaisse et le cockpit transparent qui renvoyait la violente lumière de ce bel après-midi. Il dit à voix haute :

— On ne peut pas rester perchés là-haut éternellement. Nous allons les amuser un peu.

Mais il maintenait l'appareil à la même altitude. Il

prit simplement de la vitesse et ouvrit au maximum d'amplitude l'appareil de vision qu'il avait orienté vers le sol. Le paysage chaotique sauta vers lui. Il l'observa minutieusement et accéléra, imité par l'Escorteur. Il ralentit, observa encore, perdit un peu d'altitude et poussa une exclamation satisfaite. Le Dormeur dit :

— Réfléchis bien. Tu as encore plus de trois heures et demie devant toi.

— C'est le moment. Arrime-toi bien.

Le Slur fit entendre quelques craquements d'appréhension et se fixa solidement au coffrage.

— On y va ?

Le Triangle piqua si brutalement qu'il sembla vouloir heurter l'Escorteur de plein fouet. Tel dut être en bas le sentiment du pilote car son appareil fit un brusque écart. Il en perdit le réflexe de tirer, et le Triangle, minuscule et hurlant à six cents kilomètres-minute, était déjà hors de portée quand il se jeta à sa poursuite.

Dreik vit arriver le chaos rocheux, évita un éperon et fila dans une étroite tranchée, profonde d'une cinquantaine de mètres, dont les parois verticales renvoyaient en tonnerre le grondement de l'appareil. L'Escorteur plongea à son tour dans le couloir. Il gagnait si rapidement sur le Triangle que Dreik dut se dégager d'un bond de la crevasse, mais il n'avait pas été assez prompt car un jet radiant avait volatilisé le sommet du cockpit. Tout avait disparu, crosses de détection, antennes, et l'air s'engouffrait maintenant avec une telle violence dans la cellule que Dreik devait se cramponner aux branches de direction et se tasser dans son siège.

Il joua à saute-mouton avec cinq ou six protubérances hautes d'une centaine de mètres, rasa un interminable champ d'éboulis, multipliant les crochets pour éviter les rafales sifflantes de l'Escorteur revenu qui fracassaient les rocs, levaient des tourbillons de poussière, et il fila dans une nouvelle fissure à peine large d'une vingtaine de mètres. La fissure, qui zigzaguait entre deux falaises de granit armées de dents coupantes, s'enfonçait de plus en plus profondément dans le sol.

Derrière le Triangle, l'Escorteur, gêné par l'étroitesse du canyon et par les coudes, montrait moins de hardiesse, et perdait du terrain.

Le Dormeur, cramponné de ses huit pattes mais si secoué par les à-coups qu'il glissait parfois de quelques centimètres, demanda :

— Et où allons-nous comme cela ?

Tous ses sens en éveil, chahuté par les sautes d'air, Dreik ne répondit pas. Il y eut un brusque décrochement, une chute libre d'une centaine de mètres, et le canyon entra dans la montagne. Dreik avait allumé les phares qui levaient sur les parois des champs d'étincelles. La voie s'élargit. Dreik entendit le fracas de l'Escorteur qui entrait à son tour dans la caverne. Il accéléra. Le passage s'ouvrit en éventail, prenant de gigantesques proportions, et les voûtes, hérissées d'aiguilles blanchâtres comme des buissons de cierges renversés, renvoyèrent le vacarme des appareils.

L'Escorteur lança une rafale qui éclaboussa la caverne d'un fugitif rayonnement rose. Des crépitements se répercutèrent en chapelets, accompagnés de chutes de pierres.

Dreik accéléra encore. Il pénétra sous une voûte, entra dans la seconde caverne, à peine moins vaste que la précédente, et soudain se dressa devant lui une muraille noire boursouflée de grasses coulées violettes. Comme au temps de sa jeunesse, il accéléra une dernière fois mais il priait, priait pour que rien n'eût changé.

Le Triangle se planta comme un projectile dans un étroit passage en haut de la voûte. Il y eut un bruit aigre de déchirure quand la coque toucha une aspérité du roc, et sous le ventre de l'appareil, des pierres dévalèrent.

Dreik ne freina pas. Il savait que c'était inutile. Ou la voie était libre, ou un éboulement obturait ce passage dans lequel il s'était élancé cent fois dans sa jeunesse pour le simple plaisir de défier la mort au volant de son petit hélio.

Derrière lui, la caverne parut exploser. L'Escorteur venait de se fracasser contre la muraille. Il allait trop vite et son système anticollision n'avait pas pu remplir son office.

Le Triangle jaillit à l'air libre dans un ruissellement de cailloux. Il suivit la courbe molle du contrefort, ralentit, se cabra. Il plana, rapace noir et compact aux flancs meurtris d'estafilades, et se posa, moteur mort, avec une sorte de grâce silencieuse, sur le large entablement où Dreik se posait déjà trente années plus tôt.

Le Dormeur dit : « Dreik ! Dreik ! » Il se dressa sur ses pattes frêles et dans le silence de ce monde désert poussa quelques puissants « Vloom » de soulagement.

Dreik ouvrit plus largement le col de sa tunique. Il balaya du regard le ciel vide et frotta du plat de la main son front où coulaient des filets de sueur.

— Retournons dans la caverne.

L'Escorteur gisait, amas de ferrailles écrasées au pied de la muraille. Sa superstructure avait éclaté et des fragments de plastique étincelaient sur le sol dans la lueur des phares.

Dreik tenta d'ouvrir la porte tordue. Il s'acharna, mais dut abandonner. Alors le Slur, qui progressait avec lenteur sur le terrain inégal, planta sa mâchoire tubulaire dans la paroi d'acier. Il y eut une série de craquements. Le Slur assura sa prise et tira. Arrachée de ses gonds, la porte tomba. Dreik vit les trois corps aplatis sous les volets de métal qui s'étaient automatiquement rabattus pour les isoler quand le cockpit avait volé en éclats.

Il tira un des corps hors de l'Escorteur. Tous les os avaient dû se rompre car l'homme était flasque comme un mannequin d'étoffe. Quant au visage, les traits en étaient presque arasés et il était enduit d'une confiture noire qui était du sang coagulé.

Dreik fouilla les poches des vêtements civils. Il

aurait cependant juré que ses agresseurs appartenaient à l'armée ou à la police. Il trouva enfin ce qu'il cherchait, un mince document à trois volets. Il lut : « Protection d'Etat » puis le nom : « Hande-Shemair, Exécuteur. » Sur l'autre volet, une photographie, et au-dessous, l'étoile à sept branches des caractéristiques d'Hande-Shemair : empreintes diverses, circonvolutions cérébrales, cordes vocales, etc. Sur le troisième volet, l'aire d'attribution de l'Exécuteur, et le sceau aux deux couleurs imbriquées blanc et rouge de la Sauvegarde Intérieure. Hande-Shemair était bien en mission officielle.

Dreik glissa le document dans sa tunique et regarda l'intérieur de l'Escorteur. Il avisa soudain l'arme entre les sièges avant. Elle était tachée de sang. Il la saisit, la présenta au Slur.

— Ça ne te rappelle rien ?

Le Slur observa l'arme avec ses sens étranges qui traversaient la matière, en évaluant la texture. Il répondit :

— C'est avec cette arme qu'on a tué des milliers des miens. Je l'ai vue fonctionner contre ceux qui refusaient les propositions terriennes. C'est un briseur de champ. Il peut dissocier nos défenses en quelques secondes.

— Exactement. Une vieille arme dont se sert encore la police pour donner la chasse aux fugitifs dans les camps d'exploitation des Planètes Extérieures. Les Escorteurs n'en sont jamais équipés, ni aucun appareil terrien.

Quand le Triangle revint à l'air libre, Dreik observa encore le ciel. Il ne vit à très haute altitude qu'un imposant navire de guerre qui se dirigeait à grande vitesse vers le nord, son faisceau d'ouverture de route fonctionnant à pleine puissance et projetant devant sa proue un éventail répulsif rouge sang.

Dreik mit le cap sur Kuala-Hori. Sur le coffre, le Slur grignotait à petit bruit un des enjoliveurs de roue de l'Escorteur qu'il avait emporté entre ses tubulures dorsales. Dreik avait branché le pilote automatique.

— Dès que nous serons à Kuala-Hori, je ferai réparer l'appareil et j'informerai le Grand Conseil de l'agression. J'aviserai aussi la police. Je n'apprendrai rien à personne, un de leurs satellites a dû tout enregistrer, mais au moins la situation sera claire.

— Pourquoi pas ?

Le Slur ne cachait pas son scepticisme.

— Nous n'avons plus de capteurs, dit Dreik. Je ne crains guère une nouvelle attaque mais je préfère que tu restes en position d'alerte... Dis-moi, tu ne m'as jamais raconté comment s'est passée l'audience avec tes deux congénères. Il est vrai que tu ne m'as jamais dit franchement ce que tu pensais des Vors. A part quelques cris de protestation, tu as soigneusement gardé pour toi tes opinions.

— Pour m'interroger, on a envoyé deux pitoyables badernes. Surtout ne pas peiner les Terriens, bien leur donner les renseignements que j'avais pu obtenir. Ils étaient si apeurés qu'ils ne voulaient même pas savoir ce que j'avais appris sur Vor. « Avez-vous bien dit tout ce que vous savez, cher concitoyen ? N'avez-vous rien laissé dans l'ombre ?... » Des craintifs, des soumis de la première heure.

— Et qu'avais-tu appris ?

Tout en poursuivant son repas, le Dormeur émit quelques pensées floues, petit torrent confus qui fit rire Dreik. Il connaissait son ami, son art de se dérober quand il voulait rester à l'écart des affaires humaines.

Le Slur le perça à jour.

— Ne crois pas, Dreik, que je veuille noyer le poisson, mais ce que j'ai cru comprendre sur Vor n'était pas définissable, en tout cas en termes humains. Quant à mes deux ganaches d'enquêteurs, ils étaient bien trop empressés à complaire aux Terriens. Ils auraient tout exprimé de travers. Tu connais les gens de mon peuple quand ils ne veulent pas d'histoires : ils fouillent la pensée des hommes, cherchent ce que l'humain veut entendre et le lui servent tout chaud. Des lâches et des flagorneurs.

— Ne file pas toi aussi dans les considérations générales. Réponds à ma question.

Le Slur fit craquer une griffe d'enjoliveur. Il la fit disparaître avec lenteur et se décida enfin :

— Quand je dis que ce que j'ai cru pressentir n'était ni définissable ni même avouable, c'est d'abord parce que ma conviction ne reposait sur aucun argument exprimable en termes humains. En fait, même, à partir de ce que j'avais cru entrevoir, j'aurais dû avoir une opinion contraire.

— Et quelle était ta conviction ?

— Que les Vors étaient assurés de leurs pouvoirs, qu'ils voulaient votre perte et accessoirement la mienne. D'où ma fausse colère et mes simagrées sur la plate-forme d'analyse terrienne, car ce qu'ils allaient lire dans mon esprit, me faire dire, c'était ce que j'avais observé, donc la faiblesse des Vors, leur comportement plutôt amical, leurs bonnes intentions. Et ce qui m'enrageait plus encore, c'est qu'il en allait de même pour toi. Qu'allaient-ils en effet extraire de ton esprit raisonnable, sinon les signes de l'épuisement des Vors, de leur petit nombre, ce qui allait les encourager à intensifier la guerre ? Et toi qui partais justement de cette faiblesse, de cette bonne volonté offerte, pour souhaiter un accord, toi qui es plus sensible aux malheurs nés de la guerre qu'au profit retiré des conquêtes ! Ah ! les Vors avaient fait un bon choix en te capturant. Personne mieux que toi, honnête chevalier, ne pouvait servir leurs intérêts. Ils te nourrissaient comme un ordinateur, assurés que tu fournirais au bon moment les réponses qu'ils souhaitaient et qu'elles seraient interprétées par vos gouvernants selon leurs vœux. Tu vois, Dreik, c'est là le drame, quand l'homme, soi-disant pour un surcroît d'objectivité, une meilleure approche de la vérité, confie le plus gros du travail aux synthétiseurs et autres machines. Il y perd quelquefois l'essentiel de lui-même. Car il se joue une fantastique partie d'échecs entre vous et les Vors, toute de subtilité, faite de mille déductions, de décisions au deuxième ou au troisième degré, d'insinuations à peine perceptibles. Du moins de leur côté. Les Vors ont décidé de gagner avec leur cerveau, pas avec leurs armes, et c'est cela que j'ai pressenti dix fois sans jamais pouvoir en apporter la preuve. Tu as été manœuvré, Dreik. Les Vors qui t'ont sondé savaient exactement après l'analyse de ta nature comment tu répondrais sur Terre à partir de ce qu'ils avaient bien voulu te laisser entrevoir ou encore de ce qu'ils avaient fabriqué à ton intention. Ils t'ont conditionné comme un cuisinier-robot, et, à travers toi, connaissant les hommes, leurs dogmes, celui de l'Expansion Irréversible, par exemple, leur volonté de dominer, ils ont servi à vos savants et au Grand Conseil le plat qu'ils voulaient leur voir manger. Ils vont le dévorer et les humains en crèveront, et toi avec eux...

Il ajouta :

— Et moi aussi.

— A t'entendre, l'homme n'a jamais eu d'ennemi plus dangereux que les Vors.

— Le mot « dangereux » convient mal. Il ne signifie rien en termes vors. Il s'agit d'autre chose. Pour mieux te faire comprendre, je te demande si à ton avis un lion est dangereux pour l'écorce d'un arbre. Ce n'est qu'une affaire de circonstances, tu le sais comme moi. Mais si je souhaite la paix avec les Vors, c'est que j'ai peur d'eux. Cette peur, quand je pense à ce qu'ils dégagent, elle saute encore dans mes cellules. Les Vors sentent la mort. Pas la mort intentionnelle, dirigée contre l'homme, qui, à leurs yeux, a le même genre d'existence que le mur qui cache le paysage, quelque chose donc de négatif. Les Vors ne nous veulent pas de mal. Ils sont le mal absolu.

— Et tu ne peux pas te tromper ?

— Bien sûr que si, hélas ! Je ne connais d'eux que ce que tu appellerais une odeur, et aucun être vivant n'a jamais été totalement défini par son odeur. Je n'ai entrevu de leur monde qu'un vague reflet dans un miroir, et rien ne m'assure que le miroir n'était pas truqué, oh! pas nécessairement par la volonté des Vors mais par leur nature même.

— Tu te conduis en jeune fille effrayée de l'Ere Première.

— Face aux Vors, je suis cette jeune fille, Dreik. C'est pourquoi il faut arrêter cette guerre, retarder le grand assaut. La paix, Dreik, un armistice, n'importe lequel, mais que nous ayons un sursis, quelques semaines, quelques mois, et peut-être aurons-nous le temps de comprendre.

— Je veux la paix, je l'ai dit.

— Moi aussi, je la veux, mais pas pour les mêmes raisons.

— Et tu ne sais vraiment rien d'autre?

— Rien... Enfin rien qui puisse aider les Humains.

Kuala-Hori était en vue. Dreik reprit les commandes. Il réfléchissait. En somme, le Slur était arrivé à des conclusions opposées aux siennes, mais ces conclusions ne reposaient sur aucun argument irréfragable. Il ne s'agissait que de ce que, dans le pauvre vocabulaire humain, on appelait des intuitions. Dreik pensa: «Je n'ai rien éprouvé qui aille dans le même sens, ou c'est de manière si furtive que je ne peux en tenir compte. La peur de l'inconnu est banale, elle ne signifie pas que cet inconnu soit maléfique ou menaçant, elle ne traduit que mon incompréhension.» Attendre, il ne restait que cela, et souhaiter la paix, y aider de son mieux, puisqu'en dépit de leur vision contradictoire, ils en étaient venus à la même opinion. Que pouvaient-ils faire d'autre? Dreik fit descendre le Triangle. Le rivage apparut et, au-delà, les toits plats en métal brillant de la ville.

Kuala-Hori étendait ses milliers d'habitations à la pointe sud-est de l'Asie, au bord du Golfe de l'Innocence. A l'Ere Première, on l'appelait Golfe du Siam, du nom de l'Etat qui le bordait. Apocalypse I l'avait tout entier remodelé, l'enfonçant d'une centaine de kilomètres à l'intérieur des terres, engloutissant des îles et en faisant surgir d'autres, là où il n'y avait que l'eau bleu roi du Pacifique et la plate étendue des rizières.

Les contreforts himalayens qui protégeaient le golfe des souffles glacés venus du nord avaient été si profondément bouleversés par les bombes et les charges nucléaires que le socle montagneux s'était soulevé, dressant aujourd'hui avec ses enchaînements de pics, hauts parfois de quinze mille mètres, une barrière qui les isolait de la froidure du continent et aussi de l'influence de ce qu'on nommait pudiquement « les Pépinières de cerveaux de l'Union ».

Les parents de Dreik vivaient en bordure du Pacifique dont ils n'étaient séparés que par un grand verger d'arbres fruitiers tropicaux et une haie d'aréquiers à la grâce de jets d'eau. La maison ressemblait à celles que l'on construisait trois siècles plus tôt et n'avait pas de champ de climatisation extérieur réglable. Pour assurer dans les pièces une température agréable, elle disposait juste d'un système archaïque à circulation gazeuse dans les tubulures dont elle était faite. Trois chambres, une salle de maintien corporel et une grande pièce à tout faire flanquée d'une vieille cuisine électrifiée, c'était vraiment une demeure modeste de l'ancien temps. Dreik, qui y avait été heureux, la regardait avec amitié. Deux des antennes de toiture pendaient, à demi arrachées, et il pensa que ses parents ne participaient pas plus qu'autrefois aux Jeux-Spectacles à Intervention Spontanée du Réseau Trid Planétaire. Seule l'antenne à trois branches du Canal Informatif restait dressée.

Il entra dans le jardin, écrasant les longues cosses craquantes de flamboyant qui encombraient les allées, regarda les planches de légumes. Elles étaient moins bien entretenues qu'à sa dernière visite, deux ans plus tôt, et à ce signe Dreik sut que son père avait perdu de sa vitalité. Il s'en occupait dès le lever du jour, arrosait avec un antique instrument de tôle au coucher du soleil, et ne laissait à personne le soin de planter, de désherber et de cueillir quand il jugeait le moment venu, toute une science reçue d'un grand-père européen, et à propos de laquelle il prenait des airs mystérieux qui faisaient sourire sa mère, élevée, elle, dans les plaines urbaines de la Mongolie maritime.

Dreik se détourna et fit un signe au Slur, dont la petite masse sombre cahotait sur les pierres du chemin. Il lui demanda : « Pas trop chaud ? » Le soleil, brûlant à cette heure du jour, arrachait des étincelles aux cailloux. Le Slur répondit :

— Chaud ou froid, peu m'importe, mais quelle bizarre idée d'habiter un pays dépourvu de bandes roulantes.

— Mes parents n'ont jamais aimé que le sol marche à leur place.

— Je n'appartiens pas à votre race sportive. Sans compter cette poussière, qui vous encrasse les jointures.

Dreik entra et vit sa mère. Assise sur un cube de teck, son nez bref de Chinoise chaussé de lunettes, elle lisait et leva la tête pour dire :

— Sven, quel est cet engin bruyant qui a survolé la maison ?

Elle reconnut son fils, leva sa haute silhouette, jeta son livre au petit bonheur et courut vers Dreik, bras tendus :

— Delter, mon petit ! Je n'espérais plus ta visite. Pourquoi ne pas nous avoir donné plus tôt signe de vie ?

— Je t'ai fait appeler trois fois mais ton Vicker est hors d'usage, il ne répond plus.

— Te voici ! Ah, que je suis heureuse !

Elle ôta ses lunettes, rit, ses yeux bridés dont avait hérité Dreik réduits à deux fentes brillantes.

— Tu es toujours aussi belle...

Il le pensait tout autant qu'autrefois, tandis que, dressée sur la pointe des pieds, elle pressait son front contre le sien et respirait son odeur à la manière de sa province natale.

— Où est Sven ?

— Il est allé chasser le varan sur l'îlot. Voilà trois jours qu'il part dès l'aube. Il veut que je lui prépare son lézard à la cardamome. Un plat horrible. Enfin, nous n'y sommes pas encore, on m'a dit qu'il n'y avait plus un seul varan sur l'îlot.

Dreik prit une mangue sur la table. Il en aspira le jus sucré avec bruit comme il le faisait enfant. Le Slur arrivait, à bout de forces. La mère de Dreik l'observa avec curiosité, et plus encore quand son esprit entra en contact avec le sien. Il se présenta cérémonieusement : « Je suis un Slur de la planète Ursa. Puis-je entrer ? »

Dreik dit :

— Ma mère, Chen-San.

Tigelles dressées, le Slur inspectait la maison. Satisfait, il replia ses pattes et rétracta ses appendices labiaux.

— Désires-tu quelque chose ?

— J'attendrai le dîner et le retour de l'Esquiveur.

C'est ainsi que sa mère avait surnommé son père, pour son aptitude à remettre au lendemain. Chen-San montra la Trid.

— J'avais quand même de tes nouvelles. On parle

beaucoup de toi depuis quelques jours, et d'une manière qui ne me plaît pas. Il semble que ce séjour sur Vor t'ait fait beaucoup d'ennemis. Les gens de Super-Delhi et du Grand Canal Nord sont venus ici nous poser des questions. Ils ont filmé tout ce qu'ils ont pu voir, ton père, moi, ton ancienne chambre. Ils souhaitaient que je leur cède les Spir-Mobils que nous avions pris de toi quand tu étais jeune. Je les leur aurais bien prêtés mais ton père n'a pas voulu. Tu le connais. Il a fini par les flanquer dehors en les traitant d'arrangeurs et de vampires, ce qui était maladroit parce qu'ils se sont dispersés à travers la ville pour compléter leurs renseignements. Et ici, tu le sais, tout le monde n'approuve pas votre manière de vivre.

— Rei-San ?

— Il est toujours sur Essaül. Pour plus d'un an encore.

Dreik hocha la tête. Il n'avait pas pu empêcher le départ de son frère, dix-huit mois plus tôt. Il était à ce moment-là en Espace IV, occupé par les Structures Volantes vors. A son habitude, Rei-San n'en avait fait qu'à sa tête. Il ressemblait à son père, impulsif et violent, irréfléchi aussi, et parce qu'il était mal à l'aise dans son Emploi d'Attribution, un poste de Sélecteur de Fibres en Aire Boréale, parce qu'il n'aimait pas le pays où on l'avait envoyé travailler et qu'il refusait autant qu'au premier jour de s'engager dans l'armée, il avait joué à la Grande Loterie. Non pour tirer le gros lot, mais seulement un petit de 1 000 péhas, assez pour vivre sans travailler pendant trois ans. Ou on gagnait, ou on était expédié dans les camps de Mise en Valeur des astéroïdes ou d'une des planètes du 2e Cercle. C'est par cette méthode que l'Union recrutait sa main-d'œuvre car les candidats étaient rares qui acceptaient de partir sur ces territoires déshérités où l'organisme humain était modifié afin de mieux s'adapter.

Voilà pourquoi, à la fin du siècle dernier, on avait créé la Grande Loterie, à laquelle pouvaient jouer tous les citoyens de vingt-cinq à soixante ans. On choisissait son lot et, pour gagner 100 000 péhas, une somme qui faisait de vous un Seigneur Parfait, libre de toute entrave jusqu'au dernier jour, certains n'hésitaient pas à engager cinquante années de leur vie.

La Trid filmait les vainqueurs, jamais, pensa Dreik, les cohortes qu'il avait vues monter un jour dans les cargos-navettes, des forçats surveillés, armes à la main, par les Gardes Terriens. «Choisissez votre avenir», «Prenez la vie à laquelle vous pensez avoir droit», Dreik connaissait leurs slogans.

Il savait aussi comment le Gouvernement de l'Union orientait vers d'ennuyeuses besognes bon nombre de citoyens. Quel merveilleux moyen en effet de provoquer leur déception puis leur colère. Ils étaient ensuite mûrs pour engager ce que les journaux appelaient «Le Pari du Prince» et quelques radios clandestines «Le Marché des Dupes». Ne disait-on pas qu'à la Grande Loterie, il n'y avait qu'un gagnant pour mille perdants?

Le père de Dreik arriva en fin d'après-midi. Il n'avait pas capturé de varan et balançait au bout de ses bras interminables deux petits poissons à reflets métalliques. Sven était un homme gigantesque et maigre, à la peau noircie par le soleil. Il avait peu usé des traitements d'entretien et, en dépit de son aspect robuste, paraissait ses quatre-vingt-deux ans.

Il se montra heureux de voir son fils, mais aucunement surpris, certain que le premier mouvement de Dreik à son retour sur Terre serait de leur rendre visite. C'était un homme d'une seule pièce, qui jugeait les gens une fois pour toutes. Ne revenant jamais sur ce premier jugement, dont il tirait des conclusions qui lui semblaient évidentes, il avait passé, sans être sot pour autant, une bonne partie de sa vie dans la stupeur et l'indignation.

Il posa sa main sur l'épaule de sa femme:

— Alors, Magicienne, un fils à la maison et pas de varan à cuisiner, te voilà heureuse.

Il adressa un bonjour amical au Slur qui y répondit avec politesse et dit à Dreik :

— Je suis allé ce matin au Diffuseur Municipal pour connaître les nouvelles interplanétaires. Notre Trid crachote un peu et dédouble les images. Il y a je ne sais quoi d'endommagé qui coûte une fortune. Ils te font la fête. Tu leur en fais lever, des banderoles et des ballons-acclameurs, mais tous ne te portent pas dans leur cœur. Sais-tu que, ce matin, on te rendait responsable de la Sécession de Gertha ? Trois cents millions de parahumains qui se dégagent de la Roue, cela fait des remous. Ils ont rapatrié leurs vaisseaux et il paraît qu'à cause de toi, il y a maintenant une belle brèche ouverte dans les défenses d'Espace IV. On parle aussi de révoltes sur Di-Tiahr. De révoltes et de répression, ce qui va toujours ensemble, mais, comme d'ordinaire dans ce genre d'affaires, on manque de précisions.

» Il y a aussi le revers de la médaille : les marches pour la Guerre Brisante des petits Suractivés, nos voisins, de l'autre côté de la chaîne himalayenne, ils sont en plein délire belliqueux, et puis les défilés incessants devant les cryptes mortuaires des héros des 28 Planètes, avec l'hystérie habituelle, suicides individuels ou collectifs par explosion, lacération, étripage et décérébration des sectes de la Nouvelle Incarnation. Sur Bégel où il y a, paraît-il, culte des Vors, les adorateurs en sont venus aux mains avec la population. Bilan, des milliers de morts et d'innombrables éclopés.

Ses yeux bleus de Nordique tournés vers son fils, il passa sa main dans ses cheveux gris et raides.

— Je m'étonne, mon fils, qu'après de telles manifestations, ils t'aient laissé aller.

— Ils hésitent. Je crois qu'ils n'ont pas encore fait leur choix.

Dreik garda le silence sur l'agression de l'Escorteur.

— Je te sers un verre de guelp ? J'en ai encore du bon. Celui que tu me volais autrefois avec Rei-San.

— Ils te laissent toujours le fabriquer ?

— Bien sûr. Ce n'est pas formellement interdit. Du reste, rien n'est formellement interdit sur cette planète. A propos, j'ai planté une nouvelle variété de tabac. Oui, rien n'est interdit mais tout est déconseillé. On a droit à deux heures de slogans par jour : en faveur de l'hygiène, de la santé, de la productivité, de l'eugénisme, de la communauté, de la vigueur ou de la beauté de l'espèce et de l'amélioration de sa descendance.

Il rit :

— Ah, que de bonnes, que d'innombrables raisons de nous priver de ce qui nous fait plaisir, de la gorgée de guelp jusqu'à l'engueulade avec le voisin ! Ce matin, tandis que je déjeunais, ils nous ont seriné vingt fois que l'esprit critique et l'esprit de critique ne faisaient le plus souvent qu'un. C'est beau, l'autocensure. On se sent pousser chacun un gendarme entre les oreilles...

Dreik écoutait distraitement en buvant son alcool. L'autocensure du groupe ou des individus avait remplacé les interdictions légales et son père n'avait jamais pu s'y faire. C'était son grand dada, il pouvait en parler pendant des heures et, autant que dans sa jeunesse, il était révolté qu'on puisse ainsi culpabiliser l'individu de cent manières.

Sven reprit un fond d'alcool. Il tendit la bouteille à sa femme qui accepta, les yeux joyeusement plissés. Il fit valser le liquide dans son verre.

— Je préfère encore le temps des lois brutales. Deux ans de prison pour ceux qui procréent avant vingt-huit ans, interdiction de boire ou de fumer dans un lieu public, pas de mariage entre types A et K sous peine d'exécution de leur progéniture. Aujourd'hui, on t'enduit de miel et on te plante l'interdit dans le cœur et dans la tête du berceau au dernier souffle, hypnose, drogue d'ouverture, réprobation collective, tout est bon. Ce monde est hypocrite et truqué. Il ne fait pas confiance à l'homme, il lui dénie toute sagesse et tout esprit de modération. Regarde tes

Vors et ce qu'ils veulent en faire ici, comment ils sont en train de les transformer en monstres dont l'existence serait incompatible avec la nôtre. Par le simple fait d'exister, ils mettraient notre vie en danger. Des diables malfaisants, voilà ce qu'ils sont en train de fabriquer pour qu'on donne un nouveau coup de collier et que nous allions les tuer avec plus d'entrain, la conscience en repos.

Dreik dit :

— Ce qu'ils racontent n'a pas beaucoup d'importance.

— Mais ils ont tort. Toi-même, tu nous as dit devant les Trid ce qu'étaient réellement les Vors, tu nous as apporté leur offre de paix. Ils t'ont relâché, ils ont fait de toi le messager de leurs concessions.

— Peut-être que cela non plus n'a pas d'importance...

— Que veux-tu dire ?

Dreik hésita. Il finit par dire :

— Les mots servent autant à masquer la vérité qu'à l'exprimer. Peut-être l'enjeu est-il ailleurs, et différent de ce qu'on imagine...

Sven allait protester à sa manière tumultueuse. Sa femme, qui regardait Dreik, intervint :

— Tu as tout le temps de lui poser des questions. Laisse-le ce soir. Tu vois bien qu'il est las.

Sven secoua la tête.

— Tu as raison, Magicienne. Il a besoin de paix, mais il ne perd rien pour attendre.

Dreik regardait le soleil qui disparaissait à l'horizon. Il pensa au double soleil de Vor qu'il avait entrevu, au ciel lavande qui avait brusquement blanchi. La nuit était tombée en quelques minutes, non pas noire comme sur Terre, mais violette et traversée de longs éclairs pâles, comme si un astre englouti luttait encore et lançait vers la planète un flot de rayons, et quelques-uns passaient, minces éclaboussures de lumière qui se diluaient dans la nuit.

Dreik chassa sa rêverie.

— J'ai garé le Triangle à deux cents mètres d'ici, près du grand banian. Il ne risque rien ?

— Ils viendront le voir, mais ils n'y toucheront pas.

Le Slur intervint :

— Je resterai cette nuit dans le Triangle. Cela fait partie de mon travail. N'oublie pas qu'une de mes missions est de protéger le matériel du gouvernement...

Il plaisantait, et Dreik pensa qu'il avait une autre raison. Il suivit le Slur. Près du banian, ses ailes plates et noires posées sur le sol, le Triangle ressemblait à un grand papillon nocturne.

Après s'être installé, le Slur conseilla :

— Dors dans un endroit clos, et garde une arme à portée de ta main. Tes parents peuvent-ils installer un champ sensible autour de leur maison ?

— Il y avait autrefois un cadre d'alerte contre les derniers voleurs, mais je crois qu'il est hors d'usage.

— Alors je couvrirai la maison. La distance est courte...

Dreik rentra. Il pensa : « Il se défie des gens du Conseil. Il les croit machiavéliques, sans cesse préoccupés d'éliminer ce qui les dérange. » Quant à lui, peut-être parce qu'il avait retrouvé la maison de sa jeunesse et parce qu'il y avait toujours été heureux, il était à peu près certain qu'on ne tenterait rien contre lui. Enfin, pour l'instant, corrigea-t-il.

Quand Dreik s'engagea dans le chemin qui menait au village, l'air était déjà chaud malgré l'heure matinale. Il vit plusieurs personnes sous les vérandas des villas voisines mais aucune ne le salua ni ne lui adressa la parole et, bien que ses parents eussent peu d'amis, Dreik se demanda si cette réserve n'était pas due aux émissions des Trid.

Le Slur semblait dormir sur le siège du Triangle. Ce n'était qu'une apparence, car il interpella aussitôt Dreik :

— Je sens que tu as bien dormi et aussi que tu as copieusement déjeuné, ce qui n'est pas mon cas.

Oui, il avait bien dormi, mieux que depuis des semaines.

Le Slur dit en écho :

— Moi aussi j'ai dormi. Enfin, à ma façon. Je me voyais sur ma planète natale. J'étais dans un champ d'orvite, ce minéral d'un goût si délicat qu'on le réservait dans ma jeunesse, tant il était rare, à ceux qui avaient fait l'admiration ou le bonheur de la communauté. Des monceaux d'orvite. Je goûte encore leur feuilletage léger, farci de minces lamelles d'évenis. Ah, tu ne peux imaginer ce régal !

— Tu ne rêves que mangeaille.

— On rêve de ce qu'on n'a pas. A force de voir ses espoirs capoter, on devient terre à terre, comme vous dites. Je vais me dégourdir un peu les pattes…

Il les agita, en fit jouer les articulations, et descendit du siège avec une majesté vieillotte.

— Ton village est calme, si calme que personne

n'est même venu admirer le Triangle, un appareil qu'ils n'ont cependant pas dû voir souvent en ce bout du monde.

— Ils ont reçu des ordres et ils n'aiment pas les histoires.

— J'ai décelé quelques ondes, plutôt faibles, qui ne nous étaient pas favorables, certaines plus intenses qui viennent de cette maison là-bas.

Dreik regarda la maison qui disparaissait entre des manguiers au feuillage funèbre. C'était celle de l'Assembleur, le chef de District, un homme réélu tous les deux ans à la tête de Kuala-Hori depuis un demi-siècle. Il dit :

— Je dois justement le voir.

— Son esprit est médiocre mais tenace, et je crains qu'il tienne d'autant plus à ses idées qu'elles sont courtes.

— Tu parles comme mon père. A propos, il est parti ce matin en hélio pour ton ravitaillement bien avant que je ne m'éveille.

— Ton père est un saint homme.

— Si tu en parles à ma mère, elle te dira qu'il est aussi gourmand que toi et que l'âge n'a rien ôté à ses exigences, bien au contraire. Peut-être que lui aussi a fait une croix sur ses vieux rêves et que c'est sa manière de combler le vide qu'ils ont laissé...

Dreik riait, mais le Slur ne l'écoutait plus. Il s'éloignait sur le chemin qui menait à la maison et, tout à sa besogne, peinait de ses huit pattes, l'esprit vacant.

En ville, Dreik entra dans le Collexpanseur, vaste magasin à anneaux de rayons rotatifs où on pouvait à peu près trouver tous les produits de l'Union et des 28 Planètes. A cette heure, le bâtiment était désert, à part le Contrôleur, un policier malais à peau sombre, qui regardait au Trid une partie de Kamo, jeu de football qui se jouait à dix-huit joueurs avec deux ballons de couleur différente.

Dreik prit quelques produits dont ses parents et lui-même étaient friands, et il observa qu'on voyait de plus en plus d'aliments présentés en comprimés ou en tablettes. Son père avait raison, le sens gustatif des Terriens était en pleine décadence. Il est vrai que, depuis dix ans, on ne savait pour quelle raison de morale ou d'économie, on ne cessait de répéter à la population que se nourrir, ce n'était que quelques minutes par jour, et que manger ce que mangeait son voisin, c'était devenir plus proche de lui et mieux le comprendre. On insistait beaucoup dans l'Union sur les bons rapports de voisinage, la sociabilité et l'identification à autrui.

Au rayon des jouets, Dreik examina les Bohars, petites plates-formes en matière semi-déformable à moteur incorporé. Dans son enfance, ses parents lui en avaient offert un, rose et jaune, qui pouvait rouler à quarante kilomètres-heure, s'élever à deux mètres du sol, et qui virait devant tous les obstacles. Dreik le lançait contre les arbres, contre les murs, et le Bohar, d'un brusque crochet, alors qu'on n'en était qu'à une vingtaine de centimètres, les évitait, sensation qui l'exaltait en ce temps-là. Après lui, son frère Rei-San avait hérité du jouet, et il l'avait mis hors de fonctionnement en le jetant contre les buffles et les chèvres de la Réserve Communale. Les buffles, qui prenaient vite la mouche, avaient malmené Rei-San et son Bohar.

Dreik appuya sur les touches du tableau de bord. Il pensa : « Je scie le siège et je fixe le clavier sur la plate-forme, c'est facile. »

A la caisse, il posa ses acquisitions sur un plateau d'étalonnage qui totalisa les prix. Il présenta sa carte et un voyant s'alluma pour indiquer que son compte était approvisionné. Quand il ne l'était pas, un klaxon retentissait. Il fut débité et le solde de son compte apparut sur un cadran relié à la banque d'Omazar où Dreik avait déposé ses liasses de péhas. Il pensa : « Je n'ai jamais été aussi riche. »

Le policier qui suivait toujours sa partie de Kamo, les jambes étendues sur une caisse de céréales, lui dit au passage :

— Vous avez adopté un enfant, Dreik ?

— C'est à peu près cela.

Le Malais sourit sans s'enquérir davantage, et revint à son match, où les membres de l'équipe bleue, qui s'étaient emparés des deux ballons, se les passaient en courant pour les faire entrer dans la trappe de l'équipe adverse. Si les deux ballons entraient l'un après l'autre en trente secondes, le but était acquis. Il le fut dans un redoublement de cris. On emmena hors du terrain trois joueurs assommés, dont un avait visiblement le nez en bouillie. Tous les coups étaient permis au Kamo, sauf tuer l'adversaire, ce qui était pénalisé de trois points.

Dreik détourna les yeux des spectateurs qui criaient leur joie ou leur déception selon qu'ils avaient misé sur l'un ou l'autre camp. Le policier tambourina des deux pieds sur sa caisse de céréales.

— Les Bleus vont l'emporter. Ils sont cruels et ne craignent pas la mort. Vous savez que ce soir il y a une demi-finale intercontinentale entre les Revenants et les Enclumes ? Le sang coulera. Moi, je mets 10 péhas sur les Enclumes. Ce sont des méchants, et croyez-moi, il faut toujours parier sur les méchants.

Il riait, heureux. Dreik pensa : « Ce n'est pas demain que celui-là prendra sa carte de Membre Actif du 1er Millénaire. Il ne doit même pas imaginer qu'un autre monde puisse exister. »

Ses achats sous le bras, Dreik prit la direction de la Maison Commune, bâtiment vétuste et mal entretenu dont presque toutes les salles étaient closes. Ses anciennes attributions étaient en effet maintenant couvertes par la ville administrative de Jo-Hal, à trois cents kilomètres au nord de Kuala-Hori, ville du type d'Omazar à laquelle tous les résidents étaient directement reliés et qui résolvait leurs problèmes. A Kuala-Hori, ne subsistaient que les services d'urgence, techniques ou médicaux, quelques salles de loisir collectif et d'information, peu fréquentées, et surtout le Service d'Ordre Municipal, si bien que l'Assembleur n'était plus aujourd'hui qu'une sorte de shérif qui veillait au respect des lois.

Dans le hall central, devant les cubes de projection

des Trid, il n'y avait que quelques spectateurs. Ne venaient là que ceux qui cherchaient un contact humain car ils n'y trouvaient rien qu'on ne leur eût fourni dans leur maison individuelle ou collective depuis la grande réforme dite «d'autonomie».

Quelques résidents saluèrent Dreik, on lui demanda même de ses nouvelles mais à peu près aucun ne l'interrogea vraiment sur son séjour chez les Vors, sauf une vieille femme indienne qui voulut savoir s'ils avaient la peau verte et sentaient aussi mauvais qu'on le disait.

Dreik regardait une des chaînes qui montrait des combats sur Solderaban entre les forces de police et les Soldats de la Paix qui avaient saboté les installations d'un spatiodrome. On voyait un vaisseau et des bâtiments en flammes et, sur le sol, des corps figés par les décharges frigorifiantes. L'annonceur commentait impartialement l'affrontement, et, selon l'usage Trid, ne dissimulait rien. La Constitution, quatre siècles plus tôt, avait décidé que l'information serait objective et totale. Elle l'était.

Dreik jeta un coup d'œil à ses voisins. Ils paraissaient peu intéressés. Il demanda au plus proche, qui l'avait salué et lui avait donné son titre de général :

— Vous pensez que ces manifestations sont utiles ?

L'homme, qui portait l'écusson vert à trois graines jaunes des soigneurs forestiers, haussa les épaules. Il murmura des propos confus d'où il ressortait cependant que la paix avec les Vors était probablement souhaitable mais que le gouvernement était mieux placé que n'importe quel groupe de citoyens pour le savoir. Il s'adressait à Dreik, dont il avait vu l'interview sur la Trid centrale et qu'il savait être le seul humain revenu du monde vor, comme il se serait adressé à n'importe qui d'autre. Il y avait dans cette attitude de la politesse et la réserve de celui qui ne veut pas s'immiscer, mais aussi la ferme volonté de préserver son intimité. Dreik demanda :

— Vous pensez que cette paix n'est pas nécessaire ?

— Puisque les guerres finissent toujours par prendre fin, mieux vaut en effet que ce soit le plus tôt possible. Mais peut-être avons-nous besoin de planètes et d'espaces nouveaux. Est-ce que ce n'est pas notre destin de nous étendre inlassablement ? Est-ce qu'on ne se bat pas contre les Vors comme on se battait autrefois sur Terre contre la nature pour lui arracher un peu plus de terrain où pourraient vivre et prospérer des millions d'hommes ?

Un autre spectateur intervint, un retraité à en juger par son âge.

— Je me suis battu contre les Horacs il y a soixante ans. Ils sont nos alliés aujourd'hui. L'Histoire nous prouve que la guerre fait partie de notre mode de vie. En soi, elle n'est pas un mal puisqu'elle entretient notre dynamisme, et que, débouchant sur la victoire, elle l'organise pour le plus grand bien de tous. C'est pourquoi je crois que le conflit doit se poursuivre jusqu'à la défaite des Vors. Si nous passons un traité sans vainqueur ni vaincu, on peut parier que la guerre reprendra dans quelques années.

— Et les Vors ? demanda Dreik.

— Vous les avez décrits comme des êtres conciliants et peu nombreux. Pourquoi n'entreraient-ils pas dans la Roue ? Ils seraient libres.

— Peut-être préfèrent-ils rester à l'écart, ne pas se mêler à nous. C'est aussi cela, la liberté.

Le soigneur forestier dit :

— Cette attitude ne me paraît pas saine. C'est confondre liberté et indépendance. Rappelez-vous comment nous avons dû réduire notre souveraineté terrienne pour assimiler les premiers Etats de l'Union, et, plus loin encore, à quelles catastrophes nous ont menés les souverainetés nationales avant Apocalypse I et II. Non, les Vors doivent se soumettre à la loi commune, sinon ils constituent une menace et nous devons les détruire...

Dreik pensa : « Dans leur bouche, la solidarité devient un monstre dévorant. Ils sont bien endoctrinés. »

En sous-sol, devant les cellules d'appel à Mémoire I, des gens attendaient. Ceux qui connaissaient Dreik se montrèrent aussi réservés que les spectateurs du hall. Ils n'échangèrent avec lui que des paroles banales et une fois de plus, Dreik se dit qu'on ne communiquait jamais qu'avec une petite partie de leur personne. Ils restituaient simplement les opinions et les principes dont ils avaient été nourris, et parler à un, c'était parler à tous. Lor-U-Xien avait raison. Dreik se souvenait de l'étude publiée six années plus tôt par le sociologue de Gertha, à ce moment où il avait adhéré au Mouvement du Ier Millénaire. Elle lui avait paru si représentative du monde où il vivait qu'il l'avait mémorisée sous enregistrement hypnopédique avec des centaines de membres.

« Parler à un humain, disait Lor-U-Xien, c'est s'adresser à une structure presque close. A partir du principe qu'on ne devient que ce qu'on est, et des examens faits depuis la prime enfance, un individu est défini très tôt, et très tôt aussi on le convainc qu'il ne peut aller que dans le sens de ses aptitudes, que c'est pour lui le seul moyen de tirer le meilleur parti de sa vie. Bien entendu, on ne le contraint pas vraiment, mais par la raison et le raisonnement, on l'amène à s'engager dans telle voie professionnelle plutôt que dans telle autre. La même logique oriente ses choix affectifs ou sociaux.

« Très vite, l'humain est privé de mobilité. Il est ancré. Il n'est parcouru que par de grands courants (bien-être, désir de sécurité, etc.), qui peuvent être manipulés par les autorités, les Trid ou les associations (nombreuses, car elles doivent compenser l'éclatement de la Famille). L'homme est donc infiniment dépendant, soumis à la peur (peur de perdre ce qu'il a ou ce qu'il aura), de sorte que les échanges, la libre discussion n'abordent jamais l'essentiel, qui est son destin, son accomplissement, sa raison d'être, etc., mais l'accessoire, la petite grenaille sociale où existent encore les sentiments individuels, en particulier ce qui touche à son amour-propre, et ce qu'on pourrait en gros appeler comme chez les espèces animales son "territoire de souveraineté". »

Dreik pensa : « Nous sommes des millions à contester cette dictature sournoise. Pour nous, la direction choisie est mauvaise. Nous nous défions de l'Expansion Irréversible, du confort, de l'Assimilation Nécessaire, toutes notions qui nous semblent agressives, terre à terre et relevant d'une idée basse ou sommaire de l'homme. Nous n'acceptons pas d'être tenus en laisse par la crainte soigneusement entretenue d'une Apocalypse III qui naîtrait de la contestation ou d'exigences prématurées. Le gouvernement se sert d'Apocalypse I et II comme d'un épouvantail. »

Lor-U-Xien passait ensuite en revue les lignes de force de cette société. La morale ? Depuis l'Ere Première, elle n'a pas cessé de se débarrasser de ses antécédents religieux et ne relève plus aujourd'hui que de l'hygiène, de l'intérêt collectif et de l'ordre. Un principe : « Tu peux faire tout ce qui ne porte pas préjudice aux autres ou à toi-même. » Liberté très apparente. A y regarder de près, on n'a jamais été aussi rigoureux ni plus conformiste.

Quant au sentiment religieux, à l'aspiration mystique, bien que coupé de la morale, en revanche, il n'est jamais contrarié mais il n'a plus rang que de passe-temps, d'exutoire, et il est devenu une sorte de « sport de l'âme » sans danger. Par un étroit quadrillage social, il ne débouche plus sur rien, enfin rien de réel, de généreux ou d'efficace, et, comme toutes les autres idéologies, si extravagantes qu'elles soient, il est pris en compte par le système qui, par définition, est « assimilatif » et absorbe tous les élans, même les plus contradictoires, pour le plus grand profit de la Roue.

« La Famille ? Puisqu'on peut intervenir sur les gènes au niveau de l'embryon, les modifier, les améliorer, éliminer les tares héréditaires, on n'est donc jamais tout à fait l'enfant de son père et de sa mère. Qui en effet oserait souhaiter un enfant qui ne soit pas le meilleur possible ? Donc peu ou pas de parents au sens ancien. Du reste, l'intérêt personnel et le service de l'Union faisant primer la longévité de la vie doublée, chacun mène sa vie et ne la reporte pas sur la génération suivante comme on l'a fait si longtemps. Ce soin est laissé à l'Etat.

« Les associations, les groupements fondés sur les affinités sont devenus les substituts de la famille. Ils la remplacent, dit-on, avantageusement, affinités par goûts, par âge, par tendances, par intérêts, il y en a de toutes sortes et leur puissance est considérable. L'Union en tient compte mais ses dirigeants savent que ces milliers de groupes (véritables castes parfois) n'ont pas d'intérêts vitaux en commun et ne peuvent donc pas l'ébranler. A sectes nombreuses, Etat fort. Le vieil adage « diviser pour régner » est toujours solide.

« C'est même à partir de cet adage que la civilisation urbaine a été à peu près partout abandonnée. Chacun vit où il veut. Bien entendu, cela va avec la rapidité des transports individuels, qui vous amènent en quelques dizaines de minutes en n'importe quel point de la planète. Cependant, on ne peut s'empêcher de penser que cette fragmentation de l'habitat, cette autonomie individuelle ne favorisent ni les mouvements de masse ni les prises de conscience collectives, ni l'action commune. Mais si elles rendent moins évidentes les inégalités, reconnaissons que la Roue n'a jamais cessé de faire de son mieux pour apporter à ses citoyens le confort et l'agrément. »

Dreik, qui attendait qu'une des cellules d'appel de Mémoire I fût libérée, pensa : « La suprême habileté est de faire croire aux gens qu'ils sont heureux. » Il rectifia : « Mais quelle différence entre le bonheur et la conscience du bonheur ? »

Interrogés, neuf citoyens sur dix disaient vivre dans le meilleur des mondes. Oui, ils étaient habiles : « Je ne t'interdis rien mais j'ai implanté en toi l'autocensure et je fais confiance à ton avidité, à ton égoïsme, à ton besoin de sécurité, à ta peur de l'avenir pour choisir la voie que j'ai prévue pour toi.

« Il y a aussi ce fourmillement de lois, de décrets que je t'ai fait voter et qui te prennent dans un filet inextricable. D'alinéa en alinéa, j'ai encadré tous tes gestes, tes instincts et jusqu'à tes désirs les plus secrets et tu ne peux pas t'insurger puisque je l'ai fait dans ton intérêt bien compris ou celui de la communauté. Essaie de protester et, tel que je t'ai modelé, tu te sentiras aussitôt coupable, les autres te le feront sentir et c'est toi qui m'appelleras à ton secours.

« Bien sûr, je pousse un peu au noir. Nous sommes des millions sur les 28 Planètes à y voir clair, à comprendre par exemple qu'on ne peut poursuivre une guerre simplement pour entretenir la vitalité de l'espèce, ou annexer de nouveaux territoires. »

Dreik passa sa main sur son visage. Il était mal à l'aise sous le regard tranquille de ses concitoyens. Dans ce monde efficace, tendu vers l'avenir, il se sentait souvent perdu, démuni. Le Slur avait raison, qui lui disait parfois : « A te voir chercher je ne sais quelle chaleur, je me demande si tu es bien un humain adulte et si tes parents t'ont bien expliqué, comme on l'a fait pour tes petits copains, que l'Homme est le Roi de la Création et pas du tout le gamin apeuré ou déçu à quoi tu ressembles parfois. »

Dreik entra dans une des cabines de Mémoire I qui venait d'être libérée. Il appuya sur la touche « Mondes Extérieurs » et attendit que le voyant s'éclaire. Il était oppressé. L'atmosphère confinée de la cabine devait en être la cause. Il demanda :

— Je désire un rapport sur les disparitions d'humains au cours des trois derniers siècles.

— Objectif trop vaste. Précisez.

— Tout article ou document visuel qui...

Il repoussa la porte pour se donner de l'air et coupa avec nervosité :

— Enfin, ce qui fait état de disparitions...

— Il y en a des millions pour d'innombrables raisons, fugues, suicides et destructions secrètes, explorations de terres nouvelles... Encore une fois, précisez.

Dreik aspira l'air avec force. Il était de plus en plus mal à l'aise, irrité par ce qu'il jugeait être une réticence de la machine. Il articula avec peine :

— Je parle de disparitions dues à des extra-humains... Enfin, je veux dire, attribuées à des êtres...

Il se tut. Mémoire I gardait le silence. Exaspéré par ce silence, il demanda, la voix haussée :

— Vous ne me comprenez pas ? C'est cependant clair.

— Nous avons parfaitement compris, mais les disparitions inexpliquées d'humains attribuées à tort ou à raison à une intervention extérieure aux 28 Planètes sont du ressort de Mémoire II. Ces informations sont couvertes par les règles de sécurité 3 et 4. Veuillez demander l'accord de votre chef de zone.

— Qu'est-ce qu'un chef de zone peut avoir à faire dans ce domaine ? C'est hors de sa compétence.

La machine ne parut pas avoir entendu.

— Si vous obtenez cet accord, vous n'aurez une réponse que dans vingt-quatre heures, et elle vous coûtera 160 péhas.

Dreik grommela. Mémoire II se faisait grassement payer. Une telle somme aurait fait vivre une famille de quatre personnes pendant deux mois. Dreik vit là une nouvelle preuve de la mauvaise grâce de la machine.

Il sortit de la cabine, les nerfs à vif, et répliqua par un coup d'œil hargneux aux regards surpris de ceux qui attendaient leur tour. Il s'engagea dans l'escalier roulant, respira profondément. Son malaise se dissipait et il n'en resta bientôt plus qu'une vague douleur dans la nuque et un sentiment d'agacement.

Au premier étage, Odar-San, le chef de district, le reçut froidement, plus froidement encore qu'il ne recevait autrefois les membres de sa famille, et l'entretien prit très vite une mauvaise tournure.

— A quoi peuvent vous servir ces renseignements, Dreik ? Vous ne faites partie d'aucune commission gouvernementale. Votre pouvoir de décision est donc nul. Je vous rappelle que ce type d'informations est couvert par des règles de sécurité sévères, et ni votre rang ni votre séjour chez les Vors ne vous donnent de droits particuliers.

Le chef, grand bonhomme vigoureux, aux traits épais de Thaï métissé de Malais, ne cachait pas son humeur. Dreik pensa : « Il ne nous aime pas mais il est rarement aussi désagréable. Il a reçu des ordres, mais de qui ? »

Odar-San poursuivit :

— Nous aurions aussi apprécié que, conformément à la loi, vous ayez demandé dès votre arrivée à Kuala-Hori un permis de résidence pour vous-même et votre Slur. A ma connaissance, vous êtes domicilié à Madrid III. Autre chose : votre appareil appartient à l'armée et il ne peut être remisé que sur une aire militaire. J'aurais pu sanctionner toutes ces infractions par de lourdes amendes si je ne connaissais pas vos façons et celles des membres de votre famille. A ce propos, rappelez à votre père que je l'ai déjà convoqué à trois reprises pour manquements graves aux règlements fédéraux. Il n'y aura pas de quatrième convocation...

La colère envahit Dreik d'un jet. Il cria plus qu'il ne dit :

— Est-ce que vous croyez que je suis ici, Odar-San, pour écouter vos discours futiles ? A qui croyez-vous donc parler ? Je veux ces informations et je les veux immédiatement...

Il hurlait maintenant. Dans sa tête, la douleur irradia un faisceau d'aiguilles brûlantes. Le chef qui avait reculé dit :

— La loi...

— La loi appartient au Grand Conseil et le Grand Conseil m'a ordonné de lui fournir sur l'heure toute nouvelle information que j'obtiendrais sur... sur les Vors...

Dans sa rage, il bégayait. Prenant appui des deux mains sur le bureau, le cou tendu vers le chef, il vociféra :

— J'ai priorité... Priorité absolue, Odar-San, et j'informerai le Conseil de votre opposition stupide, de la façon dont vous avez entravé... Oui, entravé mes recherches. Il s'agit des...

D'un violent effort qui lui arracha la gorge, il expulsa le mot comme une pierre :

— Des Vors...

Le chef, dont le visage avait viré au gris, dit hâtivement :

— Je vous crois, Dreik...

Mais la rage de Dreik ne cédait pas. Il hurla et on devait l'entendre jusque sur la place :

— Je me moque de ce que vous croyez. Je suis général, Officier du Cercle Blanc, Croix de la Valeur Suprême, Commandeur d'Espace III, Fondateur des Sept Planètes...

Le chef qui avait encore reculé dit :

— Je vais donner des ordres pour que vos demandes soient satisfaites, Général...

Les traits déformés par la colère, Dreik s'arracha du bureau. Après un dernier regard furieux, il tourna les talons et s'en alla d'une lourde démarche martelée, rabattant sur lui la porte avec fracas.

Dans le couloir, il dégagea largement son col et haleta avec bruit. Son corps vibrait encore et, à chaque décharge qui le traversait, un flot d'étincelles jaillissait, si vives, si éblouissantes qu'elles le faisaient grimacer de douleur.

Quand son souffle fut apaisé, il reprit sa marche, jetant des regards furtifs à droite et à gauche, passant très au large des spectateurs groupés devant les Trid, mais il ne retrouva vraiment son sang-froid qu'en dehors du bâtiment.

Surpris, du haut des marches, il découvrit la foule clairsemée, les hélios multicolores pressés flanc contre flanc sur l'aire d'atterrissage. Il pensa : « Mais qu'est-ce qui m'a pris ? Pourquoi avoir cédé à cette rage insensée ? » Il n'avait jamais porté le chef dans son cœur mais de là à... Car il avait eu envie de se jeter sur Odar-San, de le serrer à la gorge dans une fringale de meurtre. Odar-San était un imbécile malveillant mais il n'en méritait pas tant, petit fonctionnaire tatillon et imbu de ses pouvoirs comme il y en avait partout. Et cette façon de se vanter de ses titres, de les mettre en avant, général, Commandeur de ceci, Fondateur de cela ! Il en rougissait rétrospectivement tant cette fatuité était éloignée de sa nature ordinaire. Il était même si honteux, si désireux d'effacer toute trace de ce qui venait de se passer, qu'il pensa : « Je dois lui présenter des excuses. Qu'il aille raconter que... »

Tout à sa honte, planté sur la place, il avait dû marmotter, car on l'observait à la dérobée. Il baissa la tête, gêné, ramena ses bras contre son grand corps, et, le visage brûlant, prit la fuite plutôt qu'il ne s'en alla.

Il ne modéra ses pas que sur le chemin de terre. Là, il se détourna et fut soulagé de ne voir personne. Il pensa encore avec consternation : « Mais qu'est-ce qui m'a pris ? » Dans sa tête, la douleur avait à peu près disparu mais une nausée subsistait, qui lui faisait parfois serrer les dents. Jamais il ne s'était conduit ainsi. Il fouilla dans ses souvenirs. Des accès de colère, oui, il en avait eu cent, des rages qui le jetaient sur l'adversaire, mais ce vaniteux étalage, ces menaces creuses, cette suffisance, jamais. Et ce dérapage de l'esprit, cette débandade des idées qui s'était traduite par un corps à corps insensé avec les mots. Et pour exprimer quoi ? Des banalités, de sottes fanfaronnades. Jusqu'à son corps qui ne lui obéissait plus, sa voix qui bégayait. Ce séjour sur Vor l'avait détraqué. A quelles interventions s'étaient-ils livrés sur sa personne pour qu'il fût aujourd'hui si fragile ? Et si cette crise allait de pair avec sa sensibilité décuplée, sa vue si perçante qu'il en avait parfois des éblouissements, son ouïe qui transformait une rumeur en vacarme ? Sur la plate-forme spatiale, ils le lui avaient dit sans ambages : des sens hypertrophiés mais un niveau mental en chute, une chute qui ne cessait de s'accentuer et, leur donnant raison, est-ce que pendant ces minutes il ne s'était pas conduit en imbécile colérique, en arrogant prétentieux ?

Il pressa le pas mais, arrivé devant la barrière du jardin, il n'entra pas. Il s'en alla vers la plantation de bananiers. Il voulait être seul. Il n'avait envie d'affronter aucun regard, pas même le regard des siens.

Dreik ne rentra que deux heures plus tard. Il était retourné en ville pour prendre le Bohar, qu'il avait laissé dans son trouble près de la cabine d'appel de Mémoire I. L'esprit clair et revenu au calme, il avait décidé de ne pas parler de ce qui lui était arrivé. Il en informerait simplement le Slur quand ils seraient seuls.

Sa mère était en conversation avec le Dormeur, à qui elle tentait d'expliquer pourquoi elle ratait quelquefois ses tours de magie. Dreik sourit. Sa mère, autrefois magicienne de profession, ratait ses tours. Pas tous, il lui arrivait d'en réussir un par-ci par-là, et alors elle s'exclamait de bonheur, tandis que son père et lui applaudissaient.

Elle disait au Slur : « Voyez-vous, je crois que cela tient au mauvais état de mes gants adhésifs. Ils sont trop vieux et n'attirent plus les objets au bon moment. »

Dreik connaissait l'histoire des gants adhésifs. Ils avaient déjà bon dos trente ans plus tôt. Au temps où elle exerçait sur Canal 7, elle était si mauvaise magicienne qu'elle ratait les manipulations les plus simples. Celle des oranges changées en ampoules lumineuses par exemple. Tous les débutants la réussissaient mais sa mère n'avait jamais pu allumer plus de trois ampoules sur cinq. A en croire son père, elle faisait rire aux éclats les spectateurs de Canal 7 et ceux des petites salles où elle donnait des représentations. Son père lui glissait à l'oreille : « C'est d'ailleurs à cause de sa maladresse même qu'ils la gardaient. Jamais on n'avait tant ri dans les salles et devant la Trid. Tu connais ta mère et son air de surprise indignée, quand, une fois de plus, elle vient de manquer un de ses tours, comme si c'était un accident exceptionnel, une farce que lui jouait le sort. Ils s'en roulaient de bonheur devant leur Trid, et je me demande même si elle n'avait pas plus de succès que les grandes vedettes dont le numéro était parfaitement au point. Ah, elle leur a fait passer de joyeux moments. Elle ne s'en apercevait pas, toute à son affaire, s'obstinant et tombant d'une catastrophe dans une autre. C'est simple, ils rigolaient dès qu'ils la voyaient. Un jour, elle a mis le feu au théâtre. On n'a jamais su comment.

« C'est dans un studio de Canal 7 que je l'ai connue. J'étais venu faire un reportage sur leurs nouvelles installations. Ta mère était déjà aussi myope qu'aujourd'hui. Tu sais comme elle est jolie. Elle l'était plus encore. Je la revois avec ses énormes lunettes rondes qui chevauchaient le bout de son nez — elle n'a jamais voulu se faire rectifier le cristallin tant elle est peureuse. Elle avait cette grâce des gestes et du sourire qu'elle n'a jamais perdue, et tous ces désastres qui se succédaient en cascade, les boules de verre qui se fracassaient à terre au lieu de s'envoler, ces ampoules qui ne voulaient jamais s'allumer, et ces plumes multicolores qui lui poussaient dans les mains ou sur la tête au lieu d'aller garnir le dos du coq mécanique qui ne voulait jamais se transformer en ombrelle. Elle s'entêtait, recommençait, et je vois encore les opérateurs, les techniciens qui croulaient de rire et ta mère qui répétait de sa voix légère : "Je ne vois pas ce qui se passe, vraiment pas. Ça ne m'arrive jamais." Tu comprends que je n'aie pas pu résister à tant de grâce et de maladresse conjuguées. Nous avons fait un mariage de "Cœurs Tremblants" et nous ne l'avons jamais regretté. »

Dreik sentit qu'un des niveaux de l'esprit du Slur était en alerte. Il quitta la pièce et passa dans l'atelier. Il scia le siège du Bohar et fixa sur la plate-forte le jeu de touches du tableau de bord.

Quand il revint, le Slur, dressé sur ses quatre pattes

antérieures, suivait de son mieux sa mère qui essayait de faire surgir un bouquet d'hibiscus d'une carafe de cristal. En place du bouquet jaillit une pomme qui se gonfla soudain aux dimensions d'un melon. Le Slur se hissa sur ses huit pattes tandis que Chen-San pinçait les lèvres, déçue. Elle expliqua : « C'est la pomme de tout à l'heure, celle qui n'a pas voulu se matérialiser quand je devais métamorphoser la pile de soucoupes. » Le Slur dit : « Quelle importance ? Une pomme qui sort d'une carafe, c'est bien moins banal qu'un bouquet. Surtout une aussi grosse pomme. »

Chen-San hocha la tête. Elle sourit aimablement, rajusta son chignon, heureuse mais pas convaincue. Elle dit à Dreik qui appuyait sur les touches pour faire tourner le petit moteur du Bohar :

— Je me demande si je n'aurais pas dû choisir une autre profession, mais j'avais la vocation. Il n'y a que cela qui me plaisait. Enfant, je montais déjà de petits spectacles pour mes amis. Nous nous amusions bien.

Dreik approuva. Il présenta le Bohar au Slur. Il sentait l'esprit du Slur qui tâtonnait autour du sien et il perçut comme une odeur rêche de peur et d'inquiétude.

— Essaye-le.

Le Slur fit le tour du véhicule, ses sens en éveil, puis il grimpa sur la plate-forme. L'odeur s'était évaporée.

— Tu as trois touches pour les vitesses. Fais attention, c'est très nerveux. La 3e t'arrache du sol.

Le Slur enclencha du bout d'une de ses pattes la première vitesse. Le Bohar démarra en ronronnant. De son autre patte antérieure, le Slur manœuvra le volant, une simple tige fourchue. Le Bohar vira. Dreik dit :

— Pour freiner, tu pèses sur le saillant à droite.

Le Slur avait déjà compris. Il lança le Bohar, passa le seuil et enfila l'allée du jardin. Dreik le vit prendre de la vitesse. Il cria :

— Sois prudent. Si tu vas trop vite, tu risques d'être expulsé.

Mais l'esprit du Vloomer qui jubilait lança :

— Impossible avec mon poids et puis, qu'est-ce que je risque ? Ah, c'est une fameuse idée que tu as eue là, une fameuse idée ! Et en plus, ça vole !

Il devait être totalement absorbé par la conduite du Bohar car l'émission s'arrêta. Chen-San dit à son fils :

— Il va pouvoir se promener. C'est un charmant garçon. Tout l'intéresse.

Le bonheur du Slur atteignit son comble au retour du père de Dreik. Il rapportait de son expédition dans les contreforts himalayens d'épaisses tranches d'ardoise qu'il avait extraites d'une carrière abandonnée. Un régal, lui avait dit le Slur, qui valait, quand il s'agissait de l'ardoise bleue, tendre et astringente, les cristaux d'Eludir.

Dreik se réfugiait dans l'atmosphère familiale. Pris dans sa chaleur, il tenait son inquiétude à distance et ne présentait plus au Slur, dont il devinait l'attention soucieuse, qu'une surface sans aspérités.

Après le déjeuner, Dreik proposa d'aller pêcher la langouste au large de l'îlot. Son père approuva avec enthousiasme : « Voilà longtemps que j'en ai envie mais le chef me traque... »

En l'écoutant, Dreik se souvenait des algarades violentes qui avaient opposé son père à Odar-San. On en entendait les éclats à cent mètres à la ronde, et de temps en temps, pris de rage, le chef envoyait son père devant la Machine à juger du Centre Provincial, qui le condamnait immanquablement à une amende et à une période de rééducation de un à dix jours.

Son père en revenait assagi, jurant de ne plus s'y laisser prendre, tant cette rééducation, d'apparence débonnaire, le faisait souffrir, véritable torture mentale, coups de fouet qui vous laissaient pantelant, doutant de vous-même, l'âme à vif, culpabilisé et bon, disait-on, pour vivre six mois de moins. Et puis, le temps passant, le naturel reprenait le dessus.

Le père disait : « Sais-tu que la pêche est interdite

maintenant ? A cause de la pénurie née de la guerre, prétendent-ils, il faut user avec modération des ressources naturelles. Enfin, quand je dis interdit, ce n'est pas le mot juste mais cela revient au même puisque notre imbécile de chef, qui fait du zèle comme toujours, oblige les gens à apporter le produit de leur pêche au Collecteur, où elle est répartie entre les habitants selon un ordre de priorité. Le plus drôle, c'est que tu es payé comme un marchand de poisson. Autant te dire qu'on n'a jamais autant braconné que depuis ce nouvel édit. »

Le Slur les accompagnait, perché sur son Bohar qu'il ne voulait plus quitter. Dreik, qui marchait pieds nus avec un short pour tout vêtement, regardait les plantations de bananiers nains et de manguiers où il avait passé sa jeunesse. Le ciel était aussi clair qu'autrefois et c'étaient les mêmes bateaux aux voiles rouges en forme de trapèze qui glissaient dans le golfe. Il dit à son père :

— Je ne connais pas de plus beau pays sur les 28 Planètes. Tu as bien choisi.

— Oui, mais il y a peu de chances que nous y restions jusqu'à notre dernier jour, ta mère et moi.

— Le chef ?

— Oui. D'ici à Mun-Tha, on menace de nous déclarer zone privilégiée. Tu sais ce que ça veut dire ?

Dreik ne le savait pas.

— On ne pourra y résider qu'au-dessus d'une pension ou d'un revenu de 600 péhas annuels. Nous en sommes loin, ta mère et moi.

— Je vous donnerai la différence.

— Tu es gentil, mais je doute que le chef accepte. Quand un règlement l'arrange, personne mieux que lui ne sait l'appliquer à la lettre. Ta mère détestera quitter ce pays.

Dreik ne dit rien, les yeux fixés sur le Slur qui allait et venait devant eux. Il pensait que tout finirait par s'arranger d'une manière ou d'une autre et qu'il y aurait encore de beaux après-midi comme celui-ci. Il le souhaita avec force.

Près de lui, son père continuait de se plaindre mais il le faisait sans acrimonie, comme s'il se moquait autant de lui-même que des autres.

— Figure-toi que l'administration me cherche noise sous prétexte que mon Trid est un modèle trop ancien...

— Tu ne consommes pas assez ? Tu n'aides pas suffisamment la production industrielle ?

— Oh, ça, c'est la raison officielle.

Dreik hocha la tête. Il savait ce que son père croyait lui apprendre.

— Depuis un an, les Trid sont équipées d'une cellule capteuse qui permet de savoir ce qui se dit et se fait dans chaque foyer. La police à domicile, en somme. Les informations sont transmises à l'Analyseur Régional, celui qui tient nos dossiers individuels. Plus encore, on m'a dit qu'ils avaient intensifié les messages « sub », que toutes les émissions de jeux à participation en étaient maintenant farcies.

Les images « sub » étaient des images si rapides que l'œil ne pouvait les saisir mais elles étaient enregistrées au niveau du subconscient et servaient depuis plus d'un siècle à promouvoir la propagande d'Etat. Dreik savait qu'on y avait récemment adjoint des suggestions codées, véritables injonctions, mais qui n'agissaient que sur les nouvelles générations, chez qui on avait implanté pendant la scolarité un système de décodage. On donnait ainsi à la jeune génération des ordres qui ne faisaient irruption dans la conscience que lorsqu'un acte ou une parole venait les contredire, ce qui dans la pratique revenait à abolir tout esprit critique.

Le père, qui craignait que Dreik ne le désapprouve parce qu'il gardait le silence, dit :

— Ne crois pas que je sois contre le Progrès. Ni ta mère ni moi n'avons jamais voulu nous affilier à ces associations dites du « Retour Heureux » mais je n'aime pas qu'ils nous traitent comme des enfants et que, pour eux, le fin du fin soit de nous faire vivre entre les quatre murs d'une prison en continuant de prétendre que nous sommes libres. Je finirai par préférer une bonne dictature. Au moins peut-on se révolter. Mais comment se révolter contre l'autocensure ?

Dreik n'avait jamais cru à la liberté telle que l'entendait son père, mais il n'en jugeait pas moins ces méthodes stupides. Elles rabaissaient l'homme. Il dit soudain :

— Je me sens coupable depuis mon séjour sur Vor.

— Coupable ? Et de quoi, mon Dieu ?

Dreik hésita :

— Je ne sais pas. Peut-être n'aurais-je pas dû me laisser capturer.

— Mais les Vors ne t'ont pas laissé le choix.

— C'est ce que je me dis. Cependant je n'en suis pas sûr. Je ne garde aucun souvenir des circonstances de ma capture, sinon un déroulement d'images peu crédibles.

— Comment cela, peu crédibles ?

— Je vois le vaisseau immobile dans l'espace. Je suis paralysé, incapable de faire un geste ou de proférer un son pour appeler la base, par exemple.

— Et tu penses que ça ne s'est pas passé ainsi ?

— Comment savoir ? Ce qui est certain, c'est que je n'ai jamais cessé d'éprouver ce sentiment de culpabilité, même sur Vor.

— Tu cèdes à l'imagination... Tu as toujours voulu trop bien faire.

— Les analystes ont décelé ce sentiment. C'est comme si j'avais enfreint une loi ou livré je ne sais quel secret.

— Tu possédais ce genre de secret ?

— Pas à ma connaissance.

Le père trancha :

— Alors tu n'es pas coupable. Je te l'ai dit, avec tous ses réseaux d'interdits, ce monde finit par nous bourrer de complexes et de remords imbéciles. Et nous nous laissons faire, pauvres naïfs, nous sommes tout prêts au repentir, à la pénitence. Ah, ils sont malins ! Quand je pense à la vie que mènent ceux qui ne cessent de nous donner des leçons ! De mon temps déjà, ils étaient ainsi et, parce que je l'avais découvert, ils m'ont retiré ma carte de journaliste, ils m'ont discrédité et se sont arrangés pour me mettre à la porte. Je ne leur pardonnerai jamais.

Il n'avait jamais oublié en effet ces quelques mois qui avaient précédé sa mise à la retraite. Toute occasion lui était bonne pour y revenir et, trente ans après, il en parlait avec autant d'indignation qu'au premier jour.

— Ils ont organisé ce monde à leur avantage. Aujourd'hui encore, je suis sûr que les puissants du régime vont toujours jouir de la vie sur les astéroïdes interdits. Là, ils sont entre eux. Ils ont tout ce qu'un homme peut souhaiter. T'es-tu demandé pourquoi on ne peut pas aborder sur certaines planètes que la police ou une ceinture répulsive protègent ? Et ces prétendues distorsions de l'espace où on ne peut pénétrer, tu sais ce qu'elles contiennent ? Les paradis qu'ils ont créés à leur seul usage. Ce monde est truqué, Delter. C'est celui de la fausse égalité, de la fausse bienveillance.

« J'ai connu une petite putain qui a vécu dans un de ces paradis. Elle m'a raconté comment ça se passait, les perversions, les orgies, les tortures. On l'avait amenée là à onze ans. Et il y avait nos seigneurs, et avec eux ces êtres de That-Tho qu'on n'ose pas nous montrer, des monstres d'érotisme, à la fois mâles et femelles, dont on ne peut se passer quand on les a connus une fois et qui vous détruisent en quelques mois. La petite putain qui n'avait que dix-huit ans avait été livrée aux That-Tho pour le plaisir des seigneurs. Elle avait l'air d'une vieille femme à demi folle mais elle m'a dit tout ce qu'elle savait. J'ai voulu en parler. Ah, j'en savais trop long !

Dreik, qui écoutait ces histoires pour la centième fois, pensait comme sa mère qui disait en riant : « C'est sans importance toutes ces débauches, bien banal. Et si ça les amuse... » Pour lui comme pour elle, le danger était ailleurs. Ceux qui lui faisaient peur étaient les ascètes, ces dirigeants qui ne profitaient pas du système, qui observaient les règles qu'ils avaient édictées, qui croyaient à leurs bienfaits, les grands prêtres de l'Expansion Irréversible et de l'Homme Futur.

Il pensait à Gessler, à d'autres encore dont il avait dû écouter les discours en forme de prêches ou d'ukases, à toutes les pieuses cohortes de citoyens qui priaient chaque jour pour le recours à la Guerre Brisante, et brandissaient le drapeau aux trente-sept étoiles de l'Union du 2e Millénaire. Oui, ce qu'il craignait par-dessus tout, c'était le fanatisme, tous les fanatismes.

Il pensa : « Je ne peux pas me sentir coupable face à ce monde. » Il le pensait, mais qu'est-ce qui était changé puisqu'il ne se sentait pas innocent pour autant ?

Il se déshabilla devant la mer. Qu'avait-il dit sur Vor ? De quelle trahison majeure s'était-il rendu coupable ? Une fois de plus il chercha, les yeux fixés sur l'île distante de quelques centaines de mètres. Il ne trouva rien. Alors il se jeta furieusement à l'eau.

Il venait de capturer sa première langouste, il la tenait dans la mâchoire du harpon quand il perçut le danger. Il jeta le harpon sur les rochers et plongea. A l'instant où il touchait l'eau, il entendit le cri d'alarme du Slur : « Enfonce-toi le plus loin possible. Surtout ne fais pas surface. »

Ses épaules touchèrent le sable du fond. Il nagea, la tête détournée, en essayant de voir à travers les couches d'eau mais il n'y avait qu'une épaisseur trouble et verte où se tordaient des serpents de lumière. Il contourna un gros roc chevelu, et n'y tenant plus, les poumons gonflés à craquer, il émergea. Il prit une grande gorgée d'air, céda à la peur et plongea de nouveau.

Le Slur renoua le contact. « Va sur l'île. » L'émission était plus faible que d'ordinaire. « Que s'est-il passé ? » Il y eut une réponse qu'il ne comprit pas.

Il fouilla du regard la plage distante de quatre ou cinq cents mètres. Le Slur n'était plus là. Dreik examina l'eau tranquille et la plage où, quelques minutes auparavant, le Slur et son Bohar faisaient une tache sombre, puis, au-delà, la ligne de cocotiers dont aucun n'était penché à la même inclinaison. Il ne vit aucun signe ni mouvement suspect et n'entendit que le bruit mousseux des vagues, et des claquements secs qu'il savait être les coups de queue de la langouste dans les rochers.

Il escalada la pente qui menait vers l'intérieur de l'île et découvrit son père qui observait quelque chose, un genou à terre, de l'autre côté du versant. Il soupira de soulagement et tourna de nouveau son regard vers la plage. Elle n'était plus vide. Deux hommes marchaient vers la mer. Dreik reconnut l'un d'eux, un agent de la police locale. Son ouïe était si aiguisée qu'il entendit certaines de leurs paroles. Ils s'entretenaient de leurs espoirs d'avancement.

Dreik redescendait vers les rochers quand le Slur surgit entre les cocotiers. Perché sur le Bohar, il roulait très vite. Dreik allait se jeter à l'eau pour le rejoindre quand le Slur l'avertit :

— Nage en direction de la barque échouée.

— Que s'est-il passé ?

— Projectile personnalisé.

Dreik frémit. Il pensa à son père.

— Personnalisé ? Tu es sûr ?

— Absolument.

Sur la plage, les deux hommes s'étaient arrêtés pour observer le Slur. Dreik entra dans la mer avec précaution. Il était aux aguets et ne pouvait s'empêcher de scruter l'eau autour de lui, bien qu'il sût cet examen inutile. Il se mit à nager avec prudence et fit un large crochet pour s'écarter de la zone présumée dangereuse.

Le Slur l'attendait près de la barque. A une centaine de mètres, les deux hommes paraissaient attendre eux aussi près du tas de vêtements que Dreik et son père avaient posé sur le sable.

Dreik vit l'espèce de belette aux yeux rouges et aux oreilles en clocher. Il reconnut un Voige. L'animal, qui était mort, montrait l'épaisse fourrure moutarde de son ventre. Dreik le prit. Il avait vu ces carnassiers furtifs et rapides sur Sabaol, leur planète d'origine où ils servaient de gardiens. Il examina le large collier qui était pourvu d'une poche tubulaire. Le Slur dit : « Il y avait deux autres projectiles. Je les ai désamorcés après l'avoir tué. »

Il n'expliqua pas comment il avait tué le Voige, mais les tortillons de matière cérébrale qui sortaient par les yeux et par les larges narines de l'animal le disaient clairement. Dreik avait déjà assisté à des combats entre le Slur et des animaux parfois énormes. Bien que Dreik connût mal l'arme utilisée, ils se terminaient toujours de la même façon : par dilatation violente et destruction du cerveau de l'adversaire.

Dreik jeta un coup d'œil aux deux hommes qui montaient toujours la garde près du tas de vêtements. Il dit :

— Emporte le Voige et enterre-le.

— Pourquoi ? Tu aurais là une belle preuve.

— A apporter au Conseil ? Ce serait une perte de temps. Je vois mal le Coordinateur monter de telles manigances.

— Je pensais à Gessler ou à un de ses semblables. Il contrôle la Sécurité et qui, en dehors d'eux, a accès aux dossiers individuels ? Qui peut faire reproduire les empreintes céphaliques ?

— Et moi qui pensais qu'on ne pouvait fabriquer de projectiles personnalisés que pour les criminels en fuite. D'où le projectile a-t-il été lancé ?

— Le Voige était à un kilomètre de la plage environ.

La charge ne s'élançait que lorsque la cible qui correspondait à l'empreinte gravée dans la cellule chercheuse entrait dans un rayon prédéterminé. A partir de cet instant, elle ne lâchait plus sa proie.

Dreik regarda la mer. Le projectile errait quelque

part, maintenant inoffensif car une simple épaisseur liquide de quelques dizaines de centimètres le rendait aveugle. Pendant des mois il dériverait inlassablement dans les eaux du golfe, butant contre les rochers, les poissons, et n'explosant jamais puisque seul Dreik pouvait faire sauter la charge. Il pensa : « Adieu les baignades. Cette saloperie m'empêcherait d'y prendre plaisir. J'aurais toujours peur de la heurter par hasard. »

— Il y avait aussi une charge dans le collier. Elle était probablement destinée à tuer le Voige après l'expulsion des projectiles.

Dreik approuva.

— Va l'enterrer. Pendant ce temps, j'irai voir ce que ces deux-là me veulent.

Ils ne voulaient rien d'autre que voir sa carte de domiciliation et l'informer que la pêche et la baignade étaient interdites à ceux qui n'avaient pas leur résidence à Kuala-Hori. Dreik attendit son père qui revenait à petites brasses. Il paya en grognant le demi-péha d'amende et les deux gardes s'en allèrent, satisfaits. Dreik dit :

— Encore une chance que je n'aie pas ramené la langouste.

— Une grosse ?

— Deux kilos.

— Oh, ça vaut la peine d'aller la rechercher. Ta mère les prépare à merveille.

Il retourna à l'eau. Dreik ne lui avait pas proposé d'y aller. Il se sentait las. Il pensa : « Depuis que je suis allé sur Vor, je n'ai plus de résistance. » Il s'assit sur le sable, près du tas de vêtements.

Ce ne fut que beaucoup plus tard dans la soirée que le Slur lui dit :

— Cet après-midi, quand je t'ai demandé de plonger immédiatement, tu avais déjà commencé à le faire. Je me trompe ?

— Non. J'ai eu peur, une peur panique.

— Tu avais donc perçu l'approche du danger avant moi ?

— Oui.

— Quand nous avons été attaqués dans le Triangle, tu as senti aussi le danger alors que l'Escorteur était encore très loin. Ça ne te surprend pas, cette faculté nouvelle, cette prescience égale à la mienne, que je n'ai jamais observée chez aucun humain ?

Dreik pensa une fois de plus à la longue intervention qu'il avait subie sur Vor. Le Slur dit :

— J'y ai pensé, moi aussi.

— Et tu t'es demandé aussi ce que signifiait ce formidable moyen de protection que les Vors m'ont donné ?

— Et également comment il fonctionne. Le mien lui ressemble, à cela près que je sais exactement de quoi il est fait. Les hommes l'ignorent, sauf quelques-uns de vos savants. En fait, Dreik, il y a notre corps que l'on voit, ce demi-ballon, et tout autour, invisible à vos yeux mais perceptible pour nos sens, un immense filet, comme une toile d'araignée dont nous pouvons étendre le rayonnement presque à volonté. Cela t'explique notre énorme densité et pourquoi notre poids tombe des neuf dixièmes quand nous sommes en alerte totale. C'est notre substance même que nous projetons, parfois à des centaines de kilomètres, et c'est elle qui nous avertit non seulement des dangers mais de tout ce qui se passe, elle aussi qui nous sert d'arme. Ainsi contre le Voige cet après-midi. Ces filaments qui ne sont pas tout à fait de la matière au sens où vous l'entendez mais qui participent de l'énergie peuvent perforer à peu près n'importe quoi.

— Et vous pouvez traverser les corps ?

— Pas tous. Les Vors connaissaient mes limites, et je n'ai jamais pu franchir les murs de ma cellule. Eux qui ne m'avaient jamais vu en savaient sur moi et mes pareils plus qu'aucun humain…

Dreik dit : « C'est pour cette raison que tu ne m'as pas averti quand ils ont capturé l'U.S. 23 ?

— Oui. » Le Slur n'ajouta rien et Dreik, qui avait appris à le connaître, comprit qu'il n'avait pas envie de parler de ces minutes-là, ou encore, ce qui arrivait parfois, que ce dont il avait été témoin, il ne pouvait pas l'exprimer en termes humains.

Il dit brusquement: «Ce matin, chez le chef, j'ai perdu tout contrôle.

— Je me suis douté qu'il s'était passé quelque chose.

— Je me suis vanté, j'ai clamé mes faits d'armes, énuméré mes médailles...»

A cette évocation Dreik s'agita et rougit. «Je me suis conduit comme... comme...» Une onde chaleureuse l'apaisa. Le Slur dit:

— Ce n'était pas toi.

— Qu'en sais-tu?

— Je te connais mieux que tu ne te connaîtras jamais.

— Les Vors?

— Peut-être, mais pas nécessairement dans le sens d'une intervention délibérée comme tu l'imagines. Quelque chose plutôt comme un sous-produit, une rémanence, une erreur de prévision ou encore une faiblesse, comment savoir?

L'esprit du Slur restait en contact et Dreik le sentait qui hésitait et tâtonnait dans une obscure nuée tournoyante. Le Slur finit par dire:

— Tu as changé, tu ne cesses de changer. Oh, tu n'es ni vain ni glorieux. Il s'agit d'autre chose.

— Explique-toi.

— Je ne sais pas. Je cherche. Je cherche depuis le premier jour où je t'ai revu et je ne perçois qu'une odeur vague, une trace légère, infiniment diluée mais, depuis quelques jours, cette trace est plus forte, de plus en plus forte. Elle t'envahit, Dreik. Je sais que tu cours un danger mais je ne sais pas lequel. J'ai peur.

— Peur des Vors? C'est cela que tu veux dire?

— Oui.

Dreik sourit. Il toucha amicalement la souple membrane dorsale du Slur. C'est lui qui était calme maintenant. Il demanda: «Que penses-tu de cette manière qu'ils ont eue de me protéger à deux reprises? Parce que en somme ces Vors que tu dis si maléfiques m'ont sauvé la vie.

— Oui, et c'est pourquoi je t'ai expliqué sommairement comment fonctionnait chez nous la faculté de prévoir un danger. Or, quand tu sens le danger, il s'agit chez toi de quelque chose de tout à fait différent. Ton corps n'émet aucune substance, même invisible pour tes yeux humains. Quand un autre Slur se met en alerte, je vois clairement les prolongements de son corps, je sais où il s'étend et comment. Chez toi, je ne perçois rien et cependant ta prescience est aussi rapide sinon plus que la mienne, bien que sa portée semble plus courte.

— Et tu en conclus ?

— Une fois de plus hélas à la puissance des Vors, qu'ils nous dépassent et que nous ne savons à peu près rien d'eux. Ensuite, qu'ils te protègent, donc qu'ils ont besoin de toi.

— Pour faire quoi ? Leur servir encore de messager ?

— C'est douteux. Le jour où tu sauras à quoi tu leur sers, nous commencerons peut-être à comprendre les Vors. Je crains qu'ils ne t'aient pas sauvé à deux reprises par pure bonté d'âme. Tu es très important pour eux. »

Dreik dit avec ironie : « Important n'est peut-être pas le mot juste. Il m'est arrivé de penser depuis qu'ils m'ont relâché que j'étais pour eux la victime qu'ils sauraient sacrifier au bon moment, tu sais, comme ces moutons de Spirol qu'on envoie se nourrir seuls dans les montagnes et qui reviennent d'eux-mêmes se faire égorger quand ils sont gras à point.

— Les moutons de Spirol reviennent parce qu'un jour leur organisme a besoin de l'arbre de Whur qu'on plante dans la plaine près de leur bergerie. »

Dreik sourit : « Et qui te dit que je n'aurai pas besoin un jour moi aussi de mon arbre de Whur ? »

Le Slur ne répondit pas. Ils restèrent longtemps silencieux près du Triangle où le Slur était venu prendre sa garde nocturne.

C'est le lendemain qu'ils virent le satellite artificiel. Il était venu pendant la nuit et flottait, immobile à deux cents kilomètres d'altitude, juste au-dessus de la frange côtière. Il ne devait plus bouger pendant le séjour de Dreik, masse noire et cylindrique sustentée par ses faisceaux répulsifs. Il surveillait le ciel et toute la province jusqu'à Hat-Run de ses centaines de cellules sensibles. Il était prêt aussi à agir comme tous les satellites offensifs de Classe D, armé de canons perforants et de projecteurs de champ, et Dreik le savait, comme il avait su dès qu'il l'avait découvert qu'il n'était là que pour assurer sa protection ou sa surveillance.

Laesob, le Coordinateur, dit :

— Vous avez tenté de faire assassiner Dreik. Tuer pour sauver n'est pas crime et ce que je vous reproche, c'est de ne pas avoir compris ce que signifierait la mort de Dreik, votre courte vue en somme.

— Je ne voulais que l'arrêter pour le soumettre à une Investigation Totale.

— Non. J'ai demandé une projection complète de l'enregistrement du satellite Kallerys. Les experts sont catégoriques. L'Escorteur a tiré sur le Triangle des rafales de charges radiantes. Vous avez agi stupidement et contre le bien de l'Union. Nous ne pardonnons jamais ce genre de maladresse. Jamais, vous entendez, Gessler. Vous êtes destitué. Vous quitterez ce bureau sous escorte pour la Planète Edowan où vous vous mettrez à la disposition des autorités militaires. Là-bas, vous aurez l'occasion de montrer votre combativité. Contre les Vors, le cas échéant.

— Si vous acceptez le traité qu'ils vous proposent, je n'aurai pas cette occasion.

— Cela n'est pas de votre ressort ni du mien.

Gessler montra avec insolence ce qu'il pensait de cette papelarde déclaration. Il dit :

— Gertha s'est séparée de l'Union. Les manifestations en faveur de la paix sont de plus en plus nombreuses et le Conseil est assiégé de suppliques pour que nous mettions fin à la guerre. Jusqu'à l'armée qui est désorientée et où certaines rumeurs circulent. Les Vors sont en train de nous détruire de l'intérieur. Leur proposition d'armistice n'est qu'une manœuvre pour nous diviser et quand ils décideront d'attaquer, car ils attaqueront, soyez-en sûr, que trouveront-ils devant eux? Un mauvais assemblage de peuples minés par la propagande, une armée hésitante et qui se sait détestée. Nous avons été trahis depuis le premier jour.

Le Coordinateur, qui regardait l'écran où passaient des flashes d'information, leva les yeux. Il demanda:

— Par qui? Vous n'en savez rien, n'est-ce pas? Et cela en dépit de mille enquêtes, d'interrogatoires et de méthodes que je n'ai jamais approuvés.

— Vous n'approuvez jamais ce qui échoue.

— Qui serait assez stupide pour le faire? Après tout, Gessler, qui, depuis trois ans, dirige les forces de Sécurité sinon vous?

— La Constitution m'interdit d'employer certains moyens...

Le Coordinateur fit un geste de dérision. Gessler poursuivit:

— Dreik a trahi. Nous le savons depuis la première Analyse. Il se sait coupable. Et de quoi se sent-il coupable, sinon de nous avoir caché une information assez importante pour qu'un homme de son rang en soit profondément perturbé? Par Dreik, je serais arrivé à la vérité.

— Vous ne vouliez pas l'interroger, vous vouliez le tuer. Qu'espériez-vous obtenir d'un mort?

— On a outrepassé mes ordres, mais il y a des millions d'hommes qui souhaitent la mort de Dreik ou du moins sa refonte totale ainsi que celle des humains ou autres qui le suivent. Dreik sert les Vors. Consciemment ou non. Dreik et les Vors ne font qu'un. Je vous l'ai dit et je le répète parce que je le sens et vous savez de quelles facultés la sélection et l'orientation génétiques m'ont doté. Dreik est notre ennemi au même titre que les Vors.

— Qui vous dit le contraire?

Le Coordinateur regardait Gessler avec pitié. Il dit, plus pour lui que pour son interlocuteur:

— Cette sélection des esprits par les Orienteurs et

les Synthétiseurs m'a toujours paru ridicule. Nous savons ce que nous a coûté la prétendue loi des Niveaux d'Action et de Compréhension dans la pacification de Thérem. Depuis cinq mille ans, en dépit de ses périodiques cris de victoire, l'homme est désespérément égal à lui-même. J'entends pour l'essentiel. Dreik a servi les Vors. Il doit nous servir maintenant. Dreik mort est inutile. Vous voyez comme c'est banal et pourquoi je vous exile sur Edowan ; il ne s'agit d'ailleurs pas d'un châtiment mais d'une simple remise en ordre, une retraite où vous pourrez réfléchir pendant quelque temps...

« Plusieurs planètes veulent faire Sécession après Gertha, il y a des troubles un peu partout dans l'Union, on voit même renaître sur Terre certains vieux nationalismes. Et vous êtes assez naïf, Gessler, pour croire que Dreik et les Vors sont la cause de ces troubles ? Ils étaient latents, nés du système, de son fonctionnement et, un jour ou l'autre, ils auraient inévitablement surgi. Dreik et les Vors nous ont servi de réactifs, rien de plus.

— Et vous allez inverser les pôles, vous servir de Dreik et des Vors pour montrer une autre face de l'Union. Et la guerre ?

Laesob, qui regardait toujours Gessler avec pitié, dit :

— Une guerre qui dure trente-deux années, ça n'a jamais éveillé votre attention ?

— Si vous voulez dire qu'elle servait quelques-uns de nos intérêts, je l'ai toujours su.

— Elle révélait surtout les réalités de l'Union, ses faiblesses, ses organes malades, son vieillissement et ses désirs secrets. Quand les guerres durent trop longtemps, il se développe un processus de décomposition qu'un événement ou un homme accélère brusquement. Alors, le moment est venu de mettre fin à la guerre.

— Par la victoire ou par le marchandage ?

— Voilà la question. Et ce n'est ni vous ni moi qui pouvons y répondre. Mais ce qui est sûr, c'est que nous n'avons pas besoin de vous, Gessler, ni de votre médiocre machiavélisme. Dreik est ce facteur d'accélération que nous attendions plus ou moins consciemment...

— Un nouveau Messie en somme ?

— Si vous voulez. Mais celui-là, je ne veux pas qu'on le mette à mort. Je veux qu'il vive et qu'il serve notre intérêt. Nous n'avons besoin ni de martyrs ni de porte-drapeaux. Dreik est coupable. De quoi, nous n'en savons rien. Nous ne le saurons peut-être jamais mais ce que je vous assure, c'est que nous en tirerons avantage. Vous voyez que nous n'avons plus besoin de vous, Gessler, pas plus dans l'hypothèse d'une victoire que dans celle d'un marchandage... Votre escorte vous attend.

— Et en cas de défaite, Laesob ?

— N'est-ce pas le peuple qui décidera comme il a toujours décidé ?

Cette fois-ci, le Coordinateur se moquait ouvertement. Gessler dit :

— Nous savons tous ce que ça signifie et à qui appartient en fait la décision. Le suffrage universel...

— Vous êtes décidément inutilisable. Est-ce que vous avez oublié qu'un jeu dont on ne respecte plus les règles n'a plus aucun intérêt ? Obéir à la loi, ne jamais l'enfreindre comme vous venez de le faire, voilà ce que ne doivent jamais oublier ceux qui gouvernent.

Gessler, qui n'aimait pas le cynisme et qui avait peu d'humour, alla brusquement vers la porte. Il vit les deux gardes qui l'attendaient. Il pensa avec colère : « L'Union est entre les mains d'un vieillard qui se complaît dans ses rêves de stratège et, comme tous les vieillards, il envisage sans crainte la défaite ; peut-être même, parce que son temps est révolu, la voit-il venir avec délectation. »

Il se détourna, dit avec violence :

— La guerre, Laesob, la guerre ou la destruction. La nôtre ou celle des Vors, mais la destruction, vous n'aurez jamais d'autre choix...

Dreik écoutait le rapport de Mémoire II. Il était fiévreux et plus las que les jours précédents. Il demanda : « Pas de documents filmés ?

— Aucun.

— En résumé, depuis trois siècles, il n'y a pas de disparitions qu'on puisse attribuer de façon certaine à un peuple n'appartenant pas à la Roue, à part la disparition totale de la première Mission sur Génova... J'aimerais entendre de nouveau cette bande... »

Génova avait été conquise vingt-sept ans plus tôt. Elle était la seule planète porteuse de vie dans une orbite de 160 Unités Val d'Espace III.

Pour l'essentiel, elle était peuplée par une race d'ovipares intelligents qui avaient développé en une dizaine de millénaires une civilisation de Type 4 : agriculture, petit habitat rural, notions de mécanique et industries de transformation de stades 1 et 2. L'indice de progression très bas allait de pair avec le niveau créateur et les croyances.

Les habitants, de vigoureux bipèdes écailleux, avaient été traités pour accélérer leur épanouissement et permettre leur entrée dans la Roue, mais ils avaient mal supporté l'industrialisation et la vie urbaine et, en vingt ans, les révoltes, les suicides, les meurtres collectifs et les destructions de matériel avaient été si fréquents qu'on envisageait un retour en arrière de type colonial : activité agricole en régime semi-contrôlé pour les Génoviens et implantation d'humains ou de para-humains pour l'exploitation des ressources minières.

C'est sur cette planète annexée après une longue guérilla qu'avait disparu en quelques heures Mission I, c'est-à-dire plus d'un millier d'hommes et de femmes, pour la plupart des chercheurs qui devaient donner un premier rapport sur Génova.

Dreik demanda :

— On n'a enregistré aucun appel du personnel de garde ?

— Non. Une équipe de seize hommes partie en exploration a retrouvé le lendemain le camp vide. Tout avait disparu, les trois vaisseaux, les humains et la totalité du matériel débarqué.

— Y avait-il des Génoviens à proximité du camp ?

— Ils avaient fui dans les montagnes et les plus proches étaient à une centaine de kilomètres.

— On les a interrogés plus tard ?

— Oui. Ils n'avaient rien vu.

— Ils ne pouvaient pas être à l'origine de ces disparitions ?

— C'est exclu.

— Mission II n'a pas été attaquée ?

— Non. Elle a seulement fait l'objet d'attentats par les guérilleros génoviens.

— Est-ce que Mission II a découvert sur Génova les traces d'une civilisation différente, d'une occupation ou même d'un passage ?

On demanda à Dreik un délai d'attente. Il s'accouda au pupitre de lecture, ferma les yeux et massa ses paupières.

Les rares documents retrouvés après Apocalypse I montraient que, pendant l'Ere Première, des groupes d'humains avaient disparu. Ces disparitions avaient ensuite cessé, puis repris une dizaine d'années avant Apocalypse II. On en signalait ensuite quelques-unes entre les ans 7 et 29 et une autre en l'an 126 de l'Ere Troisième, mais d'une exceptionnelle importance : une communauté de 623 personnes enlevée avec tous ses biens, animaux compris, sur une île australienne.

Par la suite, aucun enlèvement, ni sur Terre ni sur les autres planètes ou astéroïdes habités, sinon cette étonnante affaire de Génova vingt-sept ans plus tôt. Intervention vor ? Dreik pensa : « Je cherche et je ne sais pas exactement ce que j'espère découvrir. Sur Vor, je n'ai rien vu, ou si peu que je ne puis en faire une référence. »

L'écran s'éclaira. La voix de Mémoire II dit : « Nous n'avons rien trouvé de positif. Cependant, si nous avons correctement interprété le sens de vos questions — et nous pensons que vous cherchez une trace des Vors sur Génova —, il est possible que vous soyez intéressé par une curieuse découverte. Il y a quatre ans, à l'occasion des travaux d'assèchement de la Mer de Sucre, nous avons mis au jour un fragment métallique fait d'un alliage de cobalt, d'antimoine et d'un métalloïde inconnu et complexe proche du soufre. L'analyse de ce fragment a montré une conductibilité presque parfaite. Bien entendu, il est exclu que cet alliage provienne de la technologie génovienne. D'autre part, en dépit des recherches, nous n'avons décelé aucun signe de l'existence des composants du métalloïde sur la planète. Nous vous projetons l'image du fragment. »

Dreik examina l'image de l'objet qui pivota et apparut sous tous ses aspects.

— Vous n'en imaginez pas l'usage ?

— Non.

Il demanda :

— Une partie de Génova pourrait-elle avoir été occupée par les Vors ?

— Cela sous-entend qu'ils se seraient retirés à notre arrivée sur la planète. Ensuite ils seraient revenus pour une rapide incursion et se seraient emparés des membres de Mission I. Cette hypothèse implique la complicité des Génoviens. C'est bien là que vous voulez en venir ?

— Ont-ils été interrogés sur de possibles rapports avec un occupant ?

— Non. Nous n'avons envoyé sur Génova que quelques équipes d'investigation. Quant aux techniciens des exploitations minières, ils se mêlent peu à la population.

— Aucune étude de l'histoire, de la langue, de la sociologie ?

— Il y a une délégation permanente de Belelaïr.

— Qu'ils cherchent les traces d'une occupation vor. Il faut interroger les Génoviens et qu'on sache la raison de leur silence si on découvre qu'un peuple a occupé leur planète.

Après un silence probablement consacré par Mémoire II à l'étude des conséquences de la demande de Dreik, la machine dit: «Nous allons demander que des investigations soient faites dans le sens que vous souhaitez. Rien ne doit être négligé qui aide à mettre fin à la guerre contre les Vors. Nous vous remercions de vos suggestions, Général.»

La voix s'était exprimée d'un ton sentencieux. Dreik se garda de tout commentaire. Il demeura sérieux, certain qu'en ce moment même on l'observait et que ses réactions physiologiques étaient enregistrées par les télécapteurs dissimulés dans la cellule d'appel.

Dreik revint vers la maison. Il était si las que le simple effort de marcher lui était pénible. Il éprouvait aussi dans la tête une douleur que la réflexion accentuait. Il se reprocha: «Je n'ai pas posé les questions décisives à Mémoire II», l'une d'elles en particulier qu'il avait été sur le point de formuler et qui s'était évanouie ou plutôt avait filé à l'infini, et cette question était liée à un souvenir qui avait surgi et disparu lui aussi, démantelé en une multitude de parcelles sans signification quand il avait voulu le cerner, l'amener dans une meilleure lumière.

Dreik leva les yeux. Le satellite artificiel était toujours là, araignée grise et brillante, hérissée d'antennes et de sondes. Il aurait pu jurer qu'en ce moment même une de ses caméras le tenait dans son champ et que ses osmocapteurs, capables de percevoir la marche d'un insecte à plusieurs kilomètres, avaient enregistré ses demandes et les réponses de Mémoire II. Il n'attachait pas d'importance à cette surveillance. En fait même, depuis l'attaque du Voige, elle le rassurait plus qu'elle ne l'inquiétait.

Les yeux fixés sur le satellite, il s'étonna une fois de plus de l'acuité de sa vue qui lui permettait de distinguer les dentelles de la superstructure de l'appareil. En quelques jours, elle avait encore augmenté et il avait parfois la sensation, tant sa tension visuelle était violente, que ses globes oculaires allaient éclater.

Il se demanda si cet affinement extravagant, qui touchait l'ensemble de sa sensibilité, était lié à son état fébrile et à sa tête encombrée. « Ce qui est à peu près sûr, se dit-il, c'est que mon quotient intellectuel a dû encore régresser. » Il pensa avec ironie : « A ce train, dans trois semaines, je verrai distinctement les fusées atterrir sur Mars mais j'en serai venu à un tel stade, disons d'imbécillité, que je ne saurai plus ce qu'est une fusée. »

Près du terrain de jeu, il entendit l'appel du Slur. Il était au milieu d'un groupe d'enfants très jeunes à qui il parlait de la faune merveilleuse de Suma. Les enfants semblaient fascinés. Personne mieux qu'eux ne recevait le message mental des Slurs. Ils étaient si réceptifs — Dreik en avait fait l'expérience dans sa petite jeunesse — qu'ils étaient installés dans l'esprit du Slur comme dans un nid rayonnant de chaude lumière, inondés de ce flux doré qui était à la fois connaissance et bonheur.

Le Slur dit : « Tu es las, très las. — Oui. — Je ne peux rien pour toi. » Il sentait l'inquiétude du Vloomer, son impuissance aussi qui se traduisait par une bizarre vibration. « Ton esprit est saturé. Il brûle et tremble comme un oiseau malade. La science humaine connaît peut-être un remède à cet état. Va consulter un médecin.

— J'irai. »

Le Slur attendit, ses tigelles en couronne parcourues d'ondes molles. Les enfants avaient tourné la tête vers Dreik. Le Slur dit : « Tu n'iras pas. Tu as peur. Tu penses qu'il s'agit d'une maladie prise sur Vor, que c'est leur manière de te détruire maintenant qu'ils n'ont plus besoin de toi, un toxique ou un virus qui agirait à long terme.

— Rien n'est sûr. Parfois, je me sens mieux. »

Dreik dit à voix haute : « Il s'agit d'autre chose. Un toxique ou un virus n'aurait pas échappé aux analyseurs. J'ai subi trop d'examens. »

Le Slur objecta : « Des examens au niveau de la science humaine. Mais que savez-vous de la science vor ? » puis il abandonna et Dreik sentit qu'il s'ouvrait de nouveau tout entier aux enfants. Il demanda cependant, parce qu'il était perdu, rejeté en solitude : « Et chez toi, rien n'a surgi ? Rien ne s'est modifié ?

— Non, je n'ai pas changé, et je ne me sens coupable d'aucune faute. Laisse-moi maintenant. »

La respiration épaisse, Dreik regardait le Slur. Quelque chose s'était passé. Il n'était plus aussi amical, il ouvrait moins volontiers son esprit et, quand ils étaient en contact, Dreik percevait une réticence, une circonspection qui ressemblait à de la crainte. Il pensa : « Il a peur » puis : « Il a peur de moi » et quelques pas plus loin : « Sa prescience est plus puissante que l'instinct animal et s'il a peur de moi c'est parce que je suis en train de devenir pour lui une menace. Il ne s'est jamais trompé. Et s'ils avaient eu raison de se méfier le premier jour ? Si je n'étais pas Dreik ? Si... Mais qu'est-ce qui se passe, bon Dieu ! J'ai parfois l'impression comme en ce moment que je vais en crever... » La terreur l'envahissait comme une eau glaciale.

Dreik secoua violemment la tête. Il s'arracha, reprit sa marche, tirant son corps endolori, la nuque raide, le crâne sonnant, les yeux fixés sur les pierres du chemin, des pierres beiges serties dans la terre rougeâtre et dont sa vision paroxystique lui permettait de distinguer la plus infime inclusion, l'aspérité la plus imperceptible.

Cette nuit-là, il se réveilla en hurlant, le corps ruisselant de sueur. Il s'assit sur sa couche, les mains à plat, muscles tendus. Quelque chose se débattait, il ne savait où, et il y pensait comme à un reptile au corps puissant qui se tordait, se détordait à grands fouettements de queue qui broyaient ses cellules et ébranlaient ses nerfs.

Il haletait, la bouche ouverte, la poitrine comme

une forge et brusquement, après un dernier soubresaut qui leva à travers sa chair une gerbe de tranchante limaille, faisant jaillir un flot d'étincelles sous ses paupières et la sueur de ses pores, ce fut le silence et l'immobilité. Il vit la femme, son visage bleuâtre à l'expression apitoyée. C'était la première fois depuis son retour à Kuala-Hori et pour la première fois aussi, il surprenait son visage ailleurs que dans l'esprit du Slur.

Il voyait la femme et, par un bizarre phénomène, il voyait également ce qu'elle regardait, une troupe d'hommes et de femmes aux corps bleuâtres. Ils étaient nus, certains debout, d'autres accroupis. Dreik ne distinguait à peu près rien du paysage qui les entourait sinon des ombres trapues qui étaient peut-être des buissons et au loin, un immense bâti grêle posé sur le sol flou, un entrelacs de courbes et de droites qui formaient dans sa partie haute une sorte de cage hexagonale. Dreik reconnut une Structure Volante vor, un de ces appareils qui absorbaient la matière des planètes et des astéroïdes pour la rejeter en torrent d'énergie et anéantir les vaisseaux de la Roue. La plupart des humains avaient une expression indifférente, voisine de l'ennui, mais quelques-uns parlaient avec ce qui semblait une animation joyeuse.

Ils s'effacèrent, peu à peu gommés. Dreik revit alors la femme, un fragment plutôt, une épaule et son visage qui n'était plus apitoyé mais heureux, et près de ce visage, non pas tracé nettement mais fait d'ombres en crayonnage léger, un profil qui faisait penser à celui d'un aigle ou d'un puissant rapace au regard impérieux. Et au-dessous, plus vague encore, vu comme à travers une vitre dépolie, un corps qui n'était pas celui d'un oiseau, une masse sombre et musculeuse d'une ampleur imposante qui allait de pair avec l'œil dominateur, et le nez, un bec plutôt, forte avancée crochue qui surmontait une mâchoire large et renflée.

La vision disparut, recouverte par une épaisse vague grise. Un ciel mauve lui succéda, le ciel de Vor.

Dreik vit distinctement les deux soleils inégaux, l'un très haut, l'autre proche de l'horizon, et contre l'horizon une construction blanche qui grandit brusquement comme s'il était projeté vers elle à grande vitesse. Elle s'effaça et fut remplacée par une surface scintillante, irradiée d'une lumière égale. Quelque chose de ténu bougeait sous la surface, interminables rameaux arborescents, nœuds irréguliers parcourus de tressaillements et, vue de biais, en profil presque perdu, une ouverture, sorte de bouche rétractile où tournait avec lenteur une substance molle qui prenait des couleurs différentes mais toutes dérivées du rouge. Un son aigu survolait la vision qui s'effaça soudain.

— Qu'y a-t-il, Delter ? Pourquoi ne me réponds-tu pas ?

Dreik vit sa mère. Elle lui tenait la main. Il haletait encore et à chaque aspiration, son ventre se creusait profondément. Il regarda le visage anxieux penché vers le sien. Il en distinguait chaque détail, les pores dilatés en cratères luisants, deux grains de beauté comme deux petites montagnes noires et rugueuses. Elle le pressait de questions, répétait :

— Tu as crié, crié...

— Un rêve, un mauvais rêve.

— Mais que t'ont-ils fait là-bas, de quoi as-tu souffert ?

Elle essuyait son front, son torse trempé. Il se laissa aller sur sa couche. Elle se tenait près de lui, un genou à terre, et des larmes tremblaient dans ses yeux. Il posa sa main sur la sienne, dit :

— Ce n'est rien. C'est passé maintenant.

— Je vais aller te préparer un bol de Thien.

Elle s'en alla. Dreik pensa : « J'étais sur Vor et ce n'était pas moi qui étais sur Vor. A quoi servent ces images qu'ils ont greffées parmi mes souvenirs ? Que veulent-ils de moi ? » Et de nouveau : « Et si je n'étais pas Dreik ? Et si je n'étais plus qu'un fragment, l'ombre portée ou le souvenir de l'homme que j'étais autrefois ? »

Chen-San revint. Il se souleva sur un coude, but quelques gorgées de Thien. Il se laissa aller sur le dos, fouilla dans son esprit mais il était vide maintenant, et il n'éprouvait plus, muscles détendus, que cette sensation de creux vibrant et sensible qui suit les crises violentes.

— Va te recoucher.

Elle dit oui mais ne bougea pas. Il ferma les yeux. Elle avait posé sa main sur son bras et quand il entrouvrait les paupières, il voyait son profil penché. Il voulait chaque fois lui parler, lui dire d'aller dormir mais il n'en avait pas vraiment le désir. Tant qu'elle était là, près de lui, il était sûr que le cauchemar ne reviendrait pas.

Dreik fut arrêté trois jours plus tard. Quatre hommes se présentèrent qu'accompagnait le Chef de District. L'un des quatre hommes qui déclina son titre de Questeur notifia à Dreik qu'il avait ordre de se saisir de sa personne pour le conduire à Zurich III, une des cinq capitales de l'Union.

Dreik demanda le chef d'inculpation. Le Questeur répondit : « Trahison » et Dreik, bien qu'il attendît ce mot, en fut mortifié. Le Questeur, qui ne se montra agressif à aucun moment, précisa : « Bien entendu, cette inculpation devra être confirmée par l'Instructeur de Droit Terrien.

— Civil ?

— Oui puisque l'Armée s'est récusée. »

Il vit la surprise de Dreik et parut gêné mais il ne donna pas d'explication.

Chen-San protesta : « Ils ne peuvent pas t'emmener ainsi. Tu es malade, Delter, incapable de te défendre. »

Elle fit face au Questeur : « N'a-t-il pas fait assez pour vous depuis trente ans ? Que pouvez-vous lui reprocher ? A cause de vous, de cette guerre, il n'a jamais vécu comme un homme normal. Il a tout donné à la Roue et il n'a jamais eu cette vie de bonheur et de facilité que vous vous glorifiez de donner aux plus démunis. »

Dreik posa sa main sur l'épaule de sa mère. Il dit : « Au point où j'en suis, eux seuls peuvent m'aider à comprendre ou me soulager. A cause de cela, il m'est arrivé de souhaiter cette arrestation... D'autant plus que je doute qu'il ne s'agisse que de moi.

— Ils te condamneront et te remodèleront sous prétexte de te guérir.

— Peut-être n'y a-t-il pas d'autre remède. »

Il regarda les autres hommes puis le Chef de District. Celui-ci qui se tenait près de la porte ne cachait pas son dédain pour la maison des parents de Dreik et ce que ce manque de rigueur ou de simple confort signifiait à ses yeux.

Dreik se tourna vers sa mère :

— Dis à Sven quand il rentrera qu'il n'entreprenne aucune démarche.

Il suivit le Questeur. Il se sentait las, mais moins que les jours précédents depuis qu'il avait été consulter un médecin de Kuala-Hori. Du jardin, il entendit le Slur. Il était resté inerte comme une pierre pendant l'entretien. « Demande-leur une nouvelle analyse. Qu'ils te soignent, et pas seulement ton corps. Et rappelle-leur que s'ils commettent une erreur, une seule erreur d'interprétation, aucun ne survivra. » L'esprit du Slur n'était que peur et tristesse.

Dreik monta dans l'hélio du Chef de District. A Mun-Tha, il embarqua avec son escorte sur un croiseur aux armes de la Zone Centrale. Ils étaient seuls à bord de l'énorme vaisseau qui pouvait transporter six cents personnes et volait à deux cents kilomètres-minute. A ce déploiement de puissance, Dreik sut qu'ils avaient décidé de donner à son procès une exceptionnelle importance.

Il en eut la confirmation à Zurich III où des milliers d'hommes attendaient sur l'aire d'atterrissage. Des cordons de policiers contenaient la foule qui hurlait : « Dreik avec nous ! » Ils avaient lâché dans le ciel une nuée d'hydro-baudruches multicolores qui criaient inlassablement d'une voix grondante ou suraiguë les slogans de la Guerre Brisée.

Il jaillissait sans cesse de nouvelles banderoles qui se déployaient brusquement à cent mètres d'altitude et clamaient en lettres hautes comme des immeubles et par la voix déferlante de leurs messages enregistrés la volonté de paix de la foule.

Les policiers se contentaient de résister à la pression des manifestants et Dreik observa qu'aucun n'avait tiré l'arme qu'ils portaient tous à la ceinture.

Un hélio à quatre places l'amena au Polygroupe de Vie Régénérée, nouveau nom des Maisons de Justice Neutres. Là aussi, la foule l'attendait mais les cris de « Dreik avec nous » étaient plus rares et il remarqua de nombreux spectateurs qui ne disaient rien et l'observaient avec froideur.

Il fut logé dans un des chalets du Polygroupe et laissé à lui-même. Il fit sa toilette, commanda un repas et brancha la Trid du salon. Deux des chaînes traitaient de son arrestation et l'une d'elles consacra un quart d'heure à l'exposé de sa carrière d'investigateur puis d'officier. Dreik ne releva que des erreurs minimes. Dans l'ensemble, le présentateur grossissait ses faits d'armes et ses prouesses de Navigateur, lui attribuant des intentions et un héroïsme qu'il n'avait jamais eus.

On présenta ses décorations qui furent commentées et on évoqua son célèbre séjour en solitaire sur Delchor pendant deux années. On parla aussi des quatre Structures Volantes vors, qu'il avait détruites et du rôle disait-on décisif — ce n'était pas tout à fait vrai — qu'il avait joué dans la reconquête d'Urb.

A seize heures, Dreik fut convoqué par l'Instructeur. Celui-ci, homme de haute taille, habillé avec la recherche des gens de la capitale, était visiblement originaire du nord de l'Europe. Ses titres et ses décorations, comme c'était l'usage, étaient mentionnés dans un panneau lumineux encastré dans son bureau.

Il demanda : « Avez-vous une objection contre une analyse préalable ?

— Non mais je suis en mauvaise santé et j'aimerais recevoir des soins.

— J'y veillerai. J'ai choisi pour l'instruction le Code Terrien. Votre mère est asiatique, votre père anglo-saxon mais c'est sans importance puisque vous avez reçu une formation de Niveau Continu A. C'est ce niveau seul qui servira de référence. Vous connaissez son principe : aucune faute ne peut être retenue si elle n'est pas la source d'un dommage. Je n'accepterai aucune interprétation extensive du principe. Vous avez eu une enfance et une jeunesse heureuses, Dreik ?

— Très heureuses.

— Vous savez évidemment que la Formation Continue A substitue des règles et des comportements particuliers aux morales archaïques, bien que les deux plans coïncident parfois. J'ai lu dans votre dossier que vous aviez difficilement résolu certains conflits tant votre éducation familiale avait influencé vos attitudes ultérieures. En fait, je dirais qu'avec l'âge, et un certain scepticisme aidant, vous avez fait régression vers cette morale ancienne plus individualiste et aussi plus rigide. Je me trompe ?

— Ce que vous dites est exact, en particulier pour les dernières années. »

L'Instructeur dit : « Nous en sommes tous un peu là, l'âge venant. Je n'ai pas l'intention de tenir compte de cette tendance. Cependant chez vous, il y a un sentiment de culpabilité évident. Vous voyez donc quel est notre problème. Nous ne savons pas en effet sur quel plan se développe ce sentiment de culpabilité, si c'est au niveau de votre Formation A d'Investigateur, le seul que je retiendrai, ou à celui d'une quelconque morale locale, celle de votre milieu familial, par exemple. » Dreik remarqua : « Ces deux morales ne sont pas toujours contradictoires.

— Il s'agit malheureusement d'une affaire extraterrienne où les néo-nationalismes, l'égoïsme, les partis pris et l'indifférence peuvent jouer à plein. Savez-vous, Dreik, que nous n'avons pas pu intéresser 11 Planètes sur 28 à la guerre contre les Vors ? Que ces 11 Planètes malgré tous nos efforts ne se sont jamais senties concernées ou alors très faiblement ? Et je ne parle pas de ceux, humains ou non, sur les dix-sept restantes, qui se moquent de l'issue du conflit parce qu'ils en ont une vue étroite ou fausse à partir de leurs sensibilités particulières ou de leurs intérêts.

Vous comprenez maintenant pourquoi j'hésite devant votre mise en accusation ? Votre culpabilité est trop imprécise et je m'interroge sur son origine véritable. A cause de cette incertitude, nous allons procéder à de nouvelles analyses mais si elles ne sont pas plus probantes que les précédentes, je refuse catégoriquement que vous passiez en jugement... »

Il s'anima : « Hors d'une infraction précise au Code Terrien de Niveau Continu A, je vous rends votre liberté, et rien ne pourra me convaincre d'agir autrement, même votre désir de vous voir blanchi de tout soupçon. »

Dreik objecta : « Mais ce sentiment de culpabilité est né dans le cadre de mes activités de soldat. Il est donc lié à ces activités. » L'Instructeur balaya l'argument avec irritation : « Qu'est-ce que cela prouve ? Si la pluie tombe à l'instant où vous avez menti, elle n'est pas pour autant — sauf exception — la cause de votre mensonge. On dirait, Dreik, que vous souhaitez qu'on vous mette la corde au cou.

— Je souhaite que ce sentiment disparaisse ainsi que les troubles qui l'accompagnent.

— Même si vous faites le jeu du Grand Conseil et de l'Armée ? Car ne vous y trompez pas, coupable ou innocent, il ne s'agit pour eux que d'exploiter vos scrupules... »

Il demanda, la voix dure : « Que veut l'Armée ? Pourquoi s'est-elle désistée en faveur du Grand Conseil sinon afin de donner plus d'ampleur à votre procès ou parce qu'elle n'avait aucune preuve flagrante pour vous inculper ? Vous voyez quelle éventuelle manœuvre se dissimule derrière ce désistement ? »

Dreik le savait. Il l'avait su dès qu'il avait entendu la réponse embarrassée du Questeur. L'Instructeur dit : « Punir un soldat, même un général, le refondre ou l'emprisonner, cela ne retentit jamais bien loin, si la publicité ne s'en mêle pas. »

Dreik demanda : « Pourquoi le Conseil n'a-t-il pas encore pris de décision sur le traité avec les Vors ? »

L'Instructeur parut surpris de la naïveté de la question : « Et si vous étiez la clé de cette décision, Dreik ? Si vous étiez l'homme sur qui tout repose ?

— Je crains que vous ne surestimiez mon rôle.

— J'aimerais que cela fût vrai. Pourquoi croyez-vous que vous êtes ici ? Les 28 Planètes sont déjà mobilisées pour votre procès et c'est de son issue que dépend la décision du Conseil. Je pensais que vous m'aviez mieux compris.

— Je croyais que vous souhaitiez comme moi que cette guerre finisse.

— Le problème est ailleurs. Il est de pure forme, de procédure, si vous préférez, comme le sont souvent les problèmes juridiques. Du moins en apparence. Ce que je veux c'est qu'on ne se serve pas de vous, qu'on respecte la loi. Mon rôle s'arrête là. »

Il se leva. « Je vous reverrai après les analyses. Je souhaite que vous soyez alors en meilleure santé et moins résigné. La résignation n'est jamais une bonne attitude. Je vous rappelle que vous êtes soumis au Régime de Liberté Restreinte. Pas de sortie hors de vos appartements entre 20 heures et 6 heures. Dans la journée, périmètre du Polycentre. Bien entendu, communications libres avec l'extérieur, famille, défenseurs, etc., accès aux Mémoires locales et centrales. Par mesure de sécurité, aucun visiteur. Déclarations libres à la presse et aux Trid mais je vous les déconseille. Elles ne pourraient qu'aggraver les troubles. Bien que j'aie peur que nous ne soyons vite débordés par les événements.

— La foule ? Les manifestations ?

— Ce n'est pas seulement à cela que je pense. J'ai étudié avec attention vos premières analyses. Si l'inculpation de trahison est retenue, elles seront rendues publiques, ainsi que les résultats des nouveaux examens.

— Les premiers n'avaient rien de remarquable.

— Pour vous peut-être mais vous n'imaginez pas ce qu'un habile Protecteur de la Roue pourrait en extraire. En trente-deux années de guerre on a fini par se faire une certaine idée des Vors, par s'y habituer en somme. Les conflits qui durent trop longtemps se désensibilisent mais qu'un accident ou une menace les fasse brusquement apparaître sous un jour nouveau, que la passion ou la panique prennent le pas... A bientôt, Dreik et ne vous résignez pas trop, ne vous installez pas dans le rôle de victime... »

Les deux Vors observaient l'organisme qui bougeait faiblement. Le panneau vertical lumineux qui le contenait ne dissimulait aucune de ses variations. Haut de près de deux mètres, l'organisme faisait penser à un arbre terrien que l'hiver aurait dépouillé de ses feuilles, un arbre aux branches rares, coiffé d'un petit agglomérat sombre où le frémissement était plus sensible.

Le plus massif des Vors tourna un de ses yeux d'un jaune ardent vers un écran où des cercles concentriques se dilataient avec mollesse. Des aigrettes courtes et vives jaillirent au-dessus de son crâne. Il dit : « Il ne cesse de s'affaiblir, Astreid. Et l'Humain ?

— Son état se dégrade aussi.

— L'Homme-Témoin ?

— Normal.

— Comment expliquez-vous cette différence ?

— Le Terrien, Dreik, possède une tension vitale élevée. Il n'y a pas sujétion comme chez l'homme-témoin mais conflit. Souvenez-vous des difficultés que nous avons eues quand nous avons pratiqué la symbiose. Ce pilote se défend avec vigueur contre tout ce qui veut entamer son intégrité.

— Vous craignez un rejet ?

— Pas dans l'immédiat. »

Dennast déchiffra les trains d'étincelles rases qui se ramifiaient sur le crâne d'Astreid. Ces crêtes lumineuses, qui étaient un des moyens de communication de la race, n'exprimaient que la partie la plus simple de leur langage. D'autres échanges plus subtils ou plus vastes se faisaient sur un plan sonore fililigne :

renvois à des connaissances communes, synthèses fondamentales, rappels d'entretiens antérieurs ou encore références à des attitudes irrationnelles, affectives, ou plus simplement au fond historique de l'espèce. A la différence des Humains, les Vors s'exprimaient totalement par les multiples plans de leur langage. Ils n'avaient pas de problèmes de communication ou d'ambiguïtés et ce qu'ils disaient n'était pas limité au simple propos fragmentaire mais renvoyait simultanément à tout un réseau d'opinions, de décisions communes ou particulières, etc., qui le définissait de manière précise, sorte de contexte très ample exprimé avec la phrase, aurait-on pu dire, qui éliminait le doute et assurait donc une franchise et une certitude permanentes des rapports. En parlant, ils ne livraient pas un rameau ou une branche mais l'arbre tout entier, son feuillage et ses racines.

Astreid continuait de surveiller l'Homologue dans son bain à demi solidifié. Il désigna le panneau de sa main fait de quatre ergots articulés. « Je n'aime pas ce tremblement régulier. C'est un signe d'épuisement. » Il poursuivit : « Nous n'avons pas choisi Dreik. La nécessité ainsi que vos plans personnels nous l'ont imposé et je pense aujourd'hui que nous n'avions pas une chance sur mille de rencontrer ce type d'humain. Si on y ajoute que sur notre planète, la tension vitale des Terriens retombe vite...

— Pourquoi ?

— Elle n'a pas lieu de s'exercer. A notre contact, il se développe très vite chez eux un état d'équilibre ou de soumission. Vous en avez suffisamment profité pour le savoir, non ?

— Et si Dreik mourait, je veux dire, mourait trop tôt pour nous ? La résistance de ces êtres cesse parfois brusquement. Nous en avons vu des exemples. Que se passerait-il alors ?

— Vous avez exigé Dreik, vous l'avez. Contre nos conseils. Mais rassurez-vous, il ne mourra pas... Enfin pas encore. »

Dennast dit: « Dreik mort, il devient une victime selon l'optique humaine et notre plan échoue.

— Il vous restera le traité de paix. » Un éclat de lumière ironique passa. « Vous voyez que quoi qu'il arrive, Dennast, vous ne pouvez pas perdre. N'est-ce pas la qualité première d'un plan quand il est bon ? Qu'importe le détonateur pourvu que la charge explose. Et la charge, Dennast, je vous rappelle que ce n'est pas nous mais votre clan qui veut la faire exploser... A propos, où en êtes-vous sur Apsaral ?

— Nous avons encore besoin d'une dizaine de jours. J'espère que Fyra et vous ferez le voyage, le moment venu.

— Ceux de mon clan détestent prendre ce genre de risque et il contrevient à la Règle. Du reste, ma confiance en vous est totale comme la vôtre doit l'être.

— Bien entendu. Restent évidemment les limites de nos capacités respectives. »

L'œil circulaire d'Astreid se fixa sur Dennast. « Que voulez-vous dire ?

— Rien qui ne vous soit connu. Notre faible nombre, par exemple, et cette répugnance à engager votre vie dont vous venez de parler. Je sais que cette prudence est aussi conforme à la Règle mais nous sommes devant un adversaire particulier.

— Les Terriens n'ont aucun respect de la vie et quand ils parlent de la peur, c'est avec mépris. Ce sont des barbares.

— Leur race est prolifique, ils peuvent dédaigner les pertes. Nous ne pouvons pas nous permettre ces prodigalités... Mais j'en reviens à ce pilote. A travers le Naguen, nous avons appris qu'il passera en jugement dans quelques jours, ce qui signifie que la première partie de notre plan a réussi. Car nous avions prévu ce procès, souvenez-vous. Le procès, le jugement, et surtout ce qui suivra le jugement qui vous déplaît tant. A propos, est-ce que le moment n'est pas venu de libérer à travers Dreik un premier lot d'informations ?

— Oui, l'effort du Naguen en sera soulagé d'autant.

— Et si la Troisième Information passe? Tout serait alors remis en question.

— Je vous le répète: vous avez voulu ce pilote, vous l'avez. Mais n'oubliez pas que Dreik est pour vous une arme à double tranchant. Pour provoquer chez lui un complexe de culpabilité, il fallait que vous reteniez la Troisième Information. Et en même temps, vous craignez que cette Information ne brise votre délicate machination. C'est bien cela?»

Dennast ne cacha pas son inquiétude. Les Vors ne dissimulaient jamais leurs sentiments ou leurs intentions. Dans les rapports sociaux, ils jouaient un jeu ouvert, si bien que leurs affrontements tournaient court, comme ces parties d'échecs que les adversaires interrompent d'un commun accord, quand l'issue en est devenue évidente.

Dennast expliqua: «Nous devions courir ce risque. Dès les premières ponctions, nous avons vu comment Dreik pouvait nous servir. Par son rang, sa notoriété et principalement par ce sentiment de culpabilité que nous pouvions rendre très vif à cause des divers types d'éducation qu'il avait reçus. Nous pouvions agir sur l'irrationnel comme sur le rationnel, le premier renforçant le second de façon inespérée. Vous avez du reste approuvé nos calculs.

— Ils nous semblaient justes en effet à ce moment-là.

— Auriez-vous changé d'avis?

— Il s'est produit un phénomène de rémanence à partir du milieu familial, d'ordre affectif, j'imagine. Et puis il y a eu le rôle du Slur dont nous n'avons à peu près rien extrait. Enfin l'environnement terrien que nous connaissons mal. Tous ces éléments ont fini par troubler la symbiose.

— En somme, vous craignez qu'il ne se développe un conflit violent, je veux dire incontrôlable par l'Homologue?

— Ce conflit s'est produit il y a quelques jours et

nous l'avons contrôlé. En partie, du moins. Vous savez qu'avec les Humains il subsiste toujours un petit risque d'erreur que nous n'avons jamais pu éliminer et qui vient de leur nature animale. Cependant, dans le cas de Dreik, la marge de sécurité reste suffisante. Dans dix jours, il sera condamné et vous connaissez le système terrien, refonte de la personnalité, rééducation, etc. Ils se moquent de l'intégrité de l'être, gaspillant la substance vitale et les expressions de vie à leur manière habituelle. Autant dire qu'après ce traitement, l'ancien Dreik n'existera plus.

— Et si dans ces dix jours, au cours du procès, la Troisième Information n'était plus contrôlée par le Naguen ? Pourriez-vous immédiatement intervenir ? »

Et parce que Astreid gardait le silence : « Je pose ma question autrement : pourriez-vous tuer Dreik ? Fyra dit que si vous stimulez le Naguen au maximum vous provoquerez sa mort et par contrecoup, puisqu'ils sont liés, celle de Dreik. On raconte que vous avez déjà failli le faire sans le vouloir. C'est exact ?

— Oui.

— Si vous hésitez, pourquoi ne pas tuer le Naguen de l'Homme-Témoin ? Vous auriez ainsi une base expérimentale. Cet Homme-Témoin est insignifiant.

— Je refuse et Fyra refusera. Ces exécutions sont passibles de la Captation Totale.

— Mais il s'agit de notre peuple, de son avenir...

— La Loi n'admet pas d'exception. S'il existe un moyen d'atteindre le but sans attenter à la vie, ce moyen seul doit être employé. Or la situation du Naguen n'a rien de critique, pas plus que celle de Dreik. »

Les deux Vors s'observèrent pendant un instant. Dennast, qui connaissait la force de la Loi, s'inclina. Astreid n'en prit pas avantage. Bien qu'il sût qu'il ne pourrait changer Dennast, il dit :

— Les Humains sont agressifs mais, comme nous, ils sont soumis à des lois. L'Expansion Indéfinie est l'une d'elles. Pour nous, elle n'a pas de sens. Cependant nous devons accepter les Humains tels qu'ils sont tant que l'occasion ne nous est pas donnée de les transformer, et encore devons-nous les transformer à leur profit et non au nôtre. Nous les connaissons depuis dix mille ans et nous ne sommes jamais intervenus. Tout au plus, par le hasard de nos expéditions, nous doivent-ils quelques-uns de leurs dieux.

— La situation a changé.

— Mais la Loi reste la même. Une loi qui a fait ses preuves puisque nous sommes toujours là après trois cents millénaires. »

Dennast dit sans irritation, comme un fait déplaisant mais dont il avait fini par s'accommoder : « Vous préféreriez disparaître plutôt qu'enfreindre la Loi.

— Oui. La Loi ne peut se séparer de la vie. Pour nous, vous le savez, les deux notions se confondent. »

Oui, il le savait mais il savait aussi comme il l'avait dit à Astreid que la situation avait changé et qu'un peuple affaibli doit vivre selon d'autres lois qu'un peuple fort. A quoi bon en parler à Astreid ? Il se contenta de dire : « Depuis quelques générations, notre clan a évolué. Il ne ressemble plus au vôtre. Vous savez pourquoi et que ce changement est irréversible.

— Nous savons même qu'il ira en s'accentuant.

— Il y a quelques siècles, alors que nous étions tous identiques, nous aurions tenu sans effort l'homme à l'écart. Aujourd'hui, il nous menace. Il détruit nos machines, nos serviteurs et nos soldats. Il nous condamne à l'exil. Nous protéger ne suffit plus. Nous l'avons fait pendant des années, espérant le lasser. Maintenant notre clan a décidé de remporter la victoire...

— Je n'aime pas ce mot et quelques autres que vous avez repris du vieux vocabulaire du Trentième Millénaire. Sous le prétexte de la nécessité, cette guerre en s'éternisant a donné à votre clan une place prépondérante. Nous en sommes revenus à la conquête, à la destruction, à la violence, à tous ces jeux ridicules que nous avions abandonnés depuis si longtemps. Des jeux où votre mutation, du moins vous le croyez, nous a été utile. Mais nous ne vous suivons que parce que la Règle commande de se rallier au plus grand nombre. Cependant, il est possible qu'à un certain moment nos destins se séparent. J'en ai parlé à Fyra.

— Plutôt que la guerre, vous préféreriez vous exiler et vous mettre hors d'atteinte de ces Humains ?

— Oui. »

Astreid alla examiner le panneau de l'Homologue. Il dit : « Dreik est soumis en ce moment à de nouveaux examens. Les Hommes lui appliquent un traitement pour régénérer ses cellules. »

Dennast se pencha sur la bouche où tournait avec mollesse la substance aux coloris dérivés du rouge. Il la toucha afin de mieux l'interpréter, observa : « L'effet de ce traitement ne me paraît pas probant.

— Non. Palpez ces excroissances. En fait, c'est le Naguen qui tire profit du traitement, pas Dreik. Les Humains sont en train de nous aider et vous pouvez partir sans inquiétude sur Apsaral. Le Naguen n'aura que peu d'efforts à faire pour retenir cette Troisième Information qui vous donne tant de souci. »

Dennast se redressa. Il abattit sa seconde paupière sur son œil, la releva et l'œil éclata comme un soleil. « J'ai appris que Dreik avait demandé à leur Mémoire Centrale des renseignements sur Génova.

— Oui. Le Naguen a dû user d'une partie de sa force pour obscurcir son esprit et interdire que certaines questions soient posées.

— On m'a dit aussi que les Terriens ont essayé de supprimer Dreik.

— Querelles intérieures. Le Naguen est intervenu, enfin, je veux dire nous-mêmes par son intermédiaire. La race humaine est encore primitive. A ce propos, Dennast, est-ce que vous ne craignez pas une certaine contamination ? Les vieux ennemis finissent toujours par se ressembler. Enfin, c'est ce que prétend Fyra.

— Fyra n'aime pas le changement. Elle n'adore que l'Eternel et préfère l'exil qui va avec l'indifférence. Vous aurez tout le temps d'en parler avec elle, Astreid, l'éternité peut-être ou ce qui vous en tiendra lieu... Et ce parasite ? Il est également intervenu...

— Le Slur ? Je vous l'ai dit, nous ne savons quoi en penser. Il a toujours opposé à nos tentatives d'investigation une curieuse opacité, ou résistance si vous préférez. Ce qui est sûr, c'est qu'il paraît très attaché à Dreik et à sa sauvegarde, ce qui ne peut donc que favoriser vos plans... »

Dennast s'en alla. Astreid se pencha par une des ouvertures du bâtiment. Il pensa : « Dennast veut sacrifier l'Homme-Témoin. Quelle inconvenance ! » Il en parlerait à Fyra. Elle aussi condamnait l'agressivité des Positifs, les Vors +, comme ils avaient décidé de s'appeler avec une ridicule suffisance. Bien entendu, il les comprenait, et Fyra aussi, mais ils n'étaient plus jamais à l'aise avec eux. Jusqu'à leur langage qui différait. Ils employaient les mêmes signes et cependant le sens en était devenu subtilement différent, comme si leur nouvelle nature, la force qui les imprégnait s'étaient glissées dans les mots.

Les examens durèrent neuf jours. En dépit des soins, l'état de Dreik ne s'améliora pas. Il souffrait toujours de violentes migraines, de contractures musculaires douloureuses et ses cauchemars étaient fréquents, bien qu'aucun ne fût aussi net que celui qu'il avait eu à Kuala-Hori. En revanche, deux de ces cauchemars, prenant l'allure d'hallucinations, survinrent à l'état de veille, mais ils étaient confus, succession d'images incohérentes à demi superposées qui ne lui laissèrent qu'une impression d'étrangeté et amenèrent à penser que son esprit était dans un chaos proche de la démence.

Les Analyseurs, nourris de ces images, n'en tirèrent à peu près aucune conclusion, sinon qu'elles pouvaient avoir pris naissance dans des souvenirs anciens de Dreik relatifs à ses périples d'Investigateur Spatial et qu'elles ne faisaient qu'exprimer, par leur incohérence même et un vague aspect conflictuel, la culpabilité que l'on décelait à d'autres niveaux.

Le troisième jour, Dreik fut isolé dans son appartement. Il n'eut plus le droit d'en sortir librement et on lui retira tout moyen de communication avec le monde extérieur, y compris par les récepteurs Trid. On justifia ces mesures en disant qu'on voulait le soustraire à des influences qui pouvaient troubler les recherches. Les visites furent interdites, sauf celles de son avocat, et le garde qui lui apportait ses repas reçut l'ordre de ne plus répondre à ses questions.

Dreik ne souffrit pas de cet isolement. La maladie l'occupait tout entier et il ne demandait plus aux médecins du Centre de le guérir mais simplement de le soulager par leurs drogues anesthésiantes. Il était maintenant certain qu'ils ne pouvaient rien faire depuis que le Synthétiseur Médical, interrogé sur la thérapeutique à appliquer à ses maux, avait gardé le silence, son signal sonore bloqué sur la position « Néant », et son indicatif lumineux en position clignotante jaune, ce qui signifiait : « Mort éventuelle hors de contrôle ».

Le sixième jour, en se rendant au laboratoire, Dreik eut sa première syncope. Elle ne dura que huit minutes, et dut rompre, pensa-t-on, une quelconque barrière que Dreik dressait depuis son retour contre les psychologues — telle fut du moins l'opinion de ceux-ci — car l'examen qui suivit fit apparaître de nouvelles images. Elles montraient une Structure Volante vor déployant son fragile bâti contre le ciel et un navire inconnu de moyenne dimension qui grossissait rapidement. Sa proue ouverte comme une mâchoire, il ressemblait à un squale se jetant sur sa proie.

Les analystes en conclurent qu'ils venaient d'assister à la capture de Dreik, qu'elle avait été moins soudaine qu'il ne l'avait laissé entendre et qu'en conséquence il aurait eu le temps nécessaire pour se détruire avec son appareil ainsi qu'il en avait le devoir.

Mis devant ces images, Dreik admit sans difficulté que son manque de courage pendant ces instants-là, ou quelque autre intention qui restait à découvrir, était probablement à l'origine de son complexe de culpabilité. Il en parut soulagé, selon le procès-verbal, comme s'il avait craint que sa culpabilité eût une autre origine.

On nota aussi qu'à partir de cette révélation, son attitude fut plus détendue et son humeur moins sombre. Deux psychologues suggérèrent alors que

Dreik subît une syncope artificielle afin d'aller plus loin dans une voie qui semblait fructueuse. La proposition fut repoussée, même par les observateurs médicaux de l'Armée. Elle contrevenait, dirent-ils, aux règles de la sécurité personnelle.

Cependant, on eut recours à une activation cérébrale par champ stimulé, vieille méthode reprise des électrochocs. La stimulation échoua. Elle provoqua des désordres hallucinatoires mineurs qui montrèrent chez Dreik des symptômes de régression et se traduisit finalement par une nouvelle chute du quotient intellectuel déjà réduit. On abandonna donc pour en revenir à la méthode plus classique dite « d'introspection à niveaux communicants ».

Enfin, le onzième jour, après le rapport des synthétiseurs, les spécialistes et experts divers annoncèrent que leur enquête était terminée, qu'elle avait donné d'excellents résultats, inespérés même, et que Dreik pouvait maintenant passer en jugement, l'infraction au Code de Niveau Global A étant définie avec précision. Quelques-uns dans leur for intérieur pensèrent que s'il devait être jugé, le plus tôt serait le mieux, en raison du délabrement physique et mental du sujet, qui laissait prévoir une issue pénible. Ils s'arrangèrent pour le faire comprendre aux autorités qui approuvèrent vivement. Elles annoncèrent le procès pour la semaine suivante. Tout le monde fut satisfait, à commencer par les citoyens des 28 Planètes que les mass media ne cessaient d'entretenir de la guerre, des Vors et de l'étrange aventure de Dreik, cet ancien pilote autrefois héroïque qui avait séjourné sur le territoire de l'ennemi et avait peut-être livré les secrets de la Roue.

A vrai dire, le procès, retransmis dans quatre milliards de foyers, fut décevant. D'abord à cause de Dreik. On attendait un héros, on ne vit qu'un homme d'âge moyen au visage las et creusé, de haute taille, bien sûr, les épaules larges, ainsi que doit être un beau spécimen terrien, mais la taille se voûtait, les épaules étaient creuses et l'œil du héros manquait de flamme. Ensuite les dépositions des analystes, amalgame de chiffres, de termes techniques, de projections de diagrammes et autres schémas scientifiques qui, elles, manquaient de sel.

Heureusement tout changea le second jour quand intervint le Protecteur, sorte de procureur du Gouvernement Planétaire. Cet homme qui par devoir n'était pas indulgent exerçait une profession qui allait comme un gant à son tempérament d'inquisiteur. Il mordit d'emblée, ce qui donna du piment à des débats jusque-là languissants.

— Dreik, les dépositions et les films montrent que vous avez vu arriver le navire vor qui devait vous capturer. Il est évident que c'est dans le viseur de votre U.S. 23 que vous avez découvert l'appareil ennemi et que votre mémoire a fixé l'image que nos spécialistes ont réussi à isoler. Voici ma question : pourquoi n'avez-vous pas détruit votre vaisseau et votre personne ainsi que le Code Militaire l'ordonne ? Il y a d'innombrables exemples de ces destructions volontaires.

— Je ne sais pas ce qui s'est passé.

Le défenseur de Dreik intervint :

— Peut-être a-t-il essayé de détruire l'U.S. 23 et le système n'a pas fonctionné ? On peut aussi imaginer que ce système a été neutralisé par les Vors.

— Nous avons examiné l'appareil. Il était en parfait état. En outre, même s'il avait été neutralisé, rien n'empêchait Dreik de se suicider. Ainsi que tous les pilotes, il disposait de capsules d'Orgh qui provoquent la mort en quelques secondes, détruisant simultanément les cellules cérébrales de façon que l'ennemi ne puisse en tenter le déchiffrement sur la dépouille... Que pensiez-vous des Vors, Dreik ? Je veux dire avant votre capture. Les haïssiez-vous ?

— Je ne peux pas parler de haine. Je faisais la guerre, rien de plus.

— Sans ardeur, je vois. Pensiez-vous, comme certains soldats, suivant une opinion hélas trop répandue, que les Vors ne menaient qu'une guerre défensive, et qu'en somme c'est nous qui avions envahi leur territoire ?

— Je l'ai parfois pensé. Nous connaissons peu de mouvements offensifs vors, même quand la situation le permettait.

— Excluez-vous un mouvement de curiosité de votre part qui vous aurait amené à vous laisser capturer plutôt qu'à vous anéantir, mouvement légitimé par vos convictions et qui s'accorderait avec votre profil psychologique ? Attention, Dreik, je ne parle plus là de peur ou de lâcheté.

— C'est possible, mais pourquoi le Slur qui m'accompagnait n'en garde-t-il pas mémoire ?

— Nous l'avons fait interroger de nouveau par les siens. Je vais vous donner lecture du rapport : « Le Slur, personnalisé Er-Mor-Ecshowl par ses semblables, ne garde aucun souvenir de ces moments, ce qui pourrait être vrai. Cependant, il a peut-être adopté cette attitude pour protéger l'Humain auquel il était très attaché, le cas est fréquent. Certains indices nous font pencher vers cette interprétation. » Voulez-vous connaître ces indices, Dreik ?

La question n'était que de pure forme car le Protecteur poursuivit sans attendre :

— Selon le rapporteur, on connaît peu d'exemples de ce que j'appellerais des « trous de mémoire » chez les Slurs et quand ils se sont produits, ils ont toujours été suivis de troubles importants et durables, tant la cohésion de ces êtres est grande. Or le Slur ne présente aucun de ces troubles. En revanche, il a refusé de se prêter à ce que ceux de son peuple qualifient « d'inventaire exhaustif ». Il en a le droit, bien entendu, mais qu'il l'exerce dans une situation si grave est suspect. Enfin, dernier indice, votre Slur a des souvenirs de Vor, sans intérêt pour nous du reste, ce qui prouve que l'attaque de l'U.S. 23 n'avait pas endommagé ses circuits sensoriels.

Dreik objecta :

— Nous connaissons mal le pouvoir des Vors, autant sur les humains que sur les Slurs.

— D'où peut-être votre curiosité pour les mieux connaître. A ce propos, vous avez passé quatre mois sur la planète des Vors. Vous n'en avez rapporté que peu d'informations...

— Les conditions de mon incarcération...

— En revanche, il est à peu près acquis — et vous n'allez pas le nier, vous qui parlez du pouvoir vor — que nos ennemis ont pu mettre votre cerveau au pillage et en extraire ce que vous saviez sur les 28 Planètes. Vous avez parlé d'une longue opération ou d'une interminable analyse qu'ils vous auraient fait subir. Qui ne comprend pourquoi nos pilotes ont ordre de se détruire avec leur navire ? Et vous, Dreik, parce que vous vous êtes laissé capturer, vous vous sentez coupable comme n'importe quel officier le serait dans votre situation. Car vous ne niez plus aujourd'hui que c'est dans cette reddition que se trouve l'origine de votre sentiment de culpabilité ?

Dreik hésita puis il fit un signe d'assentiment. Le Procureur demanda :

— Eprouviez-vous cette culpabilité avant votre capture ?

— Non.

Le Protecteur écarta les mains :

— Que vous l'ayez voulu ou non, vous avez trahi, vous avez livré aux Vors des informations peut-être inestimables. Et vous saviez beaucoup de choses, Dreik : celles qu'on enseigne à tout citoyen de Niveau Global A, ensuite ce que quatorze années de guerre vous ont appris sur nos forces, nos moyens d'attaque ou de protection. Nous ne connaissons aucun exemple d'une telle trahison. Avons-nous jamais capturé un Vor ? Non. Ils se sont toujours sabordés avec leurs navires, se résolvant en impalpable fumée quand la proximité d'une armée de la Roue leur faisait craindre d'être pris. Aucun Vor en trente-deux années de conflit n'a jamais failli à ce devoir. Aucun des nôtres non plus. Sauf vous...

Dreik écoutait avec ennui ce pompeux réquisitoire. Il pensa que le Grand Conseil avait exactement choisi le genre de Protecteur qui plaît aux foules.

Un délégué des Planètes du Second Cercle demanda la parole. Il désigna ses collègues qui siégeaient dans les cellules vitrées, chacun devant le pupitre de traduction qui lui permettait de suivre les débats et de communiquer avec les Terriens et les représentants des races non humaines. Les délégués n'étaient là qu'à titre d'observateurs et n'avaient aucun pouvoir pour juger Dreik, dont les actes relevaient du seul droit terrien.

— Protecteur... Est-ce que nous pouvons vous rappeler sans intervenir dans ce procès que d'autres sujets de la Roue ont été capturés par les Vors au cours des dernières années à l'occasion de la reconquête de deux planètes par leurs armées en Espace III ?

— Les Vors ont dévasté ces planètes pour détruire nos installations militaires et rien ne permet d'affirmer qu'ils ont fait des captifs.

— Selon les rapports des armées de Gertha et de Giendhor, c'est pourtant hautement probable. Il y avait là plusieurs savants et c'est pourquoi nous pensons que Dreik ne pouvait pas fournir aux Vors des connaissances importantes. Après tout, il n'était qu'officier...

Le Défenseur intervint :

— Nous pensions défendre cette thèse et citer les rapports de Gertha et de Giendhor.

Le délégué de Giendhor qui avait parlé, un non-humain, six bras massifs, une puissante mâchoire carnassière qui semblait lui occuper tout le visage, riait de sa vaste bouche où les dents étaient plantées jusqu'au fond du palais comme chez les requins. Il dit :

— Nous allons de présomption en demi-certitude si je comprends bien et comme on dit sur Giendhor : « Si tu ne peux venir à bout de ton ennemi, dévore son ombre. » Enfin, on ne peut s'empêcher de se dire qu'il y a quelqu'un à qui tout cela profite...

Entre ses paupières ouvertes en coup de rasoir il observait Dreik sans animosité. Ainsi que la majorité de ses collègues non humains, il pensait qu'accuser Dreik n'avait pas de sens et qu'on déplaçait le problème. « Affaires terriennes, manœuvres de Terriens », avaient-ils conclu avec irritation avant l'ouverture du procès, en apprenant que l'Armée s'était dérobée. Dreik n'avait pu avouer que ce qu'il savait, c'est-à-dire peu de chose. Au vrai, s'ils avaient exprimé toute leur pensée — ce qui leur était interdit dans le cas présent —, les non-humains auraient félicité Dreik d'avoir apporté une proposition de paix.

Ils adhéraient de mauvais gré au dogme de l'Expansion, et s'ils s'inclinaient c'était parce que les Terriens et leurs descendants étaient les plus nombreux, qu'ils occupaient onze planètes sur vingt-huit, et parce que leur technologie était la plus avancée. Associés, oui, ils l'étaient, et libres de défaire leurs liens, mais que pesaient-ils face aux six milliards d'humains, face à leurs navires, à leurs innombrables machines ? Jusqu'à la guerre qui était entre leurs mains et certains pensaient sans oser le dire : « Que sommes-nous sinon des réserves de main-d'œuvre et de matière première, des colonies que personne, pas plus nous que les Terriens, n'ose appeler par leur nom ? »

Liés par leur serment à l'Union, par ses grandiloquentes proclamations : « L'Expansion dans la Fraternité », ses slogans : « Le privilège d'hier est la norme d'aujourd'hui et la pauvreté de demain », craignant les représailles, que pouvaient-ils faire sinon suivre bon gré mal gré ?

Le Protecteur en était venu à l'essentiel.

— Et maintenant, Dreik, afin que tous en soient informés, dites-nous ce que vous savez des Vors.

Il l'avait dit, répété. Dix fois, vingt fois. Aux psychologues, aux généticiens, aux journalistes, aux Maîtres de la Guerre, aux Conseillers.

— Leur aspect d'abord...

Et à mesure qu'il parlait se construisait dans l'espace, au centre de la salle, la statue mobile qu'ils avaient créée à partir de son rapport. Les yeux jaillirent, énormes, circulaires, avec leur iris noir sur fond jaune d'or, la tête puissante encastrée dans les épaules, les membres supérieurs épais, les jambes comme des colonnes, et puis ces bizarres excroissances qui allaient d'une épaule à l'autre, la peau rêche et bleuâtre.

— Approchez-vous de cette image, Dreik...

Il fit deux pas en direction du Vor reconstitué. C'était cela qui fascinait, l'énormité de la stature, haute de trois mètres, l'ampleur du torse, et le pilote, cependant de belle taille, avait l'air d'un enfant fluet auprès de ce géant craquant de force. Ce qui fascinait aussi, c'était ce nez crochu qui semblait sculpté dans une pierre dure au grain serré. La bouche s'ouvrit, montra un trou noir et profond et le Vor eut l'air de hurler. Elle se referma avec un bruit sec.

Immobiles et comme pétrifiés de respect, tous regardaient le Vor, et à la même seconde huit milliards de spectateurs contemplaient l'être venu d'un autre monde.

— Tous avaient cet aspect, Dreik ?

— A peu près. Je crois cependant que la reconstitution exagère leur expression de force et de férocité. Les Vors m'ont paru paisibles. Ils n'avaient pas non plus cet aspect plutôt repoussant, dû à je ne sais quel artifice.

— Nous nous sommes cependant contentés de mettre vos paroles en image. Et puis, n'avez-vous pas assisté à des scènes de violence ? J'aimerais vous entendre sur ce point.

Dreik raconta. Il observa :

— Mais peut-être ne savons-nous pas interpréter cette cruauté. Elle m'a paru relever d'un rituel ou d'une attitude conjuratoire, je l'ai dit, et il est possible que la barbarie n'en ait été qu'apparente, ou nécessaire, du même ordre que celle de certaines cérémonies initiatiques.

— Nous sommes là en plein imaginaire. Ce qui est sûr, c'est que de tels actes montrent à quel point les Vors diffèrent des humains et des races que nous connaissons... Dites-nous si tous les Vors avaient cette gigantesque stature ?

— Ceux que j'ai vus, oui.

— Avez-vous distingué les Vors mâles de leurs femelles ?

— Non.

— Il est décidément regrettable que vos observations aient été si sommaires. Nous ne savons rien de leurs coutumes hormis cette barbarie que vous avez constatée et qui n'indique ni un grand respect de la personne de leurs semblables, ni un niveau élevé de société. Ceci allant du reste avec leur apparence sauvage et rude.

Le délégué de Giendhor intervint :

— Vos propos sous-entendent un racisme contre qui n'a pas l'aspect terrien. Je vous rappelle que notre poids est le triple du vôtre, nos membres supérieurs trois fois plus nombreux, et notre apparence selon vos critères n'a rien d'aimable. D'ailleurs, si j'ai bien compris la réaction de certains Humains, nous leur inspirons de la peur et parfois du dégoût.

Le Protecteur répondit :

— Vous ne tranchez pas, que je sache, la tête de vos semblables d'un coup de mâchoires, ni ne les mutilez sans raison ? Quant aux réticences nées d'un aspect différent, vous savez comme moi qu'elles sont de plus en plus rares. Ce n'est qu'une rémanence de mythes anciens et les manifestations en sont punies par la loi.

— Pourquoi faire renaître cette attitude à propos des Vors ? Parce qu'ils sont vos ennemis d'aujourd'hui ? Nous l'avons été il y a trois siècles. Qu'espérez-vous ? Provoquer l'horreur puis la haine, poursuivre donc cette guerre ?

Plusieurs délégués approuvèrent. Le Protecteur dit avec froideur :

— Ce n'est pas l'aspect seul des Vors qui nous intéresse mais leurs mœurs. Je vous le répète : aucun de vous à ma connaissance n'égorge ni ne mutile ses semblables par simple humeur ou pour satisfaire à je ne sais quel rite...

— Nous avons aussi nos caractéristiques que vous supportez parfois difficilement et que vous aimeriez voir disparaître.

Un vaste rire secoua le délégué de Giendhor. Il ironisa :

— La parole des Terriens est bien la plus sucrée de toute la galaxie...

Le Protecteur montra son irritation :

— L'essentiel n'est pas là. Dreik vous confirmera que nous ne pouvons pas vivre sur la planète des Vors et que, même, nous ne pouvons pas cohabiter avec eux, en raison des émanations dangereuses de leur corps. En leur présence, Dreik devait porter une combinaison protectrice.

Le Protecteur fit un signe vers Dreik qui approuva à regret. Il pensait aux objections des psychologues de la plate-forme spatiale et il avait hâte que ce procès fût terminé. Il y voyait une mascarade où on lui faisait jouer un rôle déplaisant. C'est pourquoi il dit avec brusquerie :

— Les Vors m'ont d'abord chargé d'un message de paix. Quant à leur attitude, elle ne fut jamais hostile.

— Ces Vors, Dreik, étaient-ils nombreux ?

— Je n'en ai vu que quelques-uns mais j'ai passé l'essentiel de mon temps dans une cellule.

— En somme, ils ne vous ont jamais traité en égal. Ils vous ont emprisonné, ils ont fait sur vous des expériences qui vous ont diminué. Votre quotient intellectuel est tombé de quarante pour cent et, de Classe A, vous êtes tombé en C. Autant dire qu'aujourd'hui vous ne pourriez plus exercer votre métier d'Investigateur ainsi que beaucoup d'autres. J'ajoute que le rapport médical sur votre santé est attristant. Voilà donc le résultat de quatre mois de séjour sur Vor et, votre état physique et mental ne cessant de se dégrader, qu'en sera-t-il dans trois mois, dans un an ?

Dreik ne répondit pas. Le délégué de Giendhor le fit à sa place.

— Si je comprends bien, vous, Terriens, êtes en train de juger un malade à l'esprit affaibli en l'accusant d'une douteuse trahison ?

— Quand Dreik a trahi, il était sain de corps, et son quotient mental était à son plus haut niveau, celui d'un officier de la Roue.

— En résumé, vous accusez un tigre mais c'est un mouton que vous jugez. Votre justice nous déconcertera toujours. Enfin, cela n'est pas notre affaire. Ce qui nous intéresse, ce sont les conclusions que vous tirerez de l'incarcération de votre accusé.

— Dans un tel cas, seul le peuple souverain est habilité à tirer des conclusions.

Le délégué de Giendhor croisa quatre de ses bras pour montrer ce qu'il pensait du peuple souverain. Plusieurs représentants l'approuvèrent. Le Protecteur dit :

— Je vous rappelle que vous êtes ici à titre d'observateurs et non de censeurs.

— Observateurs mais pas complices...

Le Protecteur ignora la mise en garde. Il se tourna vers Dreik :

— Vous avez vu peu de Vors mais cela ne va-t-il pas de pair avec le faible nombre que vous avez combattus pendant vos quatorze années de vie militaire ?

— Ce nombre suffisait pour nous tenir en échec.

— Vous oubliez nos victoires, les planètes occupées et cette offre de paix qui nous est si favorable. Autant de signes d'une certaine faiblesse.

L'intention était si lourdement soulignée que Dreik resta silencieux. Il regardait l'énorme reproduction du Vor, plantée à trois pas de lui, à qui les cameramen donnaient vie par une ébauche de mouvement, un tressaillement, un subit éclat dans les yeux. Il pensa : « Ils n'avaient pas cet air d'arrogance et le regard que certains ont posé sur moi n'était pas malveillant. »

Il massa sa nuque douloureuse. Le Protecteur parlait, montrait l'ampleur de sa trahison. Dreik l'écoutait à peine. Il entendit : « ... allié du pire ennemi que... » et haussa les épaules. A gens stupides, arguments imbéciles. Mais étaient-ils si stupides, si faciles à manipuler ?

On parla de ses tendances souvent marginales, peu coopératives, on parla même de sa jeunesse et de ses parents, de son père qui...

A partir de là, Dreik n'écouta plus, pas plus qu'il n'écouta les arguments attendus de son défenseur. Celui-ci, un vieil Africain vigoureux, tenta de rétablir la vérité. Il usa du bon sens, qui manque souvent de séduction et ne vaut pas la passion. Il montra comment le traité était une main tendue, comment Dreik aurait dû être remercié, loué. Il rappela les millions de morts, humains pour la plupart. A cause de Dreik, dit-il, une guerre de trente-deux années allait prendre fin.

Le Protecteur écoutait, indifférent. Quant aux délégués des Planètes du Second Cercle, ils étaient partis, sauf trois d'entre eux qui bavardaient par l'intermédiaire de leurs appareils, sans se soucier des paroles de l'avocat.

Le Président qui, conformément à la règle, n'était pas dans la salle pour les procès de grande audience, avait suivi les débats devant la Trid. Il n'avait qu'un rôle d'observateur ou accessoirement d'arbitre.

Il annonça que le jugement serait rendu dans les

trois heures suivantes après consultation des Humains. Il demanda à ceux qui étaient devant leur récepteur d'attendre au moins quarante-cinq minutes avant de rendre leur sentence et rappela qu'ils pouvaient faire repasser n'importe quel moment du procès en pressant les touches de rétrosélection et poser les questions qui leur sembleraient utiles par le Canal Central ou, pour les points de droit, à Mémoire I et à ses banques locales.

Entre 17 heures 30 et 18 heures, les 2 milliards 700 millions d'Humains âgés de plus de 23 ans exprimeraient leur jugement par les émetteurs de la Trid. Ils devraient répondre à deux questions : 1°) Dreik est-il coupable ? 2°) Quelle peine lui infliger s'il est coupable ?

Dreik regardait distraitement les caméras qui couvraient le plafond, les murs et une partie du sol. Leurs milliers d'yeux télescopiques prenaient les gens et le décor sous tous les plans pour recréer en trois dimensions le spectacle qui était digéré, reconstitué par les machines souterraines, découpé en tranches agrémentées de revues et injecté de la ration habituelle de messages « sub », de flashes militaires ou d'informations et de commentaires pour les trois niveaux.

Dreik fut reconduit dans son appartement où on lui apporta un repas. Il n'y toucha pas, prit un comprimé de Floxal contre la douleur et entra dans la cabine de massage automatique. Ensuite, il demanda un verre d'alcool de Rouang, un maïs d'Ura, nocif pour la santé mais agréable au palais et réputé pour chasser les idées sombres.

Assis dans un fauteuil, le corps aussi las et sensible que d'ordinaire, il étendit ses jambes, et but à petites gorgées son verre d'alcool. Bien qu'il eût de plus en plus de mal à coordonner ses idées, il s'y efforçait. Il se dit ironiquement : « J'ai passé ma vie d'adulte à m'efforcer : m'efforcer de comprendre, de me soumettre, d'espérer, m'efforcer de bien faire mon travail... »

Son esprit s'enlisait. Déplacer quelques idées banales lui donnait l'impression de manipuler des pavés avec des mains engourdies. Il luttait de son mieux, comme il l'avait toujours fait, et l'effort était si violent qu'il haletait. Ils le déclareraient coupable. Il savait comment ils étaient toujours partagés entre la peur de perdre ce qu'ils possédaient et une sentimentalité à fleur de peau. Il n'y a pas de liberté ni de bonté véritables chez ceux que l'avenir effraie. Ils avaient vu la reproduction du Vor et ils avaient eu peur. Toujours la peur. Et quand ils avaient peur, quand on menaçait leur agrément ou leur sécurité, ils devenaient impitoyables. Bien sûr, il y avait les autres, quelques centaines de millions. Ceux-là n'étaient pas dupes mais que pourraient-ils faire ?

Dreik pensa : « Ils voteront ma restructuration. » Car on ne châtiait pas, on remodelait. A cette évocation, sa chair se resserra, rentra en elle-même. Une méthode sans douleur, disaient-ils. Ils réprouvaient la souffrance, le châtiment. Ils étaient charitables. On leur avait appris que punir était inutile, peu efficace, que mieux valait éduquer, remettre sur la bonne voie. « Restructurer », un mot pas déplaisant, positif même. Ils évitaient de penser trop loin, trop vivement. Mais le coupable arraché de lui-même, sa personnalité extirpée comme une tumeur, un organe malade, le condamné récuré, gratté jusqu'à l'os ? Ils ne voulaient pas le savoir. Une autre vie qui commence, disaient-ils, un procédé très propre, très humain, tout à fait dans le sens du progrès.

Voilà ce qu'ils pensaient en ce moment, assis confortablement devant leur Trid, pressés de se montrer justes mais tout ensemble indulgents, compréhensifs, pas des barbares mais des hommes hautement civilisés, solidaires, conscients de leurs semblables. Pressés aussi, le devoir accompli, de retourner à leur vie personnelle, à cet abri qu'ils s'étaient aménagé au creux du système, à cet interminable chapelet de bonheurs grands et petits — car ils étaient heureux, ils le proclamaient bien haut — qui, espéraient-ils, les mèneraient jusqu'au terme, pas à la mort, non, ils avaient horreur du mot, entraient en crise dès qu'on le prononçait à leur propos — n'étaient-ils pas sains, jeunes de corps et beaux jusqu'au dernier jour? —, non, pas à la mort mais à ce désert vague et noyé de brume où finit la vie.

Il se disait: «Peut-être ce mal que j'ai pris sur Vor me mènera-t-il à la mort. Je souhaite parfois mourir mais ce n'est qu'un souhait en l'air, pas sincère, et il ne faut pas, même s'il ne me reste que peu de temps, quelques semaines, qu'ils détruisent avec leurs drogues et leur chirurgie ce que je suis depuis un demi-siècle pour le remplacer par je ne sais quelle structure placide et routinière.»

Son esprit était soulevé par cette force qui fait de la pensée une prière, une imploration, et il se représenta si vivement ce qui l'attendait, il en fut si désespéré qu'il se dressa d'un bond. Alors il marcha à travers la pièce, tenant sa nuque douloureuse, secouant parfois la tête avec brusquerie, las et nerveux, au bord de la panique, brassant dans son esprit rompu des lambeaux tourbillonnants qui étaient des cris, des révoltes, rien de cohérent, seulement la grinçante rumeur de son cerveau démoli et rempli de terreur.

Ils vinrent le chercher à dix-huit heures. Les trois milliards de réponses étaient tombées par l'intermédiaire des Trid dans les circuits des machines. Il ne s'était pas trompé. «Coupable? Oui. A une majorité de 57 %. Peine? Restructuration à 51 %.»

Dans la salle où ne restaient plus maintenant que le Protecteur, Dreik et son défenseur, la voix du Président annonça la peine. Dreik était si loin dans la fatigue, le désespoir, qu'il enfouit son visage dans ses mains et des milliards de spectateurs regardèrent cet homme vieilli qui pleurait sur sa prochaine destruction. Le défenseur toucha son bras. Il allait dire les paroles d'usage quand la voix du magistrat anonyme retentit de nouveau. Impersonnelle quelques instants plus tôt, elle frémissait en annonçant:

— Le Service Juridique de Mémoire II met son veto à la sentence prononcée par le peuple. Motif : aucune preuve valable n'a été présentée contre l'accusé. Il ne s'agit que de présomptions. En conséquence, Dreik sera remis en liberté. Cependant, pour des raisons de sécurité, il pourra être provisoirement assigné à une résidence de son choix et protégé.

La Machine cassait rarement un jugement. Elle ne le faisait que lorsque les magistrats — ou la voix populaire dans les procès importants — avaient contrevenu à un article du Code et sa décision était alors sans appel.

A partir du procès, les événements allèrent très vite. Les Trid qui donnaient un journal d'information toutes les heures accueillirent avec des cris la remise en liberté de Dreik. On rappela qu'il avait été relevé de son commandement pour insoumission et plusieurs officiers qui l'avaient connu vinrent témoigner de ses opinions. A vingt ans, disait-on, il contestait déjà le programme de l'Union, en critiquait les intentions libérales et montrait d'évidentes tendances régressives, réclamant le démantèlement des 28 Planètes Associées, un retour à des gouvernements indépendants et une structure souple des conventions plurilatérales. Et surtout, en tant que membre actif du 1er Millénaire, il demandait qu'on révise la Loi d'Expansion et le statut des retraités qui étaient — prétendait-il — la source de tous les maux de la Roue et l'écran de fumée qui empêchait de les voir clairement, donc de les guérir.

Les commentateurs glosèrent à l'infini sur les déviations de Dreik. Ils prouvèrent que la Machine Juridique — qui n'était qu'une machine — avait été nourrie d'informations insuffisantes. Dreik n'aurait jamais dû être jugé par un tribunal terrien mais par une cour martiale. N'était-il pas officier au moment de sa capture ? La loi ne souffrait pas d'exception : il devait se détruire avec son appareil. A cause de son penchant bien connu à l'insoumission, il s'était livré à l'ennemi, en conséquence de quoi, par application pure et simple des textes militaires — n'avait-il pas reconnu sa culpabilité ? —, il devait être dégradé puis exécuté ou intégralement restructuré. Ils concluaient : « Finissons-en avec Dreik avant d'en finir avec les Vors. »

Mais ce qui compta beaucoup plus que ces attaques, ce furent les manifestations populaires. Elles éclatèrent dès le lendemain du jugement et devinrent vite incontrôlables. On ne fit rien non plus pour les contrôler. A l'origine, la reproduction du Vor. Elle avait provoqué la terreur, particulièrement dans les provinces africaines et américaines où vivaient plus d'un milliard de retraités. On avait passé et repassé le Vor sur les chaînes Trid. On avait même diffusé des feuilletons hâtivement faits où les Vors reproduits puis animés à l'image de celui du procès étaient présentés comme des créatures impitoyables, et immanquablement dans ces feuilletons un héros plein de feu jouait le rôle que Dreik n'avait pas su remplir.

Dans chaque foyer, plus présent qu'aucun vivant, le Vor se dressait, irradiant la force et la cruauté. Cette image faisait resurgir tous les mythes enfouis dans la mémoire de l'espèce et avec eux la peur et la haine. Le raisonnement ou le bon sens étaient impuissants à enrayer cette vague de folie. Certains rappelaient que différence ne veut pas dire menace et que les Terriens vivaient en bonne intelligence depuis des siècles avec des êtres qui ne leur ressemblaient en rien. Rien n'y fit et quelques-uns dirent tout haut que l'homme n'avait décidément pas changé et qu'il adorait autant qu'avant Apocalypse I fabriquer des démons afin de mieux céder à la part destructrice et meurtrière de sa nature.

Ceux-là — mais cette fois, ils le gardèrent prudemment pour eux — pensaient que la propagande de l'Union était responsable de cet état de choses. Tout y concourait, depuis les émissions trid qui ne cessaient de présenter des spectacles guerriers où on glorifiait le courage terrien, celui d'hier, d'aujourd'hui, et même celui de demain, et derrière, toujours sous-entendu, le Dogme de l'Expansion, camouflé pour les besoins de la cause sous les noms doux à entendre de sentiment de l'honneur, de progrès, de défense de l'opprimé, de justice ou d'affranchissement des peuples primitifs, les expressions ne manquaient pas, il en existait des dizaines, toutes aussi flatteuses.

Beaucoup n'étaient pas dupes, bien sûr. Quoi de plus vulnérable, rappelaient-ils, qu'un homme entouré de mille biens, protégé de toutes parts, rassuré à chaque instant ? Pour l'apeurer, il suffit de brandir le fouet, de menacer cette tranquillité. Alors le mouton devient enragé. On laissait dire ces froids objecteurs, on les approuvait même — l'homme était libre, n'est-ce pas ? —, certain que le moment venu personne ne les entendrait.

Ceux qui menaient le jeu savaient que pour le plus grand nombre il ne s'agit pas de comprendre mais d'être satisfait et que plus on est satisfait moins on a envie de comprendre. C'est pourquoi ils croyaient si fort au suffrage populaire et y voyaient le meilleur des modes de gouvernement. Ainsi que le confiait l'un d'eux : « C'est un système tout terrain. Il a fonctionné pendant des siècles à base d'ignorance ou d'imbécillité. Aujourd'hui où les gens sont plus éclairés on le fait marcher à la peur. Je me demande quel nouveau carburant nos successeurs découvriront. »

Les premiers cris de « Guerre Brisante » et « Mort aux Vors » retentirent dans les grands parcs de retraite africains et chez les peuplements terriens des Planètes Extérieures.

Dans les camps de Formation asiatiques, les jeunes défilaient par millions mais en silence, et c'était impressionnant de les voir s'engouffrer en épaisses colonnes, visages tendus qui plongeaient dans le néant, pour être remplacés interminablement par d'autres visages. Et derrière les premiers rangs, accompagnés du bruit sourd des bottes à semelles d'amiante, la perspective jusqu'à l'infini des colonnes par rangs de seize, un raz de marée de casques d'écoute noirs et de regards identiquement fervents.

Les Partisans de la Paix si nombreux quelques semaines plus tôt tentèrent bien de monter des contre-manifestations mais elles manquèrent d'envergure. Les rangs s'en étaient éclaircis. Seuls quelques-uns s'obstinèrent sous l'œil placide des policiers qui, pas plus qu'au temps de leurs grandes manifestations, ne tirèrent leur arme de l'étui.

En revanche sur les planètes non humaines, défilés et déclarations se succédaient et tous étaient favorables à la paix avec les Vors. Ils l'étaient avec tant d'insistance que le Coordinateur dut annoncer qu'une réponse serait bientôt donnée à la proposition d'armistice, ce qui provoqua sur Terre une tempête de protestations à travers les Trid. A sa manière simple et sans éclat, le Coordinateur dit que cette guerre devait prendre fin. D'une manière ou d'une autre, ajouta-t-il, et ce serait le peuple seul, comme toujours, qui déciderait.

En regagnant les coulisses, le Coordinateur demanda à son secrétaire :

— Où en sommes-nous ?

— 48 % sont favorables à la Guerre Brisante, 24 % hésitent ou sont indifférents, le reste...

— Et les Planètes Extérieures ?

— Contre la guerre à 64 %.

— Ce qui ne veut pas dire que les 34 % restants soient favorables à la guerre. Il faut attendre...

— Et accepter l'offre d'armistice ?

— Comment faire autrement ? Nous ne pouvons que remettre à plus tard, atermoyer... Oui, il faut attendre. Attendre et espérer. La Terre est pauvre, épuisée et les planètes à populations humaines ne valent guère mieux. Les matières premières sont entre les mains des non-humains et ils savent si bien qu'elles nous sont indispensables que certains délégués parlent de rupture si nous n'acceptons pas la paix vor. Je crains de leur part un chantage.

— L'armée voit la victoire à notre portée.

Laesob murmura « oui » du bout des lèvres. Il dit :

— L'armée... Non, il faut attendre... Espérer un incident qui retournerait l'opinion sur les planètes non humaines.

— Pourquoi ne pas le provoquer?

— Nous y avons pensé mais les planètes du Second Cercle participent à la guerre. Elles ont des observateurs dans toutes nos armées, commandent des navires, administrent des bases. Pour nous assurer de leur appui, nous avons voulu qu'elles soient engagées dans ce conflit autant que nous le sommes. Il a fallu des années de cajoleries et de menaces pour en arriver là, et si nous provoquons un incident, elles crieront aussitôt à l'intrigue, à l'impérialisme. Nous ne pouvons rien faire. Dreik a rempli son rôle, mieux même que nous ne l'espérions.

— A part cette décision de la Machine Juridique.

Le Coordinateur sourit.

— Cette décision est excellente, aussi avons-nous tout fait pour l'obtenir. Nous n'avions pas besoin d'un Dreik transformé en victime, et ce n'est pas mauvais, bien au contraire, que le peuple ait été frustré de sa décision. Les gens frustrés cherchent toujours une compensation. Il leur faut une revanche. Les citoyens restent persuadés que le bon droit est de leur côté et que Dreik est coupable. Quant aux non-humains, ils ne voient chez ce bâtard de pilote que le porteur d'un message de paix. Il faudrait trouver l'argument qui les arrache à leur indifférence...

Il dit, la voix tranchante:

— L'Armée a raison, la victoire est à notre portée, tous les rapports concordent. Les Vors sont à bout de souffle, affaiblis par je ne sais quelle malédiction, quelle impuissance qui tient à leur race ou à leur civilisation.

— Et si cette conquête ne menait nulle part qu'à de nouvelles terres stériles ou trop lointaines?

— Ce ne serait pas nouveau. Les conquêtes sont souvent encombrantes mais la victoire vaut d'abord parce qu'elle est victoire et source d'euphorie. Et certains des problèmes de la Roue, simplement parce que nous aurions gagné, seraient plus faciles à résoudre... Celui des Planètes du Second Cercle, par exemple. On hésite à lâcher les vainqueurs.

— Et un traité de paix s'il est avantageux ?

— Ce serait un coup d'arrêt définitif à l'Expansion et aussi l'aveu que nous ne sommes pas les plus forts. Evidemment, nous savons tous ici que le dogme de l'Expansion n'est qu'un artifice. Ce n'est pas par la conquête et l'accroissement territorial qu'il vaut mais par la tension qu'il maintient à l'intérieur de la Roue, par toutes ces contraintes nées de la nécessité, par son dynamisme et sa vitalité. Les Humains sont des êtres exigeants. Ils ont toujours demandé beaucoup d'entretien... Mais pour en revenir à votre question, je ne suis pas sûr que le traité que nous proposent les Vors nous soit favorable. Rien ne les empêchait en effet de prendre contact avec nous sur un astéroïde neutre d'Espace IV. Ils ont préféré choisir Dreik et rester pour nous des inconnus. Or que savons-nous d'eux à part ce que nous a raconté ce pilote et qui est peut-être faux ? Il y a dans toute cette affaire quelque chose de suspect, Gessler avait raison. Nous avons mis les machines sur cette histoire. Elles donnent de bien étranges réponses... J'aimerais que Gessler les étudie. Il est de bon conseil. Et puis il déteste les Vors autant qu'il aime la Roue. Il ne peut plus nous gêner maintenant. Faites-le rappeler...

L'officier demanda : « Vous souhaitez vraiment aller à Kuala-Hori ? »

Dreik garda les yeux clos. Le médecin, une Européenne, vérifia si la chaîne de minuscules implants était bien fixée sur le bras de Dreik. Elle adressa une petite grimace inquiète à l'officier qui dit : « Nous vous donnerons une escorte, mais qui assurera ensuite votre sécurité ? Nous aurions préféré que vous restiez pendant quelque temps dans un de nos camps. »

Dreik ouvrit les yeux. Il se redressa avec peine et murmura, la voix pâteuse : « Kuala-Hori. » Il se leva maladroitement sous l'œil froid de l'officier. L'Européenne rangeait dans sa boîte le trièdre d'examen.

Elle dit sèchement : « J'espère que vous lui donnerez les soins prévus. Ils sont fréquents et minutieux.

— Nos médecins sont compétents. »

Ils sortirent. Dreik alla à la fenêtre. Dans le couloir, la femme et l'officier chuchotaient mais il n'essaya pas d'entendre, uniquement occupé par ce qui se développait dans son corps. Un mot passa à deux reprises : « mort... mort » que l'officier accueillit chaque fois par un silence que Dreik savait poliment indifférent. Il pensa : « Moi aussi, je suis indifférent. » Brusquement, malgré la distance et l'épaisseur du mur, il entendit chaque mot. Il pensa : « Ils oublient toujours que mon ouïe est hypertrophiée. Même leurs médecins. » La femme disait : « Un sursis de deux, trois semaines et puis ça sera atroce. Qu'on n'hésite pas à lui donner massivement des analgésiques. »

L'officier revint. Il ne frappa pas avant d'entrer, observa Dreik d'un œil critique. « Il sera fait comme vous le souhaitez. Vous pourrez partir aujourd'hui mais nous attendrons la nuit. »

Il expliqua, bien que Dreik fût au courant : « Nous éviterons ainsi les manifestations. Ils sont des milliers entassés dans les rues autour du Polycentre.

Dreik entendait distinctement leurs cris et parfois, tant son ouïe était aiguisée, il les aurait crus derrière la porte.

— A quelle heure me prendrez-vous ?

— Vers minuit. Vous serez à Kuala-Hori à l'aube.

— Allez-vous-en maintenant, je désire me reposer.

L'officier hésita, une réflexion blessante au bord des lèvres mais son regard rencontra celui de Dreik. Il se contenta de sourire avec dédain et s'en alla aussitôt de sa démarche nette. Dreik pensa : « Il est jeune, rempli d'ardeur. Il n'aime pas les vaincus. Il y en a des millions comme lui. »

La douleur s'était éloignée mais elle rôdait, proche. « Moi non plus autrefois, je n'aimais pas les vaincus. Je voulais absolument que le monde ressemble à ce qu'il aurait dû être. Nous portons tous, consciemment ou non, une image de la perfection. Seulement ce n'est pas la même et, moi aussi, je détestais d'instinct ce qui troublait la belle image. »

Quand la douleur revint, il resta debout aussi longtemps qu'il le put mais quand les coups de tenaille devinrent serrés, tétanisant ses muscles, il alla s'asseoir et attendit, les deux coudes arrimés aux genoux, la tête entre les mains. Il savait à peu près combien de temps durerait la crise. Ça l'aidait à tenir.

A Kuala-Hori, Dreik passa presque tout son temps couché. Chen-San l'avait installé sur sa demande dans la chambre la plus éloignée de la salle de séjour, celle qu'il avait choisie au temps de ses études quand il revenait en vacances.

Le soir, à la tombée de la nuit, à ce moment où, sans qu'il sût pourquoi, il se sentait mieux, il se levait et marchait dans le jardin, se hasardant parfois jusque sur le chemin de terre. Il voyait les quatre policiers qui étaient là pour le protéger. Ils le suivaient des yeux sans un mot, et lui non plus ne parlait pas ni ne les saluait, bien qu'il connût deux d'entre eux.

Il revenait, regardait le jardin de plus en plus négligé et l'inscription qu'ils avaient peinte la première nuit sur l'hélio de son père : « Dreik = Traître ». Il y en avait une autre barbouillée en noir sur la porte d'entrée : « Dreik = Vor ». Ses parents les avaient laissées.

Son père lui avait demandé : « Veux-tu que je les efface ? » Il avait secoué la tête. Le père avait dit : « Si j'en surprends un, peut-être que je le tuerai. » Chen-San avait approuvé. Cette femme dont la nature était essentiellement douce et conciliante s'était durcie. Elle présentait à tous un visage clos, même à son fils, qu'elle regardait pendant des heures, assise près de lui, les mains posées dans les plis de sa jupe longue, ne lui parlant à peu près jamais, ou juste pour lui demander s'il désirait quelque chose.

La nuit, Dreik savait qu'elle quittait sa couche et restait longtemps à la porte de sa chambre et il n'entendait qu'un léger froissement d'étoffe quand elle changeait de position. Il la connaissait et il ne disait rien. Il savait que dans le chemin, les habitants du village se gardaient de l'interroger ou même de l'observer trop ouvertement.

Le second jour, après qu'on eut barbouillé les inscriptions sur l'hélio et sur la porte, des gens étaient venus crier devant la clôture du jardin. Elle avait pris le fusil de son mari, une arme qu'il avait fabriquée lui-même d'après un modèle des époques anciennes, et sans sommation, les traits rigides, elle avait tiré. Par chance, l'arme ne valait rien. Personne n'avait été blessé mais ils avaient pris peur à cause du bruit et de la longue flamme rouge qui avait jailli du canon. Ils n'étaient plus revenus, et les quatre policiers, qui étaient restés cois, se tenaient maintenant à distance.

Sven avait doucement retiré l'arme des mains de Chen-San. Il l'avait examinée, manœuvrant la culasse. Il avait murmuré sans émoi : « J'aurais juré que c'était un bon fusil. J'ai dû oublier quelque chose. En ce temps-là, ils avaient des secrets. » Il avait dit à sa femme qui regardait fixement le chemin par où les gens s'étaient enfuis en criant : « J'ai pourtant suivi à la lettre les conseils de ce manuel sur les armes de l'Ere Première. Un ou une Winchester, qu'ils appelaient ce fusil-là. »

Il avait remis le fusil dans la salle commune où il servait de décoration entre deux énormes mâchoires en fer rouillé dont personne n'avait jamais su l'usage.

Le père parlait à Dreik. Il avait encore sur le cœur ce qu'on avait dit au procès, et qu'il avait mal élevé son fils, qu'il lui avait perverti l'esprit dans sa jeunesse par ses idées rétrogrades. Il grommelait : « Quand je pense qu'ils ont rappelé devant plusieurs milliards d'hommes que j'avais été chassé de mon emploi pour attitude séditieuse, et qu'ils ont sous-entendu que j'avais raté ma carrière par manque de civisme ou peut-être de compétence. Tu ne crois pas que je devrais leur écrire, exiger des excuses publiques ? Ils n'ont pas changé. Ils t'ont abattu comme ils m'ont abattu autrefois.»

Chen-San disait, la voix exaspérée: «Tais-toi. Ne parle plus.» Il se taisait, docile, allait se chercher une petite occupation mais le cœur n'y était pas. Il revenait, disait à Chen-San qui ne répondait pas: «Je sais que je ne devrais pas me comparer à Delter, qu'il a accompli des prouesses. Nous étions tous fiers de lui. Personne n'a jamais été fier de moi. Mais si je parle du passé, c'est pour lui montrer que je m'en suis tiré, que j'ai eu une vie heureuse et que lui aussi quand cette mauvaise maladie sera finie...»

C'était au tour de Chen-San de s'éloigner. Il y avait des choses qu'elle ne pouvait pas entendre.

Un jour, le cinquième ou le sixième, Odar-San, le Chef de Zone, se présenta à la porte du jardin. Il attendit après avoir appelé que le père vînt à lui. Il refusa d'entrer et dit, tendant une enveloppe: «Je devais vous remettre ceci.» Puis, n'y tenant plus, parce que le père ne faisait aucun commentaire: «Votre fils ne fait plus partie de l'Armée. Il a été dégradé par la Commission Militaire. Cependant, consolez-vous, on lui versera une partie de sa solde.»

Chen-San qui s'était approchée pour écouter avait pris l'enveloppe des mains de son mari. Elle avait lu le verdict de la commission puis après avoir déchiré le message elle s'en était allée, éparpillant les morceaux sur les plates-bandes du jardin. Son mari l'avait suivie tandis que le chef criait: «Je rendrai compte...» Les policiers l'observaient avec curiosité, alors il était parti à grands pas.

Le lendemain ils avaient reçu le message du Slur: «Suis sur Quorox. Puis-je venir?» Dreik, qui émergeait d'une crise, le corps couvert de sueur, avait murmuré: «Qu'il vienne.» Chen-San épongeait doucement le torse de son fils. Elle avait dit: «Ils l'ont emmené pendant ton procès. Depuis ton retour, j'ai appelé Zurich III pour savoir où ils l'avaient conduit. Je voulais qu'il prenne contact avec nous mais ils n'ont rien voulu me dire... Sa présence te fera du bien. Nous parlions souvent de toi et je crois que tu n'as jamais eu de meilleur ami. »

Le Slur arriva deux jours plus tard. Dreik qui était couché lui demanda : « Ils t'ont laissé libre, toi aussi ? »

A trois pas du lit, le Slur se tenait dressé sur ses huit pattes, toutes ses facultés tendues vers Dreik. « Tu es malade, très malade. Que t'ont-ils fait ?

— Les hommes, rien. Ils se sont même appliqués de leur mieux à me soigner.

— Les Vors ?

— Qui d'autre ? »

Le Slur déversait sur Dreik ses ondes bénéfiques mais elles rencontraient quelque part un écran qui les brisait et les faisait filer en tous sens. Il abandonna et, parce qu'il émanait de son ami une vibration violemment pernicieuse qu'il recevait comme une attaque, il recula.

Dreik dit : « Je te fais peur.

— Ce n'est pas toi qui me fais peur. Tu as changé, tellement changé que je te reconnais à peine. Ce qui vient de toi est amer et souffrant, presque insupportable.

— Dangereux ?

— Peut-être. Mais d'abord insoutenable comme peut l'être le spectacle d'une souffrance ou d'un malheur que rien ne peut soulager. Quelqu'un crie vers moi, Dreik, quelqu'un de pitoyable et menaçant tout à la fois. Tu n'es plus seul, Dreik, à habiter ton corps, tu n'en es plus tout à fait le maître.

— Je ne cesse de rêver des Vors mais il y a un mensonge dans ces rêves comme si ce n'était pas vraiment moi qui rêvais.

— Je t'ai dit un jour que les Vors étaient le plus grand danger que votre espèce ait jamais affronté. »

Le Slur replia ses pattes. Il resta immobile mais il était à l'écoute de Dreik car sa membrane dorsale se gonflait et retombait sur un rythme rapide.

Dreik regardait fixement le fond de la chambre où des poussières dansaient dans un rayon de soleil. On n'entendait que sa respiration rugueuse. Il demanda :

«Tu n'as jamais voulu me dire ce qui s'est passé le jour où nous avons été capturés par les Vors. Pourquoi ?

— Ils t'auraient aussitôt livré aux militaires qui t'auraient soumis à l'Analyse Totale. Tu m'as souvent dit qu'ils ne reculaient devant aucun moyen et se moquaient des lois quand l'enjeu était décisif. C'est pour cela que j'ai fait toute cette comédie sur la plateforme. Et puis, qu'est-ce que ça voulait dire au juste, ce que j'avais vu ? Je ne perçois pas les choses comme les humains et, hormis le danger qui vous menace, je ne sais pas toujours ce qui est important pour vous.»

Dreik se redressa. «Je te connais, Vloomer. En quatre années de vie côte à côte, tu as établi un système d'équivalences.

— Valable pour toi et moi, et encore bien douteux.

— Ne fuis pas. Oui, je te connais, toi et tes dérobades ou tes silences inspirés par je ne sais quoi, la pitié, le goût de ce qui est fatal, et cette peur des innombrables échos d'un geste ou d'une parole dans les cascades du temps. Ne nie pas : tu me l'as avoué, et que tu avais toujours peur d'intervenir, d'être responsable. Il n'y a pas que tes semblables qui sont des couards, tu en es un aussi. Que s'est-il exactement passé ce jour-là, raconte. J'avais été envoyé dans ce secteur d'Espace IV, à l'intérieur de nos lignes...

— En punition, rappelle-toi, et tu n'étais pas content.

— Pourquoi ? J'ai oublié.

— Ils t'avaient envoyé là parce que tu n'étais pas d'accord avec leurs méthodes de protection sur Sherrag. Et tu le leur avais dit bien haut, à ta manière. Alors ils t'ont expédié entre Edix et Lidrelle, à patrouiller dans vingt-cinq Unités Val de vide, mis à part quelques astéroïdes qui ressemblaient à de vieilles éponges me disais-tu. Tu te souviens pourquoi tu étais furieux ?

— Non, mais j'en vois facilement la raison. Cette zone avait été conquise par notre armée six mois plus tôt. Elle se trouvait maintenant à l'intérieur de nos lignes, un de ces déserts de l'espace où personne n'avait jamais vu une Structure Volante ni un navire vor. Les vrais combats se déroulaient ailleurs, dans le système d'Urus, et c'est là qu'ils se sont déroulés jusqu'à la trêve.

— Tu avais l'impression qu'on t'avait écarté et qu'on ne voulait plus de toi. »

Dreik prit la batterie d'Analgyr. Il en posa les ventouses sur son front et sur sa nuque afin d'éteindre la douleur. Le Slur dit : « On allait, on venait. Quand tu ne passais pas ton temps à écouter de la musique actienne, tu te plaignais de ne servir à rien. Et puis le vingtième ou le vingt-cinquième jour, aux abords de Lidrelle, la Structure Volante vor a surgi. Elle a été soudain devant nous, tendue dans le ciel, m'as-tu dit, comme une toile d'araignée bleue.

« Tu étais stupéfait. Tu as cherché la seconde Structure puisqu'elles vont inévitablement par couples pour accomplir leur besogne d'anéantissement. Celle-là était seule. Tu t'es approché. Tu savais qu'ainsi isolée, elle était inoffensive, enfin c'est ce que tu imaginais, depuis le temps qu'on prétendait qu'elles ne pouvaient déclencher leur champ que groupées. La Structure s'est mise en mouvement comme si elle avait décelé ta présence et tu l'as suivie. Soudain, elle a accéléré. Tu lui as donné la chasse au lieu l'alerter la base... »

Dreik n'avait gardé aucun souvenir de ces moments-là mais il connaissait sa nature et aussi cette zone d'Espace IV. Il dit : « Le temps qu'ils envoient une équipe de Nivellateurs à trente Unités Val, la Structure vor se serait enfuie.

— Tu aurais cependant dû les avertir, je te l'ai conseillé mais tu leur en voulais encore de t'avoir mis en pénitence.

— J'imagine que je voulais surtout observer la Structure Volante et ne pas recevoir leurs ordres imbéciles qui m'en auraient empêché. Jamais personne n'avait eu l'occasion de voir d'aussi près un de ces fabuleux engins. Chaque fois qu'on en localisait une paire à très longue distance, ils libéraient leur champ, cette nappe d'énergie qui se propage à la vitesse de la lumière. Il ne restait plus qu'à prendre la fuite. Si on avait le temps. »

Le Slur demanda : « Te souviens-tu de ce qui s'est passé ensuite ? » Dreik fit un effort. Il avoua : « Je ne sais pas. Peut-être est-ce à cet instant qu'a surgi le vaisseau vor qui a englouti l'U.S. 23...

— Il n'y a jamais eu de vaisseau vor. C'est une fable qu'on t'a plantée dans la tête sur Vor, ou plus tard sur Terre au moment du procès. Non, Dreik, au lieu de s'évanouir dans l'espace ainsi qu'elles le font d'ordinaire, la Structure s'est enfuie au-delà de Lidrelle, vers le système de Yoms. Elle devait avoir une avarie car elle progressait par à-coups avec de longues phases flottantes où elle irradiait une lumière d'un blanc éblouissant. Elle a pris la direction de Yoms, cette planète qui n'a qu'une seule lune comme la Terre et qu'éclairent à peine deux étoiles rougeoyantes. »

Dreik grimaçait de souffrance. Il dit : « Appelle Chen-San. »

Elle ne devait pas être loin, elle ne l'était jamais, car elle fut tout de suite là. Elle fit à Dreik une injection dans la nuque et renouvela les implants de ses bras. Elle recommanda : « Ne parlez plus. Vous avez tout le temps tous les deux. »

Elle caressa le visage de son fils, sourit à ses traits tirés. Il dit : « C'est important. Encore quelques minutes. »

Il attendit qu'elle fût partie. Le Slur dit : « Notre civilisation n'a pas inventé les mères. Elle n'a d'ailleurs rien inventé du tout. Nous sommes les cancres de l'univers.

— Continue. Tu disais que la Structure s'est dirigée vers la planète Yoms.

— Elle est entrée dans ces épaisses nuées jaunes qui recouvrent la planète. Tu me parlais, comme tu le fais toujours à bord quand il se passe quelque chose d'insolite. A ce moment-là, il y a longtemps que tu avais immobilisé l'U.S. 23.

— Bien sûr, et j'ai dû t'expliquer qu'aucun navire ne peut approcher la planète Yoms à moins d'une demi-unité Val. Les manuels de navigation nous ordonnent de l'éviter. Que s'est-il passé ensuite ? Tu es certain que la Structure Volante s'est posée sur Yoms ?

— Posée, non, mais est entrée dans son atmosphère, oui.

— Elle a été attirée par la formidable masse de cette planète et a dû s'écraser au sol comme s'y sont écrasés plusieurs de nos vaisseaux.

— Non, Yoms n'attirait pas la Structure. Elle a marqué plusieurs pauses avant d'entrer dans ces nuées épaisses. Tu en étais stupéfait. A ce moment-là tu observais la scène dans le viseur, et tu m'as dit que c'était probablement lié au système de propulsion des Vors, différent du vôtre, que c'était une révélation, une découverte qui... Dreik, que se passe-t-il ? »

Chen-San entra dans la chambre en courant. Elle se précipita vers son fils qui gisait, la gorge renversée. Le Slur appelait de toute sa puissance silencieuse mais il ne put renouer le contact. Dreik râlait faiblement. Ses mains qui s'ouvraient et se refermaient s'immobilisèrent.

Chen-San cria plus qu'elle ne dit : « Il faut appeler Rel-Hori. Il n'y a que là-bas qu'ils peuvent le sauver ! »

Dreik était inerte, les paumes offertes, son grand corps détendu. Le Slur appelait en vain. Il s'obstina, et entendit soudain une faible réponse. Sur sa couche, Dreik avait tressailli, alors le Slur employa tous ses moyens, qui étaient grands. La substance impalpable qu'il émettait entra en contact avec quelque chose qui céda et laissa jaillir un flot tumultueux. Il se retira, effrayé, mais il revint à la charge, projetant des milliers d'éléments microscopiques qui s'ouvrirent un chemin prudent dans le corps de Dreik. Le contact s'établit de nouveau. Il se fit sur une infinité de points et ressembla à une explosion, un embrasement que le Slur, déversant des torrents d'énergie, perçut sur le plan sonore comme un cri interminable et au niveau tactile comme un lac corrosif.

Chen-San cria : « Sven, emmène-le tout de suite à Rel-Hori. Nous ne pouvons plus le soigner ici... »

Le père courait, affolé. Il saisit son fils à bras-le-corps, l'arracha et partit à petits pas raides, le dos tendu par sa charge. Tassé contre le sol, le Slur était immobile comme une pierre et sa couleur avait viré à un gris uniforme qui s'assombrissait progressivement.

Astreid observait l'écran. Il augmenta le grossissement. Une paupière s'abattit lentement sur son œil, en dissimula l'éclat, puis la paupière se retira avec la même lenteur. Des aigrettes blanches jaillirent sur son crâne. Elles s'immobilisèrent en un petit groupe scintillant.

— Appelez Dennast, l'heure est venue.

Astreid attendit, les yeux fixés sur l'écran où les cercles concentriques s'ouvraient avec mollesse. Il évalua l'Homologue dans son bloc de lumière et déplaça un levier de quelques crans. Une frange claire cerna les contours de l'Homologue. Le bec d'Astreid claqua et il remit le levier à sa première position. Dennast, qui entrait, dit :

— Que se passe-t-il ? Vous prétendiez que rien ne devait évoluer avant plusieurs jours.

— Je me trompais. La présence de ce Slur a tout bouleversé. Il dispose de je ne sais quelle arme offensive contre le Naguen de Dreik. Regardez ces émissions plus claires qui se dégagent du noyau supérieur. Elles indiquent une agression toxique. Ce Slur possède un pouvoir de dissociation cellulaire.

— Vous et Fyra l'avez eu à votre disposition et, si j'en crois vos conclusions, il s'agissait d'un être inoffensif.

— Pour les Terriens mais pas pour le Naguen qui est en train de mourir.

— Je croyais vous avoir entendus affirmer que la mort du Naguen entraînerait nécessairement celle de Dreik ?

Astreid fit apparaître une coupe longitudinale de l'Homologue.

— Regardez...

— Vous savez que je n'ai rien d'un biologiste.

Une ligne étroite se développait à l'intérieur de l'axe central de l'Homologue, un peu à la manière dont le mercure s'élève dans un thermomètre.

— La zone de nécrose s'étend et le phénomène est irréversible.

— Et Dreik ? Dreik seul m'intéresse.

— Il est vivant. Mal en point mais vivant. Les Cessaqs m'ont appelé quand la situation est devenue critique.

— Je ne connais qu'une situation critique : celle où la Troisième Information passerait. Encore que...

— Elle est maintenant en possession de Dreik, bien que je doute qu'il soit en état d'en tirer des conclusions.

— Vous m'aviez assuré que le Naguen n'aurait aucun mal à la refouler.

— Le Naguen n'est pas en cause. C'est le Slur qui a donné l'information à Dreik.

— Autant dire qu'il peut la donner à n'importe qui. Vous avez commis une faute en ne neutralisant pas cet être.

— Nous n'avions a priori aucune raison de le faire. En outre cela va contre le Principe Premier.

— Le Principe Premier ! Est-ce que nous en sommes encore là ?

Astreid ne répondit pas. Il distendit l'arborescence qui représentait le Naguen. La colonne avait envahi les branches latérales de l'Homologue. Elle investissait peu à peu la masse supérieure et s'y diffusait comme une eau sombre. Dennast regardait. Il ordonna soudain et son œil flamboya :

— Stimulez l'Homologue. Qu'au moins Dreik soit détruit.

— Le lien avec le Naguen est faible, très faible...

Il enfonça cependant un poussoir. Il n'y eut pas de

changement sur l'écran que Dennast dévorait de son œil jaune. Il observa :

— C'est sans effet...

— Regardez...

Les cercles concentriques s'étaient figés. Ils ressemblaient maintenant à une cible. Astreid dit :

— Le Naguen est mort.

— Et Dreik ?

— Peut-être est-il mort mais nous n'avons plus aucun moyen de le savoir.

Dennast jeta un dernier coup d'œil à l'Homologue noir et immobile. Il s'écarta des appareils. Astreid, surpris qu'il ne fît aucun commentaire acrimonieux, demanda :

— Qu'allez-vous faire ?

— Que feriez-vous, vous le Défenseur de l'Harmonie Totale ? Car c'est bien ainsi qu'on vous désigne depuis quelques années. Que proposez-vous pour nous tirer de ce mauvais pas ? Dreik est peut-être vivant et, s'il ne l'est pas, qui me prouve que ce Slur ne donnera pas la Troisième Information à la première oreille attentive ? Si elle est connue des chefs terriens, elle peut modifier toute leur stratégie.

— L'obstacle reste infranchissable.

Il avait parlé sans conviction.

— Infranchissable aujourd'hui. Mais demain ? L'urgence ou la nécessité ont toujours fait accomplir des prouesses aux Terriens. Quand ils ont défini un problème, la solution n'est jamais très loin. Ne croyez pas que nous soyons invulnérables...

Son œil ironique couvrit Astreid.

— Il faudra vous résoudre à l'exil, Astreid... A moins que nous n'intervenions. J'entends ceux de mon clan.

Il paraissait à l'aise. Astreid objecta, inquiet :

— Pourquoi ne pas passer ce traité ?

— Parce que nous ne voulons pas simplement survivre. Nous voulons vivre. Dans trois heures, nous réunirons les représentants. J'ai pris contact ce matin avec cinq d'entre eux ainsi que le veut la Loi. Ils sont d'accord. L'Assemblée décidera et je me demande si ces nostalgies, cette affectivité rétrospective qui est propre à ceux de votre clan, ne joueront pas cette fois en votre défaveur. Après tout, il s'agit de votre sécurité.

Astreid répondit avec colère :

— Voilà bien le genre d'argument qui va avec votre clan ! Quant à nous, nous n'avons jamais mis en balance notre sécurité ou notre survie avec la Loi. Nous avons toujours donné la prééminence aux règles de l'Univers, à son équilibre, et à cette harmonie dont vous vous moquiez tout à l'heure. Et ce n'est pas par soumission à la fatalité mais parce que cela nous paraît juste et nécessaire. Nous avons pris conscience très tôt que nous appartenions à un ensemble plus vaste dont nous dépendions, d'où la prudence de nos interventions et ce repli que vous critiquez qui nous fait préférer l'inaction et l'accomplissement intérieur à la mainmise sur le monde ou à des altérations que nous pouvions aisément entreprendre. Nous avons choisi et, après trois cents millénaires, nous sommes encore là, ce qui prouve que notre choix était bon. Que la nouvelle nature qui vous est échue depuis quelques générations vous ait rendus différents des nôtres, j'en accepte les conséquences, mais n'espérez pas entraîner notre clan dans vos aventures.

Dennast avait écouté avec politesse. Il dit simplement, avec plus de regret que de satisfaction :

— Si vous refusez notre alliance, que restera-t-il de vous dans un demi-siècle ? Vous allez disparaître. Croyez-vous que ceux de votre clan l'ignorent ? Nous saurons ce qu'ils en pensent à l'Assemblée.

Astreid détruisit l'Homologue et quitta la salle. Il dit au Cessaq qui l'attendait sur la terrasse : « Je ne reviendrai pas. »

Le Cessaq ouvrit la porte de l'appareil, un petit Flotteur sphérique à coupole ouverte. Astreid enregistra sa destination sur le tableau de bord et le Flotteur s'éleva sans bruit.

Enorme et rigide, le Cessaq le regarda disparaître. Il se demanda qui l'emporterait chez les Vors. Au début, il avait été heureux et fier quand certains Positifs avaient donné leur Naguen aux Cessaqs. Il y avait vu une preuve de solidarité et d'estime et il avait souhaité que les Vors du clan de Fyra et d'Astreid fussent écartés. Aujourd'hui, il lui arrivait de se dire que les Vors avaient simplement découvert une nouvelle façon de les employer. N'étaient-ils pas assujettis autant qu'autrefois à l'Homologue du Naguen dont ils avaient été dotés ?

Il en parlerait aux autres cette nuit. Il leur expliquerait que mieux valait peut-être Astreid et ses semblables, leur bienveillance et leurs lois qui imposaient le respect de tout être vivant. La volonté de changement de Dennast, son attitude coopérative ressemblaient à une promesse. Mais peut-on se fier à qui ne peut se passer de votre appui ? Et si Dennast parlait souvent de l'avenir, il ne parlait jamais de celui des Cessaqs.

Le Cessaq entra dans la salle. Il remettrait les enregistrements du Naguen de Dreik aux assimilateurs. Ensuite, si rien d'essentiel n'éveillait leur mécanisme de recherche, il les classerait aux Archives Humaines.

Le Flotteur survolait la plaine vor. Astreid regardait la terre roussâtre, les habitations aux toits plats. Elles étaient rares, plus rares que les usines dont on voyait les bâtiments circulaires imbriqués les uns dans les autres.

Le Flotteur, qui passait sans heurt d'un relais magnétique au suivant, avançait à faible vitesse. Il atteignit les pentes nues des premiers contreforts montagneux et l'un des deux soleils artificiels de Vor s'inscrivit entre deux sommets arrondis. Astreid pensa que dix mille années plus tôt ceux de sa race envisageaient déjà d'émigrer vers un monde plus hospitalier. Il y avait été longtemps opposé, mais aujourd'hui, il se disait : « Pourquoi ne partirions-nous pas sur Déos, par exemple? C'est une merveilleuse planète, facile à aménager. Nous serions à l'abri de toute agression pour des dizaines de siècles, ce qui est bien suffisant, à en croire Fyra, et nous n'aurions pas à poursuivre cette guerre qui ne peut que nous dégrader, même en cas de victoire. » Il rectifia : « Surtout en cas de victoire. »

Dennast n'avait jamais vu très loin. Il se donnait un objectif et quand il l'atteignait, il parlait de succès. Il avait oublié la leçon, et qu'il s'agissait moins d'être efficace que de se conformer à l'ordre de l'univers. Comment lui faire comprendre que la Loi reste toujours applicable, et d'abord quand elle entraîne d'immenses sacrifices? Elle n'avait pas été faite pour les Vors, c'eût été trop facile.

Elle régissait les rapports du monde vivant, en assurait les milliers d'équilibres et respectait sa structure qui était plus fragile qu'on aurait pu le croire au premier regard. C'est pourquoi la Loi excluait l'avidité, l'usage excessif ou l'intérêt, et ne tenait pas compte de la survie de l'espèce.

Le Flotteur descendit vers la terrasse de l'habitation d'Astreid. Elle était située au sommet d'un de ces ballons émoussés qui sur Vor tenaient lieu de montagnes et qui dominaient de peu les vallées environnantes.

Astreid vivait seul, ainsi que la plupart des Vors de son clan. Il n'éprouvait pas souvent le besoin d'avoir des contacts avec ses semblables. Ceux qu'il avait avec la race lui suffisaient. Il différait sur ce point de Dennast et de ses pareils. Devenus de plus en plus nombreux, en quatre siècles, les Positifs avaient instauré un nouveau mode d'existence.

Certains même vivaient en communautés qui rappelaient les villes et les villages de la période technologique. Ce besoin de l'autre était encore un signe de décadence, et tout leur était prétexte à se réunir, à confronter leurs points de vue, à en discuter, jamais satisfaits de l'ordre établi, et cela bien avant le conflit avec les Terriens. Même dans les maisons individuelles, ils vivaient rarement seuls, tolérant la présence de femmes vors ou terriennes, ces femmes qui étaient à l'origine, tous le savaient aujourd'hui, de l'évolution des Positifs, et de ce que certains, à juste titre, avaient appelé la Grande Mutation.

Astreid allait et venait dans la grande pièce ronde où pendant quarante années s'était écoulée la majeure partie de sa vie. Il essayait d'être équitable mais l'amertume et la colère l'emportaient.

Il se dirigea vers une couche basse creusée en son centre d'un alvéole à la mesure de son corps. Ainsi que chaque jour à cette heure-là, il éprouvait l'impérieux besoin de renouer le contact. Il s'étendit dans l'alvéole, fixa sur son corps les douze agrafes et, sans consulter le tableau des Naguen ancestraux, il enfonça les touches d'appel de Mévorg.

Mévorg avait aidé à la Seconde Evolution, huit mille ans plus tôt. En fait, c'est lui qui l'avait codifiée et ses vues étaient si justes que les Vors avaient pu vivre sans en rien changer pendant sept millénaires. Aujourd'hui encore, l'esprit de Mévorg répondait de dizaines de coutumes et d'attitudes. On lui devait la règle de l'intouchable substance vivante, celles de l'intervention auxiliaire limitée et du respect des comportements divergents, toutes règles que les Nouveaux Positifs avaient remises en question.

Astreid était encore si irrité qu'il tressaillit quand le flux issu du Naguen de Mévorg se déversa par les plots de contact. Les yeux ouverts, il se laissa aller et, peu à peu, les deux personnalités, celle de Mévorg et la sienne, fusionnèrent. Il fut Mévorg et tout ensemble Astreid et, selon son désir, il pouvait vivre certains épisodes de la vie de Mévorg à travers sa nature personnelle ou bien laisser passer dans sa propre vie la personnalité de Mévorg.

Ce jour-là, il conçut Mévorg dans le laboratoire, face à Dennast, à cet instant où l'Homologue et le Naguen de Dreik étaient morts. Il revécut la scène et fut heureux de voir que Mévorg adoptait d'emblée la position qu'il avait prise, et parce que pendant ces minutes il devint réellement Mévorg, qu'il ne s'agissait pas d'une projection imaginaire, à travers cette nature impérieuse qui avait vécu autrefois, il eut la confirmation qu'il ne s'était pas trompé. Mévorg disait :

— Greffer un Naguen dans ces conditions, même un Naguen anonyme puisque de culture, c'est aller contre nos principes fondamentaux. Dois-je vous rappeler qu'on ne peut tenter la symbiose qu'avec le consentement du patient sinon il y a manipulation et retour à cette animalité que nous avons extirpée de notre mieux depuis plusieurs siècles ? Vous savez ce que signifie, Dennast, ce retour à l'animalité ?

Dennast n'avait pas l'air ironique qu'il avait pris avec lui. Astreid-Mévorg poursuivit, et son œil flambait comme n'avait jamais flambé celui d'Astreid, sa forte mâchoire rugueuse se projetait vers Dennast :

— Il indique une régression vers ces médiocres intrigues où l'intérêt et la force brutale prennent le pas. On y voit resurgir le mensonge et la dissimulation. Vous voilà de nouveau en pleine confusion comme nous l'avons été pendant des dizaines de millénaires, à parler pêle-mêle de victoire, d'attaque, de stratégie, de force majeure, de raison d'Etat, reprenant ce pauvre vocabulaire que nous avons eu tant de mal à effacer...

Mévorg, que la colère soulevait, dont les doubles paupières battaient, donnant à son regard un éclat rougeoyant, tendit sa main ouverte vers Dennast qui ne soufflait mot, subjugué par la puissance de ce petit Vor étincelant d'autorité.

— Tout ce qui est fait pour le profit d'un petit nombre et qui menace la vie ou UN des équilibres nécessaires doit être détruit.

— La survie de notre espèce...

— La survie de notre espèce n'a pas d'importance si l'ordre du monde doit être troublé...

Mévorg ajouta :

— Du reste, qui prétend qu'il s'agit ici de survie ?

Il scrutait Dennast, soudain conscient de la personnalité particulière de son interlocuteur.

— Qui êtes-vous ? Des Vors d'une espèce nouvelle ? Modifiée ? Alors je parle dans l'Espace vide. Nos lois ne veulent rien dire pour vous. Il vous faut créer les vôtres, conformes à votre nature, à vos besoins, et vous séparer de ceux de notre race. Votre droit à la vie vaut le nôtre mais vous ne pouvez l'exercer sur notre sol.

Dennast approuva, soulagé :

— C'est pourquoi, Mévorg, nous voulons aller sur une autre planète.

Mévorg écouta Dennast développer les projets des Nouveaux Positifs. Il ne fit pas de commentaires et Astreid en fut désappointé jusqu'au moment où Dennast demanda :

— Avons-nous votre accord ?

— On ne peut donner son accord à la régression. Je ne condamne pas votre nature ni ses exigences mais en quoi êtes-vous différents de ces Vors qui voici cent millénaires se débattaient, allaient de conflit en conflit, engendrant la destruction et la mort, sans jamais cesser d'avoir en bouche les mots de justice ou de nécessité ?

Mévorg et Dennast disparurent. Astreid se redressa. Pensif, il défit les agrafes et les remit dans leur logement. Il se demanda s'il parlerait à Dennast de cet entretien. Dennast l'écouterait. Il savait qui était Mévorg et ne prendrait pas ses paroles à la légère mais n'y verrait-il pas un encouragement à ses projets ? Mévorg, bien qu'imprégné de sa personnalité à lui, Astreid, reconnaissait que chaque espèce doit suivre sa voie et qu'elle fait son salut selon ses moyens. Aussi intransigeant qu'autrefois sur la loi vor, il était aussi ouvert que de son vivant à ceux qui par leur race ou par leur nature échappaient à la loi.

Astreid mâcha distraitement quelques lamelles de nourriture végétale. Il faillit appeler un de ses alliés puis se dit qu'il n'avait nul besoin d'être conforté dans ses convictions, qu'on ne gagne rien à ressasser.

Mieux valait comprendre comment ils en étaient arrivés là et au terme de cet examen étudier d'un œil neuf la suggestion de Mévorg et, qui sait ? les intentions de Dennast et de son clan.

En fait tout avait commencé par la mise au point des Naguens. Ils étaient nés du perfectionnement pendant dix siècles de la chirurgie microcellulaire. Où, à l'origine, on n'avait vu qu'un mode de guérison et un instrument pour améliorer la race vor apparut peu à peu ce qu'on cherchait depuis longtemps dans le domaine de la socio-politique : un moyen de faire muter les Vors afin qu'ils accèdent à un niveau de civilisation supérieur.

La chirurgie microcellulaire avait permis de localiser progressivement tous les éléments de la personnalité vor et jusqu'à ses plus infimes manifestations. Les caractères de la race, isolés un à un, avaient été regroupés en laboratoire. De ce regroupement sans cesse amélioré au cours de quatre siècles était né le Naguen, structure complexe qui reproduisait avec exactitude le Vor vivant, aussi bien au niveau du corps que de l'esprit. En somme, on venait de faire apparaître ce que d'une façon un peu vague on désignait depuis des millénaires par le mot « âme » ou ses équivalents.

Les conséquences de cette mise au point étaient prodigieuses. On pouvait prélever sur tous les Vors un Naguen ou plusieurs sans lui causer de dommage, du moins quand la technique opératoire fut parfaite. Ces Naguens, conservés et étalonnés, furent stockés dans des banques biologiques. Bien entendu, ils survivaient à la mort de ceux qui les avaient fournis, ils survivaient même de façon définitive, de sorte que par un biais inattendu les Vors venaient d'accéder à l'immortalité. Evidemment, cette immortalité n'était pas celle dont on avait rêvé mais elle était bien réelle et un pas nouveau dans cette direction fut franchi quand on réussit à mettre en communication les Vors vivants avec les Naguens de leurs prédécesseurs.

La science se battit pendant près de trois siècles

avec ce problème. Elle finit par le résoudre. D'abord par les microgreffes individuelles dont on parvint à stabiliser la symbiose. Chacun voulut alors s'enrichir d'une personnalité historique, savant, artiste ou chef politique. Cette mode qui donnait de vives satisfactions s'éteignit avec Evolution 2 qui interdit les greffes individuelles. On y voyait en effet une atteinte au principe de l'identité personnelle. Il arrivait que le Naguen choisi fût trop puissant. Il subjuguait alors la personnalité du receveur dont il était l'hôte en permanence. On imagine aisément ce qui pouvait s'ensuivre.

Le pas décisif fut franchi soixante ans plus tard quand on découvrit ce que l'on nomma «les supports du transfert». On eut dès ce jour la possibilité de déverser à distance, sans avoir recours à une greffe, la personnalité du Naguen et, progrès capital, ce transfert était aussi facile à contrôler que le courant dans un circuit électrique.

Chacun put recevoir chez lui le Naguen de son choix, personnage connu ou anonyme, et se le substituer pendant une brève période à soi-même. C'est à cette occasion qu'on s'aperçut que si le Naguen faisait irruption dans le corps et l'esprit avec tout son bagage, une mémoire totale des événements de son existence, sa nature et sa sensibilité propres, il n'effaçait pas pour autant la personnalité du receveur. De là se développa une situation étrange, apparentée à la symbiose, où, le receveur gardant son tempérament particulier, on pouvait créer à partir de la vie du Naguen de véritables événements, sortes de drames dans lesquels, en utilisant par exemple une trame historique, on avait la possibilité de faire surgir un nouvel enchaînement entièrement original où rien n'était tout à fait prévisible.

Ces «happenings», dramaturgie ou méditations actives, cette résurgence d'un passé orienté par la nature particulière du receveur, devinrent bientôt le passe-temps préféré des Vors qui étaient fascinés par leur diversité et leur force émotionnelle, car — et c'était là leur caractère principal — les scènes n'étaient pas vécues comme des rêves mais comme des actions réelles puisqu'il y avait chez le receveur stimulation des organes sensoriels, des faisceaux nerveux, donc de l'organisme entier.

On parla de « somnambulisme total » mais les psychologues vors remirent les choses au point : il s'agissait, dirent-ils, d'actes réels, et non de rêves ou d'hallucinations. On s'en rendit vite compte ; le receveur souffrant ou éprouvant du plaisir en gardait si bien les traces que, la communication interrompue, il portait les marques des blessures reçues, des maladies, et allait jusqu'à mourir si le « happening » se terminait par la mort du personnage appelé.

Peu à peu, passionnés par cette activité qui dévorait le meilleur de leur temps, les Vors se détournèrent de leurs occupations ordinaires. Leurs besoins tombèrent et seules subsistèrent les usines et les fermes automatisées qui fournissaient la nourriture et ce qui était indispensable au confort. Quant au reste, on le délaissa afin de mieux profiter des armées de Naguens rangées dans des réserves souterraines qui permettaient aux Vors d'échanger leur destin unique contre des milliers de vies concrètes d'une merveilleuse richesse émotionnelle, vies issues d'un Naguen mais douées par la souplesse de la symbiose d'une incertitude qui leur donnait toutes les apparences de la liberté.

Cela dura près d'un millier d'années au cours desquelles les Vors formulèrent la Charte des Sept Principes et perdirent l'essentiel de ce qu'on peut appeler leur « matérialité », accédant à cet échelon supérieur de civilisation et d'accomplissement recherché depuis si longtemps. Ils abandonnèrent leur nourriture partiellement carnivore pour les produits végétaux ou de synthèse, délaissèrent la vie collective et les villes devenues sans objet pour une existence personnelle où ils continuaient de travailler, bien entendu, mais sans idée d'enrichissement, de succès ou de promotion, exerçant une activité gratuite dans la branche qui leur convenait.

C'est à partir de ce moment que cessèrent leur expansion et cette mainmise sur la nature et l'univers qui avait été pendant longtemps leur grande préoccupation.

Deux siècles après la création des Naguens, les Vors conçurent les Cessaqs qui devaient à leur tour révolutionner leur mode de vie. A ce jour, les Vors avaient employé des robots de plus en plus perfectionnés pour les besognes qu'ils ne souhaitaient pas accomplir mais, quel que fût le degré de perfection de ces machines, on ne pouvait pas leur confier certains travaux qui exigeaient une adaptation immédiate aux situations nouvelles.

Les Cessaqs apportèrent une solution à ce problème sans contrevenir aux Principes Premiers. A l'origine, ils n'étaient que des mammifères supérieurs qui peuplaient la planète Apsaral dans le système de Comilès. Organisés en petites communautés agraires stables, leur niveau mental était assez élevé, bien qu'ils eussent fait peu de progrès au cours des deux derniers millénaires. Cependant ils avaient découvert le feu, inventé quelques outils et des armes de chasse élémentaires et savaient cultiver leur sol. Ils disposaient en outre d'un langage à dominante gestuelle et d'une écriture pictographique aux signes nombreux mais laborieusement figuratifs.

Les Vors, qui les connaissaient depuis plusieurs millénaires, avaient proposé aux plus doués un statut supérieur, toujours en conformité avec les Principes Premiers qui acceptaient l'intervention vor dans les civilisations de Premier Niveau, si les intéressés étaient d'accord et si c'était pour leur bien. Pour accéder à ce statut, les Cessaqs — qui s'appelaient encore Réquels des Plaines selon leur langage — devaient accepter de se laisser greffer un Naguen de synthèse. Quelques-uns, tentés, firent l'expérience. Ils en furent satisfaits et leur enthousiasme entraîna celui d'une partie de l'espèce. Ceux qui refusèrent —

près des trois quarts — restèrent sur leur planète où ils poursuivirent leur évolution.

Quant aux autres, équipés de Naguens de plus en plus sophistiqués, ils devinrent pour les Vors des compagnons et des auxiliaires remarquables. Par la suite, après quelques modifications et ajustements corporels, les Vors n'hésitèrent pas à en faire des physiciens, des biologistes, les pilotes de leurs navires et les programmateurs de leurs usines. C'est ainsi qu'en moins de trois siècles la technologie de la planète, une bonne part de la recherche scientifique et des arts passa sous la coupe des Cessaqs. Les Vors pouvaient se consacrer pleinement à leurs travaux personnels ou recourir à leurs Naguens ancestraux pour mener les vies de leur choix, destin prodigieux dont n'avaient jamais osé rêver leurs prédécesseurs.

Quand la guerre avait éclaté contre les Terriens, on avait confié aux seuls Cessaqs la défense du monde vor. Ils avaient accepté de bon gré, heureux de développer leur formidable puissance et l'instinct combatif qu'ils tenaient de leur origine primitive. Les Structures Volantes, les Cônes subspatiaux à champ de rupture furent conçus à leur mesure et jamais les Vors ne participèrent au conflit, du moins dans sa première phase.

Pendant longtemps, les Cessaqs avaient eu la consigne de se contenter de repousser l'adversaire et de le tenir à distance. Quand la pression de la Roue s'était accrue au point de mettre Vor en danger, on leur avait permis d'user de certaines armes meurtrières mais avec mesure. Ce furent encore les Cessaqs qui, après avoir capturé Dreik, l'interrogèrent, l'analysèrent et, au cours d'une difficile opération dirigée par Fyra, lui greffèrent un Naguen afin de contrôler son esprit et de permettre la transmission à l'Homologue, frère jumeau du Naguen, des informations que Dreik pourrait recueillir à son retour sur Terre. En fait, la greffe du Naguen n'avait été souhaitée que par les Positifs qui, plus nombreux, l'imposèrent à l'ensemble des Vors. Ils espéraient ainsi se servir de Dreik pour lui faire jouer un rôle déterminant dans la suite de la guerre.

Au cours des dernières années, les Positifs avaient formé de nombreux liens avec les Cessaqs. Ils avaient demandé en particulier que leur Naguen personnel fût parfois greffé sur un Cessaq combattant, cela afin de participer d'une manière directe à la guerre.

La greffe n'allait pas sans danger car si un Cessaq pouvait survivre à son Naguen — il retournait simplement à son état primitif —, un Naguen ne survivait jamais à son Cessaq, de sorte que les Vors Positifs entrés en symbiose avec certains guerriers y perdirent parfois la vie, ce qui ne changea jamais leur détermination puisque avec le temps le nombre de Positifs participant aux engagements militaires ne fit que croître. Cette participation à la guerre indisposa les Vors traditionnels qui voyaient là un signe d'abâtardissement.

Astreid s'efforça à l'équité, ce qui lui fut difficile car, au nom des principes, il condamnait toute intervention directe. Bien entendu, il comprenait pourquoi les Positifs avaient évolué mais comprendre n'est pas approuver et il regrettait l'aveuglement dont on avait fait preuve au moment où l'espèce vor tout entière était menacée d'extinction.

La stérilité était apparue progressivement. Certains disaient qu'elle venait d'un abus de l'usage des Naguens, ce qui n'était pas prouvé. D'autres incriminaient la trop grande ancienneté de la race, son usure en somme. Les généticiens ne s'étaient jamais mis d'accord. Ce qui est certain, c'est que la fécondité des femmes vors diminua dès le 850e siècle pour disparaître à peu près complètement au 877e, c'est-à-dire trois cents ans plus tôt.

De surcroît, les femelles vors, qui n'avaient jamais été très prolifiques, payaient souvent de leur mort la procréation et il en disparut tant qu'au 879e siècle on ne les comptait plus que par milliers.

Tous les moyens furent employés, de la gestation artificielle en laboratoire aux greffes de l'embryon sur d'autres espèces vivantes, intelligentes ou non. Les résultats furent décevants et donnèrent une majorité d'enfants vors anormaux. C'est alors qu'on songea à utiliser quelques femelles terriennes ramenées d'Uriam par une mission de recherche cinq siècles plus tôt.

Le hasard seul répondait de la capture de ces Humains. A la suite d'une avarie, un navire vor avait atterri sur une île de leur planète. Les Vors avaient craint que la petite communauté qui vivait là n'aille répandre ce qu'elle avait surpris pendant les quelques heures de leur passage. Ils avaient embarqué les humains, leurs animaux et une partie de leurs biens à bord de l'énorme vaisseau-usine et les avaient conduits sur Apsaral, la planète d'origine des Cessaqs qui présentait de grandes similitudes avec la Terre. Depuis, les Terriens vivaient là, dans une des forêts de l'hémisphère Sud.

Les Vors leur avaient apporté toute l'aide possible, satisfaisant à leurs demandes, sauf celles qui concernaient leur retour sur Terre où ils craignaient que leurs révélations n'apportent des troubles, de la curiosité et le désir d'en savoir plus long chez un peuple qui maîtrisait déjà les disciplines de l'espace.

Ils connaissaient en effet les Humains depuis plusieurs milliers d'années, ils avaient étudié leur nature et, partant de là, nourrissaient quelques craintes pour l'avenir. Fidèles à leurs principes, ils les avaient cependant laissés se développer, suivant avec attention Apocalypse I et II jusqu'à la grande Dispersion Spatiale de l'Ere Nouvelle.

Conscients de l'agressivité des Humains, les Vors n'étaient jamais intervenus sur Terre ni dans le système solaire et ils ne souhaitaient en fait avoir aucun rapport avec ces êtres qu'ils jugeaient dangereux. Malheureusement, le dogme de l'Expansion en avait décidé autrement.

Astreid pensa aux prémices du conflit mais il ramena son esprit sur le rôle des femmes terriennes. Fécondées artificiellement, elles devinrent de remarquables porteuses pendant les mois de la gestation, et les enfants qui naquirent d'elles — de purs Vors, du moins le croyait-on puisque l'embryon était greffé en laboratoire et qu'elles se contentaient ensuite de le nourrir avec l'apport de quelques soins et aliments complémentaires —, ces enfants étaient magnifiques, éclatants de santé, les plus beaux jamais nés dans leur race depuis plusieurs millénaires.

L'expérience avait donc été un succès, à cela près — mais on espérait bien y remédier — qu'il ne naissait que des mâles. Ce ne fut que par la suite qu'on s'aperçut que les enfants vors mis au monde par les femmes terriennes, s'ils étaient bien conformés, présentaient des caractères inattendus. Ils étaient plus agressifs que les autres et, dès qu'ils atteignaient l'âge adulte, ils montraient un grand détachement des principes premiers, du goût pour le changement et, de manière plus générale, un vif esprit critique à l'égard du système établi. Mal à l'aise dans leur peau, ils étaient facilement mécontents et assoiffés de réformes.

On pensa que ces phénomènes étaient liés à l'ardeur de la jeunesse et au rafraîchissement de la race mais le temps n'arrangea rien et on dut admettre qu'on se trouvait en face d'une véritable mutation vor. Conscients de leur différence, ces nouveaux venus se qualifièrent eux-mêmes avec orgueil de Vors + et leur groupe — car ils avaient, on l'a vu, une propension à s'agréger et à former des associations — prit le nom de Positifs, bien que pendant un certain temps, par analogie avec les Vors des premiers millénaires qu'ils se représentaient à leur image, ils se soient donné le nom de « Nouveaux Arthusiens », les Arthusiens étant une secte de l'Epoque Technologique qui préconisait l'extension du modèle vor aux planètes visitées.

Cette vitalité des Positifs n'était pas toujours vue d'un œil défavorable par le peuple vor. Ils n'étaient pas satisfaits évidemment qu'elle fût due à l'imprégnation des femmes terriennes pendant la grossesse mais, les caractéristiques vors restant prédominantes, ils étaient plus sensibles au renouveau de la race qu'à ses déviations.

L'opinion se modifia quand on apprit que les Nouveaux Vors s'accouplaient volontiers avec les femelles terriennes. Ces accouplements étaient bien entendu stériles mais donnaient, murmurait-on, toute satisfaction aux partenaires, et de nombreux Positifs avouèrent qu'ils prenaient plus d'agrément à ces contacts qu'à ceux qu'ils avaient avec des femmes vors. Et la réciproque était vraie, les femelles humaines quittant aisément les mâles de leur race pour leur préférer des Vors +, en compagnie de qui elles allaient parfois vivre.

On doit préciser qu'il ne s'agissait pas là de morale ou de jalousie mais de la crainte d'un écartèlement de la société vor. Cette cohabitation devint si courante quand la population augmenta que les villages terriens d'Apsaral ne furent bientôt plus composés que d'une majorité de mâles humains mais comme ils étaient sous le contrôle des Positifs, on ne sut jamais exactement ce qui s'y passait, sinon qu'à partir d'un certain moment une grande partie de ces mâles disparut.

Si les Positifs différaient par leur complexion des Vors traditionnels, ils s'en écartaient aussi sur d'autres points. Par leur mode de vie, par exemple, qui leur faisait dédaigner le recours aux Naguens ancestraux, par leur indifférence aux pulseurs d'énergie dont ils ne semblaient pas avoir besoin, à la différence de leurs congénères qui y trouvaient un surcroît de réceptivité aux symbioses avec les Naguens ou une stimulation de leurs facultés dans le champ d'activité qu'ils avaient choisi.

Les Positifs différaient même par leur alimentation. Ils consommaient de la viande et du poisson, protéines qui avaient été peu à peu exclues et qu'on tenait pour inutiles ou nocives, voire infamantes — elles répugnaient à beaucoup —, en raison du niveau de vie atteint depuis plusieurs millénaires.

De façon générale, on prétendait que l'imprégnation par les Terriennes s'était traduite par un retour à l'animalité qu'accompagnait une chute de la capacité à s'abstraire et à se dégager de ce qu'on pouvait appeler sommairement l'intérêt personnel. Ces défauts, des régressions à la mentalité archaïque selon Astreid, s'étaient encore aggravés chez les générations nées de Vors +, et la dérive était devenue si forte qu'on voyait couramment, nous l'avons dit, ces descendants de la troisième génération s'introduire par l'intermédiaire de leur Naguen dans l'enveloppe des Cessaqs pour se battre contre les Terriens, et ce n'était pas simple jeu, amusement de seigneur blasé.

Les Positifs en effet, s'ils estimaient les femelles terriennes — ne leur avaient-ils pas donné un statut social, les faisant participer à leurs plaisirs et à leur autorité —, méprisaient les Terriens. On disait que dans leurs réunions plus ou moins secrètes — encore un caractère acquis chez un peuple qui traitait de tout ouvertement — ils parlaient couramment de faire une sélection parmi les mâles terriens, sorte de réserve d'étalons soigneusement choisis, qui aurait pour fonction unique la reproduction des femelles.

Il s'agissait du reste de bruits qui couraient plutôt que de certitudes. Interrogés sur ce point par Astreid et Fyra, les Positifs avaient répondu qu'il n'y avait aucune raison de supprimer les mâles humains, qu'ils vivaient heureux dans les forêts d'Apsaral et pourquoi les Permanents, comme on les appelait depuis la mutation, n'iraient-ils pas s'en assurer sur place? Astreid et Fyra, qui détestaient quitter leur planète et n'envisageaient pas qu'un Vor même légèrement dénaturé puisse mentir ou dissimuler, n'avaient pas poursuivi l'enquête.

Un signal retentit pour avertir que la réunion se tiendrait dans quelques instants. Dennast avait réussi à convoquer le Conseil. Il obtiendrait probablement ce qu'il souhaitait. Les Positifs n'étaient-ils pas aujourd'hui les plus nombreux? Astreid regretta le manque de vigilance des siens. Ils avaient laissé aller, assurés qu'eux seuls étaient dans la bonne voie et que par simple bon sens les Vors + finiraient par se rallier. Comment concevoir en effet qu'on puisse en venir à tenir en dédain les meilleures acquisitions de l'espèce? Astreid pensa: «Notre compréhension, notre esprit d'équité et d'assistance vont se retourner contre nous. On périt aussi bien de sa force que de ses faiblesses. Tout dépend de la nature de l'adversaire.»

Il prit place dans le siège d'audience. Une nouvelle sonnerie retentit qu'il interrompit en abaissant un levier et il vit ses dix-huit confrères tous assis comme lui dans leurs fauteuils de Conseillers et portant à leur cou le disque aux vingt encoches des séances plénières.

Il compta neuf Permanents et dix Positifs. Comme d'ordinaire, Fyra n'était pas là et s'était fait représenter. Il le regretta.

Tous se connaissaient mais ils ne se saluèrent pas. La plupart d'entre eux ainsi qu'Astreid étaient en ce moment dans leur résidence privée et le circuit clos qui les reliait les faisait apparaître côte à côte, réunis dans une salle imaginaire où ils siégeaient en demi-cercle autour d'un parallélépipède métallique dont la partie supérieure était coiffée d'une couronne de communication. La couronne tournait avec lenteur, montrant une à une ses facettes en forme de grilles serrées qui jetaient chaque fois un bref éclair blanc.

Les dix-neuf Conseillers étaient désignés tous les cinq ans par le Collecteur Terminal, un ordinateur qui recevait en permanence les informations, opinions, suggestions et critiques de la totalité des électeurs vors. La machine les faisait vérifier, les décantait et les codait. Elle choisissait ensuite elle-même les Conseillers. Ceux-ci ne relevaient dans leurs décisions que de leur opinion personnelle puisqu'ils n'étaient pas à proprement parler les représentants des électeurs.

Chacun d'eux recevait un nombre de voix appelé

«Pouvoir d'Expression» qui dépendait des services rendus, du niveau mental, de la fidélité aux devoirs vors, des facultés d'harmonie avec l'essence du monde vor, ces premiers critères donnant un pouvoir d'expression accru, l'âge au contraire faisant perdre des parts, de même que réduisaient le «pouvoir d'expression» les erreurs commises, les dissonances, les faiblesses, omissions et tous les facteurs dits d'inertie. Astreid possédait onze parts, Dennast sept, et Astreid espéra que les Permanents, en dépit de leur infériorité numérique, pourraient balancer les Positifs chez qui le défaut d'harmonie, les fautes par omission et l'irrespect des Principes Premiers entraînaient la perte de nombreuses parts.

Un groupe de crêtes scintillantes apparut sur la couronne de la Machine qui annonça:

— Une seule question posée: le projet Dreik sera-t-il abandonné ou mené à son terme?

Elle donna l'analyse de l'alternative en une série de lueurs rapides et fit un examen des perspectives à court, à moyen et à long terme. Les éléments se succédaient à une cadence rapide par blocs scintillants. Conjointement, la machine émettait sur trois pistes sonores selon une technique proche du morse afin d'entrer dans le détail de certaines informations ou libérer un lot de statistiques. Le cerveau des Vors était apte à recevoir sur les plans optique et sonore et cette assimilation simultanée faisait partie de leur éducation. Elle était si poussée chez certains qu'ils pouvaient sans risque de confusion, outre le langage optique très rapide, capter sur cinq pistes auditives.

Astreid demanda:

— La question peut-elle être posée dans le cadre de l'analyse à long terme?

Plusieurs Positifs protestèrent. La Machine dit:

— Discrimination de pure forme. A moins que vous ne réunissiez d'autres Conseils préliminaires et ne procédiez par étapes.

Dennast dit:

— Le court terme doit prévaloir. La probabilité est trop incertaine.

La Machine rappela :

— Je vous ai donné l'historique des composantes. Bien qu'incertaine, la probabilité demeure suffisante. Un seul point péremptoire : le premier terme doit être posé immédiatement. Le choix est oui ou non. Autrement dit : vous acceptez le traité avec les Terriens ou vous changez de niveau.

Dennast dit :

— La diffusion prématurée de la Troisième Information exige qu'on change de niveau.

La Machine rectifia :

— Pas dans une perspective à long terme. Réglez ce problème de procédure.

Un Conseiller demanda :

— Quel est le rang de la Troisième Information ?

— Prioritaire et déterminant sur court et moyen terme.

— Et l'évaluation des forces ?

— Aux dernières estimations, favorable aux Terriens. En raison de leur nombre et de leur productivité, cette tendance ne peut que s'accroître. Mais je vous rappelle qu'elle reste négative à long terme. Je vous en ai donné les raisons. Gardez-vous d'assimiler long terme avec inertie ou moyen dilatoire. Les Terriens sont divisés. Le temps peut jouer contre eux.

Dennast dit :

— Les Terriens souhaitent la guerre.

— L'argument n'est pas recevable. Qu'ils la souhaitent est une chose, qu'ils déclenchent ce qu'ils appellent « la guerre brisante » en est une autre. Eliminez cette composante humaine, elle complique inutilement.

— La Troisième Information est-elle dans le champ humain ?

— Nous ne le savons pas. La probabilité est élevée mais le court terme étant à quelques heures, la portée en est réduite. Que choisissez-vous ?

Ils se consultèrent. Astreid pensa : « Résoudre ce

problème de procédure, c'est répondre à la question principale. Court terme, guerre et intervention sont trois synonymes. » Il défendit âprement le long terme, demanda l'application du traité et parla d'un éventuel repli sur Déos, suggestion qui mécontenta les Permanents, et il s'en voulut de sa maladresse.

Un des Positifs demanda :

— Si les Humains n'attaquent pas, combien de temps durera la trêve ?

— Elle sera brève, très brève.

— Plus brève que le délai de diffusion de la Troisième Information ?

— Non, bien entendu. Brève signifie une trentaine de jours terriens. Choisissez le terme, je vous prie.

Ils votèrent rapidement. Court terme : 48 parts — Moyen : 19 parts — Long terme : 42. Astreid s'en voulut de ne pas avoir fait porter le choix sur court et moyen terme. Il aurait gagné du temps, ce qui dans le cas présent signifiait gagner tout court.

La Machine posa alors de nouveau la question :

— Le projet Dreik doit-il être mené à sa conclusion ou abandonné ?

Le court terme choisi, la réponse allait de soi. Elle fut acquise par 61 parts contre 48. Plusieurs Permanents avaient abandonné Astreid.

La Machine observa :

— Votre choix vous limite au coup par coup.

Les Positifs qui ne cachaient pas leur satisfaction approuvèrent. Un Conseiller résuma l'opinion commune des opposants :

— Qu'est-ce que cela signifie, sinon que ceux qui le souhaitent pourront quitter Vor pour la planète Déos ?

Bien que ce fût inutile, Astreid dit :

— Les Principes seront inévitablement enfreints.

La Machine répondit avec ce qui lui parut un humour froid :

— Vous vous êtes réunis pour les enfreindre, non ? Dreik, déjà...

Elle s'éteignit sur ces mots. La salle du Conseil disparut. Astreid se retrouva seul, ses larges mains rayonnantes posées sur les accoudoirs. Il avait perdu. Il pensa : « Ce qu'ils vont faire est maintenant prévisible. » Il se demanda comment les Cessaqs allaient prendre la décision. Ils aimaient la guerre, les plus évolués comme un jeu, les autres comme un sport brutal. Ils approuveraient.

Il chercha un moyen de dissuader les Positifs. Il n'en trouva pas. Il retourna s'étendre dans l'alvéole. Cette fois, il ne fit pas appel à Mévorg. Il entra simplement dans une projection très ancienne qui montrait Vor et sa splendeur quarante mille ans plus tôt. Il cédait à la nostalgie qui est mauvaise conseillère. Il le savait.

Les quatre Structures Volantes et les sept Cônes naviguaient à grande vitesse. Ils étaient en route depuis plus d'une rotation vor et glissaient en silence. Ils piquaient droit sur la galaxie d'Orgo avec les inévitables décrochements dans le subespace dus au changement de nature du tissu spatial à proximité des étoiles naines, des amas stellaires à champ déformant ou encore aux brusques chutes de tension qui étaient comme des précipices soudain ouverts devant eux.

Ils franchirent ainsi environ soixante unités Val, en s'écartant de la zone habituelle des combats selon une trajectoire tangentielle qui devait les amener dans le système d'Orgo.

Le Cône de tête émergea. Ses instruments observèrent le ciel où ne brillait qu'une seule étoile bleue. Il ne décela aucune présence de navires de la Roue. Ils étaient très loin du front maintenant, au pôle d'un univers alors que la guerre s'était développée à ses tropiques.

Les Structures Volantes puis les Cônes apparurent un à un et se disposèrent en pointe de flèche, les Structures à l'arrière, comme un vol d'oies sauvages.

Ils laissèrent derrière eux l'étoile bleue et progressèrent sans hâte vers les deux planètes Ichtyos et Sumor, distantes d'environ deux unités Val.

Ils ne rencontrèrent le premier veilleur qu'à l'approche d'Ichtyos. C'était un patrouilleur de modèle ancien qu'ils détruisirent d'un seul jet thermique avant même qu'il eût découvert leur présence.

Ils passèrent très au large d'Ichtyos, vaste planète habitée par deux races non humaines intelligentes. D'accès difficile, et dangereuse pour les Terriens, elle adhérait à l'Union mais restait en dehors du conflit. Elle n'avait aucune colonie humaine ou autre et n'était pas encore représentée au Conseil.

Il en allait autrement de la seconde planète, Sumor. Plus petite que la Terre, elle abritait une colonie de mineurs et de géologues terriens et environ soixante millions de Sumoriens qui ne se différenciaient en apparence des Humains que par leur peau à couleur changeante et leur haute stature liée à une ossature fragile qui les faisait ressembler à de minces garçonnets hauts de deux mètres cinquante. Intelligents, ils avaient une civilisation de type agraire et surtout maritime car les neuf dixièmes de la planète étaient recouverts par de grands lacs poissonneux autour desquels s'échelonnaient les villages.

Si la conquête de Sumor avait été facile — ses habitants n'avaient que peu de défense —, après plus de trois siècles, son assimilation restait à faire. Les Sumoriens avaient en effet refusé toute forme de dépendance ou de coopération. Ils étaient attachés à leur mode de vie rural, dédaignaient ce que l'Union appelait le Progrès et répondaient aux tentatives de rapprochement par l'attentat individuel ou collectif. On avait dû attendre un siècle et menacer de rendre stériles tous les lacs de la planète pour que fût passé un premier traité qui donnait le droit aux citoyens de la Roue d'exploiter quelques gisements de glucinium dans une zone non maritime de l'hémisphère Sud.

Les deux populations n'avaient aucun rapport, ni commercial ni culturel, et dès qu'un différend s'élevait, les Sumoriens criaient aussitôt à l'impérialisme et en appelaient au Tribunal des Affaires Interplanétaires où ils avaient toujours le soutien des minorités non humaines.

Bien entendu ils avaient refusé de participer au conflit contre les Vors dont ils disaient à qui voulait l'entendre qu'ils souhaitaient la victoire, rien ne pouvant être pire qu'une occupation humaine, même partielle.

Les autorités de l'Union, si pointilleuses d'ordinaire, écoutaient sans broncher ce genre de déclarations, ce qui avait fait insinuer que les Terriens n'étaient pas simplement sur Sumor pour exploiter deux ou trois gisements de glucinium — métal que l'on trouvait sur d'autres planètes — mais pour préparer leur expansion future en direction du Système de Cloyde.

Comme toujours avec les Terriens, la réalité était plus complexe. D'une part, Sumor était une porte ouverte sur le flanc de l'Union et, dès le début de la guerre contre les Vors, l'Armée avait exigé la création sur la planète du camp d'Erfug qui pouvait recevoir les grands croiseurs et les garde-frontières. Les Sumoriens avaient protesté, criant qu'ils ne voulaient pas être victimes d'une guerre qu'ils désapprouvaient et peu après le retour de Dreik ils s'étaient joints aux membres de la Roue qui avaient fait sécession, demandant une fois de plus le départ des occupants, cela sans résultat.

Mais l'intransigeance terrienne avait une seconde raison, elle aussi stratégique : en plus des gisements de glucinium, les colons exploitaient une carrière d'asalt, sorte de quartz extrêmement rare à partir duquel on fabriquait le revêtement protecteur des nouveaux Nivellateurs de classe C qui leur permettait d'affronter les armes thermiques vors. Seules quelques personnalités de l'Union étaient au courant. Elles savaient aussi que si les Sumoriens se révoltaient comme ils l'avaient fait à deux reprises au siècle précédent, massacrant géologues et mineurs, on procéderait à l'occupation totale de la planète par l'armée.

C'est vers cette planète que se dirigeaient les Structures Volantes et les Cônes vors. Ils avançaient à vitesse réduite, assez rapidement cependant pour foudroyer sans qu'ils puissent battre en retraite ou jeter l'alarme les garde-frontières qui croisaient à une unité Val de Sumor. Seuls les Cônes entraient en action. Ils lâchaient une unique rafale, longue de dizaines de milliers de kilomètres, et ils poursuivaient leur avance méthodique sans accélérer ni même se désunir.

Sur Sumor, les navires de guerre avaient pris l'air et gagné l'espace. Ils furent anéantis aussi méthodiquement et leurs carcasses tordues dérivèrent dans le vide. Les Structures n'intervinrent à aucun moment. Elles se tenaient en retrait mais elles avaient cessé de naviguer à l'horizontale et leur gigantesque armature filiforme se dressait obliquement contre le ciel, développant ses milliers de mètres carrés jalonnés de nodosités et d'excroissances d'où les guerriers cessaqs observaient le déroulement de l'attaque.

Quand les Cônes se heurtèrent au champ de force qui entourait la planète, ils s'immobilisèrent. Ils ne tentèrent pas de le briser et glissèrent avec lenteur le long de sa ceinture qui arrachait parfois une lueur violente à leur coque métallique quand le contact se prolongeait.

Deux des Structures Volantes se chargèrent du travail de rupture. Dressées à la verticale, parcourues de scintillements bleus qui les firent plus que jamais ressembler à des grandes toiles d'araignées brillantes de pluie, elles déclenchèrent leur propre champ qui se planta dans la défense adverse. Il s'y inséra comme un coin, fora au niveau de l'atmosphère un tunnel flamboyant, atteignit le sol qu'il fouilla, détruisant l'une après l'autre les génératrices de champ dans un orage de matériaux pulvérisés qui furent projetés jusqu'aux plus hautes zones de l'ionosphère.

Les Cônes entrèrent dans le tunnel à vive allure, y ouvrant un sillage de feu. A quelques milliers de mètres du sol, ils se dispersèrent, insensibles au déluge de projectiles et aux dissociateurs moléculaires.

L'attaque ne dura que quelques minutes et les Cônes ne se servirent que de leurs armes thermiques, lançant de brefs jets précis qui carbonisèrent les agglomérations disséminées au bord des lacs.

D'une longue coulée, trois d'entre eux filèrent vers l'hémisphère Sud où ils incendièrent les bâtiments miniers et les logements terriens. Ils ne s'attardèrent pas, rejoignirent les autres. Leur sifflement qui passait du grave à l'aigu à mesure qu'ils accéléraient occupait le ciel.

Soudain, ils prirent de l'altitude, se regroupèrent et lâchèrent en pluie une poussière jaune qui brillait dans la lumière de ce bel après-midi de Sumor. La poussière forma bientôt un nuage qui descendit avec lenteur. Quand il toucha le sol, on entendit un craquement. Des centaines d'autres suivirent qui fusionnèrent bientôt en roulement sourd et toute cette portion de la planète prit feu. L'incendie se propagea en trombe dans toutes les directions, dévorant les arbres, les maisons ou ce qui en restait.

Les Sumoriens qui avaient échappé aux projections thermiques fuyaient à pied ou dans de petits véhicules multicolores. L'incendie les rattrapait d'un bond et n'en laissait sur les routes qu'une bourre pulvérulente et brune. Il se ruait plus loin, poussant de longues lanières rouges qui se ramifiaient, comme douées d'intelligence, ne laissant derrière elles sur des milliers de kilomètres carrés qu'une grumeleuse terre morte.

L'incendie cessa brusquement, les flammes retombèrent et il n'y eut bientôt plus dans cette province qui était une des plus belles de Sumor, une des plus peuplées, que de minces colonnes de fumée et des nuages de vapeur roulante que le vent dispersait.

Les Cônes avaient regagné l'espace. Ils revenaient vers les Structures Volantes quand le Nivellateur surgit, énorme vaisseau long d'un kilomètre, en forme de marteau. Il entra aussitôt en action et deux des Cônes cueillis en pleine ascension changèrent de couleur, passant du blanc au rouge cerise. Les autres s'égaillèrent pour échapper aux terribles canons perforants, pour s'éloigner aussi des Structures Volantes qui étaient dressées contre le ciel maintenant. Elles entrèrent à leur tour en action, tirant selon leur procédé habituel leur énergie de la planète proche.

Un flot de matière en fusion se déversa sur le Nivellateur qui luttait de tout son armement. Il n'eut pas le temps de chercher refuge dans le subespace, fut submergé et il n'en resta bientôt plus qu'un agglomérat fait de métal fondu et des trois mille humains et non-humains qui composaient son équipage. Au-dessous des Structures, un trou aussi large que le lac voisin, et qui paraissait sans fond, ouvrait le sol de la planète.

Toujours dressées, faiblement lumineuses contre le ciel clair, les Structures attendaient, prêtes à arracher un nouveau lambeau à l'écorce de Sumor pour le diriger en torrent d'énergie brûlante sur l'ennemi qui surgirait. Mais le ciel restait vide.

Les Structures revinrent lentement à l'horizontale. Précédées des Cônes, elles mirent le cap sur le système d'Orgo. Elles revenaient comme elles étaient venues, sans hâte, sûres de leur force. A cette extrémité de l'espace, elles savaient qu'aucune flotte terrienne ne viendrait les surprendre. L'espace se déployait devant elles, silencieux et vide. Au loin, brasillaient les soleils d'Orgo. Quand elles en furent à une dizaine d'unités Val, elles prirent de la vitesse et disparurent.

Le raid vor contre Sumor provoqua un raz de marée d'indignation. Dès les premières informations qui parlaient de six millions de morts, les appels retentirent à travers les Trid. Pour une fois d'accord, plusieurs milliards de citoyens, humains et non humains, exprimèrent leur opinion. Elle était nette : qu'on débarrasse une fois pour toutes l'univers de cette race abominable qui avait lâchement rompu la trêve et qui s'était vengée sur d'innocentes populations civiles de ses défaites militaires. Car on était surtout sensible à l'injustice de l'attaque pirate. A cette occasion les peuples terriens retrouvaient le vieux fond chevaleresque entretenu pas les spectacles trid qui montraient toujours l'homme volant au secours du faible ou de l'opprimé. On exhiba plus que jamais la représentation holographique des Vors — qui étaient des Cessaqs, mais personne ne le savait — et on découvrit qu'ils avaient bien les mœurs de leur horrible apparence. La peur relayant la colère et la relançant, on assista sur certaines planètes à des scènes d'hystérie, à des parades guerrières et revanchardes où les bataillons civils, les femmes plus nombreuses que les hommes, proposaient leurs services.

Les pouvoirs publics se gardèrent de toute déclaration belliciste. Au contraire, ils prêchèrent le calme, la réflexion, ce qui était jeter de l'huile sur le feu puisque dans le même temps ils laissaient publier le détail de ce qu'on appelait maintenant « les atrocités vors », images de corps calcinés, d'enfants morts dans d'abominables souffrances, d'écoles et d'hôpitaux détruits par le feu, l'une d'elles en particulier qu'on repassa souvent, celle d'une maternité sumorienne atteinte par les jets thermiques qui montrait des centaines de petites mottes charbonneuses qui étaient autant de corps de nouveau-nés carbonisés. On montra aussi un gigantesque camp militaire terrien dans l'hémisphère Sud qui en revanche était intact. Mais les autorités ne parlèrent pas des gisements d'asalt que l'agression avaient en partie détruits.

On évoqua certains épisodes de la guerre contre les Vors. Il n'en manquait pas en trente-deux années de conflit qui prouvaient la cruauté de l'adversaire, ainsi ce navire sanitaire froidement anéanti par un Cône volant, ou encore — et c'était tout proche — l'acharnement dont avaient fait preuve les Structures vors dans la contre-attaque qui avait entraîné la perte de la planète Gémul, quelques jours avant la trêve. Clé du système de Yoms, seule planète habitée, Gémul avait été aux trois quarts détruite. Qu'elle fût pourvue de puissantes installations militaires n'excusait pas la férocité de l'adversaire qui avait littéralement pelé la planète sur une profondeur de plusieurs centaines de mètres pour en extirper les défenses souterraines.

Par le jeu de l'événement, Dreik revint au premier plan de l'actualité. L'opinion qui l'avait condamné apprit qu'il se débattait entre la vie et la mort au Groupe de Survie de Rel-Hori et qu'on désespérait de le sauver. Faisant volte-face à sa manière toute sentimentale, elle le transforma en victime des Vors quand on répandit la rumeur de sa mort et, à partir de cette rumeur, certains dirent qu'on tenait là une nouvelle preuve irréfutable du danger que présentait l'ennemi puisqu'il avait suffi de sa simple présence pour tuer un humain. Virus ? Radiations nocives de nature inconnue ? Peu importait, ce qui était sûr, c'est qu'aucun Terrien ne pouvait cohabiter avec ces êtres dont on fit — leur aspect terrifiant s'y prêtait — le Mal Absolu.

Bien entendu, tous ne se laissaient pas emporter par le délire et quelques-uns tentaient de remettre les choses à leur place. Ce que l'homme avait gagné en confort, en sécurité, disaient-ils, il l'avait reperdu ailleurs, et cet homme nouveau était fragile, vite apeuré et prêt à toutes les concessions, à toutes les cruautés aussi pour garder ce qu'il avait acquis. Saturé de messages subliminaux, emprisonné dans l'autocensure et les poncifs de l'époque, il avait en fait perdu tout sens critique, si bien conditionné et cerné de toutes parts qu'il ne souhaitait jamais — se croyant libre et insensible aux pressions — que ce qu'on voulait qu'il souhaitât.

Ceux-là prêchaient dans le vide. On haussa les épaules. Servitude sous-jacente ? Contrainte ? De quoi parlait-on ? Jamais l'homme, répondait-on, n'avait été aussi totalement émancipé, aussi libre d'exprimer ses volontés, aussi heureux.

Un dialogue de sourds s'engagea que les autorités écoutèrent placidement, sûres de ce qui allait arriver, de ce qui arriva quand les critiques se durcirent et laissèrent passer l'exaspération ou le dédain. Qui étaient ces gens qui osaient falsifier la vérité à un moment où l'ensemble des peuples de la Roue courait un péril mortel ? Ne faisaient-ils pas le jeu de l'adversaire ? Et si ces bizarres censeurs n'étaient que des traîtres, si dans la duplicité l'ennemi en avait fait ses complices, son avant-garde ? Est-ce que le bruit ne courait pas depuis plusieurs années que les Vors possédaient des informateurs au sein même de la Roue ? Et si...

Les censeurs durent battre en retraite. Certains furent bousculés, écharpés, on montra les autres du doigt. On montrait beaucoup du doigt en ce temps de liberté et si on y était indulgent aux excentriques, aux audacieux et aux extravagants, on y était sans pitié pour ceux qui à coups de bon sens et de tranquilles analyses disaient ce qui était et s'attaquaient à la structure de l'ordre régnant.

En fin de compte, ce furent les autorités qui intervinrent pour mettre ces semeurs de troubles à l'abri des violences de la population. On en profita par la voie des Trid pour rappeler que l'homme était libre de ses opinions, que toutes étaient respectables et que la personne humaine était sacrée, qu'elle était aussi réformable, évidences qui, on le répéta, allaient de soi, chez l'assemblage de peuples le plus hautement civilisé que l'Histoire eût jamais connu, et qu'on n'aurait pas dû rappeler.

En revanche, ce qui intéressa vivement le gouvernement terrien, ce fut la réaction des planètes non humaines, celles qui depuis le premier jour désapprouvaient la guerre contre les Vors, ce qui était leur façon de contester le pouvoir terrien et de montrer leur ressentiment.

Cette fois, on se garda bien de pousser l'avantage en criant qu'on avait eu raison. On se contenta d'attendre et d'observer le jeu des alliances, ses ricochets diplomatiques. Les six millions de Sumoriens anéantis pesèrent leur bon poids, la balance fut vite renversée du bon côté et deux jours après l'attaque pirate, les représentants des Cercles Extérieurs d'Espace II et III demandèrent au Conseil des représailles immédiates. Le Coordinateur répondit, la mine réticente :

— Des représailles ?... Bien sûr. Encore faudrait-il

l'accord de la majorité. Cette guerre est difficile, elle épuise la Roue, et qui porte la plus lourde charge sinon les planètes à population terrienne ? Nous avons consenti depuis trente-deux ans d'énormes sacrifices d'hommes, de matériel... Dois-je vous redire à combien s'élèvent nos pertes... ?

Les délégués n'étaient pas dupes. Peut-être avaient-ils même des idées personnelles sur cette attaque pirate et y voyaient-ils une provocation qu'il eût été sage d'analyser avant d'y répondre mais aujourd'hui ils agissaient en représentants de leurs peuples, ils avaient les mains liées par la peur ou la colère du plus grand nombre de leurs concitoyens. Ils proposèrent donc ce qu'on attendait d'eux depuis longtemps :

— Nous mettrons tous nos moyens au service de la guerre.

— Jusqu'à sa conclusion ? Je veux dire jusqu'à la victoire ?

Comment faire des réserves ? Le Coordinateur dit vivement :

— Nous annoncerons demain un référendum à l'échelle des 28 Planètes pour le recours à la « guerre brisante » et si le peuple souverain le décide...

Il répéta que le peuple seul était souverain, qu'il n'en était que l'obéissant serviteur et il y mit une telle insistance que les délégués y virent une menace. Il ajouta :

— Nous annoncerons du reste que c'est votre demande qui est à l'origine du référendum.

De cela, les délégués se seraient bien passés. Le Coordinateur conclut :

— Ainsi en aurez-vous la gloire.

Au lieu de gloire, ils entendirent responsabilité, supputèrent des cascades d'ennuis mais ils approuvèrent, matés.

Après leur départ, le Coordinateur dit à ses conseillers :

— Je n'en espérais pas tant.

— Et si cette attaque-surprise dissimulait un piège ?

— Est-ce une question bien utile? Si les Vors veulent la guerre, les empêcherons-nous de la faire?

— On parle aussi beaucoup de cette information que Dreik avait gardée secrète.

— La planète Yoms? Elle est sous surveillance et aucun navire vor n'a jamais été signalé dans cette zone.

Gessler, qui observait le Coordinateur avec attention dit, et l'ironie passa dans sa voix:

— Dreik aurait donc fait erreur. Vous le teniez pour un excellent pilote?

— Qui nous prouve que ses facultés n'étaient pas déjà diminuées et pourquoi, même si son observation est juste, la Structure vor qu'il a vue disparaître sur Yoms n'aurait-elle pas été victime comme nos navires de l'attraction de la planète? Selon le rapport du Slur, leur appareil semblait en difficulté.

Il fit face à Gessler:

— N'étiez-vous pas le premier à exiger le recours à la «guerre brisante» autrefois? Auriez-vous changé d'opinion?

Gessler hésita. Il finit par dire:

— C'est une chose de vouloir la guerre, c'en est une autre qu'on vous l'impose et je me méfie d'un ennemi assez assuré pour rompre une trêve et qui n'a pas hésité à massacrer des millions de Sumoriens. J'ai aussi parlé au Slur qui accompagnait Dreik. Ce qu'il m'a dit ouvre de curieuses perspectives. Mais vous avez raison comme toujours: quand la nécessité l'emporte, certaines questions deviennent sans objet...

Le Coordinateur qui paraissait ne pas avoir entendu se tourna vers le Directeur des Affaires Militaires:

— Où en sommes-nous?

— Les Vors ont lancé une attaque dans Espace IV, secteur des Tribales. Ils sont en vue du groupe d'astéroïdes Mélénas.

— Et leurs Structures vont évidemment s'en servir comme source d'énergie contre nos navires...

— C'est leur technique ordinaire.

— Il serait bon que les flottes des planètes extra-humaines participent aux combats. Elles se sont toujours arrangées pour rester en seconde ligne, prétextant de leur petit intérêt dans le conflit mais maintenant que ces planètes souhaitent que la guerre soit intensifiée...

Il pensait à juste titre que les épreuves et les pertes communes lient mieux que les traités.

Il congédia ses collaborateurs. Quelques jours plus tard, le référendum par la voix des Trid lui apporta l'appui des 28 Planètes. A la question : « Les Vors doivent-ils être immédiatement châtiés par la guerre brisante de leur raid-pirate contre la Roue ? » il y eut 62 % de oui, 16 % de non. Le reste représentait les abstentions. Elles étaient nombreuses, si nombreuses même que le Coordinateur se félicita de ne pas avoir lancé son référendum plus tôt. Il avait failli le faire.

Il veilla tard dans la nuit, entra en contact avec les chefs des armées et les coordinateurs de planètes. Comme il était sans illusions, il se dit qu'il cédait au besoin d'être rassuré. Il le fut. Pas tout à fait autant qu'il le désirait mais il le fut. Il était conscient de tenir entre ses mains le sort de l'Union, ce qui tout ensemble l'effrayait et l'excitait. L'excitation finit par l'emporter. Il trouva ses raisons justes et bonnes, ce qui ne l'empêcha pas cependant de penser : « C'est le peuple qui a décidé de la guerre. »

Le Cessaq dit :

— Si nous disposions de huit formations supplémentaires, nous pourrions défendre notre planète.

Dennast demanda avec froideur :

— Dans quelle intention ? Nous ne désirons pas l'échec de l'ennemi. Bien au contraire, la conquête d'Apsaral par les Humains fait partie de notre projet.

Le Cessaq observait le Vor de ses énormes yeux circulaires. Il n'y avait aucune sympathie, aucune docilité dans ce regard. Gigantesque, dans cette salle qui n'avait pas été conçue pour ses dimensions, son corps massif dégageait une dangereuse puissance. Dennast était sensible à cette puissance qu'il enviait et détestait tout à la fois. Il savait combien elle était réelle. Par son Naguen, il était entré en symbiose avec un Cessaq, et il avait été surpris et effrayé par le déferlement qui avait assailli ses cellules, torrent si tumultueux qu'au niveau de la conscience ce déferlement se traduisait chez lui, Vor accoutumé à un flux d'énergie moins vif, par un sentiment d'orgueil et une sorte d'ivresse guerrière qui demandait à se faire jour.

Le Cessaq objecta :

— Apsaral est notre planète. Les Terriens la détruiront.

— Ce qui importe, c'est que les Terriens perdent la guerre. Votre peuple sera sauvé, n'est-ce pas l'essentiel ? Les planètes sont innombrables, Dahan...

Le Cessaq s'ébranla lourdement. Les dalles rouges

et noires sonnèrent sous le martèlement de ses pas. Dennast dit :

— Quand le moment sera venu, j'irai sur Anquol.

— Tout est en ordre mais n'attendez pas. Bientôt il sera trop tard.

Pour répondre, le Cessaq s'était immobilisé. Il se détourna avec lenteur et Dennast qu'il dominait de la tête et des épaules se sentit mal à l'aise sous ce regard sans paupières qui ne cillait jamais.

Le Cessaq s'en alla de sa démarche pesante, démesuré, et ses bras qui pendaient le long de son torse ressemblaient à des troncs d'arbres dont ils avaient le rude aspect écailleux et la couleur d'un brun terne. Pendant sa visite, il n'avait pas tourné une seule fois les yeux vers la Terrienne.

Par la baie, Dennast observait le Cessaq qui se dirigeait vers son véhicule. Il dit :

— Je n'aime pas ces êtres. En leur donnant de l'importance, nous les avons rendus arrogants.

— Ne sont-ils pas importants ?

La femme terrienne se leva du siège où elle était restée enfouie pendant l'entretien. Grande, les épaules et les hanches larges, la peau bleuâtre et les yeux transparents comme de l'eau, elle n'était pas belle mais son maintien et chacun de ses gestes révélaient l'ardeur de sa nature.

Elle rejoignit Dennast près de la baie et, sa main posée sur le bras du Vor, elle regarda l'appareil circulaire du Cessaq qui s'élevait en silence dans le ciel mauve de la planète. Dennast dit avec humeur :

— Les Cessaqs ne sont que ce que nous les avons faits, plus précisément ce qu'en ont fait Fyra, Astreid et les leurs. Ils leur ont délégué leurs pouvoirs. Abandonné, serait le terme juste. Quand la victoire sera acquise, nous restreindrons leur rôle.

— Vous leur ôterez leur Naguen ? Vous les rendrez à leur condition animale ? Car ils n'étaient que des animaux autrefois, m'avez-vous dit, les mêmes que ceux que l'on rencontre encore dans les montagnes d'Apsaral et qui font si peur aux humains.

Dennast détourna sa tête impérieuse. Son œil jaune étincelait.

— Nous sommes las de l'ancienne vision vor, de ses dogmes et de ses principes premiers. Nous sommes las de la gratuité. Qu'avons-nous à faire d'une existence par Naguens interposés ?

— Vous souhaitez vous débarrasser des Naguens ?

La Terrienne dit avec inquiétude :

— Mais moi-même, privée de celui qui m'a été greffé dans ma jeunesse, je ne saurais ni vous comprendre ni participer à votre vie. Je retournerais au néant.

Dennast dit avec agacement :

— Laissons de côté les Naguens de synthèse. Ceux-là sont anonymes. Ils ne transmettent qu'un patrimoine atavique. Ils ne sont rien d'autre que des instruments subtils qui prolongent notre esprit comme l'outil ou la machine prolongent notre corps et en développent les capacités. Je parle des Naguens personnalisés, de nos ascendants, de ces Naguens liés à notre Histoire qu'emploient inlassablement Astreid et ses semblables et dont ils tirent leurs vies innombrables...

Dennast dit avec colère :

— Sous le prétexte qu'ils peuvent s'identifier à des milliers de vies passées, qu'ils ont multiplié les expériences sans porter atteinte à l'équilibre de l'univers, ils croient être justes et sages. Mais pour nous, Positifs, il ne s'agit que de milliers de rêves et d'une démission.

La Terrienne protesta :

— Mais il ne s'agit pas de rêves. J'ai parlé à quelques Vors du clan d'Astreid. Leur corps tout entier participe à l'expérience et, comme dans la vie réelle, ils sont heureux, malheureux, passionnés et ne savent jamais de quoi la minute qui va suivre sera faite. Parfois, m'a-t-on dit, ils peuvent en mourir... Et puis n'est-ce pas pour vous et pour eux un moyen d'accéder à l'immortalité ?

Elle ajouta, et ses yeux transparents brillaient comme des étoiles :

— Nous en parlons parfois entre Humains et nous sommes émerveillés.

— Qu'y a-t-il de merveilleux dans ces jongleries ?

— Vous avez accompli le plus grand de nos rêves. Toutes ces vies accordées et vécues alors que notre destin était si désespérément étroit...

— Nous mourons, nous aussi.

— Après toutes ces vies partagées, mourir n'a plus la même signification. Ce n'est plus une malédiction. Et savoir qu'à partir dc son Naguen personnel, vivifié par les transferts futurs, on existera de nouveau, qu'on participera indéfiniment par mille résurrections, ce n'est pas tout à fait mourir. Vous avez conjuré le plus grand de nos maux, vous avez découvert l'éternité. N'est-ce pas un peu cela devenir des dieux ?

Dennast effleura le visage de la Terrienne qui embrassa sa main avec fougue. Il dit, sa violence retombée :

— Comme les Terriens sont faciles à tromper !

Elle protesta :

— Je ne suis plus une Terrienne.

Dennast caressa son épaule nue et elle se pressa contre sa poitrine. Il dit :

— Nous sommes nés de vous autant que des Vors et ce qui comble Astreid et ses pareils ne pourra jamais plus nous satisfaire. Vos sécrétions, votre chaleur, les mille tressaillements de vos peines et de vos joies ont imprégné l'enfant que vous avez porté et l'ont incliné vers votre nature.

La Terrienne dit :

— Je pense parfois que nous vous avons apporté le mal.

Il répéta : « le mal ». Son esprit joua avec le mot. Astreid et Fyra prétendaient aussi que les Positifs avaient réintroduit le mal dans l'univers vor. Ils disaient : « Redonner au corps ses besoins, son avidité, c'est redonner vie aux démons de la race primitive » et encore : « Portés par des femmes humaines, irradiés par leur enveloppe et leurs émotions grossières, vous avez fait retour à l'animalité, à ces instincts que nous avons mis tant de siècles à extirper. » Mais que pouvaient-ils contre la nature nouvelle des Positifs, contre la vision du monde, la morale et le comportement qui en étaient les conséquences ?

Dennast se dégagea doucement de l'étreinte de la Terrienne. Il dit, et il avait retrouvé sa violence :

— Tels que nous sommes faits, nous ne pouvons plus accepter les Naguens et ce qui les accompagne inévitablement. Du reste, les Vors Positifs n'entrent plus en symbiose totale. Quand nous appelons nos prédécesseurs, il y a des manques, de brusques absences, et notre contact n'est souvent qu'une trame fragile percée de trous par lesquels le factice et l'imaginaire font irruption et troublent le réel. Notre personnalité est-elle trop forte ou trop impure, comme le prétend Astreid pour qui bonheur et sainteté forment un tout harmonieux et indivisible ? Ce qui est certain, c'est que, ne prenant plus qu'un médiocre plaisir à ces douteux envahissements, nous préférons nous en passer, et plutôt que vivre cent fois par procuration, faute d'aptitude ou de goût, nous avons choisi de vivre à la façon des premiers Vors, d'une vie unique peut-être, mais bien à nous.

La Terrienne dit avec tristesse :

— Vous détruirez les Naguens...

— On peut détruire le temple et garder les dieux. Fuir sur une autre planète ainsi que le veulent Astreid et Fyra est une solution de faible ou de lâche. J'emploie là des termes de Positifs qui n'ont pas cours chez les Permanents mais le vocabulaire suit, comme le reste, Astreid m'en a fait assez souvent le reproche. Et puis avez-vous pensé, Shelrey, que cette fuite serait éternelle ? Les Humains ne changeront pas, enfin pas avant longtemps. Pendant des siècles, il leur faudra encore vivre en rupture d'équilibre, conquérir et fuir dans l'action je ne sais quelle peur ou quelle inquiétude. Parfois, je vois l'univers comme un grand balancier. Nous avions atteint un point extrême de la courbe et le moment est venu de renverser le mouvement. Dans votre race aussi ce mouvement doit correspondre à deux pôles, l'angélisme et la bestialité. N'êtes-vous pas capables du meilleur comme du pire ? Je préfère penser que cette alternance est inéluctable et que la stérilité de notre peuple en constitue peut-être la preuve...

Shelrey qui écoutait, le visage froncé, dit :

— Qu'allez-vous faire des Humains ?

— Exécuter le plan prévu.

— Et ils tomberont dans votre piège ?

— Oui... ce qui ne veut pas dire que nous serons victorieux.

— C'est vous, dit-on, qui avez conçu ce plan...

Il alla à la table centrale, prit sur un plateau de petits cubes de nourriture qu'il fit craquer entre ses fortes mâchoires. Il montra le plateau :

— Jusqu'à notre mode d'alimentation qui n'est plus le même. Nos ancêtres étaient de vigoureux carnassiers aux époques archaïques et, à cause de vous probablement, nous le sommes redevenus.

Il regardait la femme terrienne et son expression était ambiguë. Elle comprit ce qu'il voulait dire, rougit et détourna la tête mais il ouvrit largement son bec, le fit claquer avec force, ce qui était signe chez lui de plaisanterie. Il reprit quelques cubes.

— C'est excellent, bien préférable aux brouets insipides et débilitants de nos confrères...

Il égrena :

— Gourmandise, luxure, orgueil... Vous aviez une expression religieuse pour cela, et nous en avions une identique aux premiers âges...

La Terrienne demanda, obstinée :

— Et ce plan ?

— Il est né de la nécessité et de notre connaissance des Humains. Nous nous sommes aperçus que nous pouvions utiliser ce pilote terrien. Vous vous souvenez quand nous sommes allés le voir dans sa cellule ?

— Il semblait très malheureux.

— Il l'était. Personne n'aime être capturé par l'ennemi.

— Il paraissait honnête.

— Oui. Je savais qu'il ne dissimulerait rien aux Terriens de ce qu'il apprendrait, pas plus qu'il n'embellirait ce qu'il avait vu ou cru voir.

— Vous lui avez cependant greffé un Naguen.

— Par mesure de sécurité. A vrai dire, si nous l'avons capturé c'est parce qu'il avait fait une découverte qui pouvait nous perdre. Astreid voulait que nous nous débarrassions du pilote en le reléguant dans un camp terrien sur notre planète ou ailleurs. C'est alors que j'ai pensé au Naguen, au contrôle que nous pourrions exercer.

— Astreid n'a pas protesté ?

— Si, mais le vote lui a été défavorable. Astreid refusait toute attaque contre les Terriens en raison du Principe Troisième qui interdit l'intervention dans un système vivant hormis pour le sauver d'un danger. Restait une seule issue : provoquer une offensive terrienne et pour cela apparaître à leurs yeux comme une proie facile. Dreik a joué sans le savoir le rôle que nous attendions de lui. Nous avions tout prévu. Jusqu'à son procès.

— Son procès ?

— A partir du sentiment de culpabilité que nous avions introduit chez Dreik, les Humains tels qu'ils sont faits ne pouvaient que l'accuser et se servir de son procès pour relancer la guerre. De surcroît, nous ne lui avions laissé voir que les Cessaqs qu'il a confondus avec nous et qui ont horrifié les Terriens. Le reste allait de soi, et tout était en place pour que la partie commence... Nous leur avons même offert un traité si favorable qu'il ne pouvait que les ancrer dans l'opinion que nous étions à bout de souffle.

— Et s'ils avaient accepté ce traité ?

— Après trente-deux années d'une guerre qui les a affaiblis ? Après dix victoires et autant d'annexions ? C'est mal connaître vos semblables, oublier aussi combien ils sont méfiants. Et puis ils aiment la conquête, l'obstacle que l'on surmonte. Je les comprends. Leurs chefs souhaitaient ce qu'ils appellent la « guerre brisante » mais ils n'osaient pas l'engager. A cause des non-humains, peut-être aussi, sans qu'ils l'avouent, parce que cet excès d'agressivité ne leur semblait pas toujours honorable contre un ennemi qui se contentait de repousser leurs attaques. Enfin, pour les décider tout à fait, ou plutôt décider leurs alliés, nous avons lancé cette offensive contre la planète Sumor.

— De quoi s'agit-il ?

— D'une manœuvre banale. Elle a réussi et ils ont voté la « guerre brisante ». Ils ont attaqué hier pour la première fois depuis la trêve.

La main sur le bras de Dennast, Shelrey rêvait à cette guerre dont elle ne s'était jamais beaucoup préoccupée. Son compagnon lui en parlait rarement et il l'avait toujours fait d'une manière désinvolte, sauf au cours des derniers mois où elle avait perçu à travers ses propos une brusque passion. Elle demanda, incertaine :

— Et maintenant, vous allez les écraser ?

— Cela est une autre histoire. Ils sont nombreux et nous ne sommes que quelques millions. Nos armes sont meurtrières mais suffiront-elles ? Ces Humains ont un courage insensé et puis ce sont des êtres imprévisibles. Ce qui paraît hors de leur portée aujourd'hui, ils le font demain.

Il coupa :

— Les enfants ne sont pas encore revenus du Champ de Lumière ?

— Ils ne vont plus tarder... Ces Humains, Dennast, qu'en ferez-vous après votre victoire ?

— Nous en déciderons le moment venu.

Elle comprit que le sort des Terriens était déjà arrêté, mais qu'il n'avait pas envie d'en parler, peut-être parce qu'elle-même était née de la Terre, et, en épouse soumise, amoureuse aussi de son mari, elle se garda de l'irriter par son insistance. Dennast était un bon époux, tendre et passionné. Elle était heureuse près de lui depuis dix années qu'il l'avait choisie. Elle avait porté deux de ses enfants, il lui avait donné bonheur et plaisir et, par le Naguen, elle avait accédé à la connaissance et aux divertissements vors. Pourquoi l'importuner avec le sort de ces Terriens qui n'étaient que de lointains ancêtres avec qui elle n'avait plus rien en commun ? Elle pensa : « Les Vors ne leur feront aucun mal. Ne se contentent-ils pas toujours d'écarter ce qui les blesse ou les menace ? »

Shelray se souvenait de sa vie dans le Parc des jeunes filles. Elles ne voyaient jamais d'humains mâles mais les vieilles femmes qui les éduquaient leur en parlaient parfois à voix basse. Elles expliquaient qu'un jour, quand le moment serait venu, certaines d'entre elles iraient de l'autre côté de la montagne. Alors elles connaîtraient l'homme qui les couvrirait et leur donnerait des enfants, et seules les filles seraient gardées. Et que deviendraient leurs fils ? demandait Shelray. Les vieilles femmes prenaient un air de mystère qui cachait leur ignorance. Elles ne savaient pas mais ce qui était sûr c'est qu'on ne les revoyait jamais. « Et plus tard, quand nous aurons vieilli et que nous ne pourrons plus concevoir ? demandait Shelray. Est-ce que nous deviendrons comme vous, des matrones dans le Parc des jeunes filles ?

— Seules les meilleures viennent ici, les plus habiles.

— Et les autres ?

Là encore, elles ne savaient pas mais ce qu'elles répétaient inlassablement, c'était que ces mâles humains qui les ensemenceraient, elles ne les verraient qu'à l'occasion de l'accouplement, ce moment où, pour les femelles, la période est favorable. Où vivaient-ils ? Elles parlaient d'un camp au-delà de la montagne. Les mâles y passaient leur temps à mille exercices qui développaient leur corps car tous étaient jeunes et vigoureux. Aucun ne dépassait la vingtième année vor, qui était l'âge où les femmes accouchaient de leur quatrième enfant.

Elles vivaient heureuses dans le Parc, partageant leurs jours entre les jeux, l'entretien de leur corps et les courtes séances silencieuses devant les appareils ronronnants que les vieilles femmes branchaient sur leur tête et qui leur apportaient à la fois bonheur et connaissance et développaient, disait-on, jusqu'à l'épanouissement cette plante aux mille rameaux que chacune portait dans sa tête.

Une fois par jour, elles mangeaient la viande sacrée à laquelle les vieilles femmes n'avaient pas droit. On la préparait de mille façons mais le plus souvent elle était présentée dans une sauce douce-amère délicieuse. Les vieilles femmes les regardaient manger et ne semblaient jamais envieuses de ce festin.

Et pour quelques-unes, appelées rédemptrices — choisies on ne savait pour quelles raisons, peut-être pour leur vigueur, leur ferveur, mais la beauté, c'était sûr, n'avait que peu d'importance, ni le développement de l'esprit —, venait le jour qu'elles avaient toutes espéré en secret. Descendus du ciel dans leur véhicule transparent, les Vors apparaissaient.

Ils entraient dans le grand bâtiment à trois coupoles au fond du Parc. Ils y restaient longtemps et on appelait une jeune femme puis une autre.

Elles pénétraient par la porte cintrée, le cœur battant, et les grands oiseaux magnifiques, oiseaux par la tête mais presque humains par le corps, les faisaient aller et venir, nues dans la lumière orange qui naissait des murs. Elles n'avaient pas peur. On leur avait si souvent parlé des Vors dans les pyramides de connaissance, on leur avait dit tant de fois leur beauté, leur douceur et qu'à chaque instant un enchantement naissait de leur présence qu'elles les aimaient déjà avant de les connaître, n'ignoraient rien de leurs devoirs envers eux ni de l'agrément qu'ils dispenseraient à leur corps et à leur esprit. Elles avaient appris qu'on ne pouvait comparer ce destin à celui qui les attendait dans les camps de mâles humains mais elles savaient aussi que seules quelques-unes seraient choisies.

Le soir, les élues partaient dans les petits véhicules transparents. Ce n'est que plus tard, après la première conception, quand elles avaient pris mille plaisirs au contact du corps de leur amant, plaisirs que les vieilles femmes du Parc glorifiaient avec fièvre, répétant qu'il était sans égal, sans commune mesure avec celui, fruste et brutal, pris au contact des mâles humains, qu'elles étaient enfin dotées du Naguen.

Ce jour-là, ainsi qu'il leur avait été promis, elles avaient droit au Statut de Plénitude. Elles comprenaient soudain ce que disait leur amant, le sens d'un regard ou d'un simple signe, celui des rites des jours et de la nuit. Elles avaient accès au prodigieux univers vor et comprenaient que les vieilles femmes et les pyramides de savoir n'avaient pas menti.

Et plus tard si leur amant le souhaitait, après le second enfant mâle, elles devenaient parfois épouses et partageaient l'intimité de leur mari mais le cas était si rare que les vieilles femmes en parlaient comme d'une miraculeuse faveur.

Shelray rendit grâce à son merveilleux destin. Dans la pièce voisine, Dennast s'entretenait devant un écran avec un chef d'armée cessaq. Elle n'avait pas besoin de le voir, c'était ainsi chaque jour quand venait le soir vor et que sur la plaine montait une ombre violette parcourue de flammèches plus pâles que le vent couchait dans le même sens.

Elle pensa : « Je suis heureuse » et parce qu'elle était naïve et franche : « Je le serais plus encore si les enfants de Dennast étaient tout à fait les miens. » Il prétendait que le croisement de leurs deux races serait toujours stérile. Mais était-ce si sûr ? Elle ne voulait pas le croire. La science vor n'était-elle pas sans limites ? Quand elle le disait à Dennast, craintive et obstinée, il montrait de l'irritation et détournait la conversation.

Elle s'efforça de chasser ce regret. Dans quelques instants Dorul et Venol rentreraient. Elle se réjouit.

Ne ressemblaient-ils pas on ne pouvait plus parfaitement à leur père, Dennast? Ils se précipiteraient vers elle en poussant ces cris rauques et joyeux des enfants vors et déchiquetteraient à grands coups de bec les morceaux de viande pâle et crue fibrillée de rose qu'elle tenait prêts à leur intention et qu'ils recevaient chaque jour d'au-delà de la montagne.

Dreik reprenait santé et vigueur. Les maux de tête avaient disparu et avec eux l'acuité excessive du regard et de l'ouïe. Mais ce qui importait plus encore, son esprit recouvrait peu à peu sa force, bien qu'il subsistât des zones incertaines et quelque chose qui ressemblait à de la confusion dans ses souvenirs, de sorte qu'il n'était pas toujours assuré que tel événement dont la mémoire lui revenait se rapportât vraiment à sa propre vie. Il y avait là des îlots de trouble, rattachés à il ne savait quoi, qui le faisaient brusquement s'immobiliser, inquiet, et il prenait alors cet air vacant qui déconcertait ceux qui le connaissaient.

On l'avait laissé rentrer à Kuala-Hori. Il y mena pendant les premiers jours une existence flottante et silencieuse que ses proches mirent sur le compte d'une convalescence difficile. Tout à ses songes, au combat qui l'occupait pour trier ce qui leur appartenait de ce qui relevait de fantasmes, il ne fit rien pour les détromper.

Il marchait par les chemins du village. Les policiers continuaient de le surveiller. Il n'y prêtait pas attention, pas plus qu'il ne le faisait pour les gens et les choses qui l'entouraient. Il méditait sur son étrange aventure et, ses facultés revenues, il la voyait maintenant d'un autre œil.

Un jour, le troisième ou le quatrième, il dit au Slur :

— Les Vors n'ont jamais été les Vors.

La Magicienne qui s'évertuait vainement à changer la couleur des boules qu'elle dispersait en éventail dans l'espace se détourna. Les propos de son fils, si bizarres qu'ils fussent, ne la déconcertaient jamais. Qu'il vive et soit devant elle lui suffisait. Dreik expliqua :

— Les êtres que j'ai vus appartiennent à une autre race. Je connais maintenant les Vors qui ont des têtes impérieuses d'aigle sur des corps qui ne diffèrent pas beaucoup des nôtres.

Il se leva. Il avait retrouvé toute sa taille et l'éventail de ses puissantes épaules.

— Ce sont eux qui m'ont opéré et ensuite greffé ce parasite...

La Magicienne et le Slur écoutaient avec attention. Pour avoir vécu sur des mondes où les apparences ne sont pas toujours raisonnables, ils n'étaient pas incrédules.

— Pour cela, ils ont ouvert mon corps entier, ils l'ont découpé en étroites lanières, la plus grande partie du moins...

— Comment procédaient-ils ?

— Sans instruments chirurgicaux. Nous ne connaissons pas encore cette technique. Un des Vors se tenait devant une sorte de projecteur d'où jaillissaient des faisceaux lumineux et des ondes. Il en réglait la force et la longueur et ces ondes qu'il manipulait à travers un jeu de puissantes lentilles attaquaient la chair et les neurones au niveau de la cellule.

— Une microchirurgie ?

— Oui, mais bien au-delà de la nôtre, capable de modifier les gènes, les constituants de la cellule, et d'y greffer par d'infimes sutures les éléments du parasite.

— D'où venait ce parasite ? Quelle était sa nature ?

— Je pressens certaines choses mais comment distinguer le vrai ?

Le Slur dit, et ce n'était pas la première fois :

— Ce qui importe, c'est ce qui ne t'appartient pas. J'ai perçu la présence du parasite à la pointe de ce que tu appelles mes filaments sensoriels. Plus que matière, il était intelligence et mouvement. Il est mort. Cependant...

— Oui, quelque chose en est resté. Il m'investissait

et me manipulait par ses millions de microprises mais il y avait symbiose, et à la fin, à cause de son affaiblissement, à mon tour j'ai traversé nos points de contact. Je l'ai envahi et d'une certaine façon connu, si bien que c'est quand je ne comprends pas et que je crois délirer que je suis le plus près de la vérité.

— Ce parasite était peut-être aussi trompeur qu'un message subliminal. Et s'il n'était qu'un tissu de mensonges ? Reste sa mission... Continue...

— J'ai vu ce que j'appelle un local souterrain parce qu'il n'avait pas de fenêtres et dans des salles en enfilade allaient et venaient des Vors, ces êtres à têtes de rapace. J'ai clairement distingué ce qui ressemblait aux rayons d'une ruche, des rayons par milliers, et dans chacun des alvéoles, quelque chose vivait, semblable à une plante minuscule.

Le Slur proposa :

— Des milliers de parasites, une réserve soigneusement entretenue. Et ces êtres que tu prétends être les Vors ?

— Peut-être des hommes de science ou des geôliers. Comment savoir ? Des crêtes lumineuses apparaissaient parfois sur la tête de certains. J'ai vu aussi des colonnes noires qui reliaient le sol au plafond et qui tournaient avec lenteur.

— Autre chose ? Tout cela n'est que l'aspect pour nous énigmatique d'une science qui diffère de la nôtre.

— Deux de ces êtres s'entretiennent avec véhémence dans une lumière un peu violette. On pourrait parler de querelle mais le mot est trop fort.

— Tu les comprends ?

— Pas vraiment. Il me semble cependant que l'un dit que ce qui ne peut être traité en termes de permanence doit être écarté. Ou quelque chose d'approchant. Et puis que toute action doit être convertie. C'est peu compréhensible, d'autant que je crois que le terme est pris dans un sens mystique ou presque religieux.

— Que répond l'autre Vor ?

— Il n'a pas beaucoup parlé, sinon pour dire que le passé ne savait rien du présent. Le premier Vor a protesté comme à une insulte ou un sacrilège. Ils ont aussi exprimé deux points de vue, l'un tenant que l'imaginaire était un facteur de régression, l'autre que le réel avait toujours été un facteur de rupture. Celui qui parlait le plus souvent a dit que ce n'était que notre choix ou notre avidité qui donnaient au temps une direction privilégiée. Le second a répondu : « Le temps dont vous parlez n'est qu'un trompe-l'œil. » Il a prétendu aussi « que se souvenir, c'était passer du temps à l'espace » et bizarrement « que c'était perdre une dimension ». Celui-là a parlé de fuite.

— Dans l'espace ?

— Pas précisément. Il m'a semblé qu'il s'agissait d'une longue dispute abstraite et l'un m'a paru se rallier à des principes d'ordre moral ou religieux qu'il n'a pas nommés, l'autre disant que, de fuites en dérobades, il ne leur resterait bientôt plus que le néant. Il a dit aussi : « Croyez-vous qu'il soit bon que la créature survive à son créateur ? » Mais l'essentiel de leurs propos m'est demeuré obscur. Il ne s'agissait pas, je crois, d'une querelle ni de faire triompher des vues personnelles car l'un a dit : « Si vous gagnez, vous retournerez au chaos et que pourrons-nous faire qui soit juste et ne vous blesse pas ? » Le second a répondu : « Rien ne vous empêche de suivre votre voie. Qui dit issue dit comptabilité. Ce que nous cherchons, c'est un accomplissement et si nous cessons de nous conformer, c'est parce que nous avons défini de nouvelles références. » — « Votre propre vie ? C'est un retour à la dualité. » — « Il n'y a pas d'absolu qui vaille. Vous en avez fait l'expérience. »

Dreik dit :

— Je ne fais que répéter maladroitement, ajoutant ici pour rendre clair et retranchant probablement là, et en termes humains, ce que cette fugitive osmose avec le parasite m'a permis d'entrevoir. L'intelligence des Vors est ainsi faite que certaines liaisons indispensables à notre discours disparaissent chez eux. Ils procèdent aussi à ce que j'appellerais des synthèses, groupant sous un seul signe des éléments disparates à nos yeux et ils en tirent des conclusions.

« J'avoue que ce que ma mémoire a conservé me paraît le plus souvent dépourvu de signification. Ils ne raisonnent pas comme nous de façon linéaire mais sur plusieurs plans et il y a des contacts entre ces plans qui sont des sortes de transformateurs ou de relais ou encore de tremplins. Mais ce qui est certain, c'est qu'avec notre vocabulaire et son agencement, je ne puis rendre qu'une partie de leurs propos et probablement pas la plus significative. Ils n'emploient pas des mots, par exemple, mais des ensembles complexes, des systèmes à plusieurs niveaux dont chaque fragment est porteur de références sous-entendues et une infime variante, qui intervient je ne sais où, suffit à faire surgir des flots d'informations.

« Cela se passe un peu comme s'ils ouvraient des portes sur des chambres et que ce geste suffise à donner tout l'inventaire de la chambre ou encore à choisir dans ce qu'elle contient ce qui va avec leur discours et lui donne la portée ou l'ampleur souhaitée. Je ne crois même pas qu'ils échangent des arguments. Je dirais plutôt qu'ils passent certaines notions au crible et se tracent une voie par élimination, si bien que tout discours tend chez eux vers un point zéro, une sorte de silence où tout serait en équilibre. En fait, ils n'usent de la parole ou de ce qui leur en tient lieu que lorsque je ne sais quel équilibre est compromis...

Dreik fit un geste d'abandon pour montrer son impuissance.

Le Slur qui écoutait avec attention dit :

— L'emploi d'une microchirurgie au niveau du noyau de la cellule indique un développement élevé de leur science. Il est logique que le langage et le niveau mental des Vors aillent de pair et dans ce cas les Terriens se font de grandes illusions ainsi que je l'ai pressenti.

Dreik hésita. Il finit par dire :

— Ce n'est pas sûr. Imagine que dans une guerre l'objectif des adversaires soit de nature différente, que l'un par exemple ne souhaite que libérer sa violence et l'autre seulement nourrir sa population. Evidemment, ce que je dis est trop simple. Ainsi pour l'une des parties, la guerre pourrait être en soi un accomplissement, auquel cas la défaite ou la victoire deviendrait sans signification, quelque chose comme un sous-produit.

Le Slur dit :

— Tu veux dire qu'une fourmi ne saurait tirer aucun usage d'un polyèdre de Thaloo ?

— A peu près.

Le père qui était entré et les écoutait dit :

— Ne vous égarez pas. Les Vors ont des armes. Elles sont peut-être plus sophistiquées que les nôtres mais elles ont le même usage. La guerre n'est jamais qu'une manière de communiquer un peu particulière. Je suis persuadé que guerre, victoire, conquête sont des notions qui ont à peu près le même contenu chez les Vors que chez nous.

« Il est possible, bien entendu, qu'au point où ils en sont ils aient fait le tour de nos jeux, qu'ils aient souhaité autre chose. Il est même possible qu'à ce stade de domination de l'énergie et de contrôle de l'esprit, ils aient conçu une autre manière d'exister et qu'ils aient voulu améliorer leur nature, qu'ils aient d'autres plaisirs, d'autres desseins, qu'ils aient éliminé l'animal mais, fondamentalement, leur nature reste la même que la nôtre, corps et esprit, l'esprit dominant peut-être et le corps domestiqué.

« La tentative n'est pas neuve, à cela près qu'ils l'ont menée à bien par la technique alors que nous n'avons jamais prétendu y accéder que par le mysticisme, la foi et tous les systèmes de croyances que nous avons développés en une vingtaine de millénaires. En somme, à t'entendre, ils auraient pris le problème par l'autre bout, par le second terme et sans le désirer, peut-être par pur hasard, ils auraient débouché sur une nouvelle formule de vie consciente, sur une morale, qui sait, ce qui expliquerait les conflits dont tu te fais l'écho. Mais je voudrais attirer votre attention sur un point. Hier encore, tu nous disais en être venu à la conviction que les Vors souhaitaient la guerre.

— Oui, à cause de cette information que j'avais surprise sur la planète Yoms et puis je pensais à ces créatures mises en avant pour terrifier les humains. Je crois que les Vors ont tout prévu, et que ma capture, mon conditionnement, comme mon procès, faisaient partie d'une vaste machination.

Le Slur dit :

— Et tu peux y inclure ton échec auprès du Coordinateur quand tu lui as fait savoir que les Vors pouvaient accéder à la planète Yoms.

— Le Coordinateur veut la guerre. Il n'écoute que ce qui va dans le sens de ses désirs.

— Les Vors aussi voulaient la guerre et leur proposition de paix n'était qu'un moyen pour gagner du temps.

— Ce qui revient à dire qu'ils ont des faiblesses.

— J'y ai pensé.

— Mais rien ne permet de les connaître.

— Avec précision, non. Mais nous avons un indice.

Ils attendaient. Dreik demanda :

— Les Vors ont fait une guerre défensive pendant trente-deux années et brusquement en quelques semaines, ils sont passés à l'attaque, montrant une volonté de victoire. Qui peut les avoir ainsi changés ? La découverte soudaine d'un danger ? Des querelles intérieures, un parti l'emportant sur l'autre ? A la vérité, nous ne pouvons qu'imaginer. En revanche, qu'apporterait une victoire aux Vors ? De nouveaux territoires ? Des matières premières ? Ils commandent les Espaces Extérieurs, ils ont à leur disposition les ressources de leurs milliers de planètes. Alors que reste-t-il ? Notre technologie ? Ils l'ont dépassée depuis longtemps. Et s'ils dédaignent nos planètes, que reste-t-il à part leurs habitants ? J'en suis venu à la conclusion, dans la faible mesure où on peut conclure, qu'il n'y a que les êtres vivants de la Roue qui peuvent les intéresser.

Il y eut un silence. Chen-San dit, horrifiée :

— Il n'y a qu'une réponse, c'est qu'ils nous voient comme un énorme troupeau, une fabuleuse réserve de nourriture par exemple... Oh, ce n'est pas possible !

Dreik dit :

— C'est peu vraisemblable en effet. Ce serait trop simple et trop horrible tout à la fois, peu conforme aussi avec le niveau de développement des Vors. Mais nous pourrions être pour eux une réserve génétique par exemple. On peut imaginer d'autres hypothèses, ainsi que nous soyons une menace future pour leurs descendants à cause de leur affaiblissement progressif. Ils auraient alors pris les devants.

Le Slur proposa :

— Et si tu soumettais à Mémoire II les renseignements dont tu disposes, visions et fantasmes inclus ?

— J'ai formulé une demande mais le Chef de District prétend que le plus gros des circuits de Mémoire II est affecté au conflit et que les consultations particulières sont remises.

— Il n'a pas pu refuser d'enregistrer ta demande. Cela fait partie des droits imprescriptibles.

Le père demanda :

— Que peut faire Mémoire II ?

— Extraire de sa gigantesque documentation les renseignements qui nous manquent, faire des rapprochements. Sa logique qui est parfaite l'amènera à une connaissance plus affinée des Vors et donc de leurs possibles intentions.

— Elle informe mais ne décide pas et le Grand Conseil a le droit de négliger ses avis. Il ne s'en est jamais privé. Ainsi, il y a trente-deux ans, elle nous a mis en garde contre une guerre avec les Vors. Les planètes ont passé outre. Tu connais la règle : « La Machine propose, l'Homme dispose. »

Chen-San intervint :

— La 4e Loi de Protection donne le droit à

Mémoire II d'activer directement les Trid sans l'approbation du gouvernement quand il s'agit de faire connaître au peuple un ou plusieurs faits qui pourraient bouleverser son avenir.

— Ces faits doivent avoir un rapport avec l'intégrité corporelle ou mentale des citoyens ou encore avec le respect des libertés.

— N'est-ce pas le cas ?

Dreik secoua la tête.

— Mémoire II n'activera les Trid que si elle acquiert une certitude sur les Vors et je crains que les éléments que je vais lui fournir ne soient pas probants. N'oubliez pas qu'il s'agit de visions fragmentaires le plus souvent incohérentes ou encore d'hypothèses.

Chen-San proposa :

— Tu devrais faire appel aux Frères de la Paix. Ils sont puissants sur les planètes non humaines.

— Depuis le raid contre Sumor, ils gardent le silence...

Dreik se leva.

— C'est demain qu'expirera la trêve proposée par les Vors.

Le Slur dit :

— En ville, tous en parlent. Si les Vors sont aussi méthodiques et prévoyants que je le crois, c'est demain qu'ils tenteront de briser les défenses de l'Union.

A l'expiration de la trêve, il ne se passa rien. Ce furent les Terriens qui lancèrent la première attaque deux jours plus tard.

Elle eut lieu dans la zone des Ophir, un secteur d'Espace IV fourmillant d'astéroïdes de petite et moyenne grandeur.

Les Structures Volantes rompirent aussitôt le contact pour se reformer en groupe compact à proximité de la planète Névor. Selon leur technique habituelle, elles démantelèrent la planète et l'utilisèrent comme source d'énergie. Des centaines de navires terriens lancés à l'assaut furent calcinés par les vagues thermiques qui déferlaient sur une largeur de plusieurs centaines de milliers de kilomètres.

Une fois de plus, les vaisseaux de la Roue se heurtaient à ce barrage de feu infranchissable qui leur interdisait toute percée victorieuse depuis trente-deux années. S'ils gagnèrent, à l'issue d'une bataille qui dura plusieurs semaines, ils le durent seulement à leurs armées innombrables, au courage qui les jetait droit dans la fournaise, et aussi à une stratégie de dispersion dans tous les plans de l'espace qui contraignit les Vors à créer des dizaines de sources d'énergie à partir de la planète Névor.

Le dix-septième jour du combat, alors que la Roue avait perdu plus de quatre mille navires, les calculs de ses experts se révélèrent justes. Névor, planète de médiocre dimension, que les Structures Volantes avaient pelée à des centaines de kilomètres de profondeur, transformant ses montagnes, ses mers et sa substance en torrents de chaleur, libéra son énorme noyau gazeux. Il fut épuisé en quelques heures et le mur de lumière s'effondra. Les navires terriens s'élancèrent.

Ils étaient des milliers prêts à se ruer, tenus en réserve à la frange des vagues calorifiques. Les Structures Volantes battirent en retraite, droit sur Orlande, une autre planète, arrachant au passage des jets de flammes aux astéroïdes pour détruire leurs premiers poursuivants.

Mais Orlande était trop lointaine. Elles ne purent jamais l'atteindre pour la métamorphoser en brasier. Cernées par les nouveaux Nivellateurs qui opposaient à leur champ de force un champ contraire à haute viscosité, les Structures Volantes succombèrent l'une après l'autre et s'évanouirent dans l'espace ainsi que les Cônes qui les accompagnaient.

Au cours de cet engagement, les armées terriennes subirent de nouvelles pertes mais la victoire leur resta et, en épaisses colonnes, leurs navires s'engagèrent dans l'immense nappe vide aux marches d'Espace IV.

Les Trid avaient retransmis les phases de la bataille. Les habitants de l'Union vivaient devant leurs récepteurs et le dernier jour, quand ils virent les vaisseaux disparaître dans les profondeurs inconnues d'Espace IV, ce fut du délire.

Au terme d'une course de cinq semaines, les navires de la Roue s'immobilisèrent. Ils furent bientôt des dizaines de milliers à contempler le spectacle à travers leurs viseurs.

Dressées contre le ciel, une centaine de Structures Volantes, la plus forte concentration jamais observée, montaient la garde devant les Eclides, un système de douze planètes dont les deux géantes dépassaient Jupiter en diamètre. Il y avait là en potentiel une énergie si gigantesque que des années d'utilisation ne pourraient l'épuiser.

Arklov, le nouveau chef des armées de la Roue, dit : « Si nous attendons que ces saloperies tombent en poussière, nous serons encore là dans vingt siècles », propos défaitistes qui ne furent pas retransmis par les Trid, ce qui n'empêcha pas que sur Terre l'enthousiasme retombe. On eut beau multiplier les fallacieuses analyses, faire retentir l'hymne solaire entre deux marches martiales et reprojeter les meilleurs moments de ce qu'on appelait «la victoire de Sholdom III», les Terriens et autres populations ne s'y trompèrent pas, opinion qui fut concrétisée par un journal qui titra: «La Victoire sera-t-elle éternellement pour demain?» Un autre eut beau prétendre que le génie humain était sans limites et que les Terriens s'étaient tirés de pas plus difficiles, le climat tournait à la morosité.

On évalua aussi les pertes, qui étaient importantes. Et il y avait les nouvelles mesures du Conseil de Coordination: mobilisation de trente-quatre millions de combattants sur la seule planète Terre, recrutement d'autant de citoyens pour travailler dans les usines ou mettre en exploitation les gisements sur les planètes sœurs.

Si les non-humains furent mis à contribution dans une moindre mesure, ils ne furent pas épargnés. Ainsi Chlaraa, la planète des métaux rares, vit tripler son apport à l'effort de guerre et des techniciens terriens débarquèrent sur son territoire pour encadrer et stimuler la main-d'œuvre locale dont la mauvaise volonté était proverbiale.

Ce fut vers ce temps-là que Dreik fut rappelé. On ne lui rendit pas son commandement et on l'affecta à un U.S. 23 dans la zone de Ganyos, loin du théâtre des opérations. Il embarqua, suivi du Slur qui quitta avec regret Kuala-Hori et la Magicienne.

Dreik resta près d'un mois à ne rien faire, attendant il ne savait quoi sur Duween, grosse planète à atmosphère délétère et à peuplement de dômes.

Exercices militaires et repas mis à part, il ne participait pas à la vie du camp et passait le meilleur de son temps dans sa cellule de repos. Il continuait de penser aux Vors et en parlait au Slur. Avant son départ, il avait déversé dans les circuits de

Mémoire II tout ce qu'il avait appris ou cru apprendre.

La machine n'avait pas fait de commentaires. Inquiet de son silence, il avait demandé : « Vous voyez simplement dans mes propos le récit d'hallucinations maladives ? Vous ne me croyez pas ? » La machine avait répondu : « Les références que je possède sur votre expérience sont intéressantes, cependant rien ne permet de les lier à vos projections mentales. J'ai tenté un rapprochement mais la probabilité reste si basse, voisine de zéro en fait, que je ne puis intervenir. »

Dreik avait demandé : « Pourquoi ne pas provoquer une enquête sur Génova ? » — « Elle a été faite. » — « Pas dans le cadre d'une occupation vor. »

La machine s'était penchée sur ses documents génoviens. Elle avait concédé : « Vous avez raison. Certains rapports pourraient être interprétés à la rigueur dans le sens d'une présence vor telle que vous la décrivez. Je vais réclamer un complément d'information. » — « Puis-je aller sur Génova ? » — « Je recommanderai votre présence. »

Mémoire II avait obtenu une nouvelle enquête mais les autorités terriennes avaient refusé la participation de Dreik. Elles avaient simplement demandé une copie de son entretien avec Mémoire II. Quelques jours plus tard, Dreik avait été envoyé sur Duween, ce qui était reconnaître qu'on acceptait la sentence d'acquittement de la Machine Juridique mais lui faire sentir par la médiocrité de cette affectation qu'on préférait se passer de ses services.

L'unité de Dreik était dite « d'attente », par opposition aux unités de guerre brisante. Elle se composait de deux Nivellateurs, d'une centaine de croiseurs et d'U.S. 23 et 26 de patrouille. Les officiers qui commandaient les croiseurs sortaient pour la plupart des Ecoles de Combat terriennes. Ils étaient jeunes, agressivement patriotes et regardaient Dreik d'un œil hostile. Bien entendu, tous connaissaient son histoire et Dreik soupçonnait l'état-major d'avoir pris un malin plaisir à l'affecter sur Duween. On insinuait le pire sur son passage, on lui cherchait même querelle, et c'est pourquoi il évitait les salles de délassement collectif.

Dans sa cellule de repos, il suivait avec attention sur la Trid le développement de la guerre. Il avait assisté à la victoire de Sholdom III, à la ruée des vaisseaux aux confins d'Espace IV et à leur brusque arrêt devant les Eclides. La guerre sembla ensuite s'enliser quand brusquement les armées de l'Union attaquèrent en direction de l'étoile Zecci, à près de soixante unités Val du système des Eclides. Les commentateurs crièrent aussitôt à la manœuvre de génie. Ils voyaient dans cette offensive un moyen de contourner les défenses vors pour prendre l'ennemi à revers en débordant son aile gauche.

Cette zone de l'espace était en effet faiblement protégée et les victoires se succédèrent. Quelques étoiles dont Zecci furent annexées. Et les vaisseaux terriens entrèrent dans ce qu'on appelait « l'Archipel Rouge », énorme essaim d'étoiles, de planètes et d'astéroïdes qui s'étendait sur douze unités Val.

C'est là qu'étaient embusquées les Structures Volantes, là aussi que s'ouvrit la 2e Campagne qui dura plusieurs mois car chacune des îles de l'Archipel Rouge fit l'objet d'un combat. Les formations vors luttaient avec acharnement. Elles ne battaient jamais en retraite, détruisaient le plus possible de navires de l'Union et à la dernière minute, quand elles allaient être prises au piège, se sabordaient et disparaissaient en fumée.

Les pertes furent terrifiantes et certains dirent plus tard que la défaite vor dans cette zone de l'espace coûta à la Roue les trois quarts de sa flotte, en particulier la presque totalité des Nivellateurs à champ de rupture qui faisaient l'orgueil de l'armée. On parla aussi de trente millions de soldats brûlés dans l'espace mais ce ne fut jamais qu'à mots couverts.

Et un jour, l'Archipel Rouge fut conquis. Il contenait, disaient les Trid et la presse, d'incroyables richesses qui feraient un jour la prospérité de la Roue. Mais ce qui importait plus encore, les défenses de l'ennemi avaient été débordées, la voie était libre et Vor en vue. Sur Duween où les jeunes officiers achevaient leur instruction, on répétait que le 1127e groupe — c'était le nom de leur unité — allait être enfin envoyé sur le terrain des opérations.

Dans sa cellule de repos, Dreik regardait la carte de l'Archipel Rouge qu'il avait fixée sur une cloison. La Trid montrait un général qui commentait les derniers engagements. Le général, qui portait en sautoir la croix noir et blanc du Mérite Spatial, annonça :

— Nous sommes maintenant dans l'antre de l'ennemi.

Dreik dressa l'oreille.

— ... Tout permet de penser en effet que Vor est une des trois planètes qui gravitent autour de l'étoile Agfaran. Nous avons recoupé des milliers de renseignements réunis en trente-deux années de conflit. Vor est maintenant devant nous, l'une de ces trois planètes, la plus importante probablement, à qui nos astronomes ont donné le nom de Carnogh, et rien ne nous empêchera de l'atteindre. Nous sommes certains aujourd'hui qu'en nous attirant dans le système des Eclides, l'ennemi nous tendait un piège. Retranché derrière dix planètes, sources d'énergie illimitée, massant là l'essentiel de ses forces, il voulait nous convaincre que Vor était à l'abri de ce verrou. Nous savons maintenant que c'est faux et que par un trait de génie, notre commandement a découvert le repaire des Vors. Comment expliquer autrement la résistance opposée par l'ennemi dans l'Archipel Rouge, comment expliquer qu'il ait accepté de terribles pertes pour défendre un secteur sans intérêt stratégique ? Nous tenons là la preuve de ce que nous affirmons. Bientôt, dans quelques jours, nos vaisseaux survoleront Carnogh, la planète vor, celle que l'adversaire nous dissimulait depuis trente-deux années...

Dreik dit au Slur :

— Vor n'est pas au-delà de l'Archipel Rouge. Tu te souviens du secteur où ils nous ont relâchés ?

— Dans Espace IV, à proximité de la planète Névor. Mais c'était peut-être une manœuvre et qui peut dire combien de temps nous sommes restés inconscients ?

— Un peu moins d'une journée. Je connais ma barbe, elle avait à peine poussé.

— Et s'ils nous avaient ramenés par un canal du subespace ?

— Dans le subespace, même si on le transporte à l'intérieur d'un Nivellateur, l'U.S. 23 subit des altérations. Les inversions de pôles fissurent souvent les lames des générateurs. Il y a autre chose : tout passage prolongé dans le subespace provoque des troubles du thymus qui subsistent pendant plusieurs jours. Or les examens n'ont rien révélé de tel.

— Tout cela me paraît bien fragile. Qui prouve que les Vors ne l'avaient pas prévu et n'avaient pas conditionné ton corps ou le matériel en conséquence ? S'ils sont aussi subtils que je l'imagine, ils n'ont rien laissé au hasard et ils ont tout prévu, même la conquête de l'Archipel Rouge.

Le général avait raison. Cinq jours plus tard, les navires terriens entraient dans le système de l'étoile Agfaran. Là, de nouveaux combats s'engagèrent. Les plus meurtriers se développèrent à proximité non pas de Carnogh mais d'une planète plus petite, la quatrième à partir d'Agfaran.

Une nuée de navires vors et de Structures Volantes jaillirent de cette planète appelée Jennog IV selon la dénomination terrienne. Trois mille navires, la moitié de ce qui restait de la flotte de la Roue, participèrent à l'assaut. Les forces vors furent détruites mais au terme de la bataille, les dernières Structures Volantes dissoutes dans l'espace, quand les navires de l'Union se comptèrent, ils n'étaient plus que quatre cents. Le reste dérivait dans le système d'Agfaran, milliers de carcasses noircies et tordues.

Les vaisseaux plongèrent dans l'atmosphère de Jennog IV. Ils virent l'immense désert jonché de rocs rouges qui couvrait le tiers de la planète et près des pôles les forêts ainsi que quelques bâtiments d'une blancheur d'ossements à la limite du désert.

Les Trid retransmirent ces premières images. Enfin on pouvait contempler la planète haïe. Sur Terre et dans les colonies terriennes, trois milliards d'hommes regardaient, le cœur battant. L'instant du triomphe était venu et il était bien différent de ce qu'on avait espéré.

L'œil rivé à l'image, les Humains voyaient défiler le paysage de la planète. Il n'y avait rien à voir sinon le désert, de vastes forêts crépues, quelques lacs aux eaux mortes et puis ces bâtiments en bordure du désert qui faisaient penser à des ruines, et les épaves noires des vaisseaux terriens dont certaines fumaient encore.

On vit aussi les deux soleils, et la lune vor presque semblable à la nôtre. Un des croiseurs terriens se posa sur le sol granuleux. On arrêta là les images.

Sur Terre, les habitants se regardaient, déçus. C'était donc cela la planète de l'ennemi qui les tenait en respect depuis trente-deux années, cet ennemi fabuleux qui les faisait trembler hier encore ? Pour un peu la colère l'aurait emporté. Comme si on leur avait volé leur victoire. Ils finirent par le dire, du reste, et que cette victoire qui se ratatinait à vue d'œil avait coûté bien cher.

Et cet ennemi qui s'était évanoui avec sa défaite ! Voilà encore qui ne fait pas plaisir. On aime contempler le vaincu, en rassasier ses regards. On peut tirer mille bonheurs de sa déchéance ou de son humiliation, en particulier quand la guerre a été si longue, si pénible. On peut l'insulter, le faire défiler, le parquer misérablement dans des camps. On peut même lui pardonner, en avoir pitié, le relever. Enfin, prétendaient certains, c'était un des bons moments de la victoire.

Ils se sentaient dupés par cet adversaire si coriace qui par un dernier tour avait réussi de surcroît à disparaître à l'ultime seconde puisque selon leur détestable coutume les combattants s'étaient évanouis en impalpable poussière. Comme s'ils n'avaient jamais existé. Oui, c'était exactement cela. Mais les civils? Les habitants, ces millions d'êtres qui alimentaient la puissante machine de guerre vor, où étaient-ils?

Il fallut se rendre à l'évidence. Eux aussi avaient disparu jusqu'au dernier et, la partie perdue, ils avaient préféré filer en fumée ou bien encore ailleurs, dans un autre repaire, pourquoi pas? Ah, ils étaient frustrés! Quelques-uns demandèrent: «Mais les ruines, les traces, les vestiges de cette prodigieuse civilisation, les restes, les scories de cette technologie sans égale?» Tout se passait peut-être en sous-sol, à dix, quarante kilomètres au-dessous de cette croûte peu plaisante, car ce n'était pas une jolie planète, on en connaissait cent autres plus admirables. A dire vrai, elle était même rébarbative, franchement laide.

L'espoir revint. Les Vors, des cavernicoles, leur planète creusée de mille grottes, de canaux. Le lendemain on déchanta. Les sondeurs étaient restés muets. Rien en sous-sol, juste les fondations de quelques bâtiments sommaires entrevus, cubes sans grâce à demi écroulés, et quand on voulut y entrer ils explosèrent en fragments pas plus gros que des noisettes.

Devant les Trid, ils en crièrent de rage, ils en levèrent le poing. Jamais ils n'avaient autant détesté les Vors, même au plus fort de la guerre. Seuls les Frères de la Paix triomphaient. Ils l'avaient dit et redit, que cette guerre était sans objet. On leur jeta de si mauvais regards qu'ils finirent par baisser la voix, sentant venir les mauvais coups.

Le sixième jour, après avoir de nouveau montré la forêt et le désert cette fois occupé par les vaisseaux terriens rescapés, le gouvernement annonça qu'on allait maintenant entreprendre l'inventaire minutieux de la planète et de ses voisines, que des analyses seraient faites, et que jour après jour la population serait tenue au courant. Bien qu'endoctrinés, conditionnés jusque dans leur sommeil, ce jour-là, humains et non-humains fermèrent brutalement leur Trid. Ils n'avaient jamais été aussi certains qu'on se moquait d'eux.

Le premier examen de Jennog IV révéla deux faits. D'une part l'existence d'une civilisation de type B ou supérieur par l'analyse des matériaux provenant des rares vestiges.

Le peuple qui avait édifié ces bâtiments maîtrisait une technique industrielle de haut niveau et quelques fragments métalliques attestaient de l'emploi de composés souples à protection totale. Ces composés exigeaient des connaissances en chimie industrielle dites B +, c'est-à-dire au-delà de la découverte de la fission de l'atome. Elles n'avaient été acquises sur Terre que trois siècles plus tôt. Allait de pair la présence de ce qu'on pouvait appeler un ciment plastique autorégénérateur qui appartenait lui aussi aux technologies B +. Il assurait l'imperméabilité permanente de la construction, et la compensation à peu près immédiate, mimétisme minéral compris, des dommages qui pouvaient lui être causés. On avait ainsi constaté que ces édifices qui étaient en ruine au dernier jour de la guerre avaient compensé leurs dégradations en moins d'une semaine et recouvré l'aspect qu'ils devaient avoir au temps de leur construction.

D'autre part, dans les forêts de l'hémisphère Sud, on découvrit un embryon de civilisation de type D 2 à outillage rudimentaire. Les habitants, disparus depuis peu semblait-il, vivaient dans des cahutes en rondins. Ils pratiquaient la pêche et la chasse mais aussi la culture et l'élevage. Ils pouvaient se tenir debout comme les humains, ce qu'ils ne faisaient pas toujours, et se servaient d'armes de jet lourdes car il s'agissait d'êtres dont la taille devait atteindre trois mètres et d'après certaines empreintes d'un poids de plusieurs centaines de kilos.

Ils étaient omnivores avec dominante carnassière et chassaient entre autres pour leur subsistance une variété de gros cerfs à peau écailleuse qu'ils tuaient probablement à mains nues. A certains indices, on pensait qu'ils les dévoraient crus. Enfin on avait découvert dans une grotte des dessins grossiers gravés dans le calcaire qui montraient des créatures dont la tête triangulaire était surmontée d'une aigrette.

La moisson, comme on le voit, était maigre et si peu révélatrice que les navires de la Roue furent envoyés dans les espaces environnants puis de plus en plus loin. Ils ne rencontrèrent que des planètes stériles et au-delà le vide sans limites.

Hors de portée, à des milliers d'unités Val, brasillait devant eux la galaxie de Tessus, gigantesque lentille à grande courbure où s'amassaient en plages scintillantes des millions d'étoiles et de planètes. Le voyage pour l'atteindre demanderait des années. Bien entendu, les canaux du subespace permettraient d'aller plus vite mais encore restait-il à les localiser et à savoir jusqu'à quel point ils étaient praticables et sans danger, ce qui demanderait des mois et peut-être des années de prospection. Les navires reçurent donc l'ordre de rejoindre le système d'Agfaran, ses cinq planètes et ses astéroïdes afin d'y poursuivre les recherches.

Les Trid et la presse avaient beau monter en épingle la moindre trouvaille et prétendre que l'espace était maintenant ouvert à l'infini, affirmer que la Roue avait conquis d'inépuisables richesses — ce qui faisait hausser les épaules à ceux qui avaient évalué le coût d'extraction et de transport de ces richesses —, le malaise subsistait et quelques-uns disaient froidement qu'un ennemi qui s'était aussi complètement évanoui dans l'espace n'était pas tout à fait un ennemi vaincu.

Restaient les Eclides, assemblage d'une douzaine de planètes devant lesquelles une centaine de Structures Volantes continuaient de monter la garde. Et en face d'elles, revenus, mais n'osant s'aventurer, les vaisseaux rescapés de l'Union.

On attendait la grande attaque, le déferlement des vagues de lumière brûlante. Elle n'eut jamais lieu. Tout se termina platement, discrètement aurait-on pu dire, à la manière vor. Un jour, les Structures passèrent derrière les Eclides, juste au moment où on envisageait de les prendre à revers. A bord des vaisseaux de la Roue, ce fut le branle-bas, la dernière inspection avant l'attaque. Par prudence cependant, on envoya un croiseur en éclaireur. On pensait: « C'est un piège. Dès qu'il sera à portée, les Structures vont réapparaître, le dévorer dans un orage de chaleur. »

Le croiseur atteignit les Eclides, en fit le tour et annonça que l'ennemi avait disparu. La flotte s'avança, pas une ruée, non, mais une progression prudente. On connaissait en effet les mirages de l'espace, les démultiplications d'images. Les nouveaux Nivellateurs avaient le pouvoir de les créer, et peut-être était-ce l'ultime sorcellerie vor.

Il n'y avait pas de sorcellerie. Toute l'Union, rivée aux Trid soupira. De soulagement ou de déception, on ne savait trop. Où étaient passées les Structures Volantes, ces derniers témoignages de la réalité vor? S'étaient-elles détruites en final holocauste à l'abri des Eclides? Avaient-elles fui par un canal du subespace? Et pour aller où? Rejoindre ces millions ou ces milliards de Vors si soudainement escamotés? La frustration fut à son comble et avec elle le malaise qui chez les plus simples ou les plus émotifs tournait à la peur.

Ce fut après le mystérieux épisode des Eclides qu'on rappela Dreik sur Terre. Il était las du dôme climatisé, de l'inaction et plus encore de la hargne de ses collègues qui étaient si enragés de ne pas avoir contribué à la victoire qu'ils ne cessaient dans leurs furieux propos de traiter cette victoire avec mépris quand ils ne la contestaient pas. Sur ce point, leur opinion rejoignait celle de Dreik qui, toujours en butte à leur malveillance, se gardait de souffler mot.

Sur Duween, Dreik passait son temps à écouter la radio et à regarder la Trid. A réfléchir aussi, et il se demandait si, en dépit de ses déductions, Jennog IV n'était pas la planète sur laquelle il avait été incarcéré. Ce qui le lui donnait à penser, c'étaient ces bâtiments rares et surtout ces énormes êtres carnivores dont l'aspect faisait penser aux Cessaqs.

Dreik avait scruté sur la Trid le ciel de Jennog IV mais il n'avait pas été frappé par la distribution des étoiles. Demeuraient les deux soleils qu'il avait aperçus et une gravité voisine de celle de la Terre.

A ces faibles présomptions, le Slur avait répondu: «Je connais des milliers de planètes qui correspondent à cette description.» C'était vrai. Et le Slur, de quoi se souvenait-il? «Je te l'ai dit. Ils avaient décelé quelques-unes de mes facultés et les parois de ma prison baignaient dans un champ neutralisant qui m'interdisait toute observation. J'ai cent fois brisé contre leurs murs mes filaments sensoriels et un jour même, pour me dissuader, ils ont saturé les murs de je ne sais quelle charge qui m'a endolori pendant des heures.»

Dreik se repliait alors sur ses visions mais, les jours passant, elles devenaient moins vives, si bien qu'à la fin il s'en défiait, craignant par ses efforts d'imaginer plutôt que de se souvenir.

Il en était là, sans aucune certitude, sinon celle toute d'intuition que les Vors s'étaient moqués des Humains, quand on l'appela sur Terre.

On le conduisit à Zurich III où on le mit en présence d'une commission composée de Terriens et de représentants des planètes non humaines. Le Coordinateur n'était pas là et Dreik eut la surprise de voir à sa place Gessler, le suractivé qu'il croyait en disgrâce.

L'entrevue manqua de formalisme. On ne fit pas comparaître Dreik, on l'invita à prendre place au milieu d'un cercle de huit personnes qui, chacune à sa manière, l'accueillit chaleureusement. Jusqu'à Gessler qui lui sourit et déclara sans perdre cependant ses manières tranchantes « qu'on avait sous-estimé sa contribution et que le moment était peut-être venu de réparer cette erreur ». Dreik s'inclina devant cette déclaration sibylline. Il demeurait méfiant.

Gessler dit :

— Nous avons fait réétudier votre rapport par Mémoire II ainsi que les données nouvelles que nous possédons sur les Vors. Rien de nouveau n'est apparu sinon un faisceau de certitudes que je qualifierais de négatives qui débouchent au mieux sur des décisions de défense ou d'observation. Depuis ce rapport vieux de plusieurs mois, avez-vous pris conscience d'informations révélatrices, à propos par exemple de ces deux personnages à tête de rapace que vous estimez à tort ou à raison être les véritables Vors ? Nous avons analysé leurs discours à divers niveaux mais nous n'y avons vu que des propos académiques relatifs à des affaires intérieures. Aucun autre élément original ?

Dreik secoua la tête. Gessler constata :

— En résumé, nous avons vaincu les Vors mais nous ne savons sur eux rien de plus qu'au début de cette guerre.

Dreik observa que Gessler ne tenait pas le conflit pour terminé et que les délégués paraissaient du même avis.

— ... Nous avons combattu un ennemi dont vous seul avez entrevu le visage et vous prétendez que ce visage est un masque. Nous en sommes venus à la conclusion que vous êtes aujourd'hui notre seule source d'information et nous nous adressons à vous en désespoir de cause mais pouvons-nous vous croire ? N'avez-vous pas été dupé, manœuvré ?

Dreik dit avec agacement :

— Je me pose cette question depuis mon retour. N'est-ce pas à cause d'elle que je suis devenu à vos yeux un coupable ?

— Raison d'Etat, raison majeure. A chaque situation ses remèdes, je n'apprends rien à personne. Un Etat se gouverne avec un minimum d'injustice dont il se fait un vaccin. Vous nous avez été utile. Vous l'êtes encore puisque vous êtes ici... Revenons à ces Vors. Le plus surprenant, c'est ce vide. Cette absence et cette simplicité nous déconcertent plus que la complexité la plus délirante ou les folles contradictions que nous avons dû parfois concilier. Mais peut-être n'y a-t-il rien d'autre qu'un ennemi orgueilleux et vindicatif que nous avons anéanti et qui a emporté avec lui la preuve de son existence?

Dreik dit:

— Cette version ne satisfait que votre amour-propre. Elle ressemble à ces mauvaises explications que les mères sentimentales donnent à leurs enfants. Elle ne tient pas compte de la fabuleuse technologie vor et moins encore de la subtile partie d'échecs que j'ai cru entrevoir.

Dreik demanda, car la question lui tenait à cœur:

— Que vous a appris la planète Génova?

— L'enquête a révélé la présence d'une race intelligente non génovienne il y a environ quatre siècles. Elle occupait une île de l'hémisphère Sud. Les traces de son passage sont peu signifiantes.

— Analogues à celles relevées sur Jennog IV?

— Plus difficiles à interpréter parce que rares et volontairement détruites.

— Et dans la mémoire génovienne?

— On parle d'êtres étranges. On les tient pour bienfaisants et tout-puissants, du type des dieux avant Apocalypse I. Ah, un fait cependant: trois femmes génoviennes auraient été enlevées par ces étrangers. Elles sont aujourd'hui révérées comme des sortes de saintes et font l'objet d'un culte à résonances érotiques, déesses et femelles-servantes inépuisables tout à la fois. Des machines dans le ciel, plates et silencieuses, mais nous en trouvons dans les souvenirs d'une vingtaine de planètes, y compris la Terre, malgré quoi nous devons reconnaître que tout cela va dans le sens de vos visions et c'est pourquoi vous êtes ici.

Il jeta un regard sur ses collègues dont certains ne cachaient pas leur scepticisme.

— ... Nous avions deux solutions : ou refuser en bloc vos visions, y voir un produit de votre imagination ou encore la matière artificielle proliférante née d'une implantation-suggestion vor. Ou accepter ces visions sans esprit critique et tenter d'en donner une version humaine, je veux dire dont nous puissions tirer une compréhension et au-delà un programme d'action. Vous voyez où je veux en venir ?

— Si vous admettez le niveau technologique que laissent supposer par exemple les Structures Volantes et une microchirurgie au niveau du noyau cellulaire, pouvez-vous évaluer la science vor dans les autres domaines ?

— Nous pouvons faire quelques extrapolations. Elles tournent vite court. S'il y a parallélisme, la seule chose que nous puissions affirmer, c'est que les Vors sont en avance sur nous. Mais vous adoptez là une position anthropocentrique. Vous choisissez la quantité et rejetez la qualité.

Dreik approuva. Il sourit pour dire :

— Que pouvons-nous formuler d'autre que des batteries d'hypothèses à l'échelle humaine ? Bien entendu, si la science vor s'accompagne de gratuité, position qui n'est pas anthropocentrique, du moins dans notre type actuel de civilisation, on pourrait alors la qualifier d'innocente, auquel cas mon raisonnement ne vaut rien.

— Continuez...

— Cette gratuité est pour l'heure hors de notre champ. Je garde donc la version anthropocentrique, quelle que soit sa probabilité.

Dreik se tourna vers les non-humains :

— Peut-être pourrez-vous nous donner une autre vision ?

L'être de Giendhor dit :

— Nous en doutons. Si vous le désirez, nous vous

montrerons les tables d'équivalences. Nos raisonnements et nos impulsions, conscientes ou non, sont à peu près du même type que les vôtres. Seules nos motivations diffèrent parfois mais elles vous restent claires. Donc en ce qui concerne les Vors nous sommes comme vous, Terriens, dans l'expectative. A cela près que nous n'en faisons pas un drame.

Les délégués non humains approuvèrent, sauf les jumelles de Gertha. Dreik reprit :

— Dans le cadre de mon hypothèse, qu'auraient fait les Vors pour gagner cette guerre ?

Gessler dit :

— Le comble de l'habileté pour eux eût été de gagner la guerre en nous donnant le sentiment que nous étions les vainqueurs. C'est là que vous vouliez en venir, Dreik ?

— Sommairement.

— Interrogeons Mémoire II.

La machine qui avait enregistré l'entretien répondit aussitôt :

— Le facteur manquant est une hyperconnaissance. J'entends par là un dépassement du processus rationnel classique. A l'échelon humain, dans le cadre de l'hypothèse — mais dans ce cadre seulement —, nous aurions une réponse en termes de puissance. Militaire ou non, la première solution est plus conforme. La jonction au niveau rationnel ou efficace serait par exemple une arme cachée.

Dreik demanda :

— Dans l'espace ? Dans le temps ?

— Nous ne pouvons étudier qu'une arme dissimulée dans l'espace. L'invisibilité de l'adversaire ou son déplacement dans le temps sont incompatibles avec la loi de Gerez-Velry sur les canaux du subespace. Bien entendu, nous restons toujours dans le cadre de nos connaissances et rien ne prouve que les Vors soient asservis à cette loi. Ainsi nos générateurs antigravitiques nous permettent d'échapper à la loi de la gravitation, et ce qui serait non-sens ou miracle au niveau d'une civilisation de type D devient banal et explicable au niveau B.

Gessler proposa :

— Ne tombons pas dans la science-fiction. Parlons simplement d'une dissimulation dans l'espace. Qu'y a-t-il en dehors des territoires extérieurs et de la planète Yoms ?

— D'autres solutions mais ces deux-là sont acceptables, en particulier Yoms qui est dans Espace IV et à laquelle nous n'avons pas accès.

— Yoms pourrait donc être le repaire de la force vor ? demanda Dreik.

— C'est techniquement concevable. Il est même possible que l'attraction de la planète qui nous interdit d'y aborder soit artificielle et qu'il s'agisse d'un moyen de protection mis au point par les Vors. Je vous rappelle cependant que cette solution ne repose que sur une cascade d'hypothèses.

— Quelle est sa probabilité ?

— Faible. Les navires qui montent la garde depuis plusieurs mois devant Yoms n'ont jamais rien observé de suspect. Par ailleurs, l'attraction de la planète relève d'un phénomène depuis longtemps catalogué et ce que nous connaissons de sa constitution ne la différencie en rien des autres planètes à forte gravité déjà répertoriées.

— Aucune émission d'ondes radio ou autres ?

— Aucune.

— Un départ des Vors vers la galaxie de Tessus serait-il plus probable ?

— Beaucoup plus. Surtout si les Vors ont établi une topographie des canaux subspatiaux. Mais il y a d'autres hypothèses, d'autres planètes aussi où ils peuvent se dissimuler. Même les canaux subspatiaux pourraient constituer un refuge provisoire. Et encore nous ne parlons là que dans le cadre limité de notre science.

L'un des non-humains dit :

— Cet entretien est sans objet. Pourquoi ne pas postuler une défaite vor ? Ou alors prévoyons le pire et restons sur nos gardes.

Gessler intervint sèchement :

— Avec la quasi-totalité de notre flotte détruite et des territoires à occuper dix fois plus vastes que la Roue ?

Le non-humain suggéra avec irritation :

— Eh bien, faites une proposition concrète ! Que dit Mémoire II ?

La machine répondit :

— Restez vigilants et reconstituez la flotte...

Le non-humain se leva. Il répéta :

— Nous tournons en rond. Je maintiens que cet entretien n'avait pas d'objet.

Il s'en alla. Après quelques instants de réflexion ses collègues non humains le suivirent. L'un d'eux dit à Gessler :

— Le programme de Mémoire II que vous semblez approuver signifie pour nous une charge permanente. A quoi bon gagner une guerre si rien n'est changé ?

Quand les délégués furent sortis, Gessler dit à Dreik :

— Les mystères ne les gênent pas. Ils ont toujours attendu que d'autres les résolvent à leur place. Ce qu'ils ne comprennent pas, ils le négligent et finissent par l'oublier. Pourquoi ces endormis croient-ils que nous avons conquis leurs planètes ? Nous appartenons à une race inquiète, Dreik, et qu'est-ce que l'inquiétude en fin de compte sinon l'aptitude à vivre un pied dans l'avenir ? Ôtez l'inquiétude à l'homme, et bientôt il n'en restera rien...

Dreik éclata de rire. Gessler le regardait, surpris. Il demanda avec aigreur :

— Cela vous paraît comique ?

— Venant de quelqu'un qui n'a cessé de rassurer ses semblables et d'anesthésier leur esprit critique à coups de petits plaisirs et de bien-être, c'est plutôt drôle, non ?

Dreik reçut l'ordre de gagner la base de Vénès en Afrique du Sud. Là, une surprise l'attendait. Le lieutenant-général qui l'accueillit lui annonça qu'il commanderait en second un des Nivellateurs de la base, le « Dosor ». Cette promotion n'enchanta pas Dreik. La guerre finie, il avait l'intention de quitter l'armée où il ne s'était jamais plu pour revenir à son métier de prospecteur spatial. Il crut honnête de le dire au lieutenant-général qui lui répondit : « Qui prétend que nous ne sommes plus en guerre ? Ces gens du Conseil qui à tort ou à raison vous ont offert une nouvelle chance ? »

Il dissimulait si peu son animosité qu'il ajouta : « Nous vivons dans un temps où il ne sert à rien de se comporter en soldat loyal. Le « Dosor » partira dans trois jours pour l'Archipel Rouge. Il y a là-bas de la besogne pour des années : pacifier, inventorier, intégrer à l'Union, telle est notre nouvelle mission... »

La diction martelée, il continua d'exposer ce qu'il appelait « la mise en condition des territoires annexés » et Dreik se dit que sa promotion ressemblait fâcheusement à un exil. Il formula quelques réserves, parla de son éventuelle démission après la fin officielle des hostilités, fut rabroué, rudement remis en selle et congédié sur un sec « Allez vous mettre à la disposition du commandant Rachid ».

Le « Dosor » quitta la base de Vénès. Le lendemain à treize heures, heure terrienne, les Structures Volantes surgirent de l'atmosphère de la planète Yoms. Elles se déployèrent sur un front large de plusieurs milliers de kilomètres et traversèrent Espace III à grande vitesse en direction du système solaire. Au passage, elles lâchèrent de petits contingents vers les planètes extérieures.

Les combats à proximité de Yoms furent brefs. Sans rompre leur formation, les Structures Volantes anéantirent les unités terriennes qui surveillaient la planète.

Ce n'est qu'aux approches du système solaire que les navires vors rencontrèrent une violente résistance. Là étaient en effet concentrés le plus gros des forces de la Roue alertées et les grands Nivellateurs briseurs de champs et créateurs de mirages. Une centaine d'astéroïdes et deux planètes de petites dimensions qui dévalèrent en nappes de feu eurent raison de leur combativité.

L'affrontement ne dura que huit heures. Dreik y participa. Quatre générateurs sur six du « Dosor » furent mis hors d'usage, huit cents mètres carrés de coque et les alvéoles de protection sous-jacents furent déchirés ou brûlés mais l'énorme vaisseau, long d'un kilomètre, réussit tant bien que mal à prendre la fuite. Les Structures, assurées de la victoire, ne se donnèrent pas la peine de le poursuivre et le « Dosor » boitilla sur deux générateurs à la recherche d'un astéroïde où se poser.

Cet obstacle franchi, les Structures Volantes qu'une nuée de Cônes entouraient entrèrent dans le système solaire où rien ne s'opposa à leur avance sinon quelques unités de surveillance qui furent vite foudroyées. A cette occasion, les Vors utilisèrent une nouvelle invention qui créait au sein du fragment d'espace où se trouvait le navire ennemi une tension si puissante qu'il se contractait jusqu'à être réduit au dixième de son volume.

Trois jours après leur irruption de Yoms, les Structures Volantes se dressèrent au-dessus de Mars, de Vénus et de la Terre.

Un envol de fusées terriennes fut calciné par une langue de flammes arrachée à notre satellite et afin de bien montrer que toute résistance était inutile, une seconde langue de feu jaillit du sol lunaire, le défonçant d'un pôle à l'autre. Dirigée avec précision, la vague brûlante bouleversa le désert européen, vaste plaine aride percée d'échines rocheuses et déchirée par Apocalypse II. Des coulées de lave descendirent les pentes, levant des nuages de vapeur et de cendre qui provoquèrent cyclones et raz de marée sur toute la surface du globe.

Dressées dans le ciel à quatre cent mille kilomètres de la Terre, une armada de Structures attendaient, vastes toiles d'araignées parcourues de lueurs argentées. Après quelques heures, les Structures se dispersèrent, la plupart s'écartant de la planète. Une dizaine seulement s'en rapprochèrent assez pour devenir visibles à l'œil nu. Là, elles attendirent encore, immobiles. Douze heures plus tard, elles entrèrent en contact avec la Terre. Elles le firent de la manière la plus simple, par le canal des Trid dont elles employèrent une des pistes.

Une voix retentit. Elle s'exprimait en « multibasic », la langue terrienne enseignée officiellement depuis huit siècles. Cette voix qui avait le léger accent des populations de Centre Afrique annonça pour le lendemain à quatorze heures la visite d'un plénipotentiaire vor à Zurich III. Un accord devrait être donné par le Cinquième canal Trid. Les Vors ajoutèrent qu'ils n'avaient pas de visées conquérantes, que l'entretien serait d'information et qu'ils ne doutaient pas du bon sens bien connu des Terriens. En outre, précisèrent-ils, cet entretien n'intéressait que les autorités de la planète — ils usèrent de l'expression « autorités locales » — et excluait l'intervention des représentants de la Roue.

Le Coordinateur donna son accord et le lendemain à 14 heures, un disque de grande dimension à dôme triple traversa l'atmosphère et se posa à Zurich III. Le plénipotentiaire vor apparut. Il était accompagné d'une femme d'apparence terrienne de petite taille, à la peau bleuâtre et aux yeux transparents et de deux gardes cessaqs qui ressemblaient à la maquette mobile qu'on avait montrée si souvent aux spectateurs des Trid, à cela près que leur expression n'était ni féroce ni agressive. Leurs vastes yeux circulaires exprimaient plutôt une bienveillante curiosité. Bien entendu, on confondit d'abord Vors et Cessaqs, il fallait s'y attendre. La femme à peau bleuâtre mit rapidement les choses au point mais, plus que son bref discours, ce fut la vue des véritables Vors qui fit comprendre aux Humains qui étaient les maîtres véritables. Il y avait en effet dans la présence et le physique vors une autorité et une assurance imposantes et l'aisance de ceux qui n'ont jamais été dominés et ne conçoivent même pas qu'ils puissent l'être.

L'ambassadeur vor mobilisa donc l'attention. Cette tête de rapace sur un corps presque humain surprenait et plus encore la nonchalance de son attitude, l'élégance des gestes et de la silhouette, qui tranchait avec le comportement rustique des Cessaqs et le maintien discret de la femelle d'aspect terrien.

Celle-ci annonça qu'elle avait pour mission de traduire les désirs de chacun. Il était inutile, dit-elle, de transporter les envoyés au Centre de Gouvernement. L'entrevue se déroulerait ici même. Elle serait brève et pourrait, si les Humains le souhaitaient, être retransmise par la voie des Trid.

Tandis qu'elle parlait, elle observait craintivement la foule maintenue à distance par la police et elle semblait effarée par le nombre considérable d'humains qu'elle découvrait d'un seul regard.

Gigantesques et placides, les Cessaqs regardaient aussi la foule. Il n'y avait ni morgue ni servilité dans leur attitude et ils se déplaçaient parfois avec naturel pour mieux voir quelque chose qui avait éveillé leur attention. Ils ne s'occupaient pas du plénipotentiaire et, en dépit de leur uniforme luisant et des armes accrochées à leur ceinture, ils faisaient penser à des observateurs plutôt qu'à des gardes.

Quant au Vor dont les épaules atteignaient juste la ceinture des Cessaqs, il attendait, impatient semblait-il, son œil jaune et dominateur allant de la femme terrienne au Coordinateur. Il se désintéressa assez vite du dialogue qu'ils avaient engagé dont il ne demanda pas la traduction et il sortit d'une poche ventrale quelque chose de brun qu'il rompit pour en prendre un morceau. Il l'introduisit délicatement dans son puissant bec et le croqua sans perdre son œil dominateur, maintenant tourné vers les personnages qui escortaient le Coordinateur.

A aucun moment l'entrevue ne fut empreinte de ce formalisme qu'on attendait et on put même voir un des Cessaqs se gratter frénétiquement le dos avec la crosse de l'arme retirée de sa ceinture. Ses yeux énormes exprimèrent alors une satisfaction que tous les spectateurs remarquèrent.

Le Vor n'avait pas bronché. Il continua de croquer sans s'occuper des Cessaqs. Il paraissait ignorer leur présence, son bec mâchonnant dressé sur son cou interminable d'une façon que certains jugèrent prétentieuse chez quelqu'un qui mangeait ainsi en public. Cette prétention, alliée à des manières médiocres, fit tenir les Vors dès le début en petite considération alors que par leur simplicité et leur naturel, en dépit de leur formidable apparence, les Cessaqs, si longtemps honnis, firent figure de lourdauds plutôt sympathiques.

La femme se tourna vers le Vor qui, sans cesser son mâchonnement, émit un groupe d'aigrettes scintillantes au-dessus de son crâne plat. L'émission dura une fraction de seconde. La femme dit :

— Que pensez-vous de ces propositions : aucun navire terrien ne pourra s'élever dans l'espace. Avant dix heures ce soir, ils devront tous être regroupés dans le désert nord-américain. Dans le pourtour méditerranéen, vous évacuerez à votre choix une zone de six mille kilomètres carrés en bordure de la mer. C'est là qu'atterriront les navires vors.

Le Coordinateur, qui était décontenancé à la fois par cet entretien en plein air — la température en ce mois d'octobre était fraîche, presque froide — et par la désinvolture de l'envoyé vor, posa quelques questions à quoi la femme répondit avec douceur : « Mais vous restez les maîtres bien entendu et tout doit continuer comme auparavant. En temps voulu, nous vous ferons part de certains de nos souhaits mais dès maintenant nous tenons à vous assurer que nous n'interviendrons pas dans le gouvernement et les affaires intérieures de la Terre. Nous agirons de même avec les vingt-huit autres planètes de l'Union. Cependant, veuillez noter qu'à compter d'aujourd'hui, cette Union est dissoute et que chacune des planètes recouvre son indépendance. »

Le Coordinateur, surpris que le Vor eût tant exprimé en une si brève fraction de temps, demanda : « Et nos colonies terriennes ? Quel est leur sort ? » Le Vor devait avoir aussi défini ce point car la femme répondit sans le consulter : « Elles restent sur les planètes et sont soumises à l'autorité autochtone. Si elles en expriment le désir, vous pourrez les rapatrier sur la Terre mais cela est une affaire purement intérieure dont vous restez seuls juges. »

Le Coordinateur jeta un coup d'œil furtif vers le Vor qui continuait de croquer avec hauteur. « C'est tout ? » — « Oui. Peut-être aurons-nous de nouvelles entrevues plus tard. »

Elle sourit avec amabilité comme une maîtresse de maison qui promet à ses invités de bientôt se revoir et le petit appareil blanc en forme de diadème fixé dans sa chevelure émit une aigrette couleur d'aigue-marine. A ce signal que le Vor, on le comprit alors, attendait avec impatience, celui-ci passa entre les deux Cessaqs et regagna son vaisseau.

Les Cessaqs lui emboîtèrent le pas et à leur manière de se pencher mollement l'un vers l'autre, on pouvait penser qu'ils bavardaient. Pour les suivre, la femme dut presser l'allure, de sorte qu'elle parcourut les derniers mètres en trottant, serrant des deux mains contre ses jambes la robe longue et flottante qui l'habillait jusqu'aux pieds.

Sans bruit, le disque s'éleva obliquement et disparut aux yeux effarés du Coordinateur qui ne savait quoi penser d'interlocuteurs aussi peu protocolaires et aussi expéditifs. Pour un peu, il aurait pris de l'assurance et serait tombé dans le dédain. Il dit du reste à son secrétaire: «Qu'est-ce que c'est que ces oiseaux-là?», ce qui fit rire servilement son escorte.

Tel fut le contact initial avec les Vors. Le premier mouvement des Terriens — après le soulagement, bien sûr — fut de ne pas les prendre au sérieux. Ahuris devant leurs Trid, ils s'étaient ensuite esclaffés au spectacle de cet oiseau bizarre à la fois snob et grossier. Et ces paysans donc, qui se grattaient en public et avaient ouvert à plusieurs reprises une vaste bouche en croissant comme s'ils se moquaient d'on ne savait quoi. Sans compter cette petite Terrienne dépourvue d'élégance et vêtue comme on ne l'était plus depuis trois siècles, même pas jolie du reste, et qui avait l'air, devant le Coordinateur et sa suite en grand arroi, d'une servante des temps anciens.

Et puis ils pensèrent aux trente-deux années de guerre, aux grandes toiles d'araignées dressées dans le ciel, à l'éclat jaune de cet œil vor, à la fois impérieux et indifférent, et les rires s'éteignirent avec les commentaires ironiques.

On interpréta alors l'attitude du Vor comme celle de qui est si puissant, si assuré de sa supériorité devant un adversaire négligeable qu'il ne se donne aucune contrainte. Que savait-on des rites de ce peuple hier encore inconnu? Gloses, analyses subtiles, rapprochements sophistiqués, les observateurs s'en donnèrent à cœur joie et à la manière terrienne, on avança dix interprétations, on fit autant de prophéties contraires qui allaient de l'euphorie à la crainte du pire. On se méfiait de qui ne demandait rien ou très peu, on y voyait le signe d'intentions perverses, on en était soudain certain, et que tout allait finir dans le sang et le massacre. Cela tandis que d'autres, ou les mêmes parfois, dépeignaient une collaboration idyllique, les Terriens apportant les mille délicatesses d'une civilisation raffinée, les Vors mettant dans la corbeille leur fabuleuse technologie, leurs armes foudroyantes, leur langage synthétique et mille autres merveilles.

Les contradictions n'ont jamais gêné les humains, ni les paradoxes, ni le délire heureux qui n'est parfois que la face hallucinée de leur désespoir. En vingt mille ans, ils n'avaient rien perdu de leur infinie plasticité, inlassablement disponibles, sautant d'un régime à son opposé, de la liberté à l'esclavage, avec quelques cris bien sûr, mais toujours habiles à justifier n'importe quel système et sinon à s'y sentir à l'aise, du moins à le découvrir nécessaire et à en chanter les louanges.

Qu'on n'exigeât rien d'eux, passé le premier plaisir, les rendit soupçonneux. L'Histoire les avait habitués aux mauvais réveils et les plus vifs posaient sur leurs gouvernants le même regard critique que leurs ancêtres de l'Ere Première. Ils avaient la même devise, « victimes mais pas dupes », et ils gardaient une identique aptitude à mettre le doigt sur le vilain côté des mesures apparemment les plus équitables ; le ver dans le fruit, ils ne connaissaient que ça.

On comprend pourquoi après quelques réflexions ils réintégrèrent vite dans leurs personnages faciles d'ennemis malfaisants les Vors et les Cessaqs. Ainsi que le disaient quelques-uns : « Nous ne connaissons pas la sauce à laquelle nous serons mangés mais ce que nous savons, c'est que nous serons mangés. » Cela pour contredire les optimistes à tous crins qui se voyaient déjà, main dans la main de celle des Vors, en train de gravir le bel escalier du progrès mais aussi parce qu'ils éprouvaient la sourde inquiétude de qui pressent le danger bien qu'ignorant d'où il surgira.

Au niveau des gouvernants, les vieux réflexes de l'espèce menèrent aux mêmes conclusions mais on avait surtout retenu que rien ne serait changé, les maîtres resteraient les maîtres et le climat était plutôt au contentement. On parlait d'indépendance sauvegardée et en petit comité on se congratulait en se disant qu'on l'avait échappé belle.

Cependant subsistait tout au fond un petit noyau de perplexité. Qu'est-ce que c'était que cet ennemi qui profitait si peu de sa victoire? Par vieille expérience, ils ne croyaient pas à l'indifférence et moins encore à la générosité et, comme les peuples qu'ils menaient, ils soupçonnèrent des intentions cachées. Deux cents siècles d'une histoire comme la leur ne portent pas à la naïveté. Ils en vinrent à chuchoter d'horribles pratiques, des mœurs atroces, ignorées de l'homme, d'inavouables projets.

Pour s'en faire une idée, on interrogea la Machine. Elle n'avait jamais restitué que ce qu'on lui faisait absorber. On le savait mais on faisait confiance à la rigueur de ses relais.

Elle dit une fois de plus qu'on en savait trop peu, qu'il fallait attendre, ne pas se faire d'illusions et rester vigilant. Elle ajouta qu'on ne peut traduire les signes d'une espèce dans une autre, qu'autant valait additionner des requins et des hommes et que survivre était la seule manière de ne pas être tout à fait vaincu, toutes sentences qu'on connaissait, et on pressa le bouton, impatienté par ces radotages.

Le Coordinateur observa avec sagesse : « Après tout, qu'est-ce qu'une machine terrienne peut nous apprendre d'une conscience vor? Nous avons notre façon propre de raisonner et quand nous déraisonnons ou sautons dans l'extravagance, ce n'est pas pour autant que nous devenons un peu vors. » Quelqu'un objecta : « Mémoire II a prévu que l'armée vor surgirait de Yoms. » Le Coordinateur rétorqua, maussade : « Nous aussi nous l'avions prévu mais il ne s'agissait que de l'espace, un de nos communs multiples avec les Vors, et qu'avons-nous d'autre en commun avec eux que l'espace et ce qui le meuble? La réalité vor n'est pas simplement physique, nous en savons quelque chose. » — « Pourquoi ne pas partir du plus simple, de leurs besoins par exemple? »

Le Coordinateur haussa les épaules. A ce niveau,

imaginer et prévoir lui semblaient vains. Ainsi que tous les chefs quand les événements les dépassent, il préférait remettre et se réfugier dans la petite organisation. Il le dit, et prit pour le faire un air rusé d'en savoir long qui en imposa à ses collaborateurs, sauf à quelques-uns qui méditaient les paroles de Mémoire II : « Toute stratégie tend au succès. La meilleure est celle où l'adversaire finit par vous faire douter de ce succès. » C'était revenir à l'inquiétude. En fait, dans cette première phase qui suit la défaite, ils ne parlaient que pour s'étourdir ou espérer, comme ceux qui n'ont plus de prise sur les événements.

L'occupation vor prit plusieurs mois. Elle déconcerta les Terriens par sa lenteur et l'apparente incohérence de ses méthodes.

Tout d'abord, les Vors attendirent placidement que les Humains aient réuni leurs vaisseaux de guerre dans le Grand Désert Américain. Quand tous furent là, couvrant des centaines de kilomètres carrés, des équipes de Cessaqs débarquèrent par petites escouades. Ils désarmèrent minutieusement chaque navire et emmenèrent dans l'espace canons thermiques, munitions, briseurs de champs et machines hallucinogènes. Ils les firent exploser au-delà de Jupiter, revinrent sur Terre et pratiquèrent sur les générateurs des Nivellateurs et autres vaisseaux, au vu de tous, quelques brèves opérations, soudant ici et là, un peu au hasard semblait-il, de mystérieuses petites pièces cubiques.

Ils informèrent les officiers que ces pièces avaient pour but d'immobiliser provisoirement le navire. Ils déconseillèrent d'y toucher, sinon le navire exploserait. Afin qu'on en fût bien sûr, ils firent l'expérience sur un croiseur qui fut volatilisé en quelques secondes.

Ils dirent ensuite avec ce qui paraissait être un bon sourire de leur vaste bouche que bientôt les navires pourraient de nouveau voler. Ensuite, ils se firent indiquer les dépôts d'armes et de munitions qu'ils neutralisèrent. Ils se contentèrent des renseignements qu'on leur donna et ne montrèrent à aucun moment un esprit inquisiteur ou soupçonneux. Du reste, ils prenaient toujours les réponses des Humains pour argent comptant.

Les Cessaqs ne s'adressaient pas directement aux Terriens. A l'exception de quelques-uns, ils n'étaient pas équipés de boîtes vocales, et pourquoi ceux-ci plutôt que ceux-là en portaient-ils, on ne le savait pas.

Pour se faire comprendre, ils avaient recours aux femmes à visage bleuâtre. Elles les escortaient en permanence et ils avaient, c'était visible, d'excellents rapports avec elles.

On ne pouvait dire précisément qui commandait, des uns ou des autres. D'ailleurs on constatait la même absence de hiérarchie entre les Cessaqs et les Vors. Interrogés sur ce point, ils firent répondre que, l'individu sécrétant automatiquement ses limites en fonction du groupe où il s'insérait, ils ne voyaient pas clairement le sens de la question. Poussés plus avant, ils parlèrent d'une sorte de code pointilleux de politesse ou de respect des frontières et des potentiels personnels, ce qui n'éclaira guère.

Au fil du temps, le rôle des femmes-interprètes devint plus important. Elles nouèrent des liens avec les Terriennes. Elles apprirent à se vêtir, à se maquiller et à se coiffer selon les modes de la Roue où on attachait beaucoup de prix à l'apparence et aux manières. En échange, elles parlèrent du monde d'où elles venaient et de leur mission de porteuses de la progéniture vor, ce qui provoqua bien des exclamations et des cris de surprise.

Elles expliquèrent dans des émissions de Trid comment, à l'âge adulte, elles étaient équipées de Naguens qui leur permettaient de communiquer avec les Vors qu'elles avaient épousés et d'acquérir ce qu'elles appelèrent «la tonalité vor», connaissance globale immédiate, principes et attitude de vie.

Bien entendu, on leur posa cent questions. En premier sur leur entente sexuelle avec les Vors. Elle était excellente, meilleure, toutes l'affirmèrent, que leur entente avec les humains. Et les hommes, pourquoi n'en voyait-on pas ? Elles avouèrent qu'elles les connaissaient mal, comme toutes les femmes liées à des Vors. Elles savaient cependant qu'ils habitaient un territoire où ils étaient libres, qu'ils se mariaient avec des humaines, avaient des enfants et que les Vors n'intervenaient jamais dans ce territoire qui leur était propre.

Ces émissions provoquèrent un grand tumulte dans les associations de femmes terriennes et dans certains foyers. On demanda aux femmes-interprètes pourquoi leur mari les avait choisies plutôt que des femmes vors. A leur manière franche et cependant modeste, les femmes aux yeux transparents exposèrent la situation sur la planète Yoms. Elles expliquèrent que les Vors pouvaient choisir des épouses de leur race, qu'ils le faisaient parfois mais que le petit nombre et la fréquente stérilité des femmes vors avaient raréfié ces unions. Elles précisèrent que, par ailleurs, les enfants portés par des humaines étaient plus forts et plus ardents, ce qui expliquait le choix des Vors.

Les choses étaient si adroitement, si naturellement présentées que ce qui devait arriver arriva. Des femmes terriennes demandèrent si elles pouvaient s'unir aux Vors. Il y en eut des milliers et bientôt plusieurs millions quand les premières Terriennes à qui on avait greffé un Naguen vinrent dire sur les Trid comment tout s'était passé, sans douleur, combien elles se sentaient maintenant autres, enrichies de mille manières et pourvues en quelque sorte d'une nouvelle vision du monde, plus ample, plus substantielle.

Elles ne cachèrent pas non plus le vif plaisir sexuel qu'elles avaient pris avec les Vors, des amants incomparables, répétaient-elles, les yeux pleins de lumière, délicats et forts tout ensemble, plus satisfaisants, c'était vrai, que les amants terriens qu'elles avaient pu connaître ou ces succédanés que proposaient aux femmes seules les Centres d'Epanouissement.

On ne peut pas dire que devant ces déclarations enthousiastes les mâles terriens furent satisfaits. On pourrait même prétendre que ce fut à la suite de ces innombrables ralliements féminins que s'organisèrent les premiers réseaux de résistance. Le point d'honneur, bien qu'affaibli par la civilité et la grande liberté des mœurs, restait un des pôles actifs de l'espèce.

Les Vors se gardèrent de toute déclaration. Ils n'apparaissaient pas sur les Trid. En fait même, on les voyait si peu, leur présence était si discrète que les membres du gouvernement à qui ils ne demandaient jamais rien s'en inquiétèrent. Ces conquérants transformés en dons Juans dont les femmes chantaient les louanges leur mettaient les nerfs à rude épreuve. Ils auraient bien hurlé, à la suite de certains citoyens primitifs qui, rouges de colère et d'humiliation, prétendaient que les Vors n'avaient fait cette guerre que pour engrosser leurs femmes.

Mais comment se dresser contre un ennemi si puissant ? Les Structures Volantes montaient toujours la garde à une centaine de milliers de kilomètres du globe, les Cônes et les disques à dômes sillonnaient silencieusement le ciel de la planète. Et puis que prétendre contre un occupant si généreux qui avait créé des centaines de cliniques où n'importe quel humain pouvait venir se faire gratuitement régénérer ? Et ces cures miraculeuses de rajeunissement offertes à toutes les femmes, des cures si efficaces que les plus décrépites retrouvaient soudain la vitalité et les désirs dont elles avaient parfois perdu jusqu'au souvenir ?

Les hommes pouvaient bénéficier des mêmes traitements, il leur suffisait d'en faire la demande. Les Cessaqs, merveilleux chirurgiens et médecins, vous faisaient passer une visite. Ils dressaient un bilan et vous annonçaient à leur manière rassurante ce qu'ils allaient changer, modifier ou simplement guérir dans votre organisme défaillant. Quelques jours plus tard, on quittait la clinique débarrassé des maux de l'âge ou de la maladie et ceux qui vous connaissaient s'exclamaient sur votre bonne mine, la légèreté ou la vigueur nouvelles de votre personne.

Comment aurait-on osé reprocher à des occupants si compréhensifs d'avoir séduit quelques millions de Terriennes qui y trouvaient du reste un vif bonheur et une plénitude inespérée ? Elles le criaient bien haut en toute occasion, demandant qu'on les imitât sans délai.

Ainsi que l'avait dit un des membres du Conseil Terrien : « Protester nous ferait taxer d'ingratitude, de jalousie peut-être, médiocre sentiment où nous avons toujours vu un signe de barbarie. »

Les autres membres n'avaient pas protesté, sauf l'un d'eux, très jeune, qui avait déclaré : « Laissons de côté cette affaire de jalousie, encore qu'il y aurait beaucoup à dire quand elle s'accompagne d'humiliation et devient le fait d'une race différente. Parlons plutôt de ces femmes qui vont donner naissance à des milliers de Vors et probablement à des millions car si j'en crois certaines informations, elles sont devenues si nombreuses que les Vors n'ont pu les épouser toutes et qu'ils ont constitué des sortes de harems où, dit-on, l'embryon greffé, ils les laissent entre elles sous le contrôle des Cessaqs, ne venant plus les visiter qu'au gré de leur caprice. »

« Sont-elles bien traitées ? » demanda un vieillard. Le jeune Conseiller répondit, la voix nerveuse : « Je l'imagine ; mais pensez-vous que ce soit bien là le problème ? Savez-vous que, d'après nos estimations, il naîtra plus de huit millions d'enfants vors dans les sept prochains mois ? Savez-vous aussi qu'un Vor est adulte à l'âge de neuf ans, qu'il peut procréer jusqu'à sa cent vingtième année ? Savez-vous aussi que ces Vors sont carnivores, et qu'il en arrive chaque jour sur notre planète plusieurs milliers ? »

Les membres du Conseil méditèrent ces données. Ils en tirèrent de fâcheuses conclusions, en particulier les moins âgés dont le sang courait plus vite.

Impitoyable, le jeune membre du Conseil, qui s'appelait Cresdal, poursuivit : « Avez-vous pensé que les Vors n'ont absolument pas besoin des mâles de notre race ? » Il rectifia : « Sinon d'un petit nombre que nous pourrions sans exagération qualifier d'étalons pour assurer la reproduction des femelles. Et encore suis-je optimiste puisque nous savons que la semence du mâle humain peut être stockée et gardée indéfiniment. Quel rôle nous reste-t-il ? Vous n'allez pas me dire que les Vors, dans un élan de magnanimité, vont nous hisser à leur niveau et faire des humains leurs égaux ?

— Certains Terriens ont demandé qu'on leur greffe cette sorte de parasite dont ils équipent nos femmes. Ils prétendent ainsi communiquer avec l'occupant, mieux le comprendre et bénéficier d'immenses connaissances.

— Ou collaborer avec lui, le servir, en somme. Ne parlons pas, je vous prie de cette catégorie de citoyens. Elle est de toutes les époques et son comportement relève de l'opportunisme ou d'on ne sait quel esprit de rétorsion. Mieux vaut prévoir le sort qui nous attend. »

Un des vieillards objecta : « Mais les Vors nous ont laissé toutes nos libertés. N'oubliez pas leur puissance militaire, et qu'ils auraient pu nous exterminer, qu'ils le peuvent encore. »

La remarque tomba dans le silence. Le Coordinateur demanda : « Que proposez-vous ? La révolte ? Une rébellion à l'échelle planétaire ? »

Il avait parlé avec ironie. Tout ce qu'on avait dit, il le connaissait, et bien d'autres choses encore qu'il préférait laisser dans l'ombre. Du moins provisoirement. Il avait consulté Mémoire II et ses réponses l'avaient atterré. Il avait pensé les rendre publiques. A la réflexion, il avait préféré attendre et ce n'était pas peur ou faiblesse mais à quoi bon s'indigner quand on vous a retiré les moyens d'agir ? Il dit, sans rien en attendre, simplement parce que cela faisait partie de ses devoirs :

— Chacun d'entre vous recevra le rapport de Mémoire II. Vous y trouverez la réponse à vos questions et à quelques autres. Méditez les statistiques qui vous seront données, particulièrement celles programmées à long terme, j'entends par là pour un avenir de quinze à vingt ans. J'attire aussi votre attention sur le fait que les transports interplanétaires sont suspendus. Autant dire que nous ne recevons plus de matières premières, que la plupart de nos usines sont à l'arrêt puisque nous étions les principaux fournisseurs de la Roue en produits finis. Consultez attentivement aussi la liste de nos réserves alimentaires. Vous verrez comment par nos cultures artificielles et le peu de cultures naturelles que nous faisons sur notre sol presque stérile nous couvrons à peine le quart de nos besoins. Restent les trois autres quarts…

Le Coordinateur marqua un temps d'arrêt. Tous le regardaient, certains qu'il n'avait pas dit l'essentiel. Il reprit :

— Cresdal a raison. Il y a en effet deux questions qui résument notre situation et notre avenir. La première : en quoi pouvons-nous être utiles aux Vors ? Et la seconde : ont-ils un intérêt à se débarrasser de nous ? Tout le reste n'est que rhétorique.

— Comment cela se passe-t-il sur les autres planètes ?

Le Coordinateur répondit brièvement. Quand il y avait des colonies humaines, la situation était la même que sur la Terre. Les femmes aux yeux transparents y avaient mené leur habile propagande, peut-être avec un peu moins de succès en raison de la réaction brutale de certains émigrés. Quant aux planètes non humaines, elles étaient satisfaites de leur indépendance retrouvée.

Le Coordinateur dit :

— Vous ne serez pas surpris d'apprendre qu'elles chantent les louanges des Vors et des Cessaqs et qu'elles nous reprochent aujourd'hui d'avoir mené une guerre coûteuse et inutile. Il est vrai que les femelles de ces races ne sont pour le moment d'aucun usage aux Vors. Ces planètes retournent peu à peu à leur état antérieur et à ces querelles intérieures de préséances ou de nationalismes que notre présence avait fait disparaître.

— Les Vors ne les occupent pas ?

— Ils y ont laissé dit-on quelques observateurs, des Cessaqs pour la plupart, qui n'interviennent pas. Ils se contentent de mener leurs prospections et leurs recherches parfois mystérieuses, ce qu'ils font aussi sur Terre, et de proposer aux autochtones toutes ces petites innovations si bien accueillies ici, cures de rajeunissement, résurrection des morts par accident, guérison et rafistolage des blessés, enfin tout ce qu'ils nous promettaient dans leur fameux traité.

« Je ne parle que pour mémoire de ces innombrables objets, gadgets et drogues qui facilitent si bien la vie et qu'ils offrent à qui les veut... Ah, avant de vous quitter, je vous informe que nos navires de guerre démilitarisés pourront bientôt reprendre l'air. Ils seront affectés au transport des civils et des marchandises mais ils ne pourront en aucun cas quitter l'orbite terrestre. Les vols spatiaux demeurent interdits. Les vols spatiaux et ce qui va de pair... Lisez le rapport de Mémoire II. Nous en parlerons dans quelques jours.

Dennast n'était jamais entré en rapport avec les membres du Conseil Terrien. Il ne le jugeait pas utile. Il pensait que mieux valait les laisser venir d'eux-mêmes à certaines conclusions. Ils auraient ainsi parcouru la moitié du chemin. Ensuite, il les rassurerait, ce qui relancerait leurs éternelles disputes.

Il avait besoin de temps, de beaucoup de temps, et ces Terriens allaient vite, comme tous les peuples engagés dans l'action. Par chance, ce qui montrait leur faible esprit de synthèse, ils croyaient que toutes les opinions étaient respectables. Pour eux, sauf dans les domaines élémentaires ou scientifiques, l'évidence gardait toujours assez d'incertitude pour qu'on puisse les neutraliser. Quoi qu'ils prétendissent, l'individu collait à leur peau, en conséquence de quoi ils croyaient plus à ce qu'ils découvraient et qu'on feignait de leur cacher qu'à ce que la réflexion des autres leur apprenait.

Dennast avait attendu quelque temps avant de venir sur Terre. Il l'avait fait sans aucun tapage, et s'était installé au sud-ouest de l'Europe, en bordure du territoire où atterrissaient les vaisseaux vors.

Cette province chaude et désertique convenait à ses goûts. Elle lui rappelait sa province natale. Comme tous les Vors, il n'aimait pas les mondes à flore proliférante et à faune variée. Quelque chose dans cette exubérance offensait sa nature. Il préférait les lignes simples et les horizons nus, qui favorisent la méditation et le silence.

De la maison que les Cessaqs lui avaient construite

et qui était la reproduction de celle qu'il habitait sur sa planète, il regardait le sol rougeâtre du désert où se dressaient quelques rocs plus clairs aux formes anguleuses. Cette aridité lui donna du plaisir.

La Terre ne l'avait pas déçu, et d'abord son atmosphère vivifiante. Il appréciait aussi la faible gravité, qui allégeait les mouvements. Il avait fait un bon choix, que lui confirmaient les nombreux témoignages de satisfaction des autres Vors. Seuls les Cessaqs avaient fait des réserves mais ils en faisaient déjà sur Yoms. A la vérité, ils n'aimaient que leur planète d'origine. Dennast pensa : « Un jour ils y retourneront mais ce jour-là, peut-être l'aimeront-ils un peu moins. »

Dennast brancha la ligne africaine. Il lut sur l'écran les rafales de signes. Ces retraités terriens étaient vraiment d'une docilité exemplaire.

Il médita un instant sur cette notion de retraite. Il avait mis du temps à accepter ce concept humain qui n'avait pas d'équivalent sur Yoms, où vivre, agir, ne rien faire formaient un ensemble indivisible dépourvu de signification sociale particulière.

Les Vors mouraient égaux à eux-mêmes et accumuler ou économiser des portions de temps à usage spécialisé ne leur serait jamais venu à l'esprit. Un jour parmi les autres, ils s'arrêtaient, comme un marcheur au bord d'une falaise. Ils avaient toujours le temps de voir le bord de la falaise mais leur pas ne s'en ralentissait pas pour autant. Peut-être parce qu'ils ignoraient la dégradation, la lassitude, la satiété, ces avatars de la durée, ou encore parce que chaque espèce vivante entretient avec le temps et la mort des rapports qui lui sont propres. Chez les Terriens, ces rapports paraissaient toujours passionnels ou empreints de nostalgie. Dennast songea à leur invraisemblable courage dans la guerre. Ils étaient cependant si périssables, si fragiles.

Il pensa : « Shelray est humaine. Elle leur ressemble par son ardeur et sa simplicité. Je l'ai choisie autrefois pour mon plaisir. Elle n'a jamais su que pour moi elle n'avait pas d'importance et que, hors l'agrément de son corps, sa présence m'importunait ou qu'elle me donnait de la honte. Et puis, elle a pris une place de plus en plus grande, et j'ai éprouvé pour elle un attrait de plus en plus vif qui se rapproche de ce sentiment qui liait, dit-on, les Vors primitifs et leurs femmes.

« On prétend que les Humains aussi éprouvent cette étrange ferveur. Astreid n'a pas tort, qui dit que nous leur ressemblons, que nous finirons un jour par leur ressembler tout à fait. Je subissais cet attachement avec bonheur, ce qui ne m'empêchait pas de le réprouver car j'y voyais une faiblesse, un abaissement. Les Permanents parlent, à propos de ce lien, de sacrilège, d'union contre nature, mais ce ne sont que des mots et des opinions de Permanents. »

Shelray avait promis de venir et d'amener les enfants. C'est lui qui avait insisté, lui qui avait parlé avec enthousiasme de cette planète qui après tout était celle des ancêtres de Shelray. Elle avait d'abord refusé. Elle ne détestait pas les Terriens, elle en avait peur. Elle voyait dans ces lointains semblables une espèce folle et cruelle, démunie aussi, et elle les plaignait d'être ainsi faits. Mais c'était peut-être à cause de ce qu'il lui avait dit de la guerre.

Il pensa : « Elle est soumise à d'étranges craintes, elle croit à des pressentiments qui ne sont probablement que l'expression de sa nature craintive et simple. Je suis sûr qu'elle sera heureuse sur cette planète. »

Dennast regarda fixement le soleil. Un soleil plein de force qui durerait encore des milliers d'années, un soleil qui ne devait rien aux artifices de la science.

Il vit l'appareil vor s'immobiliser à la limite du champ de protection. Un des Cessaqs soldats dut le prendre en charge car il amorça une longue chute courbe en direction de la maison.

Deux Vors descendirent du Cône de combat. Dennast reconnut Harguir et Swom, les discriminateurs, des Positifs de Première Génération. Il alla les accueillir sur la terrasse, poussant avec délectation son visage à la rencontre du vent chaud chargé de sable qui accourait du fond du désert. Il aimait cette ardeur et ces milliers de piqûres brûlantes. Il dit :

— Ce vent est celui qu'affrontaient nos ancêtres quand ils vivaient à la surface de Yoms. Nous avons essayé de le reconstituer en même temps que nos deux soleils mais il y manque ces sursauts imprévus, ces affaissements de tension qui lui donnaient sa saveur. Nos premières mythologies défiaient le vent et le soleil...

Harguir, qui avait dégrafé son ceinturon et posait ses armes sur un siège en pierre du jardin, récita un des slogans des Positifs :

— L'artificiel est magie et qui dit magie dit mensonge.

Il se moquait visiblement.

— Vous paraissez avoir de l'humeur ?

— Quatorze des nôtres ont été tués par des Humains, ce qui porte le nombre des victimes à cent dix-huit...

Il regarda la maison, le désert de sable rouge.

— Ici, tout est beauté et innocence... Quelles mesures comptez-vous prendre contre ces Terriens ?

— Aucune.

— Croyez-vous que nous pourrons rester longtemps indifférents aux attentats ? Et les tortures, celles qu'on a fait subir à trois de nos médecins avant de les assassiner ? Vous avez reçu nos rapports. En Asie, des milliers d'Humains se sont enfuis dans les montagnes. Des jeunes Humains, les pires, et ils sont armés.

Dennast aspira l'air brûlant. Il poussa du pied le sable et les petites pierres poreuses que le vent avait apportés sur la terrasse puis il entra dans la maison. Là, il dit :

— Vous renverrez immédiatement sur Yoms ceux qui souhaitent des représailles contre les Terriens. S'ils ne peuvent contrôler leur ressentiment, ils n'ont rien à faire ici, et si vous les approuvez, accompagnez-les.

C'était sec et sans ambages. Son œil fixé sur les deux Vors, Dennast attendait. Harguir récita :

— La voie que nous avons choisie entraînera des risques et des incertitudes. De nos rapports avec l'extérieur naîtra l'insécurité. Nous aurons des blessés, des morts…

— Je vois que vous n'avez pas oublié notre Pacte de Dissidence. Alors pourquoi ces plaintes ? Nous avions prévu cela et bien d'autres choses encore et ce n'est pas parce que nous avons contesté les Principes Premiers que nous sommes libres d'agir selon notre caprice.

— Le Pacte prévoit que le danger relègue les morales.

— Qui parle de danger à propos des Humains ?

Il demanda, ironique :

— Et puis, le moralisme n'est-il pas le luxe des Etats puissants, leur manière en somme de se donner des frontières ?

Harguir sentit l'intransigeance de Dennast. Il n'insista pas.

— Nous sommes porteurs de deux messages. L'un du Commandement Militaire Cessaq. Vous savez qu'ils font des rapports quotidiens à Fyra…

— Fyra ? Je croyais qu'elle voulait se tenir en dehors de cette affaire ?

Dennast n'aimait pas la vieille femelle vor. Elle quittait rarement les laboratoires où elle travaillait depuis soixante années, aidée par ses équipes de Cessaqs et de femmes vors. Chaque fois qu'elle était intervenue, elle l'avait fait en vieille femme autoritaire imbue de ses connaissances et de ses pouvoirs.

— Que veut-elle ?

— Vous voir sur Yoms.

Dennast plongea son bec dans une coupe de métal. Il but avec bruit, se redressa et déploya son cou, portant haut son orgueilleuse tête plate.

— J'aimerais moi aussi la voir. Fyra contrôle les Naguens des Cessaqs. Elle voit en eux les continuateurs de notre race, ce n'est donc pas surprenant qu'ils lui soient dévoués.

Swom intervint avec irritation :

— Un fait demeure : les Cessaqs nous abandonneront si elle leur en donne l'ordre. Tel est le premier problème mais il y en a un autre et cette fois encore nous nous heurterons à Fyra : que comptez-vous faire des Terriens ? Quel destin avez-vous prévu pour eux ? Pendant ces derniers mois, vous n'avez cessé de vous dérober et de surseoir. Et encore, à propos de ces actes de terrorisme...

Harguir rappela :

— A la IIe Session Plénière, plusieurs d'entre nous ont préconisé une destruction partielle de la Terre. Nous aurions ainsi provoqué la colère et la révolte des survivants, ce qui aurait permis de les éliminer ou de les domestiquer à notre profit.

Dennast se tourna vers Harguir, l'œil flamboyant de colère.

— Et nous aurions détruit des millions de femelles terriennes. D'autre part, avez-vous oublié que la Terre nous convient et que nous voulons en faire notre planète ?

— Et cohabiter avec des mâles humains hostiles dont nous laisserions se développer les connaissances ? Mais que souhaitez-vous au juste, Dennast ? Les Cessaqs savent que nous voulons éliminer leurs Naguens, donc les renvoyer à la condition animale. Les Humains de sexe mâle vont finir par apprendre que nous n'avons pas besoin d'eux. Vous refusez de les détruire mais, en interdisant les transports d'une planète à l'autre, vous ruinez leur industrie, vous les affamez, ce qui provoquera des émeutes, de la violence, alors qu'il était si facile de parquer les survivants et d'en tirer parti d'une manière ou d'une autre.

— Vous voulez dire les réduire à l'état de stock de main-d'œuvre ou de réserve alimentaire après les avoir plus ou moins décérébrés ?

— Pourquoi pas ? Réduisez-les à un état animal, cela fera taire vos scrupules. On s'apitoie moins sur ce qui est inconscient ou insensible. Je vous rappelle qu'il n'y a pas d'exemple que deux races intelligentes aient réussi à cohabiter sur une même planète et n'avez-vous pas dit que la Terre serait dorénavant notre planète? Nous ne sortirons pas de cette impasse.

— Espérons que Fyra ne sait rien de ces beaux projets... Il y a quelques siècles, avant la Grande Mutation, nous vivions au deuxième ou au troisième degré. Dans un certain sens, on pouvait prétendre que rien ne nous arrivait jamais... Fyra et Astreid ont raison: l'action est salissante. Combattre, souffrir, prendre un plaisir direct, intervenir, et aujourd'hui être blessés, mourir d'une action brutale, nous n'étions pas habitués à cela. A ce propos, vous êtes-vous demandé dans quelle mesure nous différions de ces mâles terriens que vous voulez exterminer?

— Cette ressemblance ne nous trouble pas. Et puisque la force et la nécessité sont de notre côté... J'ajoute que la majorité des nôtres — je parle des Vors de 1re et 2e Génération — souhaitent que nous réglions le sort des Terriens. Je ne fais qu'exprimer leur vœu. Ils s'étonnent de vous voir tant de mansuétude ou une indifférence qui est plutôt d'ordinaire le fait des Positifs de 3e et 4e Génération. N'oubliez pas que ceux-là ne nous approuvent pas toujours, la IIe Session l'a montré.

Dennast qui regardait le désert resta silencieux quelques instants. Il dit, et c'était un ordre:

— Aucune décision sur la population humaine ne sera prise avant la IIIe Session Plénière. La majorité des Terriens est satisfaite de collaborer avec nous mais il faut qu'on sache que nous avons besoin d'eux, besoin de main-d'œuvre pour augmenter notre production d'armes et vous savez pourquoi...

Les deux Vors approuvèrent. Dennast poursuivit:

— Je veux que les milliers de Grilles Offensives que nous allons fabriquer soient pilotées par des Vors et non par les Cessaqs. Accélérez la formation des Positifs, éduquez de nouvelles recrues. Quant aux Terriens, contentons-nous d'appliquer les décisions prises au 4e Programme d'Assimilation. Je leur vois si peu d'importance que je vais de nouveau permettre à leurs navires de prendre l'espace. Sur ce point, vous avez raison. Nous équiperons les pilotes terriens d'un Naguen élémentaire de synthèse pour en garder le contrôle. Mais ce qui vient en premier, c'est la fabrication d'armes, et pour cela il nous faut de la main-d'œuvre humaine. Je vous laisse le soin de son recrutement. Je veux un rapport tous les trois jours... Vous avez parlé d'un second message...

— Votre femme terrienne, Shelray, et vos deux enfants sont arrivés à quatorze heures sur le camp asiatique de Gérul.

— J'aurais déjà dû recevoir leur appel. Quand seront-ils ici ?

— Ils ont été tués par les terroristes terriens. Nous n'avons pu retrouver que des fragments de leurs corps.

Harguir livra par le canal visuel les informations qu'il possédait, description du lieu de l'attentat, images des fragments des corps, intervention des Cessaqs.

— Il restait si peu de chose que nos médecins n'ont rien pu tenter... Permettez-nous de nous retirer, ainsi que le veut la règle après un tel message.

Dennast fit un signe d'approbation. La peau de son visage, d'ordinaire d'un beige très clair, avait viré au bleu et ses mains se coloraient peu à peu de la même couleur qui était chez les Vors le signe d'une émotion violente.

Harguir et Swom, qui avaient détourné leurs regards, s'en allèrent.

Dennast frotta de ses larges mains la substance blanche et épaisse qui jaillissait de son crâne et coulait sur ses joues. Il fit quelques pas, écarta les bras. Le bleu de sa peau devenait plus intense et virait au violet.

Il prit dans un meuble un disque d'une matière transparente et molle. Il le passa sur son visage et le disque parut absorber l'épaisse sécrétion blanche. Sa peau s'éclaircit lentement.

Il resta longtemps immobile, le dos voûté, les yeux à demi clos, passant sur son visage le disque absorbant, puis soudain il pivota, traversa la salle et entra dans une pièce où un Cessaq surveillait une batterie d'écrans que parcouraient des trains rapides de signes lumineux.

— Y a-t-il ici un Champ de Liaison ?

— Au sous-sol.

— Puis-je l'utiliser ?

Le Cessaq appuya sur une plaque. Le visage casqué d'un de ses congénères apparut sur un écran.

— Pourrais-je utiliser votre Champ de Liaison ?

— Moyennant quelques aménagements. Je vous rappelle que de la Terre nous n'avons pas accès à certains Naguens. Avec qui souhaitez-vous entrer en contact ?

— Shelray, ma femme.

— Nous allons essayer. Venez. J'appelle le premier relais.

Au sous-sol, Dennast vit la cellule de réception. Haute de trois mètres pour s'adapter au corps des Cessaqs, elle ressemblait à un énorme sarcophage vertical.

Deux Cessaqs travaillaient à étendre les faisceaux de contact pour les rendre utilisables par un Vor. Le Cessaq qui était apparu sur l'écran surveillait la besogne. Dennast était sûr qu'il avait appris la mort de Shelray et des enfants depuis plusieurs heures déjà. Tous savaient instantanément ce qui se passait sur la planète et ailleurs mais ils ne disaient jamais rien et se contentaient d'exécuter les ordres qu'on leur donnait.

Un des Cessaqs montra la cellule. Dennast y entra. Il laissa le Cessaq fixer les relais sur son corps et sentit les petites ventouses froides qui adhéraient à sa peau et émettaient lentement leurs écarteurs moléculaires qui s'enfoncèrent profondément dans sa chair.

Le Cessaq serra autour de sa gorge et de son crâne

les colliers de métal. Ses gestes étaient lents et précis et il jetait parfois un coup d'œil aux voyants témoins. Il avait mis un genou à terre pour être à la hauteur de Dennast et celui-ci sentait l'odeur grasse et végétale de son corps.

Le Cessaq dit à son camarade :

— Ferme les deux premiers circuits.

Il ajouta, sa vaste face devant celle de Dennast qui vit les dents larges et coupantes :

— Tous les relais sont en place jusqu'à Yoms par les Objs mais il y aura peut-être un dédoublement passager... Ferme le dernier circuit...

Dennast pensa : « Le Naguen prélevé sur Shelray est ancien. Il a été pris vers sa vingt-cinquième année. C'est telle qu'elle était quand je l'ai quittée sur Yoms que je voudrais la revoir mais c'est impossible. Nous avons été négligents. Je lui voyais une si longue vie sans drame car tout dans sa nature l'écartait de ce qui est dramatique ou exceptionnel... »

Brusquement il la vit, telle qu'elle était peu après la naissance de son second fils mais elle disparut presque aussitôt puis revint, jaillit plus exactement, dans son champ de conscience, si présente, si vive qu'il ferma les yeux afin de mieux la contempler. Il dit :

— Cet après-midi, vers quatorze heures, l'appareil qui vous transportait, toi et...

La présence s'évanouit. Dennast ouvrit les yeux. Il demanda :

— Que se passe-t-il ? J'ai perdu le contact. Cet appareil ne me paraît pas en état de marche.

Le Cessaq se pencha sur une cage transparente traversée de milliers de fils lumineux qui s'entrecroisaient en variant d'intensité.

— Les relais fonctionnent, Dennast, et la jonction est parfaite. Je crains que...

L'image surgit de nouveau. Elle tremblait, ce qui donnait au sourire de Shelray quelque chose d'hésitant et de mélancolique. Dennast lui dit :

— Tout s'est arrêté aujourd'hui. Pour toi, pour nos

enfants. Je reste seul. Mais chaque jour, je viendrai ici. Je te verrai, je te parlerai, je te dirai ce que...

Shelray parut se morceler en une mosaïque tournoyante que remplaça bientôt une opacité grisâtre soulevée de lueurs diffuses comme si quelque chose combattait derrière cette épaisse grisaille pour venir au jour. Très loin, une voix de plus en plus faible appelait: «Dennast... Dennast.» La voix faiblit encore, un craquement retentit et ce fut le silence.

Dennast, dont le visage était couvert d'une sécrétion blanche, dit rageusement:

— Ce Champ de Liaison est hors d'usage...

Les Cessaqs ne répondirent pas.

— Où puis-je en trouver un autre?

— Au camp des Objs mais il ne fonctionnera pas mieux que celui-ci, Dennast.

— Pourquoi?

— Ce n'est pas l'appareil qui est en cause mais vous qui êtes devenu inapte à la communication. Shelray est là, son Naguen vous parle, tous nos contrôles optiques et sonores en témoignent, mais vous ne pouvez pas la recevoir, ou alors très imparfaitement. Le cas est fréquent chez les Positifs. Nous allons encore essayer mais les chances de succès sont faibles. Il vous manque maintenant je ne sais quelle faculté, quelle sensibilité réceptive.

Ils essayèrent. Dennast entendit de nouveau la voix, il entrevit le visage de Shelray, son corps mais le visage se dissocia, perdit sa chevelure, un œil, un trait puis l'autre, jusqu'à ne plus être bientôt qu'une hideuse image mutilée, la bouche surnageant avant de se dissoudre enfin dans l'opacité grise. Dennast entendit encore l'appel plaintif et très lointain mais la brume l'envahit, l'étouffa.

Les Cessaqs le libérèrent. Il essuya son visage et prit le carré de tissu qu'on lui tendait:

— Vous êtes certains que cet appareil fonctionne parfaitement?

— Nous l'utilisons chaque jour.

— Mais il est adapté à votre morphologie.

Il essayait de découvrir une raison pour ne pas désespérer.

— Les relais fonctionnent.

Il parut perdu pendant un instant puis il se reprit et s'en alla.

Les Cessaqs remirent le champ de liaison en état. L'un d'eux dit :

— Qui a tué Shelray et ses enfants ? Les Humains ? Elle était de leur race et à cause d'elle il voulait les défendre.

— Le Cylindre qui les transportait a éclaté au sol. On n'a découvert aucune machine terrienne mais les Humains sont habiles, plus habiles que les Vors ne le pensent. Les nôtres enquêtent. Ils connaissent de nombreux Terriens. Ils finiront par savoir la vérité.

— Et si d'autres Positifs...

— Ce n'est pas certain. Bien sûr quelques-uns le trouvaient trop faible, trop hésitant avec les Humains...

Quand l'équipage du Nivellateur avait été démobilisé, Dreik n'avait su où aller. Il avait proposé ses services mais il était si étroitement spécialisé dans le métier spatial qu'on n'avait pas voulu de lui. Enfin, c'est ce qu'on lui avait dit, bien qu'il comprît que c'était surtout son nom qui effrayait. Les gens faisaient un rapprochement entre ce nom et les Vors. Ils pensaient, et quelques-uns le lui jetèrent au visage, qu'il ne s'était pas comporté comme on l'aurait attendu d'un officier de la Roue.

Dreik rompait sans jamais se défendre. En fait, il n'était pas loin de donner raison à ses détracteurs. N'avait-il pas dit au Conseil qu'il souhaitait qu'on traite avec les Vors et qu'il ne les jugeait pas dangereux? Les Vors l'avaient manœuvré, trompé. D'un certain point de vue donc, il avait aidé à leur victoire et il en vint à se dire qu'il avait manqué de patriotisme et de cette force d'âme qui fait qu'un soldat ne se laisse jamais prendre aux pièges de l'ennemi.

Parce qu'il ne savait quoi faire, Dreik revint à Kuala-Hori. Il ne put s'empêcher de penser: « Je suis comme les enfants, comme tous ceux qui ne savent pas devenir adultes, je me tourne vers les années heureuses et vers ceux qui ne m'ont jamais jugé. » Esona, sa seconde femme, n'avait pas tort, elle qui prétendait qu'il n'avait jamais aimé que la solitude de l'espace, ce qui d'une certaine façon était un refus de s'engager et de vivre parmi les autres. On ne peut simplement refuser un régime et s'y aménager une place en marge. Si on le juge mauvais, on doit le combattre.

Cela revenait en somme à se demander s'il était aussi hostile qu'il le prétendait à un système qui confondait culture et civilisation.

Il était donc en pleine crise dépressive et, parce qu'il n'aimait pas les mauvaises excuses, il se jugea seul responsable de son état.

A Kuala-Hori, il retrouva son père et la Magicienne, la maison dépenaillée et les planches du jardin qui n'avaient jamais été aussi florissantes.

Le Slur, qui avait été libéré, le rejoignit après être passé devant une commission de ses semblables qui lui avait fait promettre de se soumettre sans réserve aux désirs des Vors, devenus les maîtres très libéraux de leur planète.

Le Slur avait promis. Il aurait promis n'importe quoi. Il méprisait toujours autant ses semblables qui, dit-il à Dreik dès son arrivée, auraient obéi à des cancrelats, pourvu qu'on ne troublât pas leurs habitudes. A quoi la Magicienne répondit qu'il en allait de même à Kuala-Hori, où la majeure partie de la population, dirigeants en tête, avait changé de maîtres avec ce qui ressemblait chez certains, le Chef de Zone par exemple, à de l'exultation.

La Magicienne, qui avait l'humeur maussade, montra son mari qui jardinait sous le soleil : « Lui non plus n'est pas mécontent. Sous le prétexte que les gouvernants qui l'ont mis à pied il y a trente ans ont été ridiculisés, le voilà prêt à chanter les louanges des nouveaux maîtres. Ceux qu'on écarte d'un régime deviennent facilement les défenseurs de celui qui lui succède. Ils n'y regardent pas de si près pourvu que leur amour-propre soit pansé. » Elle s'adressa à Dreik :

— Et toi, quitte, je t'en prie, cet air vaincu et de porter le poids du monde. Cesse de te donner de l'importance en croyant que tu as joué un rôle dans ce qui nous arrive. Les gens évaluent toujours les événements à partir d'eux-mêmes. Ils adorent avoir tort ou raison. Il y en a beaucoup ici qui vont racontant partout que nous allons payer le poids de nos erreurs.

Jusqu'aux Trid où ils se frappent le front contre terre et parlent de pénitence. Vous péchez par orgueil, et toi autant que ton père, qui croit, le pauvre niais, que nos malheurs lui ont donné raison... Tu connais la vérité? Au premier échec, il s'est retiré sous sa tente, trop content de mener la paresseuse existence irresponsable qui lui convenait et toi, aujourd'hui, parce que tu n'es pas devenu le héros dont tu as toujours rêvé, tu baisses les bras et tu te vautres dans le petit désespoir des médiocres.

Le Slur riait à sa manière en faisant craquer ses plaques dorsales. Il aurait eu des mains, il aurait applaudi et Dreik lui-même ne put s'empêcher de sourire à la véhémence de sa mère qui préparait la cuisine à grand bruit. Elle dit:

— Ils rationnent tout, l'énergie, les produits. On ne trouve même plus de colorants au Centre de Distribution. Me voilà avec des cheveux rougeâtres maintenant, quelle horreur! Ah, que cela se prolonge et je finirai par vivre comme ces femmes de l'Ere Première qui passaient dit-on leur temps devant leurs fourneaux ou à faire reluire leur intérieur. De quoi tourner idiote en six mois. Et regarde ton père qui peine comme un forçat de l'Ancien Temps. Il se fatigue tellement à produire ses carottes et son persil qu'il n'est même plus capable d'entretenir une conversation quand il s'est lavé les mains. Pour un peu, il s'endormirait sur son assiette. S'abrutir dans les petites besognes a toujours été une façon de ne pas prendre parti. Ce n'est plus un mari que j'ai, mais un de ces robots-agriculteurs qu'on ne peut plus louer du reste tant ils sont coûteux et dévoreurs de kilowatts. Ah, qu'on ne me parle plus de l'état de nature!

Elle demanda au Slur:

— Et toi, qu'est-ce que je vais te donner à manger?

Elle rit brusquement:

— Il est vrai qu'avec toute cette ferraille d'outils qui ne servent plus à rien, tu seras le dernier affamé.

Le Slur dit:

— Tout à l'heure, j'irai pêcher. Je vous rapporterai du poisson.

— C'est interdit. La police n'a jamais aussi bien monté la garde. Il faut un visa pour prendre la mer quelques heures et seuls les Vors et leurs amis humains chassent et pêchent. On prétend qu'ils constituent des stocks de nourriture et qu'ils veulent nous affamer. Les Trid répètent que nous sommes libres mais ce n'est pas vrai. Personne n'est libre. Nous ne l'étions pas, nous le sommes moins encore. Seule la manière a changé...

Elle baissa la voix :

— On raconte aussi d'étranges histoires.

— Lesquelles ?

— Des hommes et des femmes disparaissent. Surtout des femmes. On parle aussi d'enfants.

Le Slur intervint :

— Ces histoires, je les ai entendues ailleurs ainsi que quelques autres.

Il sonda discrètement l'esprit de Dreik et comprit que lui aussi savait mais, à cause de la Magicienne qui se battait contre le combuster et essayait d'en obtenir plus de chaleur, il cessa d'émettre.

Dreik se leva. Le Slur le suivit. Sur le seuil, il monta sur le Bohar et dit à Dreik :

— Viens avec moi.

Le père ne se détourna pas quand ils passèrent près de lui. Il était tout à sa besogne. Dreik pensa : « Il se sent utile pour la première fois depuis longtemps. Il est heureux, plus heureux que pendant ces vacances sans fin qui étaient sa vie autrefois. Il n'a jamais compris que Chen-San se moque qu'il travaille ou ne travaille pas et qu'elle l'aime tel qu'il est. »

Le Slur s'élança sur son Bohar. Il revint vers Dreik, vira en faisant grincer les roues et émit :

— Si je te disais que ce petit instrument me manquait et que je suis revenu ici pour le retrouver ?

— Je ne te croirais pas.

— Tu aurais raison. Cependant, il m'a fait défaut depuis quinze jours et je me fatigue les pattes pour obtenir un permis de séjour à Kuala-Hori. On circule de moins en moins librement sur ta planète.

Il demanda brusquement :

— Qu'est-ce que tu vas faire ?

— Partir.

Dreik n'avait pas hésité.

— Où ?

— Je ne sais pas.

— Tu vas quitter la Terre ?

— Evidemment.

Ils virent la troupe de Vors. Ils étaient sept ou huit. Au passage, les Vors les observèrent. Le Slur retint particulièrement leur attention et des crêtes lumineuses étincelèrent sur leurs têtes. Le Slur expliqua :

— Ils ne nous regardent pas, ils nous évaluent, et, je ne sais pour quelle raison, tu ne les intéresses pas.

— Tu peux lire dans leur esprit ?

— Sommairement. Je pourrais les déchiffrer mais ils possèdent une curieuse faculté de défense. Quand j'essaie de pénétrer plus avant, ils sont aussitôt en alerte. Je me méfie de leurs réactions qui peuvent être violentes. Dans le croiseur qui m'a mené à Zurich III, un des Vors qui nous accompagnaient a braqué son arme sur moi. Pourtant j'effleurais sa pensée avec prudence et il me tournait le dos.

— Qu'as-tu découvert ?

— Rien de marquant. La plupart méprisent les humains et ce mépris est en partie sexuel.

— A cause de ces femmes qui les préfèrent aux hommes ?

— Peut-être, bien que de nombreuses humaines ne les aiment pas et les craignent. Comment cela s'est-il passé ici ?

— Comme ailleurs, si j'en crois les bruits qui courent. La plupart des habitants de la province se sont ralliés. C'est ce qui rend Chen-San si furieuse. Ils sont allés se faire régénérer et rafistoler dans les Centres Cliniques Urbains. Les femmes qui sont acquises aux Vors se sont fait équiper de Naguens et les Vors leur ont donné les postes clés, de sorte qu'il faut passer par leur intermédiaire pour la plus petite autorisation.

— Et le Chef de District ?

— Converti et plus vor que les Vors. Tu sais qu'il a toujours été du côté du pouvoir. Il a pris le vent. Il pontifie et sermonne. Comme après toutes les défaites, j'imagine, il y a une grande vague de moralisme. A en croire certains, les plus âgés en particulier, si nous avons été battus, c'est en punition de nos fautes. De là à se soumettre et à faire pénitence... Enfin, tu vois l'engrenage. Tu comprends pourquoi une partie de la population leur est favorable. Paradoxalement, ce ne sont pas les gens simples qui, eux, restent méfiants et pour qui le Vor demeure l'ennemi, mais les autres, les privilégiés, les dirigeants, ceux qui sortent des Cent Huit Grandes Ecoles de la Roue. Ceux-là, les Vors les fascinent. Ils pensent que nous pouvons nous entendre avec eux et tirer d'inestimables profits de leur contact.

— Et les jeunes ?

— Quand ils ne sont pas subjugués, ils se sentent humiliés. Comme moi, du reste, et ce n'est pas une affaire purement sexuelle.

— Et les retraités ? Ils sont nombreux sur ta planète.

— Ils pactisent. Tu les entendras parce que ce sont surtout eux et les femmes ralliées qu'on entend. Leur raisonnement est simple : « Que les Vors prennent toutes les femmes qu'ils désirent. Ainsi ils seront satisfaits et nous laisseront en paix. » Que tout se passe sans éclats, dans le silence et la dignité, telle est leur devise, et baissons la tête puisque nous sommes coupables. Ce sont eux les grands pénitents, les moralisateurs.

— Les Cessaqs ?

— On les voit peu. Ils sont dans les Centres Cliniques et contrôlent presque toutes les installations de la planète. Ce sont avant tout des techniciens et des militaires. On les dit serviables.

— Chen-San a parlé de disparitions. Qui ?

— Des jeunes. Garçons et filles.

— Sais-tu que s'ils regardent les hommes comme toi avec mépris ou indifférence, ils montrent de la gourmandise pour les jeunes gens et même les enfants, et pas du tout le même genre de gourmandise pour les filles que pour les garçons ?

— C'est ce qu'on chuchote. Ici, il y a eu une trentaine de disparitions et, chaque fois, il s'agissait de garçons ou de filles qui s'étaient écartés des agglomérations.

— Ce sont des carnassiers, surtout les jeunes.

— J'évalue mal leur âge.

— Ceux que nous avons croisés sont très jeunes, presque des enfants, et ils sont beaucoup plus féroces que les autres. C'est chez eux que l'instinct est le plus vif. Les jeunes Vors sont dangereux, aussi dangereux que certains humains que j'ai connus sur ma planète voici une centaine d'années. J'en avais conçu une terrible peur de tes semblables mais il ne s'agissait que de guerriers... Est-ce qu'il s'est formé ici des groupes de rebelles ?

— Peu. On parle d'une puissante organisation clandestine dans le massif himalayen. C'est là qu'ont fui les Jeunesses de l'Union et les Activés. J'avais pensé les rejoindre malgré mon manque de sympathie pour eux, car j'espérais qu'ils voulaient mettre la main sur nos navires et quitter la planète, mais on m'a fait comprendre que leurs intentions étaient différentes. C'est ici qu'ils veulent se battre. Un forestier m'a dit qu'ils avaient entassé des tonnes d'armes dans la montagne.

— Les Vors ne leur donnent pas la chasse ?

— Si, mais uniquement avec leurs vaisseaux et ce n'est pas efficace. Les Vors n'ont lancé aucune expédition dans le massif himalayen. On prétend qu'ils supportent mal une altitude supérieure à trois mille mètres. Mieux vaut du reste que ces repaires ne soient pas attaqués car on raconte que ces jeunes, qui ont pour la plupart une formation militaire, seraient décidés à faire sauter la planète plutôt que de se rendre.

— Ah, la vieille bravoure terrienne ! Et toi, tu veux t'échapper, aller sur une autre planète, quitter à jamais ces méchants occupants. Tu as un plan ?

— Pas le plus petit. Il faudrait s'emparer d'un de nos navires, mais ils sont sous bonne garde. Ceux qui ont tenté de s'en approcher ont été capturés ou tués.

Ils entrèrent en ville. Devant le Collexpanseur, des gens faisaient la queue pour obtenir de la viande congelée et des cellules ménagères d'énergie. Une pancarte annonçait qu'on vendrait le lendemain des tablettes de protéines végétales.

Dreik s'arrêta pour lire les offres d'emploi qui défilaient en lettres lumineuses sur un écran. On demandait des ouvriers pour le chef-lieu du district, particulièrement des spécialistes en magnétisme et en chimie des métalloïdes. Le Slur, qui avait lancé ses filaments parmi la foule, dit :

— Les gens regrettent le passé mais ils sont plus soucieux de leur confort que de leur liberté. Ils en veulent moins aux Vors qu'à leur gouvernement.

Un chien errant vint le flairer, qu'il écarta en faisant brusquement jaillir une de ses tubulures dorsales. Le chien prit la fuite avec un jappement craintif.

— Je crois que tous les chiens de cette province seront venus me renifler. As-tu remarqué qu'il y en a moins qu'autrefois ?

— Les Vors ?

Le chien, qui s'était assis à une dizaine de mètres et surveillait le Slur, ses oreilles pendantes à demi dressées, l'air à la fois inquiet et intéressé, détala soudain, la queue entre les pattes. Dreik demanda :

— Que lui as-tu fait ?

— Moi, rien, mais regarde le Vor qui vient vers nous. J'ai perçu la terreur du chien à l'instant où il a découvert sa présence. As-tu observé que tous les animaux fuient les Vors ? Leur simple vue ou leur odeur les terrorisent. Aucun animal ne supporte leur présence. J'ai vu des Vors les abattre et, chaque fois, j'ai senti chez eux un sentiment de dégoût.

Le Vor s'était éloigné. Au passage, son œil jaune pesait sur les gens qui s'écartaient. Le Slur avait raison. Il ne les regardait pas, il les évaluait. Comme ceux qu'ils avaient croisés sur la route, il n'avait pas accordé d'attention à Dreik.

Le Slur expliqua :

— Les animaux entrent en communication avec eux mais je ne vois pas clairement à quel niveau, ni comment, sinon qu'il s'agit d'une sorte de choc qui provoque la peur chez l'un et la répulsion chez l'autre. Et les Cessaqs ?

— A leur égard, l'attitude des animaux est variable. D'ordinaire, ils se tiennent au large, ou encore ils aboient, ce qui paraît amuser les Cessaqs.

Dreik, qui était entré dans le bâtiment municipal, descendit quelques marches de l'escalier qui menait au sous-sol. Il s'arrêta en voyant l'écriteau : « Jusqu'à nouvel ordre, Mémoire II n'est plus en service. »

Quand il remonta, il vit le chef. Par l'intermédiaire d'une Terrienne, il s'entretenait avec un Vor et deux Cessaqs. Ami de l'occupant mais pas assez pour se faire greffer un Naguen, pensa Dreik.

Le chef ne le salua pas mais il dut dire qui il était, car les Vors et les Cessaqs se tournèrent vers lui tandis que la Terrienne traduisait les propos d'Odar-San.

Dreik s'en alla. Seul un des Cessaqs le suivait encore de l'œil. Le Slur dit :

— Il leur a raconté à sa manière tes aventures sur leur planète et ici.

— Qu'en ont-ils pensé ?

— Ils ont écouté, rien de plus. Ils n'avaient jamais entendu parler de toi. Seul un des Cessaqs, celui qui a continué de te regarder, a demandé où tu habitais et à quelle planète j'appartenais. Il me prend pour un animal.

Ils quittèrent l'agglomération. Devant la maison, le Slur annonça :

— Je vais aller chasser un peu pour la Magicienne.

Il s'élança aussitôt sur son petit engin bruyant et Dreik qui lui criait d'être prudent perçut en réponse sa pensée joyeuse, pleine du plaisir qu'il se promettait.

Le Slur décela la présence de l'embarcation de la Douane. Il ne s'en inquiéta pas. Il savait qu'à distance, on le confondrait avec les grosses tortues qui venaient pondre sur la plage à cette saison.

Il entra dans l'eau et, marchant sur le fond sableux, il atteignit un rocher qu'il contourna et explora avant de se mettre à l'abri de sa chevelure d'algues. Il attendit et perçut bientôt par ses filaments projetés la présence du poisson. Quand il fut à portée, l'un de ses filaments jaillit comme un fouet, se durcit et pénétra dans la tête, paralysant les centres nerveux.

Le Slur, qui se déplaçait plus rapidement dans l'eau que sur terre, chargea le poisson sur son dos à l'aide de ses tubulures. Il regagna le rivage, passa entre deux tortues qui étirèrent vers lui leur cou corné et il entra dans le bosquet de cocotiers où il avait laissé le Bohar.

A l'instant où il allait partir, il sentit la présence des Vors. Ils étaient deux. Presque en même temps, il perçut l'aura de violence qui se dégageait de leur personne.

Il rejeta le poisson sur le sable et s'élança à la rencontre de l'aura, qui provoquait une vibration de plus en plus forte dans ses cellules réceptrices. Il s'enfonça en cahotant entre les arbres et les buissons, survolant parfois les plus denses d'un élan.

Il vit les Vors, les appréhenda par son système sensoriel et puis il découvrit les trois jeunes femmes. Elles gisaient sur le sol, inanimées.

Alertés par le fracas de branches brisées, les Vors faisaient face. L'un d'eux tenait encore à la main des lambeaux de vêtements. Ils restaient immobiles, les yeux étincelants, déconcertés par l'aspect du Slur, mais quand il avança, ils se saisirent de l'arme à leur ceinture. Le Slur reçut l'impact des ondes dures. Il y était insensible et continua son avance, enveloppé d'un buisson crépitant. Près de lui, le sol s'enflamma, des pierres craquèrent, alors il passa à l'attaque. Ses filaments lancés comme des harpons déchirèrent les yeux des Vors, ils se plantèrent dans le cerveau qui fut haché. Un des Vors s'écroula, puis l'autre.

Le Slur explora le corps des Terriennes. Il palpa leur chair, décela les blessures sur les cuisses et les épaules d'où les vêtements avaient été arrachés. Deux de ses filaments plantés dans le derme, il écouta les organes du corps. Ils n'étaient pas endommagés. Il transperça la peau des Vors jusqu'aux deux cœurs jumeaux placés l'un au-dessus de l'autre dans le buste. Ils étaient morts.

Ses filaments dressés à la verticale, le Slur auscultait les couches d'air au-dessus de la forêt. Il vit l'appareil approcher, il en mesura la masse. Il avançait à la vitesse d'un obus, ouvrait comme un projectile l'air qu'il faisait hurler. Il plongea vers les arbres.

Le Slur fit disparaître en un clin d'œil ses filaments et ses tubulures dorsales. Il ne fut plus qu'une masse close et compacte. L'appareil fendit les feuillages qui craquèrent et s'abattirent en pluie de fragments. Il apparut, trapu et sombre, freina brutalement à quelques centimètres du sol, levant une nouvelle tempête qui gifla les feuillages, puis il se posa avec une légèreté d'oiseau.

Le Cessaq sortit. Il se dressa, énorme, ses jambes comme des arbres, son torse rugueux comme une armure. Ses yeux jaune pâle où se tordaient des fibrilles colorées explorèrent la scène. Il s'agenouilla et palpa les deux Vors puis les femmes qu'il retourna d'une seule main.

Il se releva et demeura longtemps immobile, une main posée sur sa ceinture où un bloc métallique entaillé d'encoches émettait une étroite sonorité sinueuse comme le vol d'un moustique. Il pivota et vit le Slur tapi au pied d'un arbre. Il fit un pas vers lui, puis un autre. Il s'arrêta et chacun de ses pieds était aussi gros que le Slur.

Il se baissa, avança vers le Slur une main prudente. Il le saisit, le souleva et marqua un bref arrêt, surpris par sa densité. D'un effort, il l'amena près de son visage et l'examina. Sur sa poitrine, les épaisses lanières qui joignaient une épaule à l'autre vibrèrent et se tendirent. Le Slur restait hermétiquement clos. Ainsi tenu au-dessus du sol, il n'avait peur que d'une chose : que le Cessaq, dans un geste de rage, ne le projette contre un tronc d'arbre.

La pensée du Cessaq lui parvint, très faible : « Tu es de la planète Crox. J'ai vu un de tes semblables sur Quaso. »

Le Cessaq attendait, les yeux fixés sur le Slur hermétiquement clos. A sa ceinture, le bloc continuait d'émettre son sinueux message. « Parle, nous n'avons pas beaucoup de temps. »

Le Slur ouvrit ses défenses. Ses plaques dorsales glissèrent, la couronne de tigelles apparut, pointa avec une lenteur effrayée, prête à se rétracter. Le Slur entra précautionneusement en contact avec l'esprit du Cessaq, qui se laissa explorer.

Quand le Slur cessa d'émettre, le Cessaq le reposa sur le sol. Il prit un Vor sous chaque bras et les porta dans son appareil. Il dit :

— Ces Vors n'existent pas. Ils n'ont jamais existé. Il faut que les humaines partent et qu'elles ne reviennent jamais plus ici. Ni elles ni leurs semblables.

Il était dans son appareil quand il livra de nouveau sa pensée :

— Bientôt ils n'auront plus à chercher leur nourriture. Surtout, qu'elles ne parlent jamais. Dis à ces humains dont tu es l'ami qu'ils s'occupent des trois femelles.

L'appareil se dégagea d'un élan. Au-dessus des arbres, il cassa sa course à angle droit et fila vers le nord en rasant la forêt. Ses filaments érigés, le Slur suivit sa course. Très loin, l'appareil qui traversait le ciel comme un projectile s'éleva en chandelle et disparut derrière les montagnes. Alentour, le ciel restait vide.

Les jeunes femmes n'avaient pas repris conscience. Le Slur hésitait, toujours aux aguets. Il finit par remonter sur son Bohar.

A la maison, il expliqua ce qui était arrivé. Dreik et son père partirent immédiatement dans la lumière rougeoyante du crépuscule.

Sous les arbres, ils entendirent les femmes et pressèrent le pas. Quand ils arrivèrent, l'une d'elles hurlait et se débattait à terre, en proie à ce qui semblait une crise de nerfs. Les deux autres se jetèrent vers Dreik et son père, qu'elles connaissaient de vue.

Elles racontèrent, criant plus qu'elles ne parlaient, ce qui s'était passé, comment elles étaient venues relever les pièges posés la veille. Les Vors les attendaient, dirent-elles. Ils s'étaient emparés d'elles et avaient vaporisé vers leur visage une substance blanche dont elles montrèrent les traces grasses. Elles avaient aussitôt sombré dans l'inconscience.

Dreik demanda :

— Aucun véhicule ? Alors ils appartiennent probablement à l'escouade installée en ville.

Le Slur s'employait à apaiser la troisième jeune femme. Elle pleurait maintenant, le visage entre les mains. Elle dit soudain, la voix aiguë :

— Il a arraché mes vêtements. Il m'a violée...

Elle toucha avec dégoût ses cuisses ensanglantées, palpa son ventre et grimaça de douleur.

L'une des jeunes femmes qui avait une plaie à la gorge dit :

— C'est vrai, je l'ai vu, je n'étais pas encore évanouie. J'ai crié et... Qu'allons-nous faire maintenant ?

— Rentrer chez vous, vous faire soigner et ne parler de rien surtout. Il faut aussi faire savoir à vos amies qu'elles ne doivent plus aller dans les bois, même en groupe...

Elles montrèrent leurs vêtements, les blessures de leur corps. Le père dit :

— Vous trouverez bien une histoire. Dites que vous

avez été attaquées par une bête inconnue, cela dissuadera les gens.

La nuit était tombée. Le Slur les avertit :

— Deux véhicules passent sur la route... Des Vors et des Humains. Ils se dirigent vers la plage.

— Ils doivent chercher leurs deux copains.

La route était vide. Des cubes de diffusion l'éclairaient de place en place. Leur intensité augmentait dès qu'on en approchait et retombait ensuite progressivement à l'état de rougeoyante veilleuse.

Dreik dit :

— Nous ne pouvons pas rester sur cette route. C'est trop dangereux. Il faut passer par les champs, derrière les villas.

Ils mirent près d'une heure pour rentrer. Chen-San s'exclama en voyant les jeunes filles. Elle les emmena aussitôt dans la chambre voisine pour les soigner et leur donner des vêtements. Après qu'elles eurent encore raconté leur histoire, Dreik les raccompagna. Par chance, elles n'étaient pas de la ville et habitaient en bordure d'une palmeraie où on accédait par un chemin de terre peu fréquenté.

En rentrant, Dreik vit au loin des phares puissants dont les faisceaux ricochaient à travers les arbres. Beaucoup plus tard, ils entendirent les appareils vors qui survolaient la forêt. Ils tournèrent jusqu'à l'aube et le soleil se levait quand le père les vit qui partaient vers l'est.

Cette nuit-là, Dreik parla longtemps avec le Slur. Il lui demanda ce qu'il avait lu dans l'esprit du Cessaq. Il observa :

— Ils ne sont pas hostiles aux humains. Ils se contentent de servir les Vors, je ne sais pour quelle raison. Qu'as-tu lu dans la tête de celui-là ?

— Rien de bien fameux. J'ai bien cru qu'il allait me fracasser contre un arbre. Je déteste être soulevé ainsi à bout de bras et examiné comme une quelconque bestiole. Celui-là avait un esprit bizarre, à plusieurs étages, tout en bas une brute, un sabreur aveugle, pas haineux, non, mais sans pitié, tu m'effleures, je te tue et je t'oublie aussitôt. Et au-dessus un système très compliqué, une pensée vive qui analyse, soupèse, virevolte en tous sens mais là encore aucune pitié, une lumière froide. Et il y a un troisième niveau, pas vraiment entre les deux mais ailleurs, étrange celui-ci, dominé par le désir de comprendre, d'aider, de soulager. Comme une eau qui refluerait parfois sur les deux autres niveaux, qui les inonderait de vagues bienfaisantes, un peu celles que je dispense aux êtres faibles ou innocents de ton peuple. Mais ce Cessaq était un peu avare de ce flux bienfaisant.

— Un Naguen ? On prétend qu'ils ne sont que des animaux chez qui on a greffé une hérédité proche de celle des Vors.

— Peut-être. Ils n'aiment pas les Vors. Ils ne les craignent pas non plus. Celui-là ne m'en voulait pas d'en avoir tué deux. J'ai senti aussi que ces morts l'embarrassaient, qu'il allait en référer à d'autres êtres. Ce n'était, je crois, qu'un soldat d'abord préoccupé d'obéir aux ordres...

Le Slur fit craquer joyeusement ses plaques dorsales.

— C'est bien la première fois que je n'ai pas de trop mauvais rapports avec un soldat. Tous ceux que j'ai connus étaient des malfaisants qui ne rêvaient que de me tuer ou d'utiliser mes débris.

— Et ces jeunes femmes ? Les Vors voulaient vraiment les violer ? Tu as pu déchiffrer leurs intentions ?

— Assez pour savoir que ces viols n'étaient qu'un hors-d'œuvre, presque un jeu pour terroriser. Ce n'est pas de leur sexe que ces jeunes fauves avaient faim, enfin pas seulement. Ils les jugeaient appétissantes mais pas dans le sens où vous l'entendez. Cela aussi, je l'ai lu dans l'esprit du Cessaq. Il ne paraissait du reste en être ni surpris ni apitoyé et j'ai bien senti qu'une partie de lui-même ne désapprouvait pas totalement ce genre de festin.

— En somme, dit Dreik, il est aujourd'hui simplement trop bien élevé pour céder aux vieux instincts de sa race. Une simple affaire de bonne éducation...

Le lendemain, Dreik apprit par les Trid que les vaisseaux désarmés seraient de nouveau affectés au transport de la population et des marchandises. On demandait aux pilotes de rejoindre immédiatement la base la plus proche. Il fut heureux de quitter Kuala-Hori.

En ville, personne ne parlait de la disparition des deux Vors. Dreik ne se fiait pas à ce silence. Les patrouilles étaient chaque jour plus nombreuses et on voyait souvent passer, allant vers la mer ou la forêt, les petites nacelles vors à triple carénage.

L'appareil, un Exo biplace, entra dans l'atmosphère de Yoms. Il déchira des amas tournoyants de gaz jaunâtres qui s'effilochèrent le long de la coque. Au-dessous, la visibilité était meilleure. La planète devint distincte, avec ses déserts cendreux et ses entassements de roches poreuses.

L'Exo mit le cap sur un troupeau de collines aux sommets arrondis. Dennast vit les ruines de la Première Epoque. Rongées par les siècles et d'une identique couleur grise, elles se confondaient avec les éboulis, dans la lumière d'un soleil à sa dernière période.

Le pilote descendit vers une des collines. Il dirigea le faisceau d'appel codé sur le flanc de la colline qui pivota sur sa base. L'appareil s'engouffra dans la vaste ouverture.

Le pilote vor poussa un levier et se rejeta en arrière sur son siège. Un flot d'air comprimé secoua la cabine quand la colline reprit sa position et les cônes du train d'atterrissage entrèrent en contact avec un tablier métallique qui vibra. Au même instant, la lumière née de milliards de particules atmosphériques éclaira le conduit. La chute commença. Le compagnon de Dennast, qui avait ouvert les yeux, les referma après avoir dit :

— Je me demande toujours pourquoi ils n'ont pas remplacé ce vieux système de descente par un circuit à pression moléculaire.

— Et le culte du Grand Exode ? L'éternel Agenouillement ?

Dennast comptait machinalement les immenses rideaux métalliques qui s'échelonnaient et donnaient accès à des dizaines de niveaux autrefois peuplés de Vors. Aujourd'hui, les plans étaient vides et usines et habitations, faute d'entretien, ne devaient plus être qu'un enchevêtrement de carcasses rouillées.

La plate-forme s'immobilisa. Dennast toucha le bras de son compagnon qui somnolait. Une porte s'ouvrit. Le pilote pianota la gamme lumineuse qui donnait leur identité. L'appareil s'engagea dans le tunnel de sortie.

Le ciel de Vor et ses deux soleils artificiels apparurent dans la lumière mauve, semblables à ce qu'ils étaient au-dessus de la planète cinquante millénaires plus tôt. Et rien ne manquait, ni les déserts, ni la Cordillère de Sood, ni les lacs depuis longtemps gelés trois cents kilomètres plus haut dans l'atmosphère maintenant glacée de Yoms.

Dennast regardait ce monde où il était né. Il pensa à sa résidence terrienne. «Je ne pourrais plus vivre ici» puis, avec colère: «Je n'y reviendrai jamais.»

Ils survolèrent les collines où les grandes maisons claires des Vors mettaient des taches blanches et vertes. Son compagnon qui était maintenant tout à fait éveillé remarqua avec ironie:

— Quelle paix aujourd'hui! Ils ont programmé ce matin une belle journée ensoleillée: air plat et lumière tiède. Ils doivent être en train de réparer les souffleries. La dernière fois, nous avons eu droit à une tempête venue tout droit du 30e Millénaire. On ne sait jamais où leur nostalgie les portera!

Lui non plus ne regrettait pas ce monde insipide. Il est vrai qu'il était plus jeune, sans traditions, fils et petit-fils de Terrienne, vor au troisième degré comme disaient les Permanents qui ne savaient pas toujours cacher leur dédain ou leur répulsion.

L'appareil plongea vers des bâtiments en bordure d'une rivière artificielle. Il prit contact avec le sol à l'extrémité d'une rangée de bulles individuelles, énorme vautour noir et blanc posé près d'oiseaux-mouches multicolores.

Deux Cessaqs les escortèrent. Dennast leva les yeux vers leur profil plat. Il ne les connaissait pas. Ils étaient encore plus massifs que ceux qu'il voyait d'ordinaire. De nouveaux Cessaqs récemment venus de leur planète.

Fyra l'attendait. Elle leva la main vers les Cessaqs, qui reculèrent de trois pas et restèrent immobiles, les yeux fixés sur Dennast et son compagnon, une main posée sur leur arme.

Fyra fit entrer Dennast dans une pièce équipée d'écrans de contrôle. Quand le second Vor voulut entrer, elle l'écarta de la main.

— Attendez ici ou, mieux encore, allez rejoindre quelques-uns de nos amis dans la salle d'audience. Je crois qu'ils ont quelques questions à vous poser.

Harguir observa avec humeur :

— Que pourrais-je leur dire qu'ils ne sachent déjà ?

Elle répondit sèchement :

— Sait-on jamais ? Laissez-nous.

Elle alla s'asseoir devant une batterie d'écrans.

— Votre voyage s'est déroulé dans de bonnes conditions ?

— Excellentes. Si j'excepte bien entendu les contrôles spatiaux un peu trop fréquents de nos amis cessaqs.

Elle approuva, l'esprit ailleurs. Ainsi que toutes les femelles vors, elle était moins grande que les mâles et d'aspect plus terne, le bec d'un brun mat, la peau transparente et laissant voir au-dessous les arborescences roses du réseau nerveux.

Chez Fyra, qui était âgée, ces caractères étaient plus accentués. Elle se tenait un peu voûtée, le col replié sur les épaules, et ce qui ressemblait à un tic agitait parfois l'une de ses mains, qui s'écartait brusquement de son corps comme si elle voulait chasser un insecte importun. Seul l'œil encore perçant sur lequel les doubles paupières retombaient fréquemment en taie opaque montrait encore la vivacité de sa nature.

Dennast qui la surveillait pensa : « Je suis sûr qu'elle ne s'est pas fait traiter depuis vingt ans. Cela lui permet de mieux jouer les ancêtres percluses. »

Il n'aimait pas cette vieille femelle qui commandait à des milliers de chercheuses vors et à la presque totalité des Cessaqs. Il ne l'aimait pas et il la craignait.

Elle ne parlait jamais en son nom mais en celui de l'espèce ou, plus précisément, du clan qu'elle représentait. Une mystique, se disait-il, une fanatique, qui s'arrange pour donner à ses raisons le tour impersonnel de la science. Espoir, désespoir, bonheur, ces notions n'ont pas de sens pour son esprit rigide. L'abstraction la comble et, en toutes circonstances, elle donne le pas à la loi, quelle que soit l'absurdité de ses conséquences. Elle est la loi, et si la loi mène à la mort, elle approuve la mort.

Quand nous avons adopté une attitude pragmatique et offert ensuite une solution de survie, elle nous a accusés de schisme et nous a fait répondre que la nécessité ou la force majeure avaient depuis longtemps perdu valeur d'arguments. Son attachement au passé l'a enfermée dans une folie d'orgueil et ces vieux dégénérés la suivent par faiblesse et par le goût suicidaire des espèces à bout de souffle.

Il la regardait. Un œil sur les écrans, elle paraissait perdue dans ses réflexions. Il pensa : « Qu'elle n'espère pas me voir jouer le rôle du fils coupable ou encore que je la supplie. Après tout, nous sommes leur seul avenir. » Il décida d'aller droit au but :

— Ne pensez-vous pas que le moment soit venu de transférer sur Terre les Homologues de Naguens des Cessaqs qui ont combattu avec nous ou qui nous aident dans nos travaux ?

Il s'était attendu à un refus. Elle dit avec ironie :

— Pourquoi ne pas le demander aux Cessaqs eux-mêmes ?

— Ils n'accepteront jamais.

— Alors respectez leur liberté. Il s'agit d'eux.

— Reconnaissez qu'il y a là un paradoxe : ils nous servent et c'est vous qui les contrôlez.

— Est-ce que « contrôler » est bien l'expression qui convient ?

— Nous aurons aussi bientôt besoin de nouveaux Naguens pour équiper des Cessaqs primitifs et certains Terriens.

Fyra abandonna les écrans. Elle fit face à Dennast.

— Ainsi, vous avez décidé que la Terre serait votre nouvelle planète...

Elle imposa silence à Dennast qui voulait l'interrompre.

— Si je vous ai prié de venir, ce n'est pas dans un esprit de querelle mais pour que nous passions un accord. Je reçois chaque jour les rapports des Cessaqs. Ils montrent votre intention d'abandonner définitivement Yoms... Nous avons examiné ce projet. Nous le désapprouvons. A long terme en effet, c'est-à-dire, pour être précis, sur une dizaine de générations, vous courez droit à l'échec. Cependant, cet échec, vous le subiriez partout ailleurs. Il ne tient pas au milieu mais à votre nouvelle nature et à son évolution dont nous avons réussi à dresser le profil approximatif. Malgré quoi nous ne nous opposons pas à votre désir et même nous vous aiderons si vous le souhaitez...

Elle s'exprimait par signes visuels et n'employa à aucun moment les pistes sonores.

— ... Auparavant, j'aimerais vous donner le résultat de nos derniers travaux. Au-delà de la septième génération, vous ne pourrez plus contrôler votre animalité et cela n'est pas dû, comme nous l'avions d'abord pensé, à une imprégnation par les Terriennes mais au caractère récessif de certains de nos gènes. Les Humaines n'ont qu'un rôle catalyseur.

« Vous êtes un Vor de première génération, Dennast, et je veux vous mettre en garde. Souvenez-vous de qui nous sommes nés, quelle race de prédateurs étaient nos ancêtres, il y a trois millions d'années. Ils tuaient pour le plaisir, ils se détruisaient entre eux et se nourrissaient de leurs semblables. Pensez au chemin que nous avons fait et que vous allez parcourir en sens inverse quand les gènes stimulés par votre mode de reproduction retrouveront leur virulence ancienne. Car, je vous le répète, nos expériences montrent qu'à chaque génération la part animale croîtra, non pas insensiblement, mais presque en progression géométrique à partir de la 4e génération.

« Regardez les jeunes de la 3e génération, leur avidité, leur agressivité. Ils vous débordent déjà. On parle de disparition d'Humains, de meurtres, de festins carnivores où des Terriens auraient servi de nourriture...

« Et on ne vous dit pas tout. On ne vous parle pas des réunions secrètes des Positifs de 3e Génération, ni de la secte du Grand Accomplissement et de ses cérémonies repoussantes.

Fyra s'anima :

— Croyez-vous que vous serez encore le Conducteur Elu des Positifs dans quelques années ? Dans vingt ans, et peut-être avant, vous ne serez plus là, Dennast, nos extrapolatrices le prévoient. Elles prévoient aussi du reste bien d'autres choses qui vous feraient peur. Mais votre destin personnel n'a pas plus d'importance que le mien. Ce dont nous sommes sûrs, c'est que l'esprit de l'espèce ira en s'affaiblissant. Votre science sombrera et à sa suite votre société. Vous reviendrez au stade de ces Cessaqs primitifs auxquels nous avons greffé un Naguen, à cela près que les êtres de notre race ont une cruauté et un appétit de violence que n'ont jamais eus les Cessaqs.

Dennast regardait la vieille Vor avec froideur. Il répondit :

— Dans un demi-siècle, le dernier des Permanents sera mort. Croyez-vous que votre sort soit meilleur ?

— Qui sait où nous mèneront nos recherches en un demi-siècle ?... Mais là n'est pas le problème. Je voudrais encore essayer de vous convaincre. Vous voulez rejeter les Naguens, vivre directement votre vie. Je connais les reproches que vous faites à notre mode d'existence. Cependant, je crains que vous n'ayez pas vu clairement le rôle du Naguen dans notre civilisation. Beaucoup plus qu'un lien avec le passé, au-delà d'un culte que nous rendons à nos prédécesseurs ou encore un refuge, le Naguen est d'abord la mémoire de l'espèce, notre façon de plonger dans le collectif, donc une méthode pour rester en contact avec la somme de ses connaissances et de ses expériences.

« C'est aussi un garde-fou, une incessante référence. Si nous faisons revivre les Naguens de l'Epoque Glorieuse, la plus grande, c'est afin qu'ils nous épargnent certaines erreurs et qu'ils nous tiennent à distance de ces ancêtres furieux qui furent les nôtres. Vous avez appris, mais vous l'avez probablement oublié, qu'il y a trois millions d'années les guerres de ces premiers Vors furent si meurtrières qu'il ne subsistait plus un animal, plus une plante sur notre planète. Nous sommes nés de ces Vors, Dennast, de ces quelques dizaines de milliers de survivants de la Première Ere qui se retrouvèrent sur un monde dévasté.

La vieille femme vor vit que Dennast ne l'écoutait plus.

— Ne croyez pas que j'étais par principe hostile à un renouveau de notre race par une gestation terrienne. Aucune femme vor n'a ce genre d'orgueil, bien que je désapprouve votre politique maladroite qui dresse un sexe contre l'autre. Vous aimez la guerre, les affrontements, les péripéties en somme, et tout au fond vous préférez le changement au progrès et la victoire à l'harmonie. J'ai appris que sur Terre vous favorisiez ceux qui se soumettent, au détriment des moins dociles. Vous savez ce que cela signifie à long terme, lié à l'évolution des Positifs ? L'extermination des Terriens. Parce qu'il faut aussi parler d'eux. Vous voulez la planète pour votre seul usage. Je me trompe ?

— Nous n'avons jamais envisagé l'extermination des Terriens.

— On m'a cependant rapporté que vous avez mis

la main sur leurs laboratoires et greffé à leurs savants des Naguens élémentaires.

— Leur science peut devenir dangereuse. Ils disposent d'armes.

— Celles que leurs jeunes rebelles ont stockées dans le massif himalayen ? Ils sont prêts, m'a-t-on dit, si vous leur donnez l'assaut, à faire sauter leur planète. Ce sont des êtres courageux.

— Nous avons le moyen de neutraliser ces explosifs, vous le savez. Ils éclateront, mais dans un rayon si étroit qu'ils ne détruiront que les rebelles.

— Je sais... Je parlais de leur courage, de leur esprit combatif, de leur nature entreprenante. Vous ne voulez pas leur laisser une chance ? Cette espèce est estimable, Dennast, en dépit de ses faiblesses. Ils me font penser à nos premiers ancêtres, à leurs errements.

— Ils menacent notre avenir.

Fyra pensa : « J'avais espéré un accord, à tout le moins un compromis. »

— Où en sont les expériences sur la fertilité des femmes vors ?

— L'échec est total.

Dennast n'en parut pas désolé.

— Nous n'avons plus aucun espoir. Nous savons maintenant pourquoi nos femmes sont stériles et il n'y a malheureusement pas de remède, enfin j'entends de remède qui leur permette d'avoir des enfants normaux.

— Pourquoi ?

— Disons sommairement que nous sommes arrivés au terme de notre évolution.

— Vous reconnaissez donc que nous sommes condamnés. Et ces richesses accumulées pendant des millénaires, vous allez en faire don aux Cessaqs ?

— Oui.

— Curieux héritiers !

— Ils respecteront les Naguens. Ils nous feront revivre aussi longtemps qu'eux-mêmes vivront et ce que nous n'avons pas eu le temps de faire, ils le feront. Nous les connaissons. Nous ne pouvions avoir de meilleurs successeurs. C'est une espèce vigoureuse et d'un bel équilibre qui a devant elle des millions d'années. Je pense qu'un jour ils n'auront plus besoin des Naguens et pourront poursuivre seuls leur propre évolution. Alors nous mourrons vraiment, mais tel est l'ordre de la nature.

— Quelle horrible perspective !

Fyra ne semblait nullement partager le dégoût de Dennast et une étincelle de gaieté passa même dans son regard.

— A propos de Naguens, on m'a rapporté que vous aviez équipé les Terriennes porteuses de vos enfants et les mâles humains qui collaborent avec vous de Naguens élémentaires de synthèse.

— Nous devons communiquer avec eux.

— Ces Naguens greffés sur des humains non préparés sont dangereux. Souvenez-vous de ce navigateur. Nous avions pris des précautions, ce qui n'a pas empêché le rejet.

— Nous grefferons d'autres Naguens.

— Non, car ce seront les Terriens qui mourront, pas les Naguens. Ce pilote, rappelez-vous, avait été traité par mes soins avant l'implantation et son Naguen avait été partiellement neutralisé.

— Je ne le sais que trop. Cette neutralisation a failli nous coûter la victoire... Je me suis même demandé si vous n'aviez pas prémédité cet échec qui, par chance, ne s'est produit qu'à la dernière minute.

— J'étais simplement soucieuse, ainsi que le veut le principe d'intervention favorable, de la survie de cet humain. Croyez que je m'en suis voulu de ce qu'il a souffert à cause de nous... Bien sûr, j'imagine que vous renierez les Principes Premiers...

— Ils ne vont pas dans le sens de notre nouvelle nature. On ne peut laisser libre d'agir un ennemi potentiel.

— Ennemi : voilà bien un mot que nous avions fini par oublier. Celui-là et quelques autres que vous allez remettre en honneur... J'espérais que nous pourrions passer un compromis. En bref, j'avais cru que, Vors Positifs, vous étiez d'abord Vors. Mais les machines avaient raison. Elles ont toujours raison quand on ne cherche pas à leur faire dire ce que l'on souhaite.

« A propos de ces Principes Premiers, dont vous ne voulez plus, je crains que vous ne les conceviez que comme des règles abstraites, quelque chose comme les maximes d'une sagesse banale.

— Je vous l'ai dit, nous en voyons mal l'application à notre nouvelle nature.

— C'est que vous raisonnez court ou que vous donnez le pas à ce que vous appelez la nécessité. On m'a rapporté que vous aviez rétabli les hiérarchies au nom de l'ordre et de l'efficacité ainsi que toutes ces vieilles notions que nous avions abolies avec leurs annexes, le commandement, l'obéissance, la punition... Vous savez comment dans notre société chacun choisit librement sa place et son rôle, comment il doit être respecté, comment aussi il peut modifier cette place et ce rôle sans que nous puissions le blâmer ou le contraindre puisqu'au contraire la loi nous demande de l'aider.

« Je vous rappelle encore, toujours à propos de nos Principes, que la connaissance ne peut se propager qu'au niveau où elle est née. Elle ne descend jamais. Autant dire que ce qui est réservé à cette élite ne sera jamais transmis aux autres, sinon d'une manière partielle ou dénaturée. Il n'y a qu'un moyen de distribuer la connaissance et ce n'est pas en la simplifiant mais en faisant accéder le plus grand nombre au niveau où elle est née. Je pense à vos clans, à vos sociétés plus ou moins secrètes, à ces distinctions que vous prétendez rétablir d'un individu à l'autre, à ces hiérarchies encore, tous ces facteurs d'injustice, d'inégalité, et je ne parle pas des frustrations, des ressentiments, de toutes les passions dégradantes qui vont de pair...

Dennast fit un geste d'impatience :

— Qui vous dit que ce que vous désapprouvez n'est pas ce qui nous convient ?

— Encore un mot sur la Terre : chaque planète

sécrète les êtres qui lui sont propres et quand d'autres viennent l'occuper, elle les plie à ses lois et à sa nature. Il arrive alors que l'occupant évolue, qu'il lui pousse de nouvelles aptitudes ou qu'il lui vienne des faiblesses inattendues. Nous avons étudié ici ces rapports qui ne sont pas très favorables à votre implantation sur Terre. La chimie de cette planète est faite pour les Humains. Nous craignons qu'elle n'ait d'étranges effets sur les Vors. Il serait bon que vos équipes de chercheurs étudient ce problème.

Elle ajouta :

— N'oubliez pas de nous confier quelques enfants vors de la 5e génération. Nous aimerions les observer. Cela nous permettrait peut-être de résoudre quelques-uns de vos problèmes.

— Nous n'avons pas de problèmes.

— Devenez-vous naïf, Dennast ? Je parlais de vos problèmes à venir, et ils seront nombreux.

Tout entretien avec Fyra ne menait qu'à une impasse ou à d'inutiles critiques moralisantes. Il demanda avec irritation :

— Puis-je me retirer ?

Fyra ne répondit pas. Dennast attendait. Il n'aimait pas le regard vide de la vieille Vor. Elle fit venir sur l'écran une immense salle vide, une vaste fosse plutôt, où s'enchevêtrait sur un fond noir toute une géométrie lumineuse de lignes et de courbes mobiles.

Elle se tourna brusquement vers Dennast :

— Voilà notre décision : vous informerez les Terriens par la voie des Trid que ceux qui le veulent peuvent quitter leur planète. Ils emporteront ce qui leur paraît utile. A l'égard de ceux qui resteront, vous respecterez le Principe d'intervention favorable. Nous vous fournirons des Naguens de synthèse pour communiquer avec les Humains. Ceux que nous avons mis au point sont sans danger. Nous ne voulons plus entendre parler de disparitions, de meurtres ou d'actes de violence...

Dennast demanda avec insolence :

— Sinon ?

Sur l'écran, l'ombre dévorait un à un les signes mobiles.

— Sinon les Cessaqs investiront les planètes que vous occupez. Ils vous en chasseront.

— Nous nous battrons contre les Cessaqs.

— Qui vous dit que les Cessaqs ne souhaitent pas ce combat ? Ils savent que vous voulez les renvoyer à la condition animale...

Fyra soutint le regard étincelant du Vor.

— Voyez-vous, Dennast, vous avez eu la chance que dans cette guerre les Terriens aient été les agresseurs, sinon nous ne vous aurions jamais permis d'investir leur planète. Les Terriens ont commis une faute impardonnable et leur châtiment est à sa mesure mais ne vous faites pas d'illusions, ce sont les circonstances seules qui vous ont servis.

Dennast pensa avec rage : « Elle veut la guerre, elle aura la guerre. » Fyra était revenue vers l'écran. Elle contemplait la fosse noire où quelques virgules de lumière semblaient encore se débattre. Elle dit :

— Faites ce que nous vous demandons. Ici nous continuerons à travailler. Autant sur votre avenir que sur le nôtre. Ne cédez pas à la colère et souhaitez-nous de réussir...

Il avait déjà quitté la salle.

Le remorqueur quitta le sol. Les câbles, gros comme des bras d'homme, se tendirent et le premier container s'ébranla. Dreik déploya le champ magnétique. Il l'étendit progressivement aux dix wagons du convoi et libéra les trains d'ondes antigravité.

Les énormes cubes, longs d'une cinquantaine de mètres, s'élevèrent un à un, animés d'un léger tangage. Dreik manœuvrait avec prudence, les yeux fixés sur l'écran de rétrovision. La vallée était en effet étroite et, au bout du terrain d'envol fait pour des convois moins volumineux, se dressait un entablement rocheux.

Le convoi escalada le ciel. Il prit de la vitesse, arrachant à la gravité terrestre ses trois cent mille tonnes, mais le champ de manœuvre était si réduit que le fond des containers parut frôler les rochers.

Erloff qui avait suivi l'opération l'œil inquiet dit avec enthousiasme :

— Vous êtes vraiment un grand chef ! Dix containers, ils deviennent fous au storage. Ah, si vous demandiez un commandement de Cosmotanker ils seraient tout de suite d'accord.

Dreik ne répondit pas. Erloff, qui se tenait à l'entrée du dôme, insista, la voix mordante :

— Allons, ne me dites pas que vous avez peur d'une petite greffe de rien du tout.

Il sourit et son visage de jeune gouape aux traits fins et usés se plissa.

— Personne mieux que vous ne connaît les Naguens... Enfin c'est ce qu'on raconte. Moi, je n'ai pas suivi votre affaire...

Il ajouta avec rancune :

— A ce moment-là, j'étais dans une clinique de restructuration.

Mempha qui surveillait un des écrans de rétrovision annonça :

— Le 7 paraît en surcharge. J'ai une tension de 22.

— A 25, nous lancerons un grappin de sécurité.

A 350 000 pieds, niveau des navires de commerce, il stabilisa le convoi. Il allait enfoncer la touche du pilotage automatique quand Erloff le pria :

— Vous me laissez le clavier ? Juste cinq minutes. Je suivrai le cap, rien d'autre. Pas de fantaisie, je vous le jure...

Son visage froissé de jeune voyou avait perdu toute ruse. Il en devenait naïf à force d'avidité enfantine.

Dreik lui laissa son siège. Il échangea un coup d'œil avec Mempha, une Amérindienne métissée de Noire qui avait rang de radiomécanicienne. Elle haussa les épaules, ses yeux méprisants posés sur le dos étroit d'Erloff qui tressautait d'excitation, tout à son pilotage.

Dreik observa le ciel pâle. On n'était qu'à une dizaine de degrés de la calotte polaire. Parce qu'il craignait une brusque surcharge de glace, il se demanda si le dégivreur remplirait son office. Le remorqueur était ancien et, depuis l'invasion, l'entretien était fait à la sauvette.

Il alla s'asseoir dans un des fauteuils du dôme et l'orienta de façon à voir les écrans de bord. Un léger craquement retentit. Dreik ordonna :

— Accélérez. Ne descendez jamais au-dessous de 500 mètres/seconde.

La nuque d'Erloff approuva : « D'accord, d'accord, patron », et il poussa un petit hennissement joyeux.

Mempha se leva. Elle dégrafa sa tunique blanche, fit quelques pas qui l'amenèrent face à Dreik. Elle était de taille moyenne, cambrée, avec un visage couleur de café où brasillaient des yeux plus clairs que la peau.

Elle murmura, insolente :

— Dreik… Ex-général des Flottes de la Roue, Officier du Mérite Suprême, Découvreur de Tagos, Héros de Saratra… Tralala.

Dreik avait levé la tête, soudain attentif.

— Vous paraissez très renseignée. Beaucoup plus renseignée que l'officier qui était à votre place au dernier voyage. Où est-il maintenant ?

— Sur une des lignes de longitude, entre l'Australie et l'Afrique. On ne lui a causé aucun tort, n'ayez crainte.

— Je m'entendais bien avec ce garçon.

— Vous avez la même nature docile et résignée.

Elle attendit une protestation qui ne vint pas, sourit.

— Transporter de la nourriture pour les vieillards, n'est-ce pas le rêve de tout prospecteur galactique ?

Elle montra la file des containers.

— Trois cent mille tonnes de choux et de carottes synthétiques enrichis pour nos gentils retraités. Quelle glorieuse fin de carrière !

— Qui vous a nommée à ce poste ? A quoi rime cette agressivité et surtout que savez-vous des raisons qui m'ont amené ici ?

— Vous avez répondu à une annonce qui demandait des pilotes de cargo lourd. Vous étiez las de Kuala-Hori et de votre petit ennui provincial. Et puis vous aviez peur…

Dreik se redressa :

— Peur ?

— Oui. De commettre un délit. Comme votre père par exemple, et qu'on vous greffe un Naguen de contrôle. N'est-ce pas ce qu'ils lui ont fait ?

— Continuez.

— Vous avez pensé : plutôt qu'être soumis à un Naguen, soumettons-nous aux Vors, à l'autorité régnante. Une bonne occasion de quitter Kuala-Hori. Les gens ne vous aiment pas là-bas.

— Un jour ou l'autre, ils m'auraient dénoncé en effet… Enfin, à leur façon.

— Vous voulez dire qu'ils vous auraient accusé à

tort d'une faute que vous n'auriez pas commise et que leur chef aurait profité de l'occasion comme il l'a fait pour votre père. Car en fait, vous n'avez jamais rien tenté contre les Vors, vous êtes l'innocence même, non?

Dreik jeta un coup d'œil inquiet vers Erloff qui, les épaules en mouvement, continuait de jubiler. Mempha dit:

— Laissez cet imbécile sous contrôle. Ne soyez pas toujours effrayé... Vous savez bien qu'il n'y a pas de mouchard ici.

Il baissa cependant la voix.

— Qui vous a envoyée? Les Jeunesses Himalayennes?

— Les Jeunesses Himalayennes! Les humains comme vous, Dreik, sont d'excellents hommes d'action mais de pauvres stratèges. Il est vrai que vous ne risquez rien. Est-ce que tous les régimes un jour ou l'autre n'ont pas besoin de vos services? A la limite, rien n'est plus commun que les héros, et, en dépit de ce que l'on croit, c'est un emploi où l'offre a toujours été abondante...

Dreik sourit. Il se leva, dit à Erloff:

— Les cinq minutes sont passées.

Il se tourna vers Mempha et lui demanda, et il n'y mit aucune ironie mais une sourde colère:

— Qu'espérez-vous de moi? Qu'est-ce qu'on peut attendre d'un trembleur de mon espèce?

Elle parut un instant déconcertée puis se reprit.

— Rien, bien entendu. Faites descendre de votre siège ce déchet téléguidé. Rappelez-lui qu'il est le commandant de ce convoi et qu'il n'a pas encore rédigé le procès-verbal d'embarquement.

Dreik tapa sur l'épaule d'Erloff. Le Commandant descendit à regret du siège. Il fit brusquement face à Dreik:

— De quoi parliez-vous tous les deux?

— De mes années de prospection.

— Ce n'est pas vrai. Vous avez prononcé mon

nom. J'ai entendu. Mon nom et celui des Vors... Ne mentez pas...

Il éleva la voix :

— Je n'aime pas cette femme, Dreik. Je ne voulais pas qu'elle soit affectée à notre navire. Quelqu'un est intervenu. Qui ?

Il marcha sur Mempha :

— Pourquoi restez-vous ici ?

Elle le regardait avec défi. Il cria :

— C'est moi qui commande... Partez...

Elle parut sur le point de riposter mais elle secoua la tête, enveloppa les deux hommes d'un regard dédaigneux et s'en alla. Erloff la suivit jusqu'au couloir d'accès. Il revint vers Dreik, la bouche méchante :

— Ne soyez pas trop ami avec elle, Dreik, sinon je devrai le signaler.

— Nous ne sommes pas amis.

Erloff approuva :

— Tant mieux... Reprenez votre place... Je débarquerai cette femme à Sao-Diaz. Je dirai qu'elle fait mal son travail. Nous reprendrons ce garçon qui riait tout le temps.

Il alla à l'autre extrémité du dôme et brancha la Trid.

L'incident se produisit deux heures plus tard. Un crépitement retentit dans un des haut-parleurs. Un second le suivit, puis le claquement sec d'une attelle qui se dédoublait pour compenser une surcharge de tension.

Dreik crut d'abord qu'il s'agissait du septième wagon mais l'écran de rétrovision lui montra les crevasses ouvertes dans la base et le flanc du quatrième container. Sous ses yeux, l'une d'elles s'élargit brusquement avec un bruit aigre de métal déchiré. Des caisses jaillirent et dévalèrent dans l'espace en tourbillonnant.

Erloff bondit hors du couloir qui menait aux cabines. Il cria :

— Qu'est-ce qui se passe?

Il courait dans la coupole d'un écran à un autre et découvrit l'image du container qui se fissurait et lâchait une nouvelle bordée de caisses. Des craquements de plus en plus violents ébranlèrent les haut-parleurs. Erloff saisit Dreik par l'épaule.

— Mais faites quelque chose! Larguez ce container, et tout le paquet s'il le faut.

Des détonations en chaîne le firent taire. A son tour, le container 8 se fissurait. Dreik observait les déchirures qui filaient en tous sens et se ramifiaient. Il grogna quand un lambeau de métal palpita et disparut, arraché. Des milliers de boîtes culbutèrent. Dreik ouvrit le champ auxiliaire de soutien et changea de cap. Près de lui, contre son oreille, Erloff hurlait. Il l'écarta et, de sa main libre, accrut la portée des capteurs optiques mais, aussi loin qu'ils plongeaient, ils ne montraient que le ciel vide ou des vaisseaux qui suivaient paisiblement leur route.

Il explora le sol. Il ne vit que le désert nord-américain, plaques croûteuses et grises, crevasses d'ombre et ces épaisses nappes de lave figée qui étaient nées d'Apocalypse I, paysage désolé qu'il connaissait bien pour l'avoir souvent survolé.

Alors qu'il allait abandonner, quelque chose bougea. Il orienta le viseur, porta son grossissement au maximum. Un chapelet de craquements explosa. Dreik distingua le véhicule. Il était tapi au creux d'un cratère et l'ombre portée d'une saillie rocheuse le dissimulait presque entièrement. Sur l'écran, le container 4 se fendit en deux. Toute sa charge s'abattit et roula en grondant sur le champ de soutien. Dreik changea de nouveau de cap.

Il se détourna vers Erloff qui suivait chacun de ses gestes en se mordant le poing.

— L'attaque vient du sol.

— Les rebelles terriens? J'avertis Dhérang. Il faut qu'ils envoient une patrouille, qu'ils vaporisent ces saligauds...

Il courut vers l'émetteur, mais Mempha transmettait déjà le message.

— Je demande un équipement de secours ?

— Envoyez simplement l'image. Nous allons passer au niveau 8. Avisez-les.

— Vous avez défini le type d'arme des assaillants ?

— Non. Peut-être un dissociateur moléculaire. Transmettez l'image du cratère.

— C'est déjà fait...

Un coup de canon retentit. Le container 2 avait dû être touché de plein fouet car il explosa et des fragments sonnèrent contre le dôme et la coque du remorqueur. Erloff hurla :

— Il faut quitter ce radeau, sauter avant que...

Il filait dans l'hystérie, les yeux fous. Une voix retentit :

— Montez en niveau 9. Changement de cap toutes les vingt secondes. Larguez les containers endommagés.

— Ces salauds de rebelles ! On n'en aura jamais fini avec eux.

Dreik dit :

— Le véhicule du cratère est vor.

— Des Vors ?

— Ils s'amusent. Regardez, Commandant...

Dreik poussa Erloff vers un écran. Il y fit apparaître le véhicule, un appareil trapu surmonté d'un dôme à quatre mamelons. Deux Vors embarquaient à son bord un objet cylindrique.

— C'est à cet engin que nous servons de cible. Probablement un dissociateur moléculaire ou quelque chose d'approchant. On peut dire que vos amis ont de curieuses distractions.

Dreik se délesta des deux containers endommagés sur le champ de soutien. Il regroupa les huit autres, lança des grappins de consolidation et coupa le champ. Les deux containers piquèrent vers la terre dans un éparpillement de caisses et de boîtes. Dreik qui les regardait s'écraser sur les rouleaux de lave regrettait de ne pas avoir pu les diriger sur le véhicule vor.

Ce dernier se dégageait du cratère et filait vers le sud en rasant la plaine. Quand la patrouille arriva, il avait disparu. Le chef, un Cessaq dont on distinguait le buste à travers la capsule de cryoglass, écouta le rapport d'Erloff. Il dut penser qu'il était inutile de donner la chasse à l'agresseur ou peut-être une autre patrouille s'en occupait-elle, car il repartit sans commentaires.

Erloff, dont la surexcitation demeurait vive, proposa :

— Si on buvait quelque chose ? On s'en est bien tirés, non ?

Il prit trois bouteilles de Rumel dans le réfrigérateur. Mempha refusa :

— Je préfère un bisod.

Erloff rit.

— De l'eau gazeuse même pas sucrée alors qu'on a découvert le Rumel, la seule boisson qui soigne les deux grands fléaux et prolonge la vie.

Il but à la régalade, soupira de plaisir. Dreik but à son tour mais il s'arrêta après deux gorgées en voyant les signes de dénégation que lui adressait Mempha derrière le dos d'Erloff. Il resta bouteille en main, perplexe. Erloff disait :

— C'est une chance qu'ils n'aient pas tiré sur le remorqueur.

— Ils ne s'en sont pas privés, les caméras le prouvent.

Dreik expliqua :

— Mais ce type de remorqueur est insensible aux dissociateurs moléculaires. Nous l'utilisions dans les premières campagnes contre les Vors pour les transports d'armes. Il est équipé d'un double anneau de dispersion.

Erloff hocha la tête. Mempha demanda :

— Vous espériez que vos petits copains allaient vous épargner ? Vous êtes un Humain, Commandant, et ni votre serment d'obéissance ni le Naguen dont on vous a gratifié ne vous mettent à l'abri des amusements de vos amis. A propos, ce Naguen ne vous donne aucune inquiétude ?

— Pourquoi m'en donnerait-il ? Il n'a que des avantages.

— Vous devriez demander à Dreik ce qu'il en pense.

Erloff tourna vers Dreik son visage pointu froissé de petites rides soucieuses.

— Qu'est-ce qu'elle veut dire ?

— Mempha veut vous faire peur. A vrai dire le Naguen n'a qu'un inconvénient.

— Lequel ?

— C'est lui qui tient la situation en main, pas vous.

— Mais je fais ce que je veux. Ils nous l'ont bien expliqué au Centre d'Épanouissement, et qu'on resterait les mêmes, à cela près que le Naguen développerait nos capacités et nous permettrait de communiquer directement avec les Vors, ce qu'un Humain ne peut faire.

Les explications volubiles d'Erloff tombèrent dans le silence. Mempha souriait. Dreik, gêné, et qui se demandait quelle mouche avait piqué la jeune femme, regardait les écrans.

Erloff poursuivit fébrilement :

— Nous sommes leurs alliés, pas leurs esclaves. Vous oubliez tout ce qu'ils nous ont rapporté : le rajeunissement, les... Tenez, moi, par exemple, je suis cent fois mieux qu'autrefois. Tous le disent, ma mère même, et pourtant celle-là... Autrefois, je ne comprenais rien, j'étais toujours à râler, à en vouloir aux gens, à la vie. Maintenant, je suis bien, je suis à l'aise. A l'aise, oui, c'est ça, prêt à écouter, à être d'accord, plus intelligent en somme, pas dans ce sale brouillard comme avant.

« J'étais fou, oui, fou, je m'en rends compte aujourd'hui. Je ne rêvais que de tout fiche en l'air et moi avec. Ils étaient toujours en train de me traîner devant leurs commissions pour une chose ou une autre, un vol, un méchant coup de lame ou de cautère.

« C'était mon arme, le cautère, un outil pas bruyant,

qui ne tient pas de place et qui défigure. C'est de cela que les gens ont peur, qu'on touche à leur apparence, qu'on ne puisse plus les regarder... Des impulsions ataviques, qu'ils disaient. De quoi rire. Enfin vous ne pouvez pas comprendre, vous venez d'ailleurs... Ils ne parlaient que de me casser et de me reconstruire. On va vous rendre tout neuf, qu'ils répétaient, on va rééquilibrer tout ça, vous tirer définitivement d'affaire. Et en avant les pilules, les opérations, les irradiations de toute espèce. Il paraît que ça marche bien. L'ennui avec moi, c'est que ça ne tenait pas, ça craquait tout de suite. Alors ils me reparlaient d'atavisme, d'hérédité malheureuse. Qu'est-ce que ça changeait? Ou j'étais abruti, bon à rien, ou je ne rêvais que de tout faire sauter... Aujourd'hui...

Il dit avec défi :

— C'est moi qui suis allé au Centre d'Epanouissement. Tout seul. Sans qu'on me pousse. J'ai fait tout ce qu'ils ont voulu. Je suis tranquille maintenant, équilibré. Oui, c'est le mot, équilibré. Et puis, je goûte à la vie, je prends du plaisir. J'ai pas cent mille mauvaises idées sans cesse à me tarabuster... Je sais qu'il y en a qui prétendent qu'on en a mis un autre à ma place. Et après? Si cet autre est mieux, plus heureux, pourquoi pas?... Vous êtes des gens normaux, vous ne pouvez pas savoir. Un aveugle, on lui rend la vue. C'est ça le Naguen pour moi. Vous ne pouvez pas comprendre ce que c'est d'y voir un peu clair, de communiquer, de ne pas suffoquer de peur ou de rage, d'être utile aussi, de ne pas se sentir au-dehors, rejeté...

Il parlait seul, l'œil lointain. Brusquement, il s'aperçut qu'on ne l'écoutait plus. Il ordonna avec colère :

— Retournez à votre travail. Vous avez de la chance tous les deux. Si j'étais méchant comme autrefois, je vous signalerais, je ferais un rapport. Oui, je l'aurais fait, rien que pour le plaisir. Mais maintenant je suis Commandant. Responsable. Je ne peux plus me permettre n'importe quoi. Je dois faire la part des choses, me mettre à la portée, me dire qu'il n'y a pas de raison que vous me ressembliez, pas plus que je ne ressemblais aux autres autrefois. Ah, vous avez une sacrée veine tous les deux ! Moi, je n'en ai jamais eu autant. Ils ne m'ont jamais loupé sous leurs airs gentils...

Il attendit. On ne savait quoi. Une parole, un geste. Rien ne vint, alors il leur tourna le dos, alla vers la Trid et brancha le Canal Gouvernemental. Un flot sonore roula sous le dôme.

Dreik observait Mempha avec curiosité mais elle haussa les épaules. Il pensa : « Elle hausse souvent les épaules. C'est facile et ça ne résout rien. A quoi bon provoquer Erloff ? Il s'est arrangé avec sa vie de son mieux. Comme moi. Comme beaucoup. »

Il jeta un coup d'œil aux containers. Le convoi se comportait normalement. Au-dessous, la Mer des Deux Amériques renvoyait le soleil comme un miroir.

Il fit quelques pas sous le dôme. La Trid donnait un spectacle érotique. Il y en avait de plus en plus et ils étaient beaucoup plus audacieux qu'autrefois, mêlant sexualité, violence et sadisme. On disait que les acteurs étaient drogués et que les Vors décidaient de la mise en scène, mais qu'est-ce qu'on ne disait pas depuis quelques mois ?

Fasciné, Erloff regardait deux êtres de Mog-Rei qui faisaient l'amour à une Terrienne et à un Terrien. Le spectacle s'interrompit sur les cris d'extase ou de douleur, on ne savait trop, des deux Terriens et dans le cube lumineux de la Trid apparurent les flancs neigeux d'une montagne puis les corps d'hommes et de femmes calcinés. Une voix commenta :

— Le dernier îlot de résistance dans le massif himalayen a été anéanti. On a découvert à l'intérieur des cavernes du Lo-Mhar des centaines de tonnes de matériel...

La Trid montra les cavernes, les machines de guerre rangées par centaines et un groupe de prisonniers figés dans un champ d'inertie. Tous étaient jeunes comme l'étaient les soldats des unités terriennes de pacification qui avaient rabattu le casque de leur équipement protecteur.

Erloff, qui ne perdait pas une miette du spectacle, dit :

— Finie, la révolte des Ultimes Défenseurs comme ces imbéciles s'appelaient. Ah, on allait voir ce qu'on allait voir. A les entendre, ils allaient tout chambouler, chasser le Vor, restaurer l'autorité. Regardez-les, vos beaux conquérants. Dans huit jours, ils seront démolis et reconstruits, naguenisés jusqu'au dernier et plus doux que des lièvres de Gélys. Je connais le genre de Naguen qu'on leur attribue, un tout petit, très élémentaire, pas comme le mien. Juste ce qu'il faut pour dormir, manger, travailler. On les enverra ensuite dans les usines de Structures Volantes et de Cônes. Ils continueront à s'occuper d'armes, mais d'armes vors...

Il riait, heureux. Dreik demanda :

— Pourquoi les Vors ont-ils besoin de tant d'armement ?

— A cause des Cessaqs, bien sûr.

Dreik attendait la suite mais Erloff qui avait répondu d'un trait pinça les lèvres.

— Pourquoi ces questions, Dreik ? Si vous voulez en connaître davantage, demandez un Naguen. Ça vous fait si peur ?

— Je suivrai peut-être votre conseil mais je ne vois pas ce que les Cessaqs viennent faire dans cette affaire de Structures Volantes. Après tout, ce sont eux qui pilotent les engins spatiaux, pas les Vors.

— Justement. Les Cessaqs...

Erloff avait jeté le mot avec irritation. Il coupa :

— On en reparlera quand vous aurez ce Naguen... Si vous l'avez jamais... Vous êtes un drôle de bonhomme. Par moments, je m'en veux de vous faire confiance.

Il reporta son attention sur la Trid qui débitait une nouvelle tranche de spectacle érotique. Quand Dreik se détourna, il vit Mempha qui l'observait, le visage resserré par l'attention.

A Sao-Diaz, leur destination, Dreik remit les enregistrements du voyage à la Capitainerie. La femme qui dirigeait l'aéroport, une humaine d'origine chinoise, visionna les films.

— Nous avons reçu le rapport de l'incident. Il s'agit d'une simple méprise et, dans votre intérêt, il est préférable que vous n'en fassiez jamais état... Vous repartez demain à onze heures.

— Quelle destination ?

— Le Commandant Erloff vous informcra. Soyez ici à neuf heures trente.

Elle était tranchante et inamicale comme toutes les humaines à qui les Vors avaient donné des postes clés et montrait de l'animosité à ceux qui n'avaient pas sollicité de Naguen de fonction. Plus l'occupation vor s'implantait et plus la distinction s'affirmait entre Terriens libres et Terriens pourvus de Naguen. La ségrégation était si forte qu'il n'y avait plus entre les deux groupes que les rapports nés de la nécessité.

Près de la moitié des femmes étaient passées dans le camp de l'occupant. Les mâles ralliés étaient beaucoup moins nombreux, si bien que cette opposition finissait par prendre l'aspect d'une guerre des sexes, ce qui, pensait Dreik, ne devait pas déplaire aux Vors. Malgré leurs protestations d'amitié, ils n'avaient jamais réussi à dissimuler que le mâle humain leur paraissait de médiocre intérêt, voire inutile.

Son sac de voyage à ses pieds, Mempha attendait le relais-car à la sortie de la Capitainerie. Dreik lui demanda :

— Erloff ne vous a pas accompagnée en ville ? Il a pourtant un héli de fonction.

— Il a tout de suite filé retrouver ses amis vors. Au moins, lui ne fait pas mystère de l'agrément qu'il prend à leur compagnie. Qu'on lui tire dessus ne lui fait ni chaud ni froid. Ils l'ont assimilé jusqu'à la moelle.

— Pourquoi m'avez-vous empêché de boire du Rumel ?

— Qui a introduit cette boisson sur Terre sinon les Vors ?

— Elle est excellente.

— Comme sont excellentes certaines inventions qu'ils ont mises à la disposition des Humains. Mais à part son goût merveilleux qui en a fait en quelques mois la boisson des Cinq Continents elle a une propriété particulière, et ce n'est pas de guérir les deux grands fléaux comme le prétend Erloff. Le Rumel contient un euphorisant qui anéantit l'esprit critique et ouvre les portes aux propagandes, subliminale et autres. En fait, c'est un briseur de barrières. Vous en consommez beaucoup ?

— Trop, si ce que vous dites est vrai.

— On ne vous a jamais dit que vous étiez passif ?

— C'est surtout moi qui me le suis dit. Je préfère aussi vous avouer que, n'aimant pas l'ordre régnant, je n'ai cependant jamais rien fait pour le changer.

— Sauf dans les premières années de votre carrière, il y a très longtemps.

— Ce qui m'a toujours empêché d'intervenir, c'est que, d'une manière ou d'une autre, liberté ou non, je sentais que les humains étaient heureux. Il ne se serait alors agi pour moi que d'une révolte personnelle dont je ne voyais pas l'urgence. Il me suffisait de prendre un peu de distance et les moyens ne manquaient pas, mon métier par exemple... Ne parlons plus de moi mais de vous. Vous paraissez décidément savoir beaucoup de choses... Des choses qui ne me semblent pas compatibles avec l'indifférence que vous avez montrée en regardant le nettoyage du repaire himalayen par les troupes gouvernementales.

— Vous faisiez confiance à ces Jeunesses Himalayennes ?

— J'ai voulu les rallier.

— Mais vous ne l'avez pas fait.

— L'occasion...

Il reconnut :

— Et puis je ne croyais pas à l'efficacité de leurs méthodes. J'ai trop longtemps combattu les Vors. Ce n'est pas ainsi qu'on en viendra à bout... J'aimerais cependant que vous ne nourrissiez pas trop d'illusions à mon sujet. Ne me prenez pas, vous ou ceux qui vous emploient, pour ce que je n'ai jamais été.

Elle sourit et planta son regard dans celui de Dreik.

— Et si je vous disais que je n'ai jamais compris ni approuvé l'intérêt que certains de nos chefs vous portent ?... Voici le relais-car. Où logez-vous en ville ?

— Au Cord Chanal, l'hôtel gouvernemental.

— Si je vous emmenais ailleurs ? Plus tard, je veux dire, vers dix heures ?

— Où ?

— Au rond-point de Cotaz. Il y a un bar, le « So-5-Do ».

Elle prit son sac de voyage.

— Pourquoi avez-vous choisi cet emploi, Dreik ?

— J'espérais qu'en montrant ma docilité, ils me confieraient un jour un engin cosmique. Je me suis dit qu'alors ce serait bien le diable si...

— Un peu longuet, non ? Hypothétique aussi, tellement hypothétique qu'on a envie de parler de résignation. Et les autres, Dreik, les millions d'autres Terriens ?

— Je n'ai jamais aimé décider du sort des autres. Peut-être parce que je ne suis jamais sûr d'avoir raison. Voyez Erloff... Pourquoi me regardez-vous ainsi ? Je vous déçois ?

— Je me demandais simplement jusqu'à quel point vous étiez sous l'influence du Rumel. Mais peut-être n'exprimez-vous que votre nature. Voyez-vous, Dreik, nous allons avoir besoin de pilotes expérimentés et vous en êtes un. Mais il y en a des centaines d'autres aussi doués que vous, dévoués à notre cause... Non, décidément, je ne comprends pas pourquoi certains de nos chefs vous portent tant d'intérêt.

Dreik quitta la bande de roulement et prit l'allée piétonnière. Il avait envie de marcher et le centre de la ville n'était pas loin. Pour se donner un peu de fraîcheur, il poussa l'agrafe qui commandait l'aération du tissu de sa chemise. Les habitants, satisfaits de leur ville, n'avaient jamais voulu l'équiper de climatiseurs collectifs et à cette saison la chaleur était lourde à Sao-Diaz.

Il regardait la foule qui coulait sur les six bandes de roulement. Au centre de l'avenue, sur trois niveaux, les pressi et les hélicars avançaient dans un bruissement mousseux d'air battu.

Vingt millions d'humains vivaient à Sao-Diaz et dans ses banlieues. Ils descendaient pour le plus grand nombre des survivants d'Apocalypse I qui s'étaient réfugiés ici quand le nord de l'Amérique avait été ravagé par les armes atomiques. Dreik pensa que quelques centaines d'années plus tôt, à l'endroit même où il marchait, se dressait la forêt amazonienne.

Il essaya d'évoquer ces temps anciens qu'il imaginait comme le Moyen Age de l'Ere Industrielle, bizarre juxtaposition d'une nature encore sauvage et d'une technologie à ses premiers pas. Et les humains ? Quelle était leur vie ? Il ne le voyait pas clairement. On savait peu de chose des hommes de cette période. Dreik se dit : « Peut-être étaient-ils comme moi, mal à l'aise. Peut-être avaient-ils leurs Vors, leurs Extra-Terrestres, leurs appétits de conquête et leur goût du bonheur, tout cela à l'échelle étroite d'une planète ? »

Dreik leva les yeux. Il chercha les Structures Volantes qui montaient la garde dans le ciel mais il ne vit que les étoiles et la lune à son second quartier, une lune qui, avec son atmosphère artificielle, ses villes et ses aéroports illuminés, les milliers de plates-formes qui balisaient ses abords et lui formaient une laiteuse auréole piquetée de lueurs, ne devait pas ressembler à celle des Temps Premiers.

Il dépassa un Vor qui marchait entre deux Terriennes. Au passage, un œil jaune et dur l'évalua. Un Vor de 4e génération. Il était armé. Tous étaient armés du reste et les humains équipés de Naguen l'étaient aussi. C'est à ce signe qu'on les reconnaissait. Ils étaient nombreux à Sao-Diaz. Nombreux et hostiles quand ils croisaient un humain désarmé et que cet humain ne paraissait pas avoir atteint l'âge de la retraite.

Il atteignit le rond-point qui éclatait comme une roue de lumières. Des gens dansaient sur les bandes roulantes au rythme d'un orchestre qui lâchait au-dessus des têtes des jets de lumières multicolores, sortes de banderoles et d'éventails mouvants qui se dissolvaient en poussière arc-en-ciel.

Dreik constata avec surprise que la majorité des danseurs étaient des retraités et il fut frappé par leur ardeur, leurs regards brillants, leurs gestes saccadés. Cette agitation violente chez des humains visiblement au bout de leur vie, ces trémulations accompagnées de clameurs aiguës provoquaient la gêne, la sienne en tout cas, car Dreik vit des bandes de jeunes qui applaudissaient ces vieillards et les encourageaient de la voix. Leurs propos et leurs incitations étaient d'une incroyable grossièreté et les vieillards déchaînés y répondaient par des ululements et des entrechats à s'en faire sauter les rotules.

Dreik contourna la place où tourbillonnaient trois mille véhicules, énorme manège sifflant où éclataient les prismes aux vingt couleurs des phares-sondes. Il entra dans le « So-5-Do », un Rumel-bar coincé entre une gigantesque salle de spectacle à participation et un restaurant en plein air dont les milliers de tables tournaient lentement sur leurs plateaux à quatre niveaux.

Mempha l'attendait, assise à une table de cryoglass. Elle portait pour tout vêtement une courte jupe à taille basse qui laissait son ventre et sa poitrine nus. Dreik sourit à ses seins pointus et très écartés dont l'extrémité était coiffée de rubis. Une chaîne de métal rose barrait son ventre sombre.

— Je suis contente que vous soyez là. Vous ne pouvez vous imaginer à quel point on peut être sollicité et traité « d'isolé incivique ». Autant par les femmes que par les hommes... Enlevez donc cette chemise. On voit que vous êtes resté trop longtemps dans votre petite ville. Evitez de vous singulariser.

Dreik ôta sa chemise et en fit une boule grosse comme une noix qu'il mit dans sa poche. Mempha sourit :

— Quel puissant poitrail de héros galactique ! Dans ce pays, nous ne sommes ni si grands ni si forts. Je me suis souvent demandé par quels croisements et interventions génétiques, ils obtenaient les gens de votre espèce. Sélection ?

— Non. Je suis un produit à peu près naturel. Papa scandinave et maman chinoise du Nord. Plus de quatre mètres à eux deux. Et puis on m'a donné des fortifiants quand j'étais petit.

Elle éclata de rire.

— Petite fille, à trois cents kilomètres d'ici, au bord de la mer, je béais d'admiration devant nos fabuleux conquérants. Vous étiez tous taillés sur le même modèle. Une race à part, pensais-je, à demi fabuleuse, née de mille soins. Et cet air de force invincible que vous aviez tous...

Elle se moquait, joyeuse, les dents éclatantes, tandis que ses doigts abaissaient le levier de filtrage sonore pour les protéger du fracas de l'orchestre voisin. Ses doigts s'immobilisèrent à l'instant où elle allait enclore leur table sous un parasol d'ondes qui les isolerait complètement.

— Je vais juste brancher le silor. Il faut qu'on nous voie. Que voulez-vous boire? Du vin d'Esty?

Dreik qui regardait la bouche rose de Mempha approuva.

— J'imagine que c'est bourré de capteurs, comme tous les lieux publics?

— Oui. Le nôtre est dans le pied de cette table mais ne vous inquiétez pas. Ce n'est pas par hasard que je vous ai donné rendez-vous ici.

— Il est neutralisé?

— C'est plus subtil. Pour ceux qui voudraient nous écouter, en ce moment, vous êtes en train de me faire la cour. A vrai dire, je ne sais trop ce que l'on a choisi, propos tendres ou salaces, ou bien encore me racontez-vous vos souvenirs de chasseur de planètes et moi, je suis la fondante jeune fille qui s'exclame. Prenez donc le visage du beau conquérant aux aventures innombrables. Je crois avoir compris que c'est une de ces bandes qui s'imprimera dans les circuits.

Mempha appuya sur une des touches du menu lumineux qu'elle avait fait apparaître dans les cryoglass de la table. Dreik attendait. Il regardait Mempha et la trouvait belle. Belle et beaucoup moins agressive que sur le vaisseau. Quelqu'un lui avait parlé. Qui? Et que voulait-il? Il demanda:

— Quel âge avez-vous?

— Bientôt un demi-siècle, presque autant d'années que vous. Nous ne sommes plus si jeunes. J'en suis à mon troisième rajeunissement et à mon second modelage. Encore un modelage, une petite sculpture et deux rajeunissements et puis... Dix années de procréation aussi, pas une de plus. Je sais que vous n'avez jamais eu recours à ces arrangements...

— Aussi ai-je l'air d'être votre père.

Elle sourit tristement.

— Oui, vous avez l'air... seulement l'air. Mais vous n'êtes pas là pour me faire la cour et moi je vous quitterai probablement après notre voyage de retour. Erloff l'exigera.

— J'ai mon mot à dire.

— Vous n'en ferez rien. Il fallait qu'Erloff ne veuille plus de moi à son bord et j'ai tout fait pour que cet imbécile en vienne là. Croyez-vous que je n'aie que vous à voir?

Elle sourit à la femme qui apportait leurs boissons. La femme murmura:

— Deux hommes écoutent en ce moment la bande sonore. Ils ont demandé à descendre au 3e sous-sol. Nous vous remettrons leurs biofilms.

— Que font-ils?

— Oh, ils rient beaucoup. Je crois que vous échangez des propos très libres, violemment érotiques même.

— Que Sho-Altia leur serve la boisson convenue.

Dreik suivait de l'œil une farandole de vieillards qui se déroulait entre les tables. Mempha dit:

— Curieux, n'est-ce pas? Aucun n'a moins de quatre-vingt-dix ans. Regardez leurs gestes raides, leurs yeux secs comme du verre, leur excitation.

— Drogués?

— Jusqu'aux moelles. La nourriture, les boissons. Ajoutez le Rumel et l'Opt, un aphrodisiaque. Ils sont quatre millions dans cette ville. Autrefois, il en mourait six mille par mois. En ce moment, il en meurt trente mille et le rythme s'accroît chaque jour. Nous avons calculé que, dans deux ans, le dernier aurait disparu. Les retraités sont inutiles. Ils consomment, ne produisent rien et ne sont pas source de plaisir. Encore que sur ce dernier point...

— Les Vors?

— Même pas. Les humains ralliés. Ce qui est affreux, ce sont ces vieillards soumis aux aphrodisiaques. Ils forniquent et brûlent leur reste de vie comme des torches. Par couples, par groupes de dix ou plus encore. A quelques kilomètres d'ici, il y a un village, un bordel de vieillards plutôt. Les Vors y vont comme on va au spectacle et des Humains les accompagnent. Ils ne sont plus que huit cents. Il y a quelques mois, ils étaient neuf mille. Erloff doit être là-bas avec ses amis.

Dreik regardait avec horreur la sarabande qui revenait et s'élançait vers le restaurant, longue guirlande convulsive et macabre qui donnait l'impression de cliqueter. Mempha proposa :

— Encore un peu de vin ? Ça aide... Parlons sérieusement. Est-ce qu'on vous a dit que les usines vors ne cessent d'accroître leur production de Structures Volantes et de Cônes de combat ?

— Pourquoi ?

— Nous supposons qu'il y a un conflit au sein de la société vor et que certains veulent, pour une raison que nous ignorons, se dresser contre les Cessaqs. Ce qui est sûr, c'est que les engins spatiaux qui sortent des usines sont confiés à de jeunes Vors et non à des Cessaqs.

— Que veulent-ils faire des Terriens ? Leur politique paraît incohérente et les rumeurs qui circulent sont contradictoires. Certains prétendent qu'ils vont bientôt quitter la planète, qu'ils n'en supportent pas l'atmosphère ni la faune microbienne. D'autres, qu'ils élimineront tous les humains mâles. Enfin, il y a ceux, nombreux, comme Erloff, qui célèbrent leurs bienfaits, les cures de jouvence, leur chirurgie, les Naguens, etc., et parlent d'une alliance fructueuse avec eux.

Mempha siffla entre ses dents avec colère.

— Stupide ! C'est leur peur, leur désespoir qu'ils expriment à travers leurs fantasmes. Les époques dramatiques sont des époques à bobards. Qu'est-ce qu'ils n'inventeraient pas pour se rassurer !

— Il y a aussi ceux qui disent que nous leur servirons de réserve de protéines, qu'ils se nourrissent d'humains dans leurs festins secrets. A l'appui : les innombrables disparitions humaines.

— Oui, près d'un million sur ce seul continent. Nous sommes au courant. Mais savez-vous combien d'enfants vors, des mâles uniquement, sont nés de Terriennes depuis leur arrivée ?

— J'ai entendu parler de trois millions de naissances.

— Sottises ! Cent soixante-dix millions de femmes humaines ont porté des enfants vors.

— C'est effarant ! Où sont-ils ?

— Un peu partout. Le plus grand nombre a été regroupé dans les villes souterraines que les Vors ont construites en Asie centrale. Un Vor est adulte à sept années terrestres, et il peut alors se reproduire. Essayez d'imaginer la situation dans un quart de siècle. Nous avons calculé qu'il y aurait à ce moment-là plus de deux milliards de Vors sur Terre et sur les planètes de la Roue.

— Combien sont-ils aujourd'hui ?

— Entre deux et trois millions, dont la moitié sur notre planète. Vous a-t-on dit aussi que depuis quelques mois les couples humains n'engendraient plus que des filles ? Vous voyez ce que cela signifie... Je vous livre ces informations en vrac. Vous aurez tout le temps de les méditer.

— Que peuvent faire vos amis ?

Elle chassa la question de la main.

— On ne me fait pas de confidences.

— Des centaines de Vors ont disparu.

Elle l'observa avec ironie, écrasa de la main ses cheveux rudes.

— Je vois que vous commencez à comprendre... Je ne sais rien de précis mais j'imagine qu'on a examiné de près ces Vors capturés, qu'on en a tiré quelques conclusions. J'imagine aussi qu'on en a disséqué quelques-uns, je le souhaite, et qu'on finira par trouver leurs points sensibles.

Dreik approuva. La femme qui les avait servis s'approcha.

— Il faut que vous partiez... Sho-Altia dit que vous devriez passer la nuit ensemble.

Mempha demanda, la voix incisive :

— Où ? A l'hôtel Cord Chanal ?

— Oui. Vous ne pouvez plus feindre. La bande diffusée ne le permet pas et les deux agents vors ne comprendraient plus.

Mempha sourit à Dreik.

— Venez. Nous allons les combler. Et d'abord, une promenade romantique au bord de la mer. Nous allons prendre un héli pour Esaya. Là-bas nous serons tranquilles.

Un quart d'heure plus tard un héli les déposait sur la plage, au bord de l'Atlantique. Mempha dit :

— Marchons... Passez votre bras autour de mes épaules... (Puis :) S'il vous plaît, ne faites pas de si grands pas...

Elle montra le ciel éclairé comme en plein jour par trois énormes satellites artificiels qui tournaient au-dessus dc la baic en croisant leurs orbites elliptiques.

— Je suis née à quelques kilomètres d'ici... Dans ma jeunesse, ces engins abominables n'existaient pas encore et la côte n'était pas envahie par ces ruches de vieillards... Serrez-moi contre vous... Pas trop quand même, vous m'écrasez l'épaule...

Elle le dirigea entre deux rochers et se laissa aller sur le sable.

— Faites comme moi... Oui, à plat ventre. A cet endroit exactement, à cause de je ne sais quel phénomène d'interférence, les capteurs souterrains ne peuvent enregistrer qu'une rumeur confuse. Ceci est notre dernière occasion de parler librement... Je pense que bientôt, il se passera quelque chose. Tout ira alors très vite... Nous viendrons vous chercher, où que vous soyez.

— Qu'attendez-vous de moi ?

— Que vous preniez le commandement d'un Nivellateur et que vous le meniez dans la galaxie d'Urgoll.

— Les Structures Volantes ne vous laisseront jamais passer.

— La voie sera libre.

— Le Nivellateur sera armé ?

— Je ne sais pas. Prenez-moi dans vos bras, caressez-moi. Comme cela, oui. Que vous êtes pesant, Seigneur ! Je vais avoir pendant trois jours l'empreinte de ma chaîne dans la peau. Ah, encore un mot, ne buvez plus de Rumel et n'écoutez pas la Trid. Ses émissions sont truffées de messages sub favorables aux Vors dans le style : « Les Vors sont vos amis. Confiez-leur vos problèmes. Ce que vous n'avez pas, ils vous le donneront. » Ces messages ont une puissance de suggestion beaucoup plus grande que celle de nos anciens gouvernants. En fait, ce sont des ordres et ne pas y obéir crée des conflits qui peuvent mener au suicide ou à la folie... Relâchez-moi maintenant et ne me touchez plus, sinon je ne réponds plus de rien. Nous aurons toute la nuit pour nous exprimer...

Elle se releva, épousseta le sable de ses jambes et de sa poitrine nue. Elle riait.

— Quand nous regagnerons le village, tendrement enlacés, chuchotez-moi mille choses, romantiques ou grivoises, à votre choix. Je vous en chuchoterai d'autres en retour... Venez...

Ils regagnèrent l'allée de palmiers qui menait au village. Sur la mer proche illuminée par le soleil des trois satellites, des canots filaient sur l'eau bleu marine, levant des gerbes d'écume. Au loin en pleine mer, une plate-forme mobile étincelait comme un manège forain.

— A quoi pensez-vous, Dreik ? Ne restez pas silencieux. J'ai envie d'entendre des mots tendres, et que vous me trouvez belle, que vous m'avez aimée dès la première minute, que vous m'avez désirée ? Vrai ?

— Vrai.

Elle se pressa contre lui.

— Moi aussi, Dreik... Probablement à cause de ces héros que j'admirais si fort dans ma jeunesse. Allez, dites-moi quelque chose au lieu de me contempler avec ce sourire béat. Vous savez que par moments vous avez tout du cultivateur d'algues à son premier voyage sur Mars ?

Ses lèvres contre celles de Mempha, il murmura :

— Vous croyez que c'est vraiment indispensable d'en raconter tant ? Ça ne serait pas une nouvelle mode dont on ne m'a pas informé ?... Et je vous parle de quoi d'abord ? De votre bouche ? Elle est merveilleuse. De vos seins ? De vos yeux ? Ou encore de vos oreilles ? Vous avez de ravissantes petites oreilles... Et aussi une grande propension à voir des capteurs un peu partout...

Elle éclata de rire contre ses lèvres.

— Vos paroles sont légères mais vos mains innombrables. Restez calme. Nous avons tout le temps d'exploser.

Il l'écarta, expulsa l'air avec force.

— Vous savez que j'ai été marié deux fois.

— Moi, une seule m'a suffi.

— Si nous faisions un essai, Mempha ?

— Rien ne presse. Et de toute manière, nous fcrons un contrat 3, indépendance totale et pas de réciprocité. D'accord ?

— Pourquoi pas ?

Ils étaient arrivés au village. Perché sur un socle qu'il enlaçait d'un bras, un homme jeune à longue barbe phosphorescente parlait à un groupe d'humains. Il disait d'une voix grêle qui tournait parfois au fausset :

— L'Expansion est une duperie, un refus de regarder en face la condition humaine. Assez de mensonges, le confort n'est pas la vie, la jouissance n'est pas la vie. Vivez simplement, nourrissez-vous frugalement. La matière, le corps et ses mille artifices, voilà l'ennemi, et accepter le bien-être, c'est accepter le système tout entier, c'est obéir aux ordres, se conduire en esclave. Ne croyez pas au bien commun, à ses prétendus impératifs. Pensez à votre salut...

Mempha expliqua :

— Un disciple de Kalnygard. Ils sont des millions maintenant.

Dominant la foule du buste et de la tête, deux Cessaqs écoutaient.

— C'est curieux que les Vors laissent ces gens prêcher.

— Curieux mais peut-être significatif sur l'avenir — ou l'absence d'avenir — qu'ils ont prévu pour les Terriens. Depuis la défaite, dix nouvelles religions sont nées et celle-ci est la plus répandue. Elle n'a rien de neuf. On trouve toujours ce genre de croyance après les grandes catastrophes. Kalnygard veut qu'on tourne le dos à la technique, qu'on détruise toutes ses réalisations, des machines à plaisir à la Trid. Et les Vors ne disent rien, qui sont visés autant que nous le sommes et peut-être plus encore. Oui, cette indifférence en dit long sur l'avenir qu'ils nous préparent.

L'orateur criait de sa voix grêle et un peu fausse :

— Brisez vos chaînes, jetez vos biens, détruisez ce qui vous attache et vous asservit…

Les Cessaqs s'éloignèrent. Leur vaste visage circulaire n'exprimait rien qu'une infinie placidité. Mempha entraîna Dreik :

— Rentrons. J'ai hâte d'être seule avec vous… Dans l'hélitaxi, vous me serrerez contre vous, vous me direz que vous m'aimez, que je vous plais plus qu'aucune autre femme ne l'a fait.

Elle l'attira contre elle, rit :

— Notre chauffeur a une si belle tête de mouchard qu'il doit avoir au moins rang d'Adhérent de la Première Heure chez les délateurs.

Le lendemain à neuf heures, Dreik entra dans la Capitainerie. Il consulta les panneaux mais ne vit aucune annonce pour le départ du remorqueur. Il ne vit pas non plus le commandant Erloff. Il allait s'enquérir au bureau quand Mempha entra. Elle l'avait quitté deux heures plus tôt. Elle vint à lui.

— Erloff ?

Il allait répondre quand il aperçut le commandant qui arrivait en courant, son sac sur l'épaule. Erloff cria joyeusement :

— Ah, quelle nuit ! Dreik, vous ne savez pas ce que vous perdez en refusant d'entrer dans la Grande Chaîne Fraternelle. Venez…

Il arrêta de la main Mempha qui allait les suivre :

— Pas vous. Quelqu'un vous remplace. Présentez-vous au contrôle, ils ont des instructions…

Il rit méchamment.

— Mais ne vous désolez pas. J'ai entendu dire qu'on avait besoin de radiomécaniciens dans l'Antarctique. Vous ne pourrez chercher querelle à personne là-bas. Il paraît que vous serez seule. Seule avec votre ordinateur de météo...

Il prit le bras de Dreik.

— Vous savez où nous allons? A Engria pour y prendre un chargement de médicaments. J'y ai dix bons copains...

Il s'en alla vers le bureau. Mempha ramassa son sac.

— Au revoir, Dreik. Je vous regretterai. Vous êtes un excellent amant. Peut-être un peu classique mais je sens qu'on peut y remédier...

Elle riait mais il n'y avait pas de gaieté dans ses yeux. Elle se haussa, posa ses lèvres sur celles de Dreik tandis qu'il l'enveloppait de son bras. Elle chuchota:

— A bientôt. Fais très attention. Pour moi, tu es très précieux, aussi précieux que...

Elle chercha, le visage tendu, pour montrer à quel point il lui était devenu proche. Il dit:

— Aussi précieux que tu l'es pour moi...

Elle approuva, se dégagea. Erloff qui revenait, une liasse de documents à la main, dit avec ironie:

— Je vois que vous avez eu une belle nuit, vous aussi... Allez vous présenter au contrôle, Mempha. Ils vous attendent.

Il se tourna vers Dreik:

— Ne regrettez rien. Si nous devenons vraiment copains, comme je le souhaite, vous verrez ce que je vous ferai connaître et comment vous en rigolerez, de votre petite noiraude...

Dennast ouvrit la 4e Assemblée Plénière. Il se tenait près de la Machine-Conseil, au centre de la salle où siégeaient les cent vingt représentants vors.

Il constata avec irritation que les Positifs de 3e et 4e génération issus de Terriennes étaient de plus en plus nombreux. On les distinguait à leur tenue chamarrée, à un goût insensé pour les ornements, qui les faisait ressembler, pensa Dennast, à des autruches de Bruga dont ils avaient le port, la raideur arrogante et le maniérisme.

Il brancha la Machine-Conseil dont la couronne tournait avec lenteur.

— Si vous voulez lire le rapport de synthèse...

Des crêtes lumineuses jaunes jaillirent de la couronne métallique.

— Aucune priorité. Les questions introduites au cours de la 3e Période d'Assimilation concernent d'abord les Cessaqs, bien qu'il n'apparaisse pas que ce problème demande une solution plus urgente que celui posé par les Affaires Humaines. A propos des Humains, les programmes prévus sont exécutés ou en cours d'exécution : recrutement de main-d'œuvre et élimination des individus âgés. Des soupçons dus à la précipitation (et je ne parle pas des soupçons terriens). Quant au programme d'assujettissement il est appliqué sans finesse. Ne sous-estimez pas l'ironie terrienne. A vouloir trop prouver, on se discrédite.

Un Positif intervint sur piste sonore :

— Bavardages... Dites-nous plutôt ce qu'il en est

du 9e rapport cessaq sur les possibilités de la science terrienne.

— Nous maintenons les réserves faites antérieurement, à savoir que si la science terrienne, actuellement de niveau 4, ne constitue pas une menace pour le monde vor, il reste cependant qu'un adversaire potentiellement très inférieur peut porter des coups sévères à l'ennemi et le détruire dans certaines circonstances. La question a été mal posée. Elle devait l'être en termes de danger et non d'affrontement.

— Vous avez signalé de nombreuses disparitions vors et conjointement des disparitions humaines inquiétantes d'adultes mâles.

— Sur ce dernier point, les statistiques sont troublées par le comportement des Vors de 3e et 4e génération qui tuent et s'assouvissent en secret. Bien entendu, c'est votre affaire mais nos calculs en sont perturbés. A ce propos, l'attitude de certains Positifs n'est pas claire bien que l'alternative soit évidente : ou vous respectez les Principes Premiers et toute référence est a priori morale avec les corollaires : culpabilité, châtiment, etc., ou vous vous ralliez à une conception dans laquelle le meurtre d'un Terrien est un acte neutre. Mais dans aucun cas vous ne pouvez prendre une position intermédiaire...

Les Positifs de 3e et 4e génération émirent des sifflements aigus sur les pistes sonores tandis que ceux de 1re génération approuvaient. La machine poursuivit :

— A propos de ces disparitions d'Humains, voici quelques statistiques qui couvrent les trois sessions. En regard, un tableau des Humains tenus pour experts dans leur spécialité... Ici, une liste des matières premières et des produits fabriqués qui ont disparu de nos entrepôts... Notez aussi cette liste de documents soustraits aux Centres d'Etudes Scientifiques... Nous pouvons en conclure que, quelque part, un certain nombre d'Humains poursuivent un type de recherche que nous ne pouvons définir avec précision mais dont le but est de nous détruire.

— Par quelle méthode ? Psychique ? Biologique ? Physique ?

— Nos informations sont insuffisantes. Nous ne savons pas exactement où chercher. L'interdiction des transports de planète à planète a été levée trop vite. Nous vous conseillons de demander l'aide des Cessaqs. Ils ont une remarquable prescience du comportement humain et ils paraissent l'interpréter avec plus de justesse que vous.

Un Vor de 4e génération intervint :

— Nous refusons... Nous avons la preuve que les Cessaqs retiennent certaines informations...

Hoeslon, qui menait depuis deux sessions le camp des jeunes Vors, l'interrompit :

— Les affaires terriennes sont sans intérêt. Toute rébellion serait écrasée dans l'heure. Voyez leurs Jeunesses Himalayennes...

La machine objecta :

— Qui vous parle de rébellion ?

— Vos informations sont sans consistance. Nous avons pris des scientifiques terriens dès les premiers jours de notre arrivée, nous les avons équipés de Naguens de contrôle et nous leur avons demandé de découvrir une arme contre nous. Bien entendu, nous leur avons fourni tout ce qu'ils exigeaient. Ils ont obtenu des résultats, ils continuent d'en obtenir mais aucune des armes mises au point n'est réellement dangereuse pour nous. Au pis, nous aurions quelques dizaines de victimes.

— Je ne saurais me montrer plus vor que les Vors... Puisque les Terriens vous paraissent de petit intérêt, passons aux Cessaqs qui en revanche polarisent votre attention si j'en crois vos demandes d'informations.

Dennast qui avait écouté sans mot dire reprit la direction du débat. Il avait observé les Vors de 3e et 4e génération. Pour la plupart, ils se désintéressaient visiblement du rapport de la Machine-Conseil. Certains bavardaient sur les circuits auditifs et quelques-uns même avaient ostensiblement tourné le dos à la machine. Dennast en vint à ce qui lui tenait à cœur :

— J'aimerais que vous preniez connaissance de nos nouveaux moyens de défense... Nous sortons du cadre des Affaires Humaines. N'est-ce pas ce que la majorité souhaite ?

Il avait voulu marquer un point, montrer aussi quel était le véritable objectif de sa politique, mais les Vors de 3e et 4e génération restèrent indifférents. Ils ne semblaient même pas l'avoir entendu.

La Machine-Conseil expulsa plusieurs groupes d'informations.

— Au cours des quatre derniers mois terriens, nos usines ont produit mille huit cents armes offensives à combustion totale, soit quatre fois plus que pendant les deux premières sessions. Vingt-sept usines nouvelles ont été ouvertes dont cinq sur Terre (voir tableau annexe qui montre l'insuffisance de matières premières sur Terre et les solutions proposées appendice 1)...

« Douze millions d'Humains supplémentaires ont été affectés aux usines qui ont produit par ailleurs soixante-dix mille vaisseaux à rayon d'action limité... Attention : une partie des armes offensives à rayon illimité ont été confiées à des pilotes vors de 3e et 4e génération sur leur demande. Ils les ont expérimentées dans la constellation d'Ojaz. Hélas, on déplore de nombreux accidents, tous mortels. Il semble que les pilotes, en dépit des conseils des rares Cessaqs que nous contrôlons, ne soient pas en mesure de tirer de ces armes l'usage que nous en attendons...

Hoeslon intervint :

— Ces armes n'ont pas été conçues pour nous mais pour les Cessaqs. Elles sont adaptées à leur physiologie particulière et pour être employées avec efficacité, elles exigent des facultés que nous ne possédons pas. J'en parle pour les avoir pilotées. Seuls les Cessaqs, avec leurs énormes moyens physiques, peuvent les contrôler totalement. Leur constitution...

La Machine-Conseil coupa :

— Leur constitution à triple niveau mais d'abord les Naguens dont ils sont équipés, qui leur permettent cinq ou six actions simultanées.

Dennast trancha :

— Le problème est en cours de résolution. Nous refusons les Naguens, tous les Naguens, aussi avons-nous équipé les grilles d'anéantissement d'ordinateurs auxiliaires et modifié les connexions nerveuses des pilotes vors.

— En effet, les dernières expériences montrent une certaine réussite. Cependant, nous vous mettons en garde sur deux points : efficacité moindre des grilles d'attaque et lésions sensorielles majeures et irréversibles chez les pilotes qui supportent mal les greffes nerveuses ou autres. Nous avons reçu un avertissement de Fyra qui voit là une atteinte à l'intégrité de la personne vor.

— Cette technique sera bientôt mise au point. Une grille offensive moins puissante est aussi à l'étude. Elle sortira à la cadence de deux cents exemplaires par jour et nous pensons que n'importe quel Vor pourra la maîtriser.

La Machine-Conseil demanda :

— Contre qui seront dirigées ces armes ?... J'espère mal comprendre...

Il y eut un silence puis quelques becs claquèrent moqueusement. Dennast dit avec sécheresse, son œil jaune sur les jeunes Vors qui paraissaient toujours aussi peu intéressés par le débat :

— Nous ne faisons que reconstituer nos forces antérieures. Qui nous garantit qu'au-delà d'Orviam les galaxies soient vides ?

Cette fois-ci, une rafale de claquements de becs accueillit les paroles de Dennast. On se moquait franchement de lui. Il dit avec colère :

— Peut-être pourrons-nous en venir à l'essentiel, mes éclatants seigneurs ?... Fyra a renouvelé son ultimatum. Il nous reste trois jours pour faire passer sur les Trid le communiqué qui va permettre aux Terriens de quitter cette planète. Quelles mesures préconise la commission des Contrôles Individuels ?

— Multiplier les messages d'assujettissement directs ou subliminaux afin que peu d'Humains profitent de la permission qui leur sera accordée.

Un jeune Vor protesta :

— Encore ces affaires humaines ! Pourquoi assujettir ces êtres ? Laissez partir ceux qui le veulent. Il n'y a pas de meilleure manière d'éliminer nos opposants.

— Fyra exige que nous les laissions emporter les navires et le matériel qu'ils désirent.

— Quelle importance ? Nous n'avons pas usage de ce matériel élémentaire. Nous vous l'avons dit : vous perdez trop de temps à traiter des Affaires Humaines. Seules les femelles terriennes nous intéressent et elles seront nombreuses à refuser de quitter leur planète, nous le savons.

Hoeslon, le Vor de 4e génération qui était intervenu, se fraya un passage vers la plate-forme centrale.

— Je voudrais que vous compreniez, Dennast, que nous ne concevons pas comme vous l'occupation de cette planète. Les Humains ne nous gênent pas, pas plus que ne nous gênaient les Octèdes sur Alisori.

— Les Octèdes étaient des animaux et vous les avez éliminés.

— Ils étaient devenus rapidement inutiles, ce qui n'est pas le cas des Humains. Nous avons besoin pour longtemps encore des femmes terriennes, autant pour notre plaisir que pour la reproduction. Les mâles qui resteront nous seront utiles pour obtenir ces femelles qui nous sont indispensables. Et s'il y a un surplus, nous avons cent façons de l'utiliser et je ne parle pas simplement des réserves de protéines qui nous seront peut-être un jour indispensables si la population vor croît autant que nous le souhaitons.

« Nous aurons toujours l'usage d'une main-d'œuvre docile. Ces Humains sont vigoureux, infatigables... Nous ne sommes pas si dogmatiques que vous, Dennast. Nous n'avons pas non plus vos raisons personnelles. Nous acceptons les Humains, nous n'éprouvons à leur égard aucun ressentiment et nous sommes prêts à leur donner un statut et une place privilégiés. Savez-vous qu'ils peuvent être très ingénieux, tant à titre de compagnons de plaisir, de serviteurs, que comme auxiliaires dans nos laboratoires ?

« Vos conceptions et vos méthodes sont périmées. Vous traitez les Humains à la fois comme vos semblables et comme vos ennemis. Vous voulez les éliminer ou les assujettir, leur interdire ceci ou cela, et ils vous obsèdent si bien que vous refusez depuis plusieurs mois de suivre le conseil de Fyra. En somme, hésitant sur leur nature, vous ne cessez d'hésiter sur la conduite à tenir. Vous vous dites effrayés, et je me demande si vous ne vous sentez pas simplement coupables ou désireux de vous venger. Mais depuis quand détruit-on la récolte quand quelques herbes sont mauvaises ?

— Si les Humains s'installent sur une autre planète, y déploient leur technologie...

— Nous aurons des espions parmi eux. Est-ce à moi de vous apprendre que chez cette espèce, la trahison est chose courante ? Et puis il y a dix façons d'interpréter l'ultimatum de Fyra. Vos vues sont courtes, Dennast, et vos mesures ne sont toujours que des demi-mesures. Il ne s'agit pas des Humains. Il ne s'est jamais agi d'eux, depuis le premier jour. L'ennemi est ailleurs, et cet ennemi-là, vous refusez de l'affronter avec des moyens efficaces. Nous vous avons connu plus clairvoyant.

Des sifflets d'approbation retentirent. Cette fois, tous les jeunes Vors étaient attentifs. Mains tendues, Dennast voulut faire cesser le vacarme mais il redoubla de violence. Hoeslon tira l'arme qu'il portait à la ceinture. Il la braqua sur Dennast. Simultanément, des dizaines de Vors dégainèrent leurs armes. Les sifflements cessèrent. Les Vors du clan de Dennast observaient les jeunes Positifs avec plus de dédain que de crainte. Dennast demanda :

— A quoi rime ce coup de force ? Nous combattons

le même ennemi. Que souhaitez-vous, sinon l'anéantissement des Cessaqs et la suppression des Naguens ?

— Si nos objectifs sont les mêmes, nos méthodes diffèrent.

Des crêtes lumineuses jaillirent des rangs vors. Dennast demanda :

— Pourquoi croyez-vous que nous avons fait un tel effort pour produire des armes offensives ?

— Des armes qui ne sont pas au point. Et qui pilote les grilles d'anéantissement sinon les Vors de 3e et 4e génération ? Vous les envoyez à la mort contre Fyra et ses Cessaqs.

— Je vous ai dit que nous avions étudié un nouveau type de grille qui...

— Oui. Nos laboratoires privés ont aussi étudié de nouveaux types d'armes, des armes qui n'ont rien à voir avec les vôtres, nées d'une conception de l'ennemi entièrement différente. Nous avons étudié les Cessaqs, ce que vous avez négligé de faire. Des Humains ont disparu, et des Vors, mais aussi des Cessaqs, et la Machine-Conseil a oublié de nous en informer.

La Machine émit un train de lueurs vives.

— Puis-je intervenir ? Cent soixante Cessaqs ont en effet disparu. Dois-je vous avertir — et je vous renvoie au 3e Bilan Energétique et aux rapports de nos agents — que toute tentative contre les Cessaqs est vouée à l'échec ? Ils sont en contact permanent avec la planète Yoms, les informations qu'ils collectent sont soumises à la chaîne d'analyseurs de Fyra, et nous avons de bonnes raisons de penser que les Cessaqs craignent moins votre attaque qu'ils ne l'espèrent.

Hoeslon dit sur le registre auditif :

— Et qu'en ce moment même un quelconque transmetteur est branché sur cette machine et rapporte aux Cessaqs et à Fyra ce que nous disons.

Dennast protesta :

— Les circuits ont été testés avant la réunion.

Des sifflements et des rafales lumineuses noyèrent son intervention. La Machine répéta :

— Toute attaque contre les Cessaqs ne peut mener qu'à la défaite. Par un...

Hoeslon braqua son arme sur la Machine. La membrure de métal craqua, des gerbes d'étincelles puis des flammes s'élevèrent de la Machine qui hoqueta :

— Par un... Par un...

Elle se tut. Dennast regardait avec stupeur la Machine-Conseil qui montrait ses entrailles de câbles et de grilles d'où s'élevait maintenant une fumée bleue. Il leva les yeux vers Hoeslon.

— Que signifie ce geste ridicule ? Il ne s'agit que d'une machine, d'un ensemble inorganique, et même si... Fyra aurait-elle raison et votre régression, votre retour aux instincts primitifs seraient-ils déjà si forts que... Même un Terrien n'agirait pas ainsi...

Hoeslon remit son arme dans sa ceinture. Il leva la main pour mettre fin aux claquements de becs qui avaient approuvé son geste. Il plissa la peau épaisse de ses tempes, ce qui était une des manières de rire des Vors.

— Ce n'est qu'un symbole, Dennast, rien de plus. Ce n'est pas simplement cette machine que j'ai voulu détruire, encore que parfois, quand les machines prennent trop d'importance, on ne distingue plus très bien ce qui vient de nous de ce qui vient d'elles et de la fatalité qu'elles prétendent toujours exprimer.

Il avança d'un pas vers Dennast, son arme à la main, et cette fois Dennast fit un mouvement de recul.

— Votre gestion est hésitante. Elle procède d'une vision fausse de ce que nous sommes devenus, je parle pour le plus grand nombre d'entre nous. C'est pourquoi nous ne voulons plus de vous ni de ceux de votre clan. Nous annoncerons aux Cessaqs et à Fyra que nous prenons le commandement de la Terre et des Territoires Assimilés. Veuillez observer que nous le prenons légalement, sans violence, par assentiment de la majorité.

Il fit face à l'assemblée.

— Que ceux qui souhaitent déposer Dennast et son

clan lèvent la main… Regardez. Il n'y a pas besoin de la Machine pour savoir que nous sommes les plus nombreux.

Il dit avec force :

— Dans vingt ans, notre peuple sera probablement le plus grand de l'univers vivant. La plupart d'entre nous appartiendront alors aux 5e, 6e et 7e générations issues de Terriennes, c'est-à-dire qu'ils seront plus ardents, plus entreprenants que nous ne le sommes. Nous couvrirons cette planète et des dizaines d'autres. Vous compromettez cet avenir, Dennast, par vos atermoiements, vos préjugés d'un autre temps et des scrupules qui sont inconciliables avec notre nouvelle nature, ses exigences et le destin que nous avons choisi. Je crains que vous et vos pareils n'ayez rien à faire dans le monde que nous préparons. Vous nous gêneriez et vous y seriez gênés. Voici notre première décision : le communiqué de Fyra sera diffusé demain par les Trid. Les Humains qui souhaitent quitter cette planète le feront librement. Ils emporteront ce qu'ils désirent… La 4e Assemblée Plénière est close.

Les Vors quittèrent la salle par petits groupes qui bavardaient avec vivacité. Hoeslon prit le bras de Dennast qui eut un haut-le-corps et voulut s'écarter.

— Venez avec moi. Cessez de croire que nous sommes ennemis. Je voudrais vous montrer quelque chose. Venez, cela vous passionnera.

Dennast hésitait.

— Si vous craignez pour votre sécurité, je ne vois aucun inconvénient à ce que quelques-uns de vos amis vous accompagnent. Les plus discrets de préférence. Vous verrez que ces Vors de 3e et 4e génération qui vous paraissent si futiles n'ont pas perdu leur temps. Vous leur reprochez d'avoir des plaisirs voyants ou cruels, de se moquer des rites et de notre vieille morale. Vous constaterez qu'ils ne restent pas inactifs et qu'ils n'ont jamais perdu de vue la grandeur et la force vors… Avez-vous remarqué que chez eux la léthargie de la race tend à s'estomper ?

Hoeslon se dirigea vers un des véhicules rangés sur

l'esplanade. Il y fit entrer Dennast et deux de ses collaborateurs. L'appareil gagna l'ionosphère et piqua vers l'est à grande vitesse.

Dennast observa, après un long silence pendant lequel il avait gardé une attitude compassée :

— Selon Fyra, au-delà de la 5e génération issue de Terriennes, on retrouvera chez les Vors les caractères de la race primitive...

Hoeslon attendait, son œil rond fixé sur Dennast.

— Bien entendu, on vous a parlé de ces premiers Vors, une race de prédateurs qui avait à peu près totalement détruit notre planète. Ils finirent par se dévorer entre eux, dit-on. On prétend que jamais sur aucune planète n'existèrent des fauves aussi cruels.

— Quand une nature évolue, certaines de ses qualités disparaissent. On parle alors facilement de régression, de mutation négative. Mais il arrive aussi que dans cette apparente débâcle quelque chose surgisse, qui est parfois la condition même de la survie de l'espèce... Ainsi ces Humains décadents, de si médiocre niveau, nous ont surpris par quelques-unes de leurs aptitudes. Même sur le terrain de la science, s'ils sont loin de nous, ils ont exploré deux ou trois chemins avec succès...

— Que voulez-vous dire ? Vous avez collaboré avec ces Humains ? Vous leur avez révélé certaines de nos techniques ?

— Pourquoi pas ? Mais ce n'est pas de cela qu'il s'agit. Je voulais simplement vous faire comprendre qu'une recrudescence d'agressivité s'accompagne parfois d'un certain génie créateur ou d'une vision si neuve, si particulière, qu'à des problèmes traditionnels une solution insolite est donnée... Fyra n'a peut-être pas assez médité sur la chute de vitalité des Permanents... En d'autres termes, la voracité du lion n'est pas celle du cheval. Bien sûr, on pourrait en discuter à l'infini... Nous arrivons.

Ils survolaient un désert couleur de feu. L'appareil perdit de l'altitude. Il se posa sur un plateau et s'enfonça lentement dans le sol. La plate-forme s'immobilisa. Dennast dit :

— J'ignorais l'existence de cette usine. Car c'est bien une usine ?

— Plutôt un centre de recherche. Nous en avons quelques autres.

Ils entrèrent dans une salle carrée. Une centaine de Vors travaillaient autour de tables où circulaient de minuscules engins crépitants gros comme des abeilles. Parfois l'un des engins disparaissait, comme dissous dans l'espace. Dennast vit plusieurs Terriens qui étudiaient le phénomène, mêlés aux Vors, et son bec claqua de mécontentement.

— Quelle regrettable idée ! Je ne puis approuver ces rapports. Ni les comprendre, du reste.

— Vous vous souvenez, Dennast, de ces êtres de Borgaust 3 du 20e Millénaire, qui avaient de si nombreux usages. Nos ancêtres s'en servaient dit-on pour l'amour, ils s'en nourrissaient, tissaient des vêtements de leur fourrure, et en faisaient les prêtres ou les devins de leur culte. N'était-ce pas une attitude sans raideur ? On prétend même que pendant près de deux siècles nos ancêtres devinrent leurs serviteurs et leur servirent à leur tour de nourriture... Curieux échange de bons procédés, n'est-ce pas ?... Nous pensons que rien n'est acquis, ni immuable, Dennast, et que prévalent seuls la nécessité et bien entendu le hasard... Suivez-moi.

Ils entrèrent dans une autre salle.

— Regardez...

Au centre d'une vasque reposait, hérissé de centaines de fils qui montaient au plafond et le traversaient, ce qui ressemblait à un énorme fruit mauve et palpitant. Dennast se pencha. Hoeslon expliqua :

— Oui, c'est bien cela, un cerveau cessaq. Vous reconnaissez les cinq lobes et cette excroissance noire si particulière...

Il montra le faisceau de fils.

— Le reste de son corps est dans une pièce voisine.

Une onde brève crispa un des lobes du cerveau. Dennast se détourna avec dédain de la vasque.

— C'est cela que vous souhaitiez me montrer ?

— Pas seulement cela... Pensiez-vous, Dennast, que vous pourriez vaincre les Cessaqs en vous contentant de produire des milliers de grilles offensives ? Je me suis toujours demandé dans quelle mesure ce projet irréalisable n'était pas votre manière de repousser éternellement une guerre que vous saviez perdue d'avance. Mais certains d'entre nous, les plus jeunes, ont imaginé aussi que c'était une bonne façon d'éclaircir leurs rangs... Je pense que ceux-là avaient tort.

— Tout autant que vous-même. En moins d'une année, nous aurions formé assez de pilotes et construit assez de grilles offensives pour détruire l'armée cessaq. Ensuite, nous aurions attaqué Yoms. Nos pertes auraient été importantes mais notre grand nombre l'aurait emporté.

— Rien n'est moins sûr. Des milliers de jeunes seraient probablement morts sans résultat. Savez-vous qu'à proximité de leur planète natale, nous avons lancé soixante de nos pilotes contre deux Cessaqs ? Nous avons détruit un de leurs vaisseaux mais trente-huit des nôtres ont été anéantis.

— On ne m'a pas rapporté cet engagement. Qui l'a ordonné ?

— Moi. C'était un essai. Il nous a prouvé que les Cessaqs équipés de Naguens spécialisés sont à peu près invulnérables. C'est pourquoi nous avons cherché dans une autre direction, d'autant plus que Fyra ne cesse de perfectionner la puissance et l'efficacité des armes radiantes.

— Et vous avez trouvé ?

— Peut-être. Les Cessaqs ne sont pas des robots. Nous avons constaté que leur sensibilité est très vive quand ils sont équipés de Naguens complexes qui utilisent au maximum leurs centres nerveux. Dans ces moments-là, ils deviennent aussi fragiles que des véhicules équipés de moteurs surpuissants... Vous

vous souvenez de ces navires terriens, d'énormes vaisseaux qui, à la fin de la guerre, provoquaient des mirages dans l'espace?

— Oui. Nous y étions peu sensibles.

— Mais les Cessaqs l'étaient, et d'une manière très personnelle. Les trains d'ondes lancés par ces vaisseaux avaient une particularité : ils brisaient les barrières mentales des pilotes cessaqs, donnaient naissance à des hallucinations et les mirages perçus n'étaient en fait qu'une projection dans l'espace de leur subconscient collectif, autant de leurs terreurs ancestrales que de ce que nous pourrions appeler les grands complexes de culpabilité de l'espèce ou ses désirs refoulés... Vous comprenez maintenant dans quelle direction nous avons orienté nos recherches.

— Des terreurs et une culpabilité dont les résurgences les priveraient de leurs moyens, oui... Ce n'est que le vieux principe de Rorj que nous avons employé autrefois pour les névropathes dangereux. Et vous avez réussi?

— Jusqu'à un certain point... Sur leur planète d'origine, les Cessaqs primitifs étaient terrorisés par un petit animal volant qui plantait ses griffes dans leurs yeux et détruisait leur cerveau dont il se nourrissait. Ces petits êtres semi-intelligents étaient organisés en sociétés comme certains insectes et ils avaient une étonnante aptitude : leur vitesse était si grande qu'ils devenaient à leur gré à peu près invisibles. Dans une attaque, par exemple... Cela pour la peur. Quant aux complexes de culpabilité, nous avons appris en étudiant les spécimens capturés que les Cessaqs avaient intégralement détruit sur leur planète une race intelligente tout à fait inoffensive. Ce génocide a été commis il y a des milliers d'années par des moyens atroces. Les Cessaqs primitifs n'en sont guère affectés, ce sont des barbares, mais c'est là qu'intervient le Naguen. Celui qu'on a greffé aux Cessaqs combattants ou scientifiques est d'une telle sensibilité, il les a si profondément modifiés que ce qui est banal ou de peu d'importance pour un Cessaq à l'état de nature peut devenir terrifiant et déséquilibrer celui qui a reçu un Naguen. Fyra avait vu ce problème et l'avait résolu en neutralisant certaines zones de mémoire ou en interposant des filtres mentaux...

— Et vous avez revitalisé ces zones et détruit les filtres...

— Convenablement stimulés, nous pouvons amener les Cessaqs combattants aux bornes de la folie.

— Je n'apprécie guère ces méthodes. Elles me paraissent ambiguës... Ou incertaines, si vous préférez. Telle que je connais Fyra, elle a dû semer quelques pièges dans l'esprit des Cessaqs.

— Nous verrons bien. C'est là que les travaux humains nous ont été utiles. Par exemple, nous avons réussi avec leur aide, car ils n'ont pas vos scrupules ni vos craintes, à provoquer une cécité temporaire d'origine psychique chez les Cessaqs en proie à la terreur de ces petits êtres volants ancestraux. Bien entendu cela exige que l'hallucination créée soit d'une criante vérité et nous avons encore quelques progrès à faire.

Dennast et ses deux compagnons ne firent pas de commentaires. Hoeslon, qui voyait que ses révélations les laissaient perplexes et plus inquiets qu'admiratifs, poussa son avantage :

— Nous avons découvert d'autres armes de même nature qui toutes ont pour office d'annihiler les facultés des Cessaqs pendant une courte période qui suffit pour les détruire.

Dennast demanda avec humeur :

— Pourquoi ne pas nous en avoir parlé ? Nous aurions collaboré à ces projets.

— Vous répugnez à l'emploi de certaines méthodes. Votre côté Vor Permanent. Nous nous serions heurtés. Et puis des informations auraient pu filtrer. Fyra va parfois vite, très vite, et les Cessaqs...

— Qui vous dit que nous ne parlerons pas ?

— Votre loyauté est bien connue.

Dennast scruta Hoeslon. Il ne découvrit aucune ironie dans son attitude et se demanda ce qui donnait tant d'assurance au chef des jeunes Vors.

Hoeslon les raccompagna jusqu'au véhicule spatial. Il revint au laboratoire, qu'il traversa. Un des Vors se détacha du groupe de chercheurs et le rejoignit dans le bureau voisin. Il observa :

— Cette visite était-elle bien utile ? Nous avions tant d'autres moyens moins voyants...

Hoeslon éclaira un écran dont il manipula les commandes jusqu'à ce qu'il localise dans le ciel l'appareil qui ramenait Dennast et ses compagnons à Ankoda. Il regardait l'appareil qui filait à grande vitesse vers l'ouest. Quand il explosa, il dit :

— Un accident est toujours un peu équivoque. Il prête à commentaires.

— Vous voulez dire que celui-ci pourrait faire peur, inciter à la prudence, ou encore servir d'exemple ?

Hoeslon toucha la poitrine du Vor en signe d'amitié.

— On ne peut rien vous cacher, Di-Arh.

Les Trid annoncèrent que les Humains pouvaient quitter la Terre à leur convenance. Ils avaient le droit d'emporter ce qu'ils désiraient, à l'exclusion du matériel né ou dérivé de la technologie vor.

Les Trid attiraient l'attention des Terriens sur le fait que ce départ serait sans retour et qu'ils ne pourraient s'établir que sur des planètes en dehors de l'ancienne Roue. Des aires d'envol furent désignées.

Un faible pourcentage d'Humains profita de l'occasion offerte. Les prévisions vors se révélaient justes et les messages sub avaient bien rempli leur office. S'y ajoutait pour un grand nombre la crainte que les Vors ne leur aient tendu un piège. Quel meilleur moyen aurait-on pu imaginer en effet pour connaître ceux qui s'accommodaient mal de l'occupant?

Il n'y eut donc pas de ruée. Sur les aires de départ, l'organisation et le contrôle étaient assurés par des ralliés. Ils se montraient si rogues, si pointilleux que ces départs ressemblaient à des expulsions, ce qui confirma certains dans l'opinion que, sitôt hors de l'ionosphère, un explosif les disperserait à jamais, et que pour les Vors ce n'était qu'un nouveau moyen de se débarrasser de ceux qu'ils ne pouvaient soumettre.

Dreik naviguait pour la compagnie polaire qui l'employait quand la nouvelle l'atteignit. Il donna aussitôt sa démission et partit pour Kuala-Hori. Il n'avait jamais reçu de nouvelles de Mempha. Il en avait été déçu, et Erloff qui voulait le convertir aux divertissements des Vors et de ses amis s'était moqué de lui pour devenir furieux quand Dreik avait dit qu'il voulait partir. Furieux et plein de hargne, il lui avait prédit une mort rapide, celle qui attend, avait-il précisé, tous ceux qui trahissent. En fait, Erloff était surtout attristé par la démission de Dreik, qu'il admirait.

Dreik retrouva sa mère et le Slur qui lui firent fête. Son père en revanche parut à peine s'apercevoir de son retour. Depuis qu'on lui avait greffé un Naguen de contrôle, il avait beaucoup changé et passait l'essentiel de son temps hors de la maison. Il ne rentrait que le soir, harassé, dînait et allait aussitôt se coucher. Parfois il se relevait et passait alors la nuit sur le banc du jardin, et rien, ni les supplications de sa femme ni les ondes apaisantes du Slur, ne pouvait l'arracher au silence et à la solitude.

Il dérivait, secoué parfois de brusques crises où il les regardait avec irritation, marmonnant d'une voix épaisse des reproches qui s'adressaient à des êtres disparus depuis longtemps et qu'il semblait confondre avec ceux qui l'entouraient.

Dreik essaya en vain de nouer conversation. Son père répondait d'un mot ou ne répondait pas et s'éloignait aussitôt. Dreik pensait avec colère au Chef de Zone qui était à l'origine de cette débâcle. Il l'aurait tué de ses mains. Odar-San s'était lourdement vengé de quarante années de mauvais voisinage. Quelques paroles hostiles aux Vors avaient suffi.

Le Slur qui suivait la pensée de Dreik dit :

— Et il veut aller plus loin encore. J'ai entendu dire en ville qu'il voulait envoyer ton père dans un centre de restructuration. Il y en a un près d'ici. On y rabat tous les porteurs de Naguens qui sont rebelles à la greffe. En fait, tu sais ce qu'on leur fait...

Dreik le savait, et que personne n'était jamais revenu de ces centres. Il regarda sa mère, pensa : « Elle a vieilli. Elle est amère et néglige maintenant ces mille petits soins qui lui gardaient sa jeunesse. »

— Je crois aussi que ton père a peur de nous porter préjudice. C'est la première raison de son isolement. Il sait qu'à travers son Naguen, les autorités peuvent apprendre à tout instant ce qui se passe ou se dit chez lui et, pour ne pas nous dénoncer, il nous repousse, se ferme à nos propos et s'écarte.

— Nous partirons dans deux ou trois semaines. En ville, ils n'ont fait aucune difficulté pour nous inscrire à l'aire de Pho-Mo mais ils ont refusé ma candidature de pilote.

Sa mère demanda :

— Quelle candidature ?

— J'aurais aimé piloter un des vaisseaux d'exode, c'est ainsi qu'ils les appellent mais ils n'ont pas besoin de mes services. Ils ne me font pas confiance et s'il n'y avait pas cette loi qui permet à tous de partir, la commission des rôles m'aurait repoussé.

A ce moment, le père qui était revenu et allait et venait de la porte à la table à sa manière saccadée et comme furibonde, dit :

— Moi, je ne partirai pas.

Il ne donna pas ses raisons et quand ils le pressèrent de questions, il fit du bras un grand geste moulinant, leur lança de furieux regards et tourna les talons. Ils le regardèrent s'éloigner, haute silhouette qu'agitaient des sursauts et de soudains écarts. Dreik dit, le visage assombri :

— Laissez-le. Ne le contrariez pas. Au dernier moment nous l'embarquerons, de force s'il le faut.

La mère fit une petite grimace triste.

— Il restera ici, tu ne le connais pas. Et s'il reste, moi aussi, je resterai...

Elle ajouta brusquement :

— Un jour, je tuerai le Chef.

Dreik fit un geste irrité. Lui aussi éprouvait ces impulsions meurtrières. Il résistait, se disait que cela n'aurait servi à rien et, parce que sa mère faisait renaître l'impulsion, il se sentait coupable de ne rien faire. Il dit, la voix rude :

— C'est toi qui te complais aujourd'hui dans l'abattement. On lui ôtera son Naguen et...

Il se leva avec brusquerie et passa dans le jardin. Le Slur qui boitillait à sa suite dit :

— J'ai tout tenté contre le Naguen de ton père et mieux qu'un autre tu sais ce que je peux faire. Ton père aussi a fini par comprendre qu'il n'en serait jamais débarrassé. Ils ont créé je ne sais quel lien qui fait qu'en le détruisant on détruit en même temps celui qui le porte... Mais tu as raison, rien n'est jamais joué et nous emmènerons ton père.

Dreik ne répondit pas. Il sentait les ondes chaleureuses du Slur qui le recouvraient comme des vagues inlassables. Sur la route, des Vors passèrent dans un véhicule à pression d'air. Dreik, qui avait appris à les reconnaître, dit :

— Il n'y a plus que des jeunes.

— Oui. Ils ont remplacé la première vague. Je me demande où on a envoyé les autres. Ils ont disparu du jour au lendemain. Les nouveaux s'entendent mieux avec les Humains que leurs prédécesseurs.

— Ils sont tout aussi dangereux et ne nous aiment pas plus.

— Tu emploies un curieux vocabulaire. On voit que tu as eu peu de rapports avec eux pendant ces derniers mois. En fait, ça n'a pas de sens de dire qu'ils vous aiment ou qu'ils ne vous aiment pas. Ils vous traitent sans haine, comme l'homme traite ses animaux domestiques, quand il en use indifféremment selon le moment, pour son plaisir, pour faciliter ses travaux ou pour sa nourriture. Les nouvelles générations vors ne se posent pas de questions à votre propos, j'entends sur l'essence de votre nature. Ils vous acceptent, quelques-uns même avec bienveillance et, à leurs yeux, le Naguen de contrôle n'est rien de plus que la laisse et le collier que portent vos chiens...

Ce fut au tour de Dreik de s'en aller avec colère, tandis que le Slur qui riait, frottant d'aise ses plaques dorsales, lui criait :

— Depuis quand joue-t-on aux échecs avec son cœur ?

Les Vors commencèrent à mourir trois jours plus tard. Leur agonie qui durait plusieurs heures s'accompagnait de souffrances aiguës. Ils mouraient partout, dans les grandes plaines d'Asie et d'Europe, sur les plateaux africains, dans les stations marines.

Très vite, ils découvrirent la cause du mal, une substance chimique qui imprégnait l'atmosphère des cinq continents. Cette substance, que leurs laboratoires isolèrent et que les Vors absorbaient en respirant, se combinait avec certains éléments du sang qui se coagulait peu à peu. Ni les Humains ni les Cessaqs n'étaient sensibles à ce poison.

Les Vors trouvèrent rapidement la parade, d'abord en portant des masques filtrants, ensuite en répandant dans l'atmosphère une pulvérisation qui se fixait sur le toxique, le précipitait et le rendait inoffensif. Mais quand ils en furent à ce stade, près de deux millions de Vors avaient succombé, soit plus de la moitié de leur population terrienne.

Bien entendu, les Vors furent aussitôt certains qu'il s'agissait d'une agression mais, paradoxalement, ils hésitèrent sur l'agresseur et pensèrent dans un premier temps à une attaque des Cessaqs. Ceux-ci furent assaillis individuellement ou en groupe, sur Terre et dans l'espace. On les captura, on les tortura, on les tua jusqu'à ce que Fyra intervînt pour faire cesser des combats qui firent du reste beaucoup plus de victimes chez les jeunes Positifs que chez les Cessaqs.

Alors les Vors se retournèrent contre les Humains. Ils ratissèrent et sondèrent systématiquement la planète avec leurs appareils détecteurs, employant à cette besogne la totalité de leurs vaisseaux. L'opération se poursuivit pendant plusieurs mois. On découvrit les centres de résistance terrienne enfouis sous l'écorce terrestre à plusieurs dizaines de kilomètres de profondeur et sous les océans. Ils furent ouverts par les machines vors, inventoriés puis détruits et quand on réussit à capturer ceux qui vivaient là, on les traita afin d'obtenir des renseignements qui amenèrent la destruction de nouveaux îlots de résistance.

Un jour, les Vors annoncèrent à grand bruit qu'ils étaient venus à bout de la rébellion. En fait, ils continuèrent de chercher. Le fichier, hérité de l'ancien gouvernement, qui couvrait la totalité des habitants de la planète, leur avait appris que les meilleurs experts scientifiques leur avaient échappé.

Ce fut à ce moment que les Terriens lancèrent leur seconde attaque. En quelques heures, plusieurs milliers de Vors moururent. Cette fois-ci, ce fut sans souffrance et de manière soudaine après avoir ingéré du « Wombeg », une protéine fabriquée à partir de plancton marin dont les Vors étaicnt si friands qu'ils en consommaient chaque jour.

Ils abandonnèrent immédiatement cet aliment mais ils vivaient maintenant dans la peur, ne sachant quel nouveau coup allait leur porter l'ennemi. Ils étaient si effrayés qu'ils envisagèrent de quitter la planète. La VIIe Assemblée Plénière repoussa cette solution qui ressemblait à une fuite, même dans le cas, qui fut suggéré, où on détruirait ensuite la planète par des Structures Volantes en se servant du satellite terrien.

La VIIe Assemblée déploya de nouvelles mesures de sécurité et la chasse aux rebelles fut intensifiée. Par ailleurs, plusieurs millions d'Humains tenus pour suspects ou tièdes, ou bien encore simplement dénoncés par leurs voisins, furent pourvus de Naguens de contrôle.

On demanda aux Cessaqs qu'on avait cantonnés dans un rôle de petite police et de surveillance de participer aux sondages en profondeur de l'écorce terrestre afin de débusquer les laboratoires et les usines où travaillaient les derniers réfractaires. Ils acceptèrent mais exigèrent en contrepartie que l'exode des Humains fût maintenu et si possible amplifié et accéléré par la suppression des messages subliminaux de la Trid et de certaines manœuvres qu'ils qualifièrent « d'inutilement terrorisantes ». Ils profitèrent aussi des circonstances pour imposer les nouveaux Naguens mobiles mis au point par Fyra.

Dreik allait souvent sur l'aire de Pho-Mo afin de

voir où en étaient les préparatifs d'un départ que les autorités remettaient sans cesse. Les dix-sept croiseurs du convoi emmèneraient quatre-vingt mille Terriens, pour la majorité de jeunes Humains mâles. L'objectif du voyage, qui devait durer vingt-cinq semaines dont une dans les canaux du subespace, était Chucéa, une planète de la constellation d'Orys 4.

Dreik connaissait cette planète, plus petite que la Terre, qu'éclairait un soleil mourant. Sur Chucéa, la température ne dépassait jamais 4° et l'hiver, elle tombait à – 100°. Marais gelés, rocs et lichens, telle était la misérable planète qu'on leur offrait.

Dreik se consolait, pensant qu'il y en avait bien peu d'habitables, et puis, se disait-il, peut-être pourrait-il émigrer de Chucéa vers une terre plus clémente.

Il en parlait au Slur qui écoutait distraitement ses commentaires maussades. De temps en temps, il lui donnait même obligeamment la réplique mais son esprit vaquait ailleurs, jamais loin du père et de Chen-San auxquels il s'était si profondément attaché qu'il n'envisageait plus maintenant de vivre loin d'eux.

Il l'avait dit sans ambages à Dreik quand celui-ci avait voulu le faire embarquer sur son remorqueur polaire : « Ne compte plus sur moi. Je suis las de l'espace et de tous ces voyages qui n'apportent que tourments. Plus je vieillis, moins je suis sensible à la nouveauté et, aujourd'hui, l'aventure et ses péripéties m'assomment. Je les tiens pour une perte de temps. J'ai trouvé ici une sorte de havre qui me convient. J'y suis à l'aise, tout à fait, au chaud, arrosé par l'amitié de tes parents. Et puis ne rien faire me prend tout mon temps. Fais quelques enfants que je surveillerai, Dreik, et je serai tout à fait heureux. »

Dreik haussait les épaules avec agacement. Il pensait une fois de plus à Chucéa, lugubre planète, se demandait sans beaucoup de conviction comment il pourrait s'emparer d'un vaisseau spatial et allait rôder de nouveau sur l'aire de Pho-Mo où les ralliés le repoussaient hargneusement.

Il en était là quand, un jour, Mempha, qu'il avait fini par oublier, se présenta à la barrière du jardin. Le visage tiré, elle paraissait rompue, tout à fait différente de l'éclatante jeune femme qui jouait avec Dreik à Sao-Diaz au jeu de l'amour et il se dit que, dans son uniforme gris, elle ressemblait à ces ouvrières de la Grande Loterie qui travaillaient sur les Planètes d'Enrichissement.

Elle entra vivement, retrouva son sourire pour saluer la Magicienne et ne vit pas le Slur près de la Trid, qu'elle dut confondre avec un quelconque appareil ménager. Elle dit d'une traite :

— Le moment est venu, Dreik.

Mempha but avidement le verre d'eau qu'elle avait demandé.

— Peut-on parler ici ?

— Librement. Il n'y a aucun capteur.

Et, parce qu'elle restait incertaine, Dreik montra le Slur.

— Rien ne lui échappe, pas le plus petit harpon sonore. Il nous couvre d'un dôme de sécurité dans un rayon de cent mètres.

Mempha regarda le Slur qui agita ses tigelles dorsales en signe d'approbation. Elle dit brusquement :

— Nous sommes traqués. Les Vors détruisent nos retraites l'une après l'autre. Dans huit jours, peut-être moins, ils découvriront notre base de départ.

— Où est-elle ?

— Quelque part à cent soixante kilomètres de profondeur sous la calotte glaciaire antarctique. Il faut que nous partions.

Elle se tourna vers Chen-San :

— Bien entendu, vous venez avec nous.

— Pourquoi ne pas avoir pris les vaisseaux de l'Etat ? Ils sont ouverts à tous.

— Les Vors les bourrent d'espions équipés de Naguens. Autant dire qu'ils seront au courant de tout ce qui se passera sur ces navires et plus tard de ce qui se fera sur les planètes de débarquement... En outre, les navires officiels ne peuvent emporter que du matériel issu de la technologie terrienne, et seulement le plus élémentaire. Vous savez combien les fouilles sont minutieuses...

— Et vous espérez emporter des applications de la science vor ?

— Oui, ainsi que des milliers de films que nous avons pris dans leurs archives, que nous ne comprenons pas le plus souvent mais que nous déchiffrerons un jour...

Elle avait parlé avec exaltation. Chen-San demanda :

— C'est vous qui avez tué ces millions de Vors ?

— Oui, et ce n'est pas fini. Même après notre départ, nous leur réservons de telles surprises qu'ils regretteront d'avoir envahi la Terre. Je reviendrai dans deux jours.

Elle se leva.

— Non, ne m'accompagnez pas.

Elle ouvrit la porte et vit le père. Il se tenait immobile sur le seuil. Il dit :

— Je ne pourrai pas partir avec vous. On m'a greffé un Naguen.

Mempha le regardait avec horreur.

— Mais pourquoi me dire que je pouvais parler sans crainte ?

Sa voix vira à l'aigu.

— Il était là, dissimulé. Les Vors ont entendu tous nos propos. En ce moment, ils doivent être en route vers cette maison...

Dreik, que la présence inattendue de son père avait déconcerté, tenta d'apaiser Mempha :

— Nous sommes dans une zone neutralisée, je vous l'ai dit. Rien ne peut franchir l'espace qui entoure cette maison.

— Et qui empêchera demain votre père de parler quand il sera hors d'ici ?

Le Slur intervint :

— J'y veillerai.

Mempha secoua la tête avec doute, les yeux fixés sur le Slur qui avait rentré ses tigelles. Il ressemblait plus que jamais à un petit robot électroménager, mis à part la faible lueur bleue qu'il émettait maintenant.

Mempha franchit le seuil, s'écartant du père avec répugnance. Il baissait la tête, ses mains pendantes secouées de crispations. Mempha dit :

— Nous ne pourrons jamais l'emmener sur un de nos navires. Le danger serait trop grand. Même si cet... cet être l'isole, jamais je ne pourrai convaincre nos chefs...

Tout en parlant, elle observait avec crainte le ciel et la route vides. Chen-San, qui avait pris le bras du père, décida :

— Mon mari et moi prendrons le vaisseau d'Etat.

Dreik dit :

— Moi aussi...

Mempha s'éloigna d'un pas. Elle cria avec colère :

— Savez-vous que ces vaisseaux ne sont programmés que pour un seul voyage ? Qu'arrivés sur la planète choisie par les Vors, tous leurs circuits et leurs générateurs seront mis hors d'usage ? Vous n'en aurez jamais fini avec les Vors, Dreik.

— Nous fabriquerons d'autres vaisseaux...

Il savait que ce n'était pas vrai et que sur Chucéa, ils auraient infiniment de mal à simplement survivre.

— Quand ? Dans un siècle ? On ne vous laissera embarquer aucun savant, aucun physicien qui ne soit équipé d'un Naguen, pas plus que vous ne pourrez prendre les documents indispensables à une science de haut niveau. Croyez-vous les Vors si fous qu'ils vous laisseraient reconstruire ailleurs ce qu'ils ont eu tant de peine à vaincre ici ? Ils continueront de contrôler les planètes où vous irez comme ils contrôlent celle-ci et si un jour votre développement les inquiète, ils vous détruiront... Venez avec moi maintenant, Dreik. N'attendez pas, sinon il sera trop tard. Laissez vos parents partir sur un navire d'Etat. Dans quelques mois s'il le faut, nous organiserons une expédition pour aller les prendre... Venez...

Dreik refusa d'un signe. Près de lui, contre son

épaule, il sentait son père qui était secoué de tremblements des pieds à la tête. Il lui prit la main :

— Rentre...

La tête toujours basse, le père suivit sa femme dans la maison. Mempha supplia :

— Viens... Nous irons rechercher tes parents, je te le promets.

— Je vais te raccompagner jusqu'à la palmeraie... Si les Vors n'ont rien laissé au hasard, comme tu le prétends, aucune expédition ne pourra débarquer sur la planète où nous allons. Je connais Chucéa. Aucun envahisseur ne pourra l'approcher à moins d'une demi-unité Val sans que l'alerte soit donnée. Il n'y a pas de canaux du subespace là-bas...

Elle regardait un homme et une femme qui venaient sur la route et n'écoutait plus ses propos.

— Qui sont ces gens ?

— Des voisins. Ils reviennent de la ville. N'aie pas peur... Où est ton héli-jet ?

— A cent mètres d'ici...

Il lui prit le bras et elle se laissa aller contre lui.

— J'aurais tant voulu que tu viennes avec moi... Un autre aussi va être déçu.

— Qui ?

Elle ne répondit pas.

— Ne va pas plus loin... Rentre maintenant...

Elle s'écarta et, face à lui, le regardait avec violence tandis que sur la route les deux voisins passaient en tournant discrètement la tête.

— Si tu changes d'avis, appelle le satellite mobile 0 32 A. Demande le temps qu'il fera jeudi à seize heures... Tu vois ces palmiers... Six heures plus tard, je serai là. A vingt-deux heures exactement... Rappelle-toi, le satellite 0 32 A.

Il approuva, sourit et elle comprit qu'il ne viendrait pas. Elle haussa les épaules et partit en courant. Il attendit au bord de la route, les yeux fixés sur la palmeraie. Après quelques instants, il vit s'élever dans le ciel un banal héli-car noir de la Police de l'Air. L'appareil parut flotter un instant au-dessus du chemin qui menait à la mer puis il partit sans bruit vers l'ouest.

Cette nuit-là, le père se leva vers trois heures du matin. Le Slur qui était dans la salle de séjour l'entendit. Il le prit dans son système sensoriel et sonda son esprit qui faisait penser à un volcan en éruption. Il explora les connexions nerveuses, le cerveau et les muscles qui semblaient entravés, engagés dans une sorte de lutte. A ce moment-là, il comprit mais il n'intervint pas, attentif simplement à ce qui allait surgir.

Le père décrocha du mur la Winchester de l'Ere Première. Il la pressa contre son corps, verticalement. A partir de là, il y eut plusieurs secondes de flottement pendant lesquelles les doigts du père coururent avec affolement sur le canon et sur la crosse.

Dans la tête du père, le volcan explosa. L'ordre surgit, impérieux, énorme masse noire qui allait tout écraser.

Ce fut à cette seconde que le Slur intervint et entra en contact avec le Naguen, à l'instant où le père paralysé allait lâcher l'arme dont il appuyait le canon sous son menton. Il y eut une déflagration. Le père tomba, serrant toujours la Winchester. Les tigelles de la couronne dorsale du Slur se dressèrent, rigides, et il sut alors que le père était mort. Il capta un bruit de course dans les chambres voisines et se prépara à affronter Dreik et Chen-San.

Il s'affaissa un peu, tigelles rétractées, et céda à la peine violente qu'il n'avait cessé de refouler depuis le moment où le père était entré dans la salle commune, une peine d'autant plus forte qu'il n'était pas tout à fait sûr de n'être pas intervenu à tort.

Le lendemain soir, à dix heures, Dreik, Chen-San et le Slur étaient dans la palmeraie. Ils n'avaient rien emporté qu'un sac qui contenait des affaires personnelles. Le corps du père était à la Maison Commune et le Chef de Zone parlait d'ouvrir une enquête, tant ce suicide lui paraissait suspect.

L'appareil aux armes de la Police de l'Air atterrit en silence. L'homme qui en descendit les pressa :

— Vite...

Quelques heures plus tard, dans la nuit du même jour, la calotte glaciaire craqua. Elle se déchira en un coup de tonnerre et le premier Nivellateur apparut, puis deux autres, gigantesques navires longs d'un kilomètre.

Ils s'élevèrent avec lenteur, gagnant l'espace. C'est là, au-dessus de la planète, que les Cônes vors veillaient. Ils attaquèrent aussitôt les vaisseaux clandestins. Seul un des Nivellateurs fit face et riposta, tandis que les deux autres filaient en direction de Vénus.

Le combat faisait rage quand les Structures Volantes pilotées par les Cessaqs intervinrent. Elles se mirent en écran entre les Cônes vors et le Nivellateur. Dressées à la verticale, elles commencèrent d'émettre de menaçantes cordes de lumière qui s'immobilisèrent à courte distance des appareils vors. Le Nivellateur partit en trombe. Il plongea dans le subespace à l'endroit exact où les autres avaient disparu.

Des flammes brèves couraient au long des Structures dont la couleur avait viré à un bleu métallique. Les appareils des Positifs, rangés en demi-cercle et qui semblaient sur le point d'attaquer, changèrent brusquement de cap et piquèrent vers la planète. Ils disparurent, alors les Structures Volantes rétractèrent leurs armes et perdirent de leur luminosité. Elles étaient à peine visibles contre le ciel sombre quand elles regagnèrent leur poste de guet dans l'espace.

Ils voyageaient depuis trois jours. Dreik, qui allait aux salles de repos, se laissait porter par une des bandes roulantes du gigantesque vaisseau quand on l'interpella. Il reconnut Gessler, l'Activé A de 6e génération.

— Content d'être du voyage, Dreik ? Vous savez que nous avons failli partir sans vous, ce qui eût été dommage.

Dreik sauta hors de la bande. Il n'aimait pas Gessler mais il n'était pas mécontent de le voir pour lui poser quelques questions.

— On dit ici que nous nous dirigeons sur Orgoïl.

— On dit beaucoup de choses sur le « Spondor ». Enfin celle-ci est exacte. Orgoïl vous déplaît ?

— Je n'en sais que ce que j'ai appris au cours d'une mission dans la galaxie de Sophor.

— C'est-à-dire ?

— Gravité élevée, atmosphère pauvre en oxygène, triste flore et partant triste faune.

— Nous avons les moyens de remédier à ces défauts et à quelques autres encore. Nous avons réussi à sauver plus de la moitié des savants terriens. Belle performance, non ? Nos descendants sur Orgoïl, si rien ne vient troubler la génétique, seront des monstres d'intelligence. Enfin, espérons-le... Savez-vous pourquoi nous avons choisi Orgoïl en dépit de ses déficiences ?

— Son éloignement de la Roue ?

— Oui, mais pas dans le sens où vous l'entendez. Aucune faille du subespace n'existe à proximité d'Orgoïl et, pour y parvenir, il nous faudra naviguer pendant près de deux mois dans l'espace euclidien. Si un jour il prend à un quelconque ennemi l'idée de nous attaquer, nous le verrons venir de loin. Notre vieille Terre ne possédait pas cet avantage, hélas... Nommez-moi une meilleure planète ?

— Géod, dans la Galaxie de la Pluie. Je l'ai connue à mes débuts.

— Racontez, Dreik... Pour tout autre, je fermerais mes oreilles mais vous avez joué un rôle si particulier dans le destin de la Terre que tout ce qui vient de vous me fascine ou me trouble. Je ne sais quel rôle vous jouez, mais vous en jouez un. Je crois aux signes, jamais aux coïncidences. Pourquoi pensez-vous que vous êtes ici ? Les pilotes valeureux ne manquent pas et beaucoup sont plus jeunes que vous... Venez à la salle de repos. Vous me parlerez de Géod. Orgoïl fait peur à beaucoup. A tort j'en suis sûr. Cependant, l'idée que le plus grand nombre ira sur Orgoïl à contrecœur me déplaît. La nostalgie et le découragement ne valent rien aux gens dans notre situation et, plus que de matériel et de talents, nous avons besoin d'enthousiasme et d'espoir... Ainsi, dites-vous, pas de canaux ou de failles du subespace près de Géod ?

— Le canal le plus proche est à trois mois de route.

— Et Géod ?

— La Terre. Pas celle d'aujourd'hui mais la Terre d'autrefois, celle que nous montrent les documents d'avant Apocalypse I... Des arbres, des champs d'herbe et des fleuves. J'y ai vécu plusieurs semaines, heureux comme Dieu en paradis.

— Des êtres intelligents ?

— Des bipèdes à sang chaud comme nous. Peu nombreux, pacifiques. Ils vivaient au bord des rivières de la chasse, de la pêche et des fruits de leur récolte.

— Le Paradis vraiment ! Nous sommes en pleine idylle. Vous n'embellissez pas un peu, Dreik ? Je vous soupçonne depuis longtemps de romantisme ou de sentimentalité, ce qui est un peu la même chose...

Vous avez dû faire un rapport de ce voyage et, si vous l'avez fait, nous en avons un double dans les archives d'un des vaisseaux. Comment est-il passé inaperçu ? Attendez un instant et nous allons tout savoir sur Géod.

Gessler appela les archives. Il attendit en buvant son alcool de Genellys. Quand la fiche sur Géod fut sur bande, il haussa le son. Il écouta, ses yeux bombés braqués comme des phares sur le diffuseur. Après que la voix se fut tue, il dit :

— Vous ne m'aviez pas dit que les ruptures du subespace porteraient la durée du voyage à plus de dix mois. C'est pour cette raison que nous avions éliminé Géod. Sans compter qu'émerger en espace normal au niveau des Ellyris a toujours été une opération périlleuse... Bien qu'avec les nouveaux néantisseurs nés de la technique vor... Nous allons voir ce qu'en disent nos experts...

Il posa sur Dreik ses yeux à la surface huilée qui resplendissaient comme des luminaires.

— Vous êtes un homme simple, Dreik, un homme comme il y en a eu des milliards. Je veux dire que d'une manière ou d'une autre, vous tendez au bonheur et à un accomplissement, si restreint soit-il...

L'ironie aiguisait sa voix.

— ... Avouez que vous n'avez jamais cru à l'Expansion Irréversible, à l'Agressivité Nécessaire, à tous ces moteurs artificiels qui soulevaient si puissamment la Roue.

— Je n'aime pas que le paradis soit sans cesse remis à plus tard.

— Votre vision est courte. Vous croyez plus à l'Harmonie qu'au déséquilibre créateur, au bonheur de l'individu qu'à la grandeur de l'homme... J'ai toujours pensé que l'espèce humaine était agressive mais qu'en même temps elle ne l'était pas assez pour que cela débouche un cran plus haut. En fait, c'est une espèce tempérée, j'entends par là qu'elle passe une partie de son temps à commettre des excès — ce qu'on appelle plus communément révolutions — et l'autre à les corriger. C'est une race pleine de repentirs et qui pratique l'alternance avec obstination. On pourrait dire aussi qu'elle manque de suite dans ses idées ou encore qu'elle est victime de ses peurs.

Gessler éclata de rire. Il dit, et ses yeux brillaient plus que jamais :

— Si je vous disais que cette aventure m'excite plus qu'elle ne me désole. C'est pourquoi j'avais choisi Orgoïl où rien n'était acquis. Ne me croyez pas masochiste. Simplement, j'ai l'ennui facile. Mais dans le cas présent, je crois que c'est vous qui avez raison. Nous sommes recrus d'avatars malheureux. Il faut bien reprendre souffle et se reconstituer, c'est pourquoi nous avons besoin aujourd'hui de Géod... A bientôt, Dreik. J'irai vous voir et vous me parlerez encore de cette merveilleuse planète. Je veux savoir tout ce que vous en avez appris... Si nos experts, bien entendu, ne trouvent pas quelque argument irréfutable pour l'exclure...

— Et si les Vors ne s'élancent pas à notre poursuite.

— Les Cessaqs y veillent. Et puis les Vors vont avoir d'autres soucis. En cadeau d'adieu, nous avons provoqué chez toutes les femmes terriennes qui n'étaient pas de notre bord quelques petites déficiences qui vont les rendre impropres à porter les enfants vors. La prolifération de la race va brusquement cesser, ou plus exactement il va naître un tel nombre de petits Vors malformés que...

Il éclata cyniquement de rire.

— Ah, comme j'aurais aimé voir ces enfants vors de 6e génération ! Malheureusement... Notez qu'ils trouveront la parade. On la trouve toujours, eux autant que nous. Cependant, nous aurons un sursis, et quoi de plus agréable qu'un sursis pour les pauvres émigrés que nous sommes...

Il revint s'accouder face à Dreik.

— ... Nous allons repartir de zéro, espérer, bâtir mais comment dire ? je crains que les jeux ne soient déjà faits. L'homme sécrète l'homme et rien d'autre.

Comme le noyer qui ne sait produire que des noix... Oh, je sais, toutes les noix ne sont pas semblables mais ce sont toujours des noix, jamais des pommes ou des oranges. Voyez-vous, Dreik, c'est cela qui m'intéressait chez les Vors : qu'ils soient si différents de nous. Vous êtes-vous demandé pourquoi tant de nos savants parmi les meilleurs ont demandé ou secrètement souhaité que les Vors leur greffent un Naguen de haut niveau ? Ce n'est pas par intérêt ou esprit de soumission, non, mais ils avaient alors l'occasion inespérée de sortir de l'homme, d'aller pour une fois au-delà de ce que permettaient ses capacités ordinaires. Par le Naguen, ils accédaient à un nouveau type de connaissance, à une nouvelle compréhension... Ils ont été nombreux à céder à la tentation, et je les comprends, car si on m'avait sollicité, moi aussi j'y aurais cédé... Ah, se dégager de la nature et de la condition humaine, concevoir à un autre niveau ! C'est le rêve de tout homme un peu audacieux...

Il sourit à Dreik qui l'écoutait avec froideur.

— ... Mais peut-être nos généticiens n'ont-ils pas dit leur dernier mot. Vous ne trouvez pas que c'est lassant, cette éternelle identité, cette humanité infiniment diverse mais quoi de plus en fait que la mer, la mer sans cesse recommencée ?

Il s'éloigna. Dreik pensa : « Sur Orgoïl ou sur Géod, le paradis n'est pas pour demain. Rien ne lui sert de leçon. Il n'aime pas les hommes » et puis, en une brusque intuition : « C'est lui qu'il n'aime pas, qu'il hait peut-être », et il regretta que Gessler ne fût pas resté sur Terre, lui qui aimait tant les difficultés.

Le « Spondor » mit plus d'une année pour atteindre Géod. La planète était bien telle que l'avait décrite Dreik, douce et accueillante et, sous son ciel d'un bleu léger où dormaient quelques nuages, elle ressemblait à une Terre très ancienne à la saison du printemps. Et comme cette Terre ancienne, elle avait ses montagnes et ses océans, à cela près qu'il n'y avait que deux mers, l'une immense qui entourait six continents, l'autre intérieure ou peu s'en fallait qui faisait penser à la Méditerranée.

Gessler se moqua :

— On se croirait revenu chez soi. A quelques milliers d'années près. Jusqu'au soleil qui paraît réglé à la bonne température, celle qui donne de si beaux légumes. Il ne nous manque qu'un satellite mais je fais confiance à nos savants pour le fabriquer. Une Terre sans lune manquerait tout à fait de poésie.

Il demanda à un des biochimistes qui observaient l'environnement à la jumelle :

— Tout est parfait ? Vos analyses et vos mille observations qui durent depuis deux semaines n'ont rien révélé de suspect ?

— Juste un léger excès d'ondes sulliennes qui rend plus rapides les échanges chimiques et accélère le vieillissement mais nous connaissons le remède.

— Et ce danger inconnu des planètes trop hospitalières ?

— Comment cela ?

— Vous savez bien, celui dont les auteurs de science-fiction sont si friands ? Le péril mortel qu'aucun instrument n'a su déceler, la planète qui tue ou envoûte de cent manières.

Le biochimiste, qui n'avait pas d'humour, répondit sentencieusement :

— Nous sommes armés pour affronter n'importe quel piège.

Gessler dit à Dreik qui regardait la foule d'Humains qui s'en allaient vers la rivière :

— Vous voyez que j'avais raison de faire confiance à la science.

Il aspira l'air qu'agitait un léger vent.

— Ma parole, cet air est presque aussi agréable que celui fourni par nos climatiseurs et à peine moins parfumé. Il semble que sur ce monde la nature fasse presque aussi bien que nos artifices. Regardez cette herbe fine et tendre, elle n'est pas loin d'être aussi moelleuse qu'un de nos gazons synthétiques...

Dreik ne l'écoutait plus. Il avait suivi la foule qui courait maintenant vers la rivière. Lui aussi, après douze mois d'encagement, avait envie de plonger dans cette eau claire, de la sentir ruisseler sur sa peau.

Gessler ironisa, et le biochimiste leva un sourcil surpris :

— Et pas le plus petit monstre. C'est bien ce que je craignais. Comme le dit Dreik, nous allons être heureux comme Dieu en Paradis.

Les quatorze mille passagers des trois vaisseaux s'installèrent au bord de la rivière. On enfonça dans le sol les génératrices, on creusa des tranchées pour bâtir les maisons, on déroula des milliers de kilomètres de câbles pour établir les communications et les dizaines de petits vaisseaux que contenaient les Nivellateurs commencèrent de survoler la planète pour faire l'inventaire de ses ressources.

Dans les semaines qui suivirent, d'autres navires arrivèrent. Tous avaient fui clandestinement, jaillissant une nuit des profondes cavernes terriennes qui avaient échappé aux recherches vors. D'autres vaisseaux apparurent plus tard, venus ceux-là des planètes de la Roue à colonies humaines. Gessler qui en tenait le compte dit un jour, après qu'une année se fut écoulée :

— Ce sont les derniers. Les autres ont dérivé à travers l'espace. Peut-être n'ont-ils jamais reçu nos messages ou ont-ils préféré débarquer sur une planète de leur choix. Enfin, nous sommes maintenant près de trois cent mille, plus d'hommes que de femmes, mais c'était prévu et nos savants sauront résoudre ce problème.

Il dit à Mempha qui était très visiblement enceinte :

— Vous avez fait votre devoir, mais, Soleil de la Roue, que cette méthode est lente et archaïque ! Neuf mois terriens ! Trois cent dix-neuf jours géodiens ! Savez-vous que nos laboratoires laissent espérer que nous pourrons bientôt obtenir un enfant viable en huit petites semaines ? J'aurais aimé avoir trois millions de naissances cette année mais le Directoire est réticent. Ils veulent expérimenter et réexpérimenter.

— Et ils ont raison. Les enfants que j'ai vus me paraissent chétifs, un peu ratés en somme...

— Allons, allons, cela fera d'excellents citoyens. Est-ce que j'ai jamais eu l'air d'un Humain de Premier Choix ? Non, et cependant, je tiens ma place... A propos, où est Dreik ? En prospection ?

— Il est allé à Ullbog, chez les Géodiens, enfin les vrais Géodiens. Ces indigènes l'intriguent depuis le premier voyage qu'il a fait ici.

— Ils sont un peu simplets, non ? Chasser, pêcher, cueillir, tisser et chanter en chœur à la veillée les vieilles légendes de la tribu en sautillant en rond, ça vous paraît exaltant ? Je comprends que cela passionne nos ethnologues, mais Dreik ! Quelle bizarre marotte lui est poussée. Après tout, son métier est l'espace.

— Il prétend qu'il laisse cela aux jeunes et que cette planète lui suffit, et ce n'est pas moi qui m'en plaindrais. Ainsi, je l'ai à la maison à peu près tous les soirs...

— Je vois... Autant dire qu'il vieillit. Enfin, je ne le perds pas de vue. Voyez-vous, Mempha, je suis sûr qu'il nous réserve encore une ou deux surprises. L'ennui avec Dreik, c'est qu'elles ne sont pas toujours bonnes...

Les mois passèrent, puis les années. Dans les forêts du plus vaste des continents, on avait découvert les vestiges d'une étonnante civilisation que les spécialistes faisaient remonter à quatre millénaires.

Les savants avaient examiné les objets exhumés et tous avaient été d'accord pour dire que ceux qui avaient vécu là maîtrisaient une technologie avancée, beaucoup plus avancée, affirmaient les sociophysiciens, que celle des Terriens. Ainsi, on était à peu près certain que ces êtres étaient capables de déplacer une planète dans l'espace. Les calculs des astronomes le confirmaient. Ils prouvaient en effet que Géod était moins éloignée qu'autrefois de son soleil, et qu'on l'avait rapprochée pour améliorer les conditions climatiques.

Quant aux êtres qui avaient peuplé ce monde, on ne savait à peu près rien de leur aspect, sinon qu'il s'agissait de bipèdes, et que leur taille était un peu supérieure à celle des Humains.

Les chercheurs continuaient de fouiller la planète et les dernières expéditions avaient révélé l'existence à plusieurs centaines de mètres sous les océans de bizarres plates-formes métalliques équipées d'instruments dont on ne voyait pas l'usage. Certains prétendirent qu'un de ces appareils, vaste coupe dont le pied plongeait profondément dans le sous-sol marin, était peut-être encore en activité. On était même allé jusqu'à imaginer que cette coupe, puissant système aux relais et aux prolongements qui semblaient sans fin, était peut-être utilisée pour orienter l'évolution de la matière vivante, et plus avant le psychisme des habitants de la planète. D'étranges espèces marines ou terriennes découvertes dans son voisinage, leur différence avec les espèces ordinaires avaient donné du poids à cette hypothèse.

Si on se passionnait pour cette civilisation disparue, en revanche, seuls quelques ethnologues s'intéressaient aux tribus primitives de Géod. Dreik, que ces peuplades fascinaient, participait à toutes les recherches et, le temps aidant, il finit par en savoir si long que Gessler lui donna la direction des antennes d'investigation.

On avait décrypté sans difficulté le langage des Géodiens, on avait inventorié leurs légendes qui faisaient mention d'un peuple prodigieux et bienfaisant et du grand combat qui l'avait opposé à une race puissante, et malfaisante, celle-là. Les malfaisants, racontaient les légendes, avaient vaincu mais, chassés par on ne sait quels démons qui les décimaient, ils étaient repartis vers les étoiles. Tout cela était bien banal et connu des spécialistes terriens qui avaient vite laissé les Géodiens à leur vie sans histoire de primitifs médiocrement doués.

La vie s'écoulait donc sur Géod avec ses difficultés et les heurts grands et petits qui vont avec l'établissement d'un nouveau monde. Bien entendu, il y avait les deux éternels partis, progressiste et conservateur. Ils s'y livraient à leurs querelles habituelles, les uns voulant ressusciter les vieux thèmes terriens, expansion, appui sur les retraités, etc., Gessler à leur tête, les autres qui défendaient un type de civilisation plus agraire qu'industriel et refusaient en bloc l'ancien système terrien, son autocensure, sa dynamique et ses retraités, pour le remplacer par une attitude plus mouvante où le bonheur par exemple prenait le pas sur l'efficacité. Dreik était de ceux-là. Il ne se dissimulait pas du reste que c'était un effet de l'âge et que, heureux entre Mempha et les deux enfants qu'elle lui avait donnés, il ne souhaitait rien de plus que vivre en bon accord avec ceux qui l'entouraient, plus défiant qu'il ne l'avait jamais été du dynamisme de l'espèce. Cette attitude qu'il appelait sagesse et que Mempha qualifiait de démission et d'égoïsme décadent et réactionnaire entraînait quelques querelles avec son épouse, ce qui conservait du tonus à leur union.

Au fil des années, par les vaisseaux envoyés en reconnaissance dans l'espace ou par des navires qui après diverses aventures avaient fini par fuir l'ancien univers terrien, on eut des nouvelles des Vors.

C'est ainsi qu'on apprit que la dernière arme des Résistants avait été efficace. Les Terriennes, après le départ du « Spondor », avaient accouché de milliers d'enfants malformés, monstres à tête dédoublée, à bras multiples, à cerveau gazeux et à viscères et système nerveux exogènes. La plupart étaient morts mais les quelques centaines qui avaient survécu, disaient les messagers, étaient entourés par les Vors de mille soins, comme s'ils avaient par leur mutation apporté à l'espèce des aptitudes qui les captivaient. « C'est sottement confondre, disait Gessler, que ces nouvelles égayaient, monstres et génies », et il en concluait que les Vors étaient en pleine régression.

On apprit aussi que les Vors avaient réussi à se reproduire hors de l'intermédiaire des femmes terriennes et que le statut de ces dernières s'en était trouvé très abaissé. En effet, ne servant plus qu'au plaisir, elles étaient parquées dans des enclos urbains où les Vors allaient les visiter.

Mais ce qui était plus important, c'est qu'ils avaient enfin réussi à procréer des femelles vors, et merveille : des femelles qui n'étaient pas stériles.

Cependant, à partir de cette réussite, ils n'avaient pas reconstitué un noyau familial à l'image de la famille humaine mais un système complexe dans lequel les deux sexes restaient séparés, chacun assurant sa reproduction propre hors de tout contact sexuel, les femelles vors se refusant en effet à une approche physique qu'elles tenaient pour dégradante et les mâles vors ne montrant aucun goût pour des rapports qu'ils semblaient, on ne sait pour quelle raison, tenir pour incestueux.

Les deux sociétés cohabitaient sans se mêler, femelles et mâles vors vêtus de la même manière, égaux par le rang, les fonctions, autant que par le pouvoir, à cela près qu'avec les années, la société féminine vor, plus rigoriste, paraissait prendre le pas sur celle des mâles.

Les Vors, disaient les voyageurs, avaient fini par résoudre le problème humain le plus simplement du monde. Ils avaient équipé tous les Terriens de la planète et ceux des Territoires Extérieurs d'un Naguen élémentaire de contrôle. En cas de faute grave, ils détruisaient l'Homologue de ce Naguen, ce qui entraînait la mort de l'Humain.

Hormis cela, les rapports entre Vors et Terriens n'étaient pas mauvais, pourvu que chacun restât à la place qui lui avait été assignée, et on citait le cas d'Humains en qui les Vors avaient une si grande confiance qu'ils les avaient admis dans leurs laboratoires et leur administration, ne les transformant pas en réserves nutritives à cinquante ans comme le voulait la loi. Ceux-là continuaient jusqu'à leur mort naturelle à bénéficier des avantages de la société vor dans laquelle la nourriture, les soins médicaux ou de rajeunissement et les plaisirs étaient gratuits.

Les nouvelles femelles vors qui employaient peu d'Humains à leur service étaient plus intransigeantes et exigeaient que tous, sans exception, soient transformés en protéines à l'âge de cinquante ans, bien qu'elles refusassent de consommer ce type d'aliment qu'elles tenaient pour impur.

Ce furent elles qui par la suite réduisirent la collaboration entre Humains et Vors et obtinrent la suppression des Naguens de haute spécialisation. Cependant, elles ne purent jamais faire appliquer la loi qui prévoyait l'exil de tous les Terriens, femelles comprises, sur une planète des Territoires Extérieurs.

Cette loi avait été votée pour prévenir les excès et violences des Positifs de 8e et 9e génération contre les

Terriens bien plus que pour se débarrasser d'eux. Elle fut abrogée par la 108e Assemblée Plénière et remplacée par un texte qui prévoyait que tout Positif convaincu de crime majeur contre un Humain serait livré aux Terriennes des Quartiers de Plaisir. Cette mesure réduisit beaucoup les pulsions sadiques ou sanguinaires des jeunes Vors.

Mais la grande nouvelle, celle qui parvint après plus de dix années, quand les Vors eurent reconstitué leur peuple, ce fut la guerre contre les Cessaqs. Guerre d'ailleurs est un bien grand mot. En fait, à la suite du premier affrontement des Structures Volantes dans l'espace qui se termina par un effroyable carnage de Positifs, les Cessaqs battirent en retraite.

Il n'y eut pas de second engagement. Brusquement les Cessaqs disparurent du ciel terrien et d'ailleurs de toute la galaxie. On n'expliqua jamais cette disparition que les Vors fêtèrent sans vergogne comme une victoire.

Certains voyageurs racontèrent que les Vors se ruèrent ensuite sur Yoms, la planète mère où résidait Fyra, mais ne trouvèrent qu'une coquille vide. Fyra avait disparu avec les femmes vors et les Cessaqs.

On avança qu'ils avaient fui vers une planète très lointaine et inaccessible, lieu de retraite depuis longtemps aménagé. Quelques-uns dirent que les laboratoires de Yoms qui étudiaient le problème du temps avaient fini par le résoudre et que Fyra et les Cessaqs s'étaient enfuis vers l'avenir, ou plus probablement vers le passé de l'univers vor de la grande époque, vieux de cinquante millénaires. Mais que ne raconteraient pas ceux qui viennent de loin et que l'espace a éblouis ?

Et puis un jour — et Mempha avait passé le cap du Troisième Rajeunissement et commençait de vieillir, Dreik, usé et patiné, faisait penser au glorieux conquérant qu'il n'avait jamais été —, un jour donc, il y eut la première rencontre d'un vaisseau vor et d'un vaisseau terrien à six cents unités Val de Géod.

Le vaisseau vor n'hésita pas. Il ouvrit aussitôt le feu

contre le navire géodien qui tenta de se réfugier dans le subespace. Il n'en eut pas le temps et réussit tout juste avant d'être détruit à envoyer un message d'appel vers un navire frère qui patrouillait à quelques unités Val de là.

Horrifiés, les Hommes comprirent que tout allait recommencer. Bien sûr, l'ennemi était encore loin, il se passerait des années avant qu'il ne débouche du dernier canal du subespace, mais que pourraient-ils alors faire, eux qui ne comptaient qu'une faible population et quelques dizaines de navires de combat? Allaient-ils de nouveau être contraints de réunir leurs biens et de fuir, de quitter cette planète qui leur convenait si bien? Et où fuir, où se mettre hors de portée de ces conquérants insatiables que décrivaient les voyageurs, qui prétendaient que sur toutes les planètes où ils prenaient pied, leur premier soin était d'équiper de Naguens la totalité de la population intelligente, conquérants dédaigneux qui se battaient, semblait-il, pour le simple plaisir de se battre, annexaient pour annexer, et qui jamais ne passaient avec l'adversaire de traité de paix ou de coexistence?

Le Bureau des Applications Militaires annonça bien qu'on était maintenant en mesure de piéger les canaux de subespace et que les Vors mettraient longtemps à déjouer ces pièges s'ils les déjouaient jamais, mais l'information ne diminua pas l'anxiété. Ce n'était que remettre et, les années passant, dans ce peuple heureux, les Vors étaient passés à ce niveau passionnel et déraisonnable des légendes maléfiques, monstres venus de l'espace pour le seul malheur des Hommes. On les parait de tous les pouvoirs, et d'abord d'avoir créé ces Naguens qui leur permettaient de transformer en esclaves consentants les peuples qu'ils avaient soumis.

Mempha, qui travaillait avec Gessler au Centre de Coordination, disait parfois son inquiétude à Dreik. Il lui répondait que les rencontres avaient eu lieu très loin de Géod et qu'aucun indice ne permettait de penser que les Vors s'étendaient en direction de leur galaxie. Cependant, au fur et à mesure que les contacts se multipliaient et qu'ils se terminaient inévitablement par une agression meurtrière, Mempha vit Dreik devenir soucieux.

Il n'avait repris l'espace que deux fois et ce n'était pas à titre de prospecteur ou de pilote mais pour aller étudier sur des planètes voisines les traces du passage d'un peuple intelligent. Chaque fois, il était revenu en affirmant qu'il s'agissait de ce même peuple qui avait laissé des vestiges si étonnants sur Géod.

L'étude du passé de Géod restait en effet la marotte de Dreik. Quand on l'interrogeait sur ce goût si exclusif, il répondait qu'il avait aimé Géod dès le premier jour où il l'avait connue, près d'un demi-siècle plus tôt. Dès ce premier jour, il l'avait préférée à la Terre et il avait souhaité y rester.

Il avait avoué à Mempha qui riait de sa passion mais ne faisait rien pour la contrarier tant elle l'en voyait heureux : « Mais peut-être, y a-t-il en effet autre chose. Après tout, prospecteur de l'espace, qu'est-ce qui m'attirait sinon l'inconnu, le bonheur de la découverte ? Je parcours inlassablement Géod, je la sillonne en tous sens, et parfois, à partir d'une infime contradiction, ou d'une soudaine oppression née de la beauté de ce monde, de sa contemplation, il me semble percevoir un écho fugitif, et comme un secret fabuleux aussitôt évanoui qu'entrevu. »

Mempha souriait à son vieux chasseur d'illusions qui disait : « Je sais ce que tu penses, mais pour moi, vivre sans mystère et sans émerveillement, ce n'est pas tout à fait vivre. »

Au cours des vingt dernières années, il avait noué de nombreux liens avec les tribus de Géod, allant d'une communauté à une autre, apprenant la langue, bavardant avec les « Quiburs », personnages sacrés plus ou moins déments et visionnaires qui présidaient aux cérémonies du culte de la Double Ellipse. Et il ne quittait les tribus — il lui arrivait d'y vivre plusieurs semaines — que pour aller sur Gofaz, le plus grand des continents où les chercheurs continuaient d'étudier les restes de l'antique civilisation géodienne. Ils mettaient au jour de nouveaux sites et d'étranges objets sans usage apparent. Des inscriptions avaient été découvertes, gravées dans le métal de curieux disques qui restituaient de sinueuses sonorités, tout un langage probablement mais aussi un pouvoir, une terrifiante faculté de modifier la matière ou l'esprit, quand un rayon lumineux les frappait sous un certain angle.

On était maintenant certain que Géod avait autrefois connu une civilisation florissante qui avait été détruite par un peuple venu de l'espace. On savait même à peu près à quoi ressemblaient ces envahisseurs, sortes de phoques à grandes nageoires qui se déplaçaient aussi aisément dans les mers et dans les airs que sur terre. On avait retrouvé des signes de leur passage sur les deux planètes que Dreik avait visitées. On avait acquis la preuve qu'ils pouvaient circuler dans l'espace sans l'aide d'aucun navire et qu'ils avaient l'aptitude de multiplier leur enveloppe corporelle plusieurs milliers de fois, devenant si gigantesques qu'auprès d'eux un Nivellateur n'était plus qu'un grain de riz.

Les légendes géodiennes mentionnaient ce phénomène et faisaient de ces êtres qualifiés de « Thomon-Hachos » — qui voulait dire « animaux-planètes » — des dieux venus du Buisson Bleu, la galaxie-chevelure la plus proche.

Dreik parlait avec le Slur, qui l'accompagnait parfois dans ses expéditions, de ces vieilles légendes trop transparentes qui n'en étaient peut-être pas. Il disait :

— Les paroles sacrées et tous ces contes qui courent d'une peuplade à l'autre ne doivent pas être interprétés. Il faut les prendre au pied de la lettre. Les animaux-planètes ont vraiment existé. Ils existent encore quelque part...

Le Slur écoutait, ancré près du siège de pilotage de Dreik, comme il l'était autrefois dans l'U.S.C./22. Bien qu'il se plaignît souvent de son âge et de ses maux, il n'avait rien perdu de sa vivacité. C'était juste une manière qui lui était venue de se faire dorloter.

Les années glissaient sur son corps compact sans l'altérer, hormis qu'il lui était poussé, au centre de sa couronne dorsale, une excroissance qui grossissait lentement. Dreik, que ce phénomène inquiétait, avait demandé au Slur ce qu'il en était. Le Slur avait fait craquer quelques plaques avec irritation. « Rien d'important, avait-il répondu. C'est on ne peut plus naturel chez les Slurs adultes. » Il avait ajouté après avoir lu les intentions de Dreik : « Ce qui est sûr, c'est que je ne me laisserai pas tripoter par tes médecins terriens qui du reste ne comprennent rien à ma complexion. Tels que je les connais, ils m'enlèveraient cela comme une verrue. »

Dreik n'avait pas insisté, ce qui ne l'empêchait pas de jeter parfois un coup d'œil à la dérobée sur cette bizarre excroissance qui ne cessait de grossir et avait même changé de couleur, passant du blanc primitif à un bleu électrique de plus en plus voyant.

Ce jour-là, alors qu'ils revenaient vers la ville, le Slur demanda :

— Ne crois-tu pas le moment venu de leur dire ce que tu sais ?

Et, parce que Dreik hésitait et passait la main sur son crâne rasé à la mode des peuplades géodiennes :

— Imagine qu'il soit trop tard ?

— Tu penses aux Vors ?

— Oui, mais surtout aux Humains, à l'égoïsme et à la férocité qui leur viennent quand ils sont heureux et qu'on menace leur bonheur.

— Selon mes évaluations, les choses iront vite. Elles peuvent aussi très mal tourner.

— A mon tour de te dire : « Pense aux Vors. » Là aussi tout ira peut-être vite, très vite. Je ne crois pas trop à ces histoires qui nous les montrent comme des dégénérés en proie à une folie de violence. J'ai parlé avec quelques extra-terrestres qui ont fui la Roue. Le système vor est cruel mais cohérent. Après tout, ils n'ont jamais fait qu'adopter votre ancienne politique, le souci des formes en moins... Il est temps que tu parles.

— Et si nous sommes obligés de nous exiler encore une fois ? Aucune planète n'est aussi belle que Géod, aucune ne convient aussi bien à l'homme.

— Alors cesse de pleurnicher... Tu tournes au vieillard déficient. Dis-leur une bonne fois la vérité, même si ça doit les faire sauter sur leurs valises et filer à l'autre bout de l'univers. Tu sais bien que les planètes ça se modifie et que, si ça ne suffit pas, Gessler te le dira, rien n'empêche de modifier l'homme...

— Tu en parles à ton aise... Un tas de cailloux dans l'espace et deux cents degrés au-dessus de zéro, et tu trouverais encore le moyen de survivre...

— J'ai mes problèmes qui ne sont pas des problèmes de survie mais qui les valent bien...

— Entendu, je parlerai... De toute façon, j'y étais à peu près décidé et Mempha aussi...

Il y eut un silence puis le Slur dit, et le message qui atteignit l'esprit de Dreik montrait un certain embarras :

— Puisqu'il est question de vérité... Tu te souviens de cette expédition dans la Mer de Coharan. Tu m'avais entraîné à ta suite pour que j'examine ces coupes métalliques aux ramifications innombrables qui vous intriguaient tant. Tes savants avaient raison. Elles sont toujours en activité.

— Tu sais à quoi elles servent ? Je me souviens que tu t'es mis dans une colère noire et qu'ensuite tu nous as fait la tête pendant des semaines. Il s'est passé quelque chose ? Je parierais que cela a un rapport avec cette excroissance qui t'est venue sur le dos...

Dreik se tourna vers le Slur.

— Je suis sûr que c'est là que tu as pris cette maladie...

— Ah, pour ça tu ne te trompes pas... Je n'ai jamais su à quoi servent ces coupes mais entre autres choses, elles émettent un type d'ondes que je connais bien. Je ne les avais rencontrées nulle part ailleurs dans l'espace, d'où mon absence de méfiance. Nulle part, sauf sur ma planète natale où on les appelle d'un nom qui signifie à peu près «Vies Multiples»... Cette excroissance n'est pas une maladie comme tu le penses mais notre manière de nous reproduire.

Dreik regardait l'excroissance avec stupeur. Il éclata soudain de rire. Le Slur dit:

— Comme on dit chez toi: «Je suis enceinte.» Mis à part que je n'ai rien de féminin et que ça n'a rien de drôle. Chez nous, la reproduction est un acte volontaire et nous n'avons pas besoin de femelles. Notre sexe est neutre et pour procréer, il nous suffit d'être irradiés un certain temps par ces ondes. C'est ce qui m'est arrivé à l'improviste quand je me suis approché de cette coupe géodienne...

Il ajouta, lugubre:

— Dans un an, j'aurai un descendant. Un descendant qui me suivra partout, à qui je devrai tout apprendre...

Il émit ce qui lui tenait lieu de soupir. Dreik dit:

— Mais c'est une excellente nouvelle. A la maison, tous vont être heureux quand ils apprendront que...

— Ils déchanteront vite. Ils ne savent pas ce qu'est un Slur enfant. Un être infernal qui ne pense qu'à manger, à s'agiter, à plaisanter à tort et à travers, à faire des farces, d'horribles farces, je peux te le dire... Un être qui ne te quitte pas une minute, qui te bourre de questions, qui rit on ne sait pourquoi et pleure tout autant, un être dont l'enfance dure quarante années humaines...

— Mais...

— Est-ce qu'il t'est venu à l'esprit, Dreik, que les Slurs ne dorment jamais? Et qu'enfants, ils émettent de façon suraiguë, dans n'importe quelle direction, qu'ils ne savent pas ce qu'est le respect?... Tu verras que je serai obligé de me retirer dans un des déserts de Géod pour l'éduquer...

Dreik riait.

— Ça se passera mieux que tu ne penses. J'ai l'impression que les enfants slurs ressemblent beaucoup aux nôtres. Chen-San sera heureuse, elle qui te voyait vieillir solitaire...

— C'était en effet mon rêve. Je ne suis pas comme toi. Je tiens à ma tranquillité. Et puis, est-ce que tu oublies que je serai à la fois le père et la mère, et que je n'aurai personne de mon peuple pour me soulager un peu...

— Nous sommes là... Je l'emmènerai avec moi. J'ai hâte de leur annoncer la nouvelle...

Le monocar descendait vers la ville. Le Slur dit :

— Ne crois-tu pas que ce que tu as décidé de leur apprendre ne va pas les étonner davantage ?... Celui que j'aimerais voir, c'est ton ami Gessler, lui qui ne te quitte pas de l'œil depuis plus de vingt ans...

Dreik attendit quelques jours avant de parler. Il le fit un soir où Gessler était venu dîner. Le suractivé, qui était un des six dirigeants de Géod, venait parfois bavarder le soir. En fait, on ne l'invitait pas et Dreik n'était pas plus intime avec lui qu'autrefois. Il lui arrivait même de grogner quand il découvrait Gessler à demi allongé dans un des fauteuils de la véranda, buvant son verre d'alcool ou plaisantant avec sa fille Deletha.

Il demandait à Mempha : « Mais pourquoi vient-il ici ? » Elle riait. « Peut-être s'ennuie-t-il, peut-être Deletha lui plaît-elle, ce qui n'est pas réciproque, ou ne peut-il se passer de confronter ses opinions aux tiennes. Il n'a jamais vécu que pour l'Etat, et il est possible, ainsi qu'il le prétend, que, tant que tu vivras, tu ne cesses jamais de jouer un rôle déterminant dans le destin des Humains. »

Dreik haussait les épaules. Il ne se voyait aucun destin privilégié et moins encore messianique, et quand il pensait à sa vie, c'était pour se dire que le service de cet Etat si cher à Gessler lui en avait gâché les meilleures années. Mais comme il avait un naturel accommodant, il faisait contre mauvaise fortune bon cœur, et puis il avait parfois pitié de Gessler dont il devinait la solitude.

Ce fut ce soir-là, à demi enfoui dans son fauteuil, son verre en main, que Gessler dit :

— Ah, comme c'est dommage que nous ne sachions pas où sont passés Fyra et ses Cessaqs ! Je ne crois pas à cette fuite dans l'avenir ou dans le passé. Tout cela n'est que fariboles. Ils ont découvert comme nous une bonne planète refuge, à cela près qu'aucun Vor ne saurait les en déloger. Savez-vous que j'ai déjà envoyé plus d'une vingtaine de prospecteurs pour localiser cette planète ?

Mempha demanda :

— Que pourrait Fyra ?

— Ramener les Vors à la raison. A coups de Cessaqs si je puis dire. Souvenez-vous, il y a vingt ans. Où doivent en être aujourd'hui la science et les moyens de ces êtres qui nous dépassaient de si loin...

— Vous ne retrouverez jamais Fyra ni les Cessaqs, dit Dreik. Si leur science est si grande, ils ont trouvé le moyen de se mettre à jamais à l'abri...

Il alla s'asseoir en face de Gessler :

— Je voudrais vous parler d'une de mes tribus géodiennes...

Gessler braqua ses yeux bombés sur Dreik.

— Ils vous ont raconté une légende particulièrement signifiante ? Ah, comme les gens en proie à une passion innocente sont heureux !

Il salua Mempha de son verre.

— Surtout quand ils sont si joliment mariés.

Ni Dreik ni Mempha ne sourirent. Gessler se redressa dans son fauteuil.

— Que se passe-t-il, Dreik ?

— Il y a quelques années, dans une communauté géodienne de l'hémisphère Sud, un enfant s'est fracturé le crâne en tombant d'un arbre. J'étais là-bas et j'ai appelé Ouassof, un de nos chirurgiens, afin qu'il l'opère...

— Oui ?

— Ouassof participe depuis douze ans à nos travaux. Il a réduit la fracture et...

— Et quoi ?

— Il en a profité pour réunir par leur partie supérieure les deux cerveaux de l'enfant.

— Pas très orthodoxe.

— On a toujours parlé du cerveau dédoublé des Géodiens. A dire vrai, la plupart de nos savants pensent depuis longtemps qu'ils n'en formaient qu'un à l'origine...

Dreik hésita. Mempha lui fit un signe d'encouragement.

— ... Nous sommes aussi à peu près certains que les Géodiens actuels sont les descendants de la race qui a laissé de si surprenants vestiges sur le 6e continent.

Gessler ne protesta pas et Dreik pensa qu'il en savait plus, comme toujours, qu'il ne le disait.

— Tout va dans le sens de cette hypothèse... Savez-vous comment se qualifient certains Géodiens dans les rites de la religion de la Double Ellipse ? Ils s'appellent « Infirmes de Jullan »...

Gessler balaya l'argument.

— Parlez-moi de l'enfant. Il est toujours vivant ?

— Il est ici.

— Chez vous ? Pourquoi ?

— Nous ne voulions pas que l'expérience fût ébruitée. On vous a peut-être dit que chez les Géodiens les enfants sont élevés par la communauté et n'ont pas de parents définis...

— Je sais, je sais.

— Ils nous l'ont donc confié et nous l'avons éduqué comme un jeune Terrien. Ouassof a contrôlé la partie médicale et tout le secteur génétique.

— Les résultats ?

— En deux ans, il a emmagasiné des connaissances que le plus doué des Terriens n'apprendrait pas en vingt ans et quand il résout un problème, il le fait par ses méthodes propres et en usant de stupéfiants raccourcis.

Gessler se leva.

— Je veux le voir... Tout de suite.

— Il dort... C'est un enfant, juste un enfant de dix ans.

— Réveillez-le. Je savais, Dreik, que je ne devais jamais vous quitter de l'œil... Allez le chercher.

Mempha s'en alla. Gessler demanda :

— D'autres expériences ?

— Sur des enfants, des nouveau-nés. Au niveau génétique. Nous pensions en effet que, pour rendre la rupture cérébrale héréditaire, les conquérants des Géodiens étaient intervenus à ce niveau...

— Oui, oui... Ensuite ?

— A quatre ans, un enfant géodien apprend notre langue en quelques semaines. Il sait aussi la lire et l'écrire.

Mempha revenait, tenant par la main un jeune garçon à demi endormi. Il avait un long corps frêle, le visage étroit et les cheveux très clairs de ceux de sa race.

Gessler interrogea brusquement :

— Que sais-tu de la triple Jonction de Tolem ?

L'enfant se serra peureusement contre Mempha, le visage assombri. Dreik intervint :

— Ce n'est qu'un enfant de dix ans. Son univers affectif ne dépasse pas cet âge.

Mais l'enfant, qui étudiait Gessler de ses yeux pâles, fit un geste. Il se dégagea de Mempha, fit un pas en avant et exposa avec lenteur le principe de Tolem.

Gessler demanda :

— Est-il toujours applicable ?

L'interrogatoire se poursuivit. Soudain, Gessler sourit à l'enfant :

— Va te recoucher... Je te reverrai demain.

Il se tourna vers Dreik.

— Vous et vos amis, vous avez encore découvert autre chose ?

— Beaucoup de choses. Ils vous les expliqueront mieux que je ne saurais le faire.

— Il faut opérer tous ces Géodiens. Les jeunes, les

vieux... Il ne faut pas laisser passer une seule chance. Je veux qu'on leur enseigne tout ce que nous savons... Eux seuls nous permettront un jour de faire face aux Vors... Ah, quand je pense à ces imbéciles qui se méfiaient de vous et ne voulaient pas vous emmener sur le « Spondor »... Remplissez mon verre... Mais pourquoi ne pas m'avoir informé plus tôt ?

— Avez-vous imaginé ce qui se passera quand les Géodiens auront retrouvé le niveau mental de leurs ancêtres ?

— Ils nous aideront. Ils nous aideront à survivre et ils survivront par la même occasion. Enfin c'est le contraire mais ça revient au même.

— Vous pensez qu'ils continueront à nous supporter sur cette planète qui après tout est la leur ? Vous êtes sûr qu'ils ne nous domestiqueront pas comme des animaux ou ne nous traiteront pas avec la condescendance des races supérieures ? Nous avons un fâcheux précédent... Savez-vous que le quotient de l'enfant que nous venons de voir est infiniment supérieur à celui de nos meilleurs savants ?

— Il s'agit de survivre et non d'être heureux, je l'ai toujours dit. Et puis ce peuple est doux.

— Doux parce que mutilé. Aussi doux qu'un Humain téléguidé par son Naguen. Mais quelle est la vraie nature des Géodiens ? Ce que nous savons de leurs ancêtres nous porte à penser qu'ils n'étaient ni tendres ni dociles. Peut-être n'échapperons-nous à un péril que pour tomber dans un autre, et à quoi tenons-nous le plus sinon à notre liberté ?... Vous comprenez pourquoi nous hésitons depuis plusieurs mois à vous parler de cette affaire ?... Nous connaissons les sentiments qui vous mènent et qui nous déplaisent souvent...

Gessler répéta comme s'il n'avait pas entendu :

— Nous les traiterons, nous les opérerons. Je me charge de convaincre mes collègues et le peuple.

Il leva les yeux vers Dreik qui le surveillait avec attention.

— ... Bien entendu, tous diront que nous agissons

ainsi à cause de la menace vor mais la vraie raison, c'est qu'on ne peut laisser ces êtres dans l'esclavage où leurs conquérants les ont mis. Vous m'avez bien dit qu'ils se qualifient parfois « d'infirmes de Jullan ». Ils savent donc d'une certaine manière qu'ils sont diminués. Ils en souffrent sûrement. Nous devons les tirer de ce purgatoire...

Il se leva, frotta ses mains maigres avec vigueur et demanda ironiquement à Dreik :

— Du reste, n'est-ce pas votre avis puisque vous m'en avez parlé ce soir ? Je vous connais. Personne mieux que vous ne sait garder le silence... Ah, quelle expérience extraordinaire nous allons vivre ! Je m'ankylosais... Le risque, nous allons le courir jusqu'au bout. Même si dans vingt ans, trente ans, ils nous dominent. Même si nous devons ramper devant eux... Et pourquoi n'aurions-nous pas de bons rapports ?

Il éclata de rire, tendit son verre à Mempha.

— Notre histoire ne fait que commencer. Et puis, comme je vous l'ai dit, il ne s'agit que de survivre. C'est notre destin et en l'accomplissant, nous avons fait accessoirement quelques petites choses... Nous verrons bien ce qui arrivera...

Il arriva en effet beaucoup de choses. Mais cela est une autre histoire.

Science-Fiction

Depuis 1970, J'ai lu explore les vastes territoires de la Science-Fiction pour mettre à la portée d'un très vaste public des chefs-d'œuvre méconnus. De la *hard science* à l'*heroic fantasy*, des auteurs classiques à l'avant-garde cyberpunk, des maîtres américains à la nouvelle génération des auteurs français, tous les genres sont représentés sous la désormais célèbre couverture argent et violet. Un seul critère guide notre choix : la qualité des textes.

ANDERSON POUL

La reine de l'air et des ténèbres
1268/3
Sur la planète Roland, loin de la Terre, la population se divise en deux groupes hétérogènes. Les scientifiques habitent des cités modernes, sur la côte, tandis qu'à l'intérieur des terres, des paysans superstitieux croient encore à la toute-puissance de la reine de l'Air et des Ténèbres et aux monstres voleurs d'enfants.

La patrouille du temps
1409/3

APRIL JEAN-PIERRE

Berlin-Bangkok
3419/4 Inédit
A Bangkok, la Babel du XXIe siècle, un scientifique allemand en mal d'épouse se fait piéger dans un gigantesque complot.

ASIMOV ISAAC

Auteur majeur de la S-F américaine, Isaac Asimov est né en Russie. Naturalisé américain, il fait des études de chimie et de biologie, tout en écrivant des romans et des nouvelles qui deviendront des best-sellers. Avec les robots, il trouve son principal thème d'inspiration.

Les cavernes d'acier
404/4
Les cavernes d'acier sont les villes souterraines du futur, peuplées d'humains qui n'ont jamais vu le soleil. Dans cet univers infernal, un homme et un robot s'affrontent.

Les robots
453/3

Face aux feux du soleil
468/3
Sur la lointaine planète Solaria, les hommes n'acceptent plus de se rencontrer mais se «visionnent» par écran interposé. Dans ces conditions, comment un meurtre a-t-il pu être commis ?

Tyrann
484/3

Un défilé de robots
542/3

Cailloux dans le ciel
552/3

La voie martienne
870/3

Les robots de l'aube
1602/3 & 1603/3

Le voyage fantastique
1635/3

Les robots et l'empire
1996/4 & 1997/4

Espace vital
2055/3

Asimov parallèle
2277/4 Inédit

La cité des robots

- La cité des robots
2573/6 Inédit

- Cyborg
2875/6

- Refuge
2975/6

Robots et extra-terrestres

- Le renégat
3094/6 Inédit
Une nouvelle grande série sous la direction du créateur de l'univers des robots. Naufragé dans un monde sauvage peuplé de créatures-loups, Derec affronte un robot rebelle.

- L'intrus
3185/6 Inédit
Deuxième volet d'une série passionnante, par deux jeunes talents de la S-F parrainés par Asimov.

- Humanité
3290/6 Inédit

Robots temporels

- L'âge des dinosaures
3473/6 Inédit (Par F. WU)

- Le dictateur - Le guerrier
4048/7 Inédit (Par F. WU)

La trilogie de Caliban

- Le robot de Caliban
3503/6

- Inferno
3799/5 Inédit
L'application des Nouvelles Lois de la robotique met en péril la sécurité des humains sur Inferno. L'avenir de la planète va se trouver compromis par un crime autrefois impensable.

ATWOOD MARGARET

La servante écarlate
2781/5

Science-Fiction

AYERDHAL
L'histrion
3526/6 Inédit
Balade choreïale
3731/5 Inédit
Sur une planète lointaine, une terrienne et une non-humaine s'affrontent ou font alliance, en fonction des détours d'une politique subtile.
Sexomorphoses
3821/6 Inédit

BLAYLOCK JAMES
Homunculus
3052/4 Inédit FANTASY
Reliques de la nuit
4049/8 Inédit FANTASY

BLISH JAMES
Semailles humaines
752/3

BRIN DAVID
Marée stellaire
1981/6 Inédit
Le facteur
2261/5 Inédit
Elévation
2552/5 & 2553/5
Les Galactiques décident de donner une leçon aux humains, mais Robert et Athaclena, la mutante, contre-attaquent.

BROOKS TERRY
Le glaive de Shannara
3331/8 Inédit FANTASY
Après la dernière guerre des races, les habitants des Quatre Terres sont parvenus à reconstruire une civilisation. Mais les forces du Mal veillent et, pour empêcher un nouveau désastre, Shea doit s'emparer du glaive de Shannara.
Les pierres des elfes de Shannara
3547/7 Inédit FANTASY
L'enchantement de Shannara
3732/8 Inédit FANTASY
Royaume magique à vendre !
3667/6 FANTASY

BUTLER OCTAVIA E.
La parabole du semeur
3948/6 Inédit

CANAL RICHARD
Swap-Swap
2836/3 Inédit
Ombres blanches
3455/4 Inédit
Aube noire
3669/5
Le cimetière des papillons
3908/4 Inédit

CARD ORSON SCOTT
Abyss
2657/4
La stratégie Ender
3781/5
La voix des morts
3848/6
L'extermination des Doryphores par Ender est à présent considérée comme une gigantesque erreur. Lorsqu'une nouvelle race d'extra-terrestres est découverte sur la planète Lusitania, les humains délèguent pour établir des contacts avec celui qu'on nomme le Porte-Parole des Morts et qui n'est autre qu'Ender...
Xenocide
4024/8
Troisième volume des aventures d'Ender le Stratège, surnommé la Voix des Morts. Un virus mortel menace les humains qui ont colonisé la planète Lusitania. Mais le détruire revient à anéantir les indigènes, pour la reproduction desquels ce virus est indispensable. Ender parviendra-t-il à éviter un nouveau xénocide ?

CHERRYH C.J.
Hestia
1183/3
Chasseurs de mondes
1280/4
Les adieux du soleil
1354/3
Les seigneurs de l'Hydre
1420/4 Inédit
L'opéra de l'espace
1563/3 Inédit
Chanur
1475/4 Inédit
L'épopée de Chanur
2104/4 Inédit
La vengeance de Chanur
2289/4 Inédit
Le retour de Chanur
2609/7 Inédit
L'héritage de Chanur
3648/8 Inédit
La pierre de rêve
1738/3
L'œuf du coucou
2307/3
Cyteen
2935/6 & 2936/6 Inédit
Politicienne habile, Ariane Emory vise l'immortalité, l'apanage des dieux, pour mener à bien ses projets.
Forteresse des étoiles
3330/7
Temps fort
3417/7 Inédit
XXIe siècle. Dans le cosmos, les matières premières se raréfient. Sur les ordres de la "Compagnie", Bird et Ben prospectent. Soudain, ils captent un SOS lancé par un vaisseau spatial à la dérive...
Les portes d'Ivrel
3631/4 FANTASY
Le puits de Shiuan
3688/5 Inédit FANTASY
Les feux d'Azeroth
3800/4 Inédit FANTASY
La porte de l'exil
3871/8 Inédit

4005

Composition Interligne B-Liège
Achevé d'imprimer en Europe (France)
par Brodard et Taupin à La Flèche (Sarthe)
le 11 août 1995. 1606M-5
Dépôt légal août 1995. ISBN 2-277-24005-2
Éditions J'ai lu
27, rue Cassette, 75006 Paris
Diffusion France et étranger : Flammarion